Karen Kingsbury

Sommerstürme

Momente der Liebe – Band 2

francke

Über die Autorin:

Karen Kingsbury war Journalistin bei der *Los Angeles Times*, bevor sie sich ganz dem Schreiben widmete. Inzwischen gilt sie nicht nur in ihrer Heimat, sondern auch darüber hinaus als die beliebteste christliche Romanautorin. Ihre bewegenden Bücher stehen regelmäßig auf der *New York Times*-Bestsellerliste und sind mit unzähligen Preisen ausgezeichnet worden. Zusammen mit ihrem Mann, drei eigenen und drei adoptierten Kindern lebt sie in Washington.

Bibliografische Information Der Deutschen Bibliothek
Die Deutsche Bibliothek verzeichnet diese Publikation in der Deutschen Nationalbibliografie; detaillierte bibliografische Daten sind im Internet über http://dnb.ddb.de abrufbar.

ISBN 978-3-86827-331-1

Sunrise # 2: Summer, German

Deutsch von Cornelia Rohleder
Umschlagbild: © iStockphoto.com / piskunov
Umschlaggestaltung: Verlag der Francke-Buchhandlung GmbH / Christian Heinritz
Satz: Verlag der Francke-Buchhandlung GmbH
Druck und Bindung: CPI Moravia Books, Korneuburg

www.francke-buch.de

Kapitel 1

Katy Hart Matthews hatte das Gefühl, dass ihr ganzes bisheriges Leben – die Jahre ihres Erwachsenwerdens, die Zeiten der Freude und des Schmerzes, die einsamen Tage und Wochen und Monate, in denen sie sich nach Liebe gesehnt hatte – nur der Weg gewesen war, der sie ins Hier und Jetzt geführt hatte, in die Flitterwochen mit Dayne Matthews.

Mit jeder Faser ihres Seins war sie davon überzeugt, dass diese einzigartige Zeit ihr für immer im Gedächtnis bleiben würde. Wie ein strahlender Stern am Nachthimmel würde sie in ihrer Erinnerung leuchten, als die Zeit, die ihr die Gewissheit verliehen hatte, dass sie für diesen Mann und diese Zeit und den Glauben, den sie teilten, geboren worden war.

Dayne hatte sie mit einem zweiwöchigen Urlaub auf den Bahamas überrascht. Die erste Woche hatten sie in einem abgeschiedenen Bungalow am Strand verbracht, ganz in der Nähe des bekannten Atlantis-Urlaubsresorts, und jetzt waren sie auf einer Privatinsel, die dreißig Minuten mit der Fähre von Nassau entfernt lag.

Wilma Waters, die Hochzeitsplanerin, hatte sich um alle Einzelheiten gekümmert, sodass Katy und Dayne ein persönlicher Mitarbeiterstab zur Verfügung stand: ein Koch, eine Putzkolonne und ein Verantwortlicher für die Freizeitgestaltung, der, angefangen bei Taucherausrüstung und Wasserskiern, alles organisierte, was sie beide benötigten. Nur Wilma und Daynes Agent kannten die Telefonnummer des Bungalows, und beide hatten versprochen, dass sie nur im Notfall anrufen würden.

Heute war der dritte Tag der zweiten Woche. Katy wachte neben Dayne auf und war wie an jedem Morgen seit der Hochzeit überwältigt davon, dass dies nun tatsächlich ihr Leben war, dass Dayne und sie für den Rest ihres Lebens nebeneinander aufwachen würden.

Sonnenlicht fiel durch die dünnen Vorhänge und ergoss sich über die weiße, weiche Bettdecke. Katy holte tief und langsam Atem und schaute zu ihrem Ehemann hinüber … ihrem Ehemann. Bei diesem Wort hatte sie immer noch das Gefühl, sich im falschen Film zu befinden. Dass ihre Träume jemals wahr werden würden, war lange Zeit so unmöglich erschienen. Bei jedem kurzen Besuch und jedem langen Abschied, während sie vor den Paparazzi geflohen waren und Dayne sich langsam von seinem Autounfall erholt hatte, waren sie sich immer wieder darin einig gewesen, dass es für sie beide keine gemeinsame Zukunft geben könnte. Es könnte keine Liebe geben.

Doch jetzt waren sie hier, teilten an diesem klaren blauen Tag als frischgebackenes Ehepaar ein Bett und eine tiefe Liebe, die man nicht verleugnen konnte. Um nichts in der Welt.

Katy rollte sich auf die Seite und sah den Mann an ihrer Seite an, beobachtete das sachte Heben und Fallen seiner Brust. Was auch immer in der Vergangenheit gewesen war, es lag hinter ihm.

„In fünfzig Jahren werde ich an diesen Zeitpunkt zurückdenken", hatte er zu ihr während eines Spaziergangs über den abgeschotteten Strandabschnitt gesagt, „und dann werde ich wissen, dass mein Leben erst jetzt richtig begonnen hat. Mit dir."

Dayne sagte so etwas nicht einfach daher. Er war kein Mann, der abgedroschene Phrasen benutzte. Wenn er sagte, dass sein Leben erst an ihrem Hochzeitstag richtig begonnen hatte, dann meinte er es auch so.

An ihrem ersten gemeinsamen Abend als Ehepaar hatten sie ein romantisches Abendessen im Kerzenlicht veranstaltet, und dabei war jedes Flüstern und jede leise Unterhaltung von Worten bestimmt gewesen, die Dayne in dem Moment ausgesprochen hatte, in dem er sie gedacht hatte. Fast hatte es den Anschein gehabt, als überraschten seine Worte ihn selbst in ihrer Tiefe und Intensität. Als er sie in seine Arme gezogen und geküsst hatte, als ihre Körper sich in einer Hingabe und Liebe vereint hatten, von der Katy nie geahnt hatte, dass es sie gab, war sie endgültig davon überzeugt gewesen, dass sie genau dafür erschaffen worden war – um ihren Weg zu Dayne Matthews zu finden. Deshalb waren die Flitterwochen noch viel schöner, als Katy es sich erhofft hatte. Nie hatte sie eine solche Liebe verspürt. Über Nacht schien sich ihre Fähigkeit, Gefühle zu empfinden, vertausendfacht zu haben. Und das alles, weil sie Dayne liebte. Sie konnte nur erahnen, was aus ihrer Liebe werden würde, wenn sie Monate und Jahre gemeinsam verbrachten, wenn sie die verschiedenen Phasen des Lebens gemeinsam durchlebten.

Dayne räkelte sich und holte tief Luft. Er rollte sich auf die Seite, sodass sein Gesicht sich ihr zuwandte, und öffnete langsam die Augen. „Mmmmm …" Noch bevor er richtig wach war, trat ein schläfriges

Lächeln auf sein Gesicht. „Gut." Er suchte nach ihrer Hand. „Es ist kein Traum."

Katy wollte ihm gerade versichern, dass das alles tatsächlich kein Traum war und dass sie selbst sich dessen auch hatte vergewissern müssen, als sie aufgewacht war, doch ehe sie ein Wort sagen konnte, klingelte das Telefon auf dem Nachttisch. Nach so vielen Tagen, an denen keine Störung von außen eingedrungen war, klang das Läuten geradezu fremd.

Dayne schnitt eine Grimasse und setzte sich halb auf. „Das sollte besser etwas Wichtiges sein." Während er sich den Hörer ans Ohr hielt, rückte er dichter zu Katy und überbrückte die wenigen Zentimeter, die sie trennten. „Hallo?" Er machte eine Pause. Sein Gesichtsausdruck war ernst. „Das ist schon in Ordnung. Was gibt es?"

Katy beobachtete ihn und wartete auf seine Reaktion. Da sowohl Wilma als auch Daynes Agent angewiesen worden waren, nur im Notfall anzurufen, drohte ihr der Atem zu stocken. Vielleicht war etwas mit ihren Eltern oder einem der Flanigans oder den Baxters …

„Und er muss bis in einer Stunde Bescheid wissen?" Dayne fuhr sich mit den Fingern durch die Haare und rollte sich wieder auf den Rücken.

Katy atmete erleichtert auf und spürte, wie sie sich entspannte. Worum auch immer es ging, es war nichts Dramatisches. Nach Daynes Reaktion zu urteilen ging es vermutlich um etwas Geschäftliches.

Nachdem sie sich einen Morgenmantel übergeworfen hatte, kletterte sie aus dem Bett, zog die Vorhänge zur Seite und öffnete das Fenster. Sie atmete tief die Meeresluft ein und schaute hinab auf den Sandstrand, der sich vor ihrem Zimmer erstreckte. Er war tausendmal schöner als jedes Kalenderfoto. Keine Kamera der Welt könnte diesem Anblick jemals gerecht werden. Dayne telefonierte noch.

„Das stimmt. Ich habe die Show gesehen." Dayne klang nicht kurz angebunden, doch glücklich schien er auch nicht zu sein. „Ich weiß nicht … Ich meine, brauchen wir wirklich diese Art von Öffentlichkeit?" Er seufzte und sagte eine Zeit lang nichts. „Okay … ich habe es verstanden. Ich bespreche es mit ihr und rufe dich zurück."

Katy wandte sich um und ließ sich auf den Stuhl neben dem Bett fallen. „Dein Agent?"

„Ja." Die Anspannung stand Dayne ins Gesicht geschrieben. Seit ihrem Hochzeitstag hatte er nicht mehr so ausgesehen. Er klang müde und unsicher. „Es ist durchgesickert, dass du die Rolle in *But Then Again No* angenommen hast. Es tut mir leid, Katy."

„Das ist nicht dein Fehler. Sie hätten es früher oder später sowieso herausgefunden."

„Er hat aber noch aus einem anderen Grund angerufen." Dayne zögerte, als wüsste er nicht, wie er sich am besten ausdrücken sollte. „*For Real* möchte, dass wir bei einer zwölfteiligen Staffel mitmachen. Sie soll eine Woche bevor unser Film in die Kinos kommt im Fernsehen starten."

Adrenalin schoss durch Katys Adern und ihr Herz setzte einen Schlag aus. Sie blinzelte und starrte auf die Bodenfliesen. *For Real* war eine der bekanntesten Reality-Shows im Fernsehen. „Du meinst, dass sie … dass sie uns nach Hause folgen und sich in unserem Wohnzimmer niederlassen?" Manche Reality-Shows hatten das mit anderen Prominenten gemacht, meistens mit furchtbaren Folgen.

„Nein." Dayne setzte sich auf und lehnte sich an das Kopfteil des Bettes. „Sie würden am Set bleiben." Zweifel flackerte in seinen Augen. „Mein Agent ist der Meinung, dass es das Filmen für uns erleichtern würde."

Katy umklammerte die Armlehnen ihres Stuhls. Sie konnte das plötzliche Gefühl von Angst nicht abschütteln. „Wir sollen der Mittelpunkt einer Reality-Show sein?" Allein der Gedanke ließ sie erwägen, ihre Rolle zurückzugeben.

In den nächsten Minuten erklärte Dayne ihr das Angebot. Die Kameraleute würden dokumentieren, wie Katy und Dayne zusammenarbeiteten, und damit dem ganzen Land das ermöglichen, wonach sich alle sehnten – einen intimen Blick auf Dayne Matthews und seine frisch angetraute Ehefrau.

„Das klingt fast wie meine Idee." Katy begann zu verstehen. „Lächle in die Kamera, anstatt vor ihr wegzurennen."

„Genau. Nur auf einem ganz anderen Level." Die feinen Linien um Daynes Augen verrieten ihr, dass er diese Vorstellung nicht mochte, doch seinem Tonfall nach zu urteilen verstand er, warum sein Agent ihm diesen Vorschlag unterbreitet hatte. „Mach die Story für alle verfügbar und dadurch weniger interessant."

Katy erhob sich. Eine Reality-Show? Über sie beide? Sie wandte sich um und ging nach draußen auf den Balkon. Hinter sich hörte sie, wie Dayne aus dem Bett stieg und seine Shorts anzog. Die Berührung seiner Haut, als er nach draußen trat und sich neben sie stellte, ließ einen Schauer über ihre Arme rinnen. Eine Weile sagte keiner etwas. Dann stützte Katy ihre Ellbogen auf das Geländer und schaute zu Dayne auf. „Glaubst du, dass es funktionieren würde? Dass es dem Ganzen die Spannung nehmen könnte?"

Dayne sah sie an. „Mein Agent glaubt es."

„Und was glaubst du?"

„Möglich wäre es." Eine warme Brise wehte von der sanften Brandung des Meeres zu ihnen herauf. „Die Produzenten wollen bis in einer Stunde eine Entscheidung von uns. Sie müssen einen Trailer zusammenschneiden und den Verantwortlichen beim Sender vorlegen."

Katy wollte diese Entscheidung nicht treffen. Zu viel hing davon ab, wie es ausgehen würde. „Wenn wir zustimmen, was ist das Schlimmste, das passieren kann?"

„Die Presse könnte noch neugieriger werden." Er kniff die Augen zusammen und überlegte. „Aber das habe ich bisher nur erlebt, wenn die Kamerateams wirklich rund um die Uhr gefilmt haben."

Eine feine Salzschicht lag auf dem Geländer. Katy strich mit ihren Fingerspitzen darüber. „Es wäre ja nicht für lange, nehme ich an."

Wieder schwiegen sie. Dayne trat noch dichter neben sie. Er atmete langsam aus und starrte in den klaren blauen Himmel. „Wir haben nicht wirklich eine Wahl. Sie werden uns in jedem Fall folgen."

„Es könnte eine gute Werbung für den Film sein." Katy fühlte sich immer noch ganz krank bei dem Gedanken, aber Dayne hatte recht. Wenn sie das Angebot ablehnten, würden sie den Paparazzi in jeder Minute des Tages ausweichen müssen. Doch wenn sie bei der Reality-Show mitmachten, bestand zumindest die Möglichkeit, dass sich die Story totlaufen würde. Die Presse würde sich dann möglicherweise auf andere Prominente konzentrieren, die eher etwas zu verbergen hatten.

„Ganz genau." Dayne erlaubte sich ein leichtes Lächeln, das erste seit dem Anruf. „Das sagt mein Studio auch. Offensichtlich."

Schließlich beteten sie zusammen, doch da keiner von ihnen bei dem Gedanken an diesen Vorschlag ein gutes Gefühl hatte, versuchte Dayne seinen Freund Bob Asher anzurufen, der als Missionar in Mexiko arbeitete. Bob schien immer die richtige Antwort für Dayne zu haben, doch diesmal konnte Dayne ihn nicht erreichen.

Sein letzter Versuch war ein Anruf bei John Baxter, seinem Vater. Das Telefonat dauerte nicht lange. Anschließend saß Dayne mit einem noch verwirrteren Gesichtsausdruck vor dem Telefon als zuvor. „Er sagte, dass dieser Vorschlag ihn beunruhigte."

„Mich beruhigte er auch." Katy trat zu ihm und legte ihm die Hand auf die Schulter. „Was sollen wir also tun?"

Dayne stand auf und legte die Arme um sie. Seine Augen suchten die ihren. „Wir haben keine Wahl, was die Paparazzi angeht. Sie werden mit oder ohne Erlaubnis ihre Fotos machen."

Nach einer Stunde voller Unruhe entschieden sich Dayne und Katy dafür, zuzustimmen. Den Paparazzi während der Dreharbeiten zu gestatten, sie zu filmen und Fotos zu machen, war die weniger unangenehme von zwei unerwünschten Szenarien. Ihnen blieb fast ein Monat, um ihre Privatsphäre zu schützen und nach der Rückkehr aus den Flitterwochen Katys Umzug in das Haus am See zu organisieren. Sie würden ruhige Morgenstunden am See und Abendessen bei den Baxters genießen können und Anfang Mai zurück nach Los Angeles fliegen, die Ärmel hochkrempeln und an die Arbeit gehen.

Dayne machte den Anruf. In seiner Stimme schwang immer noch etwas von seinen anfänglichen Zweifeln mit. „Wir machen es." Er warf Katy einen unsicheren Blick zu. „Die Kameras sind aber nur am Set erlaubt und wir werden auch nur für zwölf Sendungen zur Verfügung stehen."

Nach diesem Anruf versuchten Dayne und Katy, die beunruhigenden Neuigkeiten zu vergessen und zu der Unbeschwertheit und dem Lachen der vergangenen Tage zurückzufinden. Doch alles, woran sie denken konnten, war die Reality-Show und ob die Entscheidung, dabei mitzumachen, die richtige gewesen war.

Eine Stunde nach dem Frühstück gingen sie an den Strand und sahen, dass neben ihren beiden Strandliegen eine Kiste stand. Sie hatten geplant, heute tauchen zu gehen. Trotz der vielen unerfreulichen Gedanken, die durch ihren Kopf wirbelten, konnte Katy es kaum erwarten, ins Wasser zu kommen.

An beiden Enden ihres Privatstrandes waren Mitarbeiter eines Wachdienstes mit ihren Funkgeräten positioniert. Ihre Hauptaufgabe war es, für Sicherheit und Schutz zu sorgen, doch sie standen auch zur Verfügung, falls Katy und Dayne etwas benötigten, angefangen von Handtüchern bis hin zu weiterer Tauchausrüstung.

Dayne hielt Katys Hand und ihre Beine berührten sich, als sie nebeneinander her zu den Liegen liefen. Vor der Holzkiste blieb er stehen und wandte sich zu Katy um. „In den nächsten Stunden ist es verboten, an Filme oder Reality-Shows oder Paparazzi zu denken." Er hob ihr Kinn sanft in die Höhe. Dann sah er ihr tief in die Augen, bis in die hintersten Winkel ihres Herzens. „Ehe wir uns versehen, fahren wir wieder nach Hause." Er beugte sich vor und berührte ihre Lippen mit seinem Mund. „Wir sind nicht hierhergekommen, um über Geschäftliches zu reden."

Katy fühlte, wie sich ihre Mundwinkel hoben. „Okay." Sie blickte über den weißen Sand und das blaugrüne Wasser. Flitterwochen waren einmalig im Leben, und diese Flitterwochen mit Dayne Matthews waren noch tausendmal schöner, als sie sie sich jemals erträumt hätte. Sie küsste ihn erneut und grinste. „Ist die Ausrüstung in der Kiste?"

„Mal schauen ..." Dayne ließ ihre Hand los und klappte den Deckel hoch. Die Scharniere quietschten und einige Motten flatterten heraus und verschwanden in einem leuchtend roten Hibiskusbusch. Er griff in die Kiste und förderte einen Schnorchel, eine Tauchermaske und ein Paar Flossen zutage. Nachdem er Katy die Sachen gegeben hatte, holte er ein weiteres Set für sich selbst heraus. „Alles, was wir jetzt noch brauchen, ist ein bisschen Wasser."

Katys Lachen mischte sich mit dem Brausen der Brandung. Der Ozean erstreckte sich vor ihnen bis zum Horizont. „Ich glaube nicht, dass das ein Problem ist."

Sie zogen ihre Ausrüstung über und wateten in knietiefes Wasser. Dayne deutete auf einen Punkt ungefähr fünfzehn Meter vor ihnen im Wasser. „Da drüben gibt es ein kleines Riff."

Ohne ein weiteres Wort ließen sie sich ins Wasser gleiten und begannen zu schwimmen. Das Wasser war klar und warm und strich seidenweich über Katys Haut. Weder Dayne noch sie hatten es besonders eilig. Schon bevor sie das Riff erreichten, entdeckten sie die ersten Fischschwärme. Einige der Fische waren so groß wie Frisbee-Scheiben und hatten orangene, weiße und schwarze Streifen.

Dayne nahm Katys Hand. Die Berührung seines Körpers, der neben ihr durch das Wasser schwamm, schaffte das, was ihr seit dem Anruf von Daynes Agent nicht gelungen war. Alle Gedanken an die Reality-Show verschwanden.

Die nächsten zwei Stunden verbrachten sie bei dem flachen Riff, bewunderten die Korallen und nahmen sich viel Zeit, um die bunten exotischen Fische zu beobachten. In einiger Entfernung sahen sie einen kleinen Hai, der langsam an dem Riff vorbeiglitt. Der Fremdenführer, der für sie zur Verfügung stand, hatte ihnen erklärt, dass die Haie in diesem Meeresabschnitt relativ klein waren und auch ausreichend Nahrung fanden, trotzdem spürte Katy, wie ihr Herz schneller schlug. Sie griff nach Daynes Hand, der ihre Finger beruhigend drückte.

Bevor sie ihren Ausflug beendeten, schwammen drei Delfine vorbei und sprangen elegant aus dem Wasser. Ihr Anblick verschlug Katy den Atem. Dayne und sie blieben ruhig und beobachteten die drei, die miteinander spielten, einander umkreisten und mehrere Male aus dem Wasser sprangen, bevor sie außer Sicht waren.

Erst als sie zurück am Strand waren und zu Mittag aßen, dachte Katy wieder an den Anruf und wofür sie sich verpflichtet hatten.

„Du bist wieder so ruhig.“ Dayne ließ seine Gabel sinken und schaute sie an.

„Ich denke an die Show.“ Sie atmete tief ein. Die Luft schmeckte schwach nach Meerwasser. „Ich weiß immer noch nicht, ob wir die richtige Entscheidung getroffen haben.“

Wieder diskutierten sie das Für und Wider. Sie sprachen darüber, dass es besser war, der Presse die Fotos und Informationen zu geben, die sie haben wollte, um solche Situationen wie jene zu vermeiden, die zu Daynes Autounfall geführt hatte, und darüber, dass sie keine Privatsphäre mehr haben würden, wenn ihnen ein Kamerateam am Set auf Schritt und Tritt folgte. Letztlich waren sie sich einig, dass ihre Entscheidung vermutlich doch nicht so schlecht gewesen war.

Nach dem Essen streckten sie sich auf ihren Strandliegen aus, die im Schatten von einigen Palmen standen. Katy dachte an das, was vor ihnen lag. Andere Paare hatten sich getrennt, nachdem sie im Mittelpunkt einer Reality-Show gestanden hatten, oder sie waren vorzeitig aus dem Projekt ausgestiegen in dem Versuch, das zu retten, was von ihrer Beziehung noch übrig geblieben war.

Am Abend hatte Katy sich mit der Idee ein wenig mehr angefreundet. Es war ja nicht so, dass sie sich für ein halbes Jahr verpflichtet hätten. Und die Presse bekäme die Informationen, die sie wollte, ohne dass dafür eine Hetzjagd veranstaltet werden musste. Das allein sprach schon für die Entscheidung, die Show zu machen. Alles war gut, was verhinderte, dass Dayne und sie ständig davonlaufen mussten.

Vielleicht hätten sie während der Show sogar die Möglichkeit, über ihren Glauben zu sprechen, über die Überzeugungen, die sie beide teilten. Gott würde auch den nächsten Abschnitt ihres Lebens gebrauchen. Und obwohl Katy und Dayne frisch verheiratet waren, waren sie nicht wie andere Hollywood-Paare. Sie würden durch diese Erfahrungen enger zusammenwachsen. Eine Reality-Show würde ihre Beziehung nicht zerstören; sie würde dadurch nur noch stärker. Dessen war sich Katy sicher.

Kapitel 2

Ashley Baxter Blake konnte es kaum erwarten, wieder ihre Runde in der Nähe der Clear Creek Highschool zu drehen.

Nach der Mexiko-Reise zu Katys und Daynes Hochzeit war sie eine Woche lang erschöpft gewesen. Genau wie ihre Schwester Kari. Sie waren beide im vierten Monat schwanger. Doch nachdem sie nun schon seit zwei Wochen zurück waren, hatten sie beschlossen, ihre nachmittäglichen Spaziergänge auf dem Sportplatz wieder aufzunehmen.

Sie liefen immer gleich ab. Ashley und Kari trafen sich auf dem Parkplatz der Schule mit ihren Kindern und Kinderwagen und einigen kleinen Fahrrädern. An diesem Nachmittag hatten Kari und Brooke ihre Kinder getauscht, sodass Jessie mit Hayley spielen konnte und Maddie und ihre Schulfreundin sich mit Cole treffen konnten. RJ und Devin – die kleineren Jungen – schliefen eigentlich immer in ihren Kinderwagen ein, sodass Ashley und Kari eine Stunde für ihren Spaziergang hatten.

Karis Mann Ryan war der verantwortliche Trainer für das Footballteam der Schule. Heute wollte er im Kraftraum der Schule mit seinen Spielern arbeiten, um sie für den kommenden Herbst fit zu machen. In den Monaten vor der Hochzeit war Ryan ab und zu kurz vorbeigekommen, wenn Kari und Ashley ihre Runde gegangen waren.

Ashley kam als Erste bei der Schule an. Sie parkte ihr Auto und sah im gleichen Moment, wie Kari in den Parkplatz einbog.

Vom Rücksitz ließ Cole einen gedankenvollen Seufzer hören. „Ich habe nachgedacht, Mama." Er lehnte sich vor und umklammerte ihren Sitz von hinten.

Ashley lächelte. „Nachdenken ist nie verkehrt."

„Wenn das neue Baby ein Junge ist, dann haben wir schon mehr als eine halbe Basketballmannschaft zusammen. Denn man braucht ja nur fünf für ein Team."

„Und wenn das Baby ein Mädchen ist?"

„Nun …" In Coles Stimme klang Enttäuschung mit. „Ich denke, wir lassen sie trotzdem mitspielen. Aber es wäre nicht dasselbe."

Ashley lachte leise. Cole hatte gerade seine erste Saison als Mitglied einer Kinderbasketballmannschaft beendet. Landon, ihr Mann, hatte nach ihrer Rückkehr aus Mexiko am Ende der Einfahrt einen Basketballkorb aufgehängt, und seitdem verbrachte Cole eine Stunde täglich damit, Körbe zu werfen – ungeachtet der kalten Temperaturen in diesem Frühjahr.

Ashley griff nach hinten und legte ihre Hand über Coles. „Und was ist, wenn deine neue kleine Schwester kein Basketball mag? Was ist, wenn sie lieber tanzen oder singen oder beim christlichen Kindertheater mitmachen will?"

Cole schnallte sich ab und rutschte auf dem Rücksitz zur Seite, sodass er Ashley besser sehen konnte. „Vielleicht mag sie ja beides machen."

Bevor Ashley antworten konnte, kam Kari auf dem Parkplatz neben ihnen zum Stehen.

„Tante Kari!" Cole warf Ashley einen verschmitzten Blick zu. „Wenn Maddie und ich heute ein Wettrennen fahren, dann lasse ich sie vielleicht gewinnen. Ansonsten ärgert sie sich noch und mag nicht mehr mit mir Fahrrad fahren."

Ashley zog ihre Augenbrauen hoch. „Das würde ich ihr nicht erzählen."

„Natürlich nicht." Coles Augen funkelten, so wie sie es immer taten, wenn er eine Möglichkeit sah, seine Cousine zu necken. Er sprang vom Rücksitz und rannte zu der geöffneten Tür von Karis Auto.

Ashley legte ihre Finger auf ihren Bauch. Da sie erst im vergangenen Jahr ein Baby bekommen hatte, sah man ihr diese Schwangerschaft schon deutlich an. Doch das war in Ordnung. Auch Kari hatte bereits einen kleinen Babybauch. Die kleinen Wölbungen unter ihren Jacken waren nur eine weitere Erinnerung daran, dass sie etwas sehr Seltenes und Kostbares erlebten. Sie beide waren zur gleichen Zeit schwanger, durchlitten gleichzeitig ihre Morgenübelkeit, gingen zusammen zu Arztterminen und träumten gemeinsam von Babynamen.

Brooke und Erin, ihre beiden anderen Schwestern, hatten zugegeben, dass sie schon ein wenig neidisch waren.

„Stell dir nur vor, wie schön es wird, wenn die Babys erst geboren sind", hatte Brooke vor einigen Tagen zu Ashley gesagt. „Ihr beide werdet alles gemeinsam erleben."

Doch die Wahrheit war, dass sie alle es gemeinsam erleben würden. Sooft es Brookes Dienstplan als Kinderärztin zuließ und sooft Erin aus

Texas nach Hause kommen konnte, wäre die ganze Familie zusammen. Diese neuen Babys würden zwar gleich alt sein und deshalb eine ganz besondere Verbindung haben, doch alle Cousins und Cousinen der Baxter-Familie hatten eine enge Beziehung – auch wenn diese Beziehungen manchmal fast in einen Wettbewerb ausarteten.

Ashley winkte Kari zur Begrüßung zu, stieg aus und öffnete die hintere Autotür, um den schlafenden Devin herauszuholen. Kari half den Kindern in ihrem Auto beim Aussteigen. Ashley bedachte das unbekannte kleine Mädchen, die Schulfreundin, die Maddie mitgebracht hatte, mit einem Lächeln. Als die Mädchen aus dem Auto geklettert waren, standen sie Cole gegenüber.

„Das ist Tatum Selby. Sie sitzt in der Schule neben mir." Maddie legte ihren Arm um ihre Freundin. „Und sie ist die schnellste Radfahrerin in der dritten Klasse. Und sie ist gut im Turnen."

Cole musterte sie. „Wirklich?"

„Ja." Maddie streckte ihre Brust heraus. „Sie ist so schnell, dass du ihr Fahrrad nur von hinten sehen wirst."

„Lass *sie* es mir selber sagen." Cole sah Tatum an. „Bist du so schnell?"

Tatum kicherte und zuckte mit einer Schulter. „Ich glaube schon."

Ashley beobachtete das Gespräch unauffällig. Tatum war niedlich, hatte lange blonde Haare und blaue Augen und war etwas kleiner als Maddie.

„‚Ich *glaube* schon' heißt, dass du nicht wirklich so schnell bist." Cole legte seinen Kopf schief und musterte sie.

„Ehrlich gesagt … es stimmt. Ich bin die schnellste Radfahrerin in meiner Klasse." Tatum warf ihre Haare über die Schulter. Ihr fehlten ein paar Zähne und ihr Lächeln verschwand nie ganz aus ihren Augen. Doch als sie über ihre Radfahrerqualitäten sprach, trat eine Mischung aus Entschlossenheit und Leidenschaft in ihr Gesicht. „Aber eigentlich singe ich lieber."

„Da hast du es." Ashley nahm Devin in die Arme, schloss die Autotüren und trat zu Kari und den Kindern. „Tatum kann singen und ist sportlich. Vielleicht hast du recht, Cole. Deine Schwester könnte eventuell mehr als eine Sache."

Kari zog die Augenbrauen hoch. „Eine Schwester? Ich dachte, dein Ultraschall ist erst in zwei Wochen."

„Das stimmt auch." Ashley lachte. Sie hob Devins Kinderwagen aus dem Kofferraum. „Wir haben nur Vermutungen angestellt. Cole wünscht sich einen Basektballspieler und ich sagte, dass das Baby vielleicht ein Mädchen sei."

Cole verschränkte die Arme und schnitt eine Grimasse. Er sah Tatum in die Augen. „Ein Junge wäre besser."

„Nicht immer." Tatum erwiderte seinen Blick ohne zu zwinkern. „Mädchen können alles machen, was Jungs auch können."

„Ja." Inzwischen hatte auch Kari ihren Kinderwagen herausgeholt. „Unsere Freundin Tatum ist der lebende Beweis dafür, dass man kleine Mädchen nicht alle in eine Schublade stecken kann. Sie will für die nächste Aufführung des christlichen Kindertheaters vorsingen."

Sie klappten die Kinderwagen auseinander und gingen in Richtung Sportplatz. Die ganze Zeit redete Maddie darüber, dass Tatum in den Osterferien nach Hawaii fahren werde und dass sie schon fünfmal in Bulgarien gewesen sei und dass sie einen Pudel namens Prinzessin besitze.

Ab und zu drehte Cole sich um und warf Ashley einen Blick zu. Er machte deutlich, dass er an solchen Mädchenthemen kein Interesse hatte und dass er nicht verstand, warum Maddie sich genötigt sah, diese Einzelheiten über ihre Freundin auszuplaudern. Trotzdem blieb er an Tatums Seite.

Als sie das Oval der Laufarena erreicht hatten, wandte sich Tatum an Cole. „Hast du Jesus in deinem Herzen?"

Cole sah völlig überrumpelt aus. „Ja. Schon seit Langem."

Sie grinste so breit, dass man ihre Zahnlücken noch deutlicher sehen konnte. „Dann glaube ich, dass das Wettrennen nicht wirklich wichtig ist." Sie klopfte ihm auf die Schulter. „Nicht wahr?"

Coles Wangen wurden rot. Wenn Ashley es nicht besser gewusst hätte, hätte sie geglaubt, Cole hätte sich in dieses kleine Mädchen verguckt, das sportlich war und tanzen konnte und mit Begeisterung über Jesus redete.

Als er den Mund öffnete, kam für ein paar Sekunden kein Ton heraus. Schnell sah er zur Seite und umklammerte sein Fahrrad fester. „Genug geredet."

Die drei Kinder stiegen auf ihre Fahrräder und radelten los, während Cole etwas von ein paar Aufwärmrunden rief.

Ashley sah zu, wie sie davonflitzten. „Interessant." Sie zog den Reißverschluss ihrer Jacke hoch und passte ihre Schritte Karis Tempo an. „Sah fast so aus, als würde mein kleiner Junge sich ein bisschen verlieben."

„Offenbar haben eine Menge kleiner Jungs eine Schwäche für Tatum." Kari sah erschöpfter und blasser aus als sonst. Ihre Schwangerschaften strengten sie immer sehr an. Sie lächelte. „Brooke erzählte mir, dass Tatum und Maddie die Anführerinnen seien, wenn die Jungs anfingen, die Mädchen zu piesacken."

„Ich fühle mich ganz schön alt." Ashley ging in gleichmäßigem Tempo und hielt ihren Blick auf Cole und die Mädchen gerichtet. „Als ob ich nur einmal blinzeln müsste und dann erzählt er mir schon, dass er heiraten will."

Kari lachte. „Ich glaube, wir haben noch ein paar Jahre bis dahin."

„Trotzdem … sie werden so schnell groß."

„Das stimmt." Karis Lachen verstummte.

Sie ließen ihre Unterhaltung für ein paar Minuten ruhen. Die Luft war frisch, der Himmel über ihnen von einem klaren Blau und die Sonne schon im Sinken begriffen. Sie malte lange Schatten über den Weg.

Ihre Geschwindigkeit war nicht so schnell wie vor der Reise nach Mexiko, doch es war angenehm. Ashley holte tief Luft. Sie liebte es, wie die kalte Luft ihre Lunge füllte. Als sie zuerst mit Cole und später mit Devin schwanger gewesen war, hatte sie sich über die Frauen gewundert, die behaupteten, sich nie so gut zu fühlen wie während einer Schwangerschaft. Doch diese Schwangerschaft war anders. Sie spürte einen tiefen Frieden mit Gott und ihrer Familie, fühlte sich kräftiger und gesünder als je zuvor und voller Energie.

Vielleicht würde sie wirklich das kleine Mädchen bekommen, über das Landon und sie in seltenen Momenten sprachen. Sie hatte sogar das Gefühl, dass sie das Baby anders trug, tiefer als bei den Schwangerschaften zuvor. Noch einmal atmete sie tief ein und blickte dann zu ihrer Schwester. „Fühlst du dich gut?"

Kari ging weiter und presste dabei eine Hand in ihren Rücken. „Mir geht es gut. Ich bin nur müde. Momentan schlafe ich nicht besonders gut."

Besorgnis tauchte aus der Ruhe in Ashleys Herzen auf. „Nur wegen des Babys …?"

„Ich glaube schon." Kari verzog das Gesicht. „Dieses hier scheint permanent auf meiner Blase herumzutrampeln."

Ashley wollte nicht indiskret sein, doch sie musste einfach nachfragen. „Ist bei dir und Ryan alles in Ordnung?"

„Auf jeden Fall." Karins Blick wurde sanft und ein Lächeln erhellte ihr Gesicht. „Ich liebe ihn mehr als je zuvor. Er hat gerade viel zu tun – mit seinem Job als Footballtrainer und seinem Nebenjob, in dem er ehemaligen Profi-Sportlern dabei hilft, sich nach ihrer Sportkarriere ein neues Leben aufzubauen. Doch seine erste Sorge gilt immer mir. Ganz egal, ob ich Hilfe mit Jessie oder RJ brauche oder einfach nur mal eine Stunde Schlaf." Sie spähte in ihren Kinderwagen, ob mit Ryan Junior alles in Ordnung war. Dann schaute sie wieder zu Ashley. „Ich weiß nicht, was ich ohne diesen Mann tun würde."

Ashley verspürte es wieder, dieses wunderbare Gefühl, dass die ganze Welt in Ordnung war. Sie fühlte sich fantastisch, die Nachmittagsluft war belebend und sie und ihre Schwester waren mit zwei wunderbaren Männern verheiratet. Männern, die ihre Aufgaben sehr ernst nahmen und die das Leben zu einer unglaublichen Liebesgeschichte machten.

Ashley blickte an den hohen Bäumen vorbei bis zum Himmel. *Danke, Gott, für diese Zeit in meinem Leben. Du hast Kari und mich durch stürmische Zeiten geführt und jetzt segnest du uns mit einem Leben, das zu schön scheint, um wahr zu sein. Danke, Gott …*

Tochter, wer Gott liebt, dem dient alles, was geschieht, zum Guten.

Der Bibelvers erklang klar und deutlich in ihrem Kopf und ließ Ashley stutzen. Sie hatte ihn natürlich früher schon gelesen, aber meistens in schweren Zeiten, in Zeiten der Prüfung. Warum also kam er ihr ausgerechnet jetzt, mitten in der glücklichsten Zeit ihres Lebens, in den Sinn?

Cole und die beiden Mädchen sausten auf ihren Fahrrädern an ihnen vorbei, Cole vorneweg.

Maddie schrie hinter ihm her: „Wir wärmen uns immer noch auf! Das ist noch nicht das Wettrennen, Cole!"

Ashley beobachtete sie und ein Schauer rieselte über ihre Arme. Wollte Gott ihr etwas sagen? Wartete die nächste Prüfung schon auf sie oder war der Vers vielmehr eine Zusicherung, eine Erinnerung, dass nach allem, was ihre Schwester und sie erlebt hatten, dies endlich das Gute war, das Gott für sie vorbereitet hatte?

„Worüber denkst du nach?“ Karis Stimme war ruhig, gedankenverloren. Diese Spaziergänge hatten die gleiche Wirkung auf sie beide – sie brachten sie ins Nachdenken über das Leben, über die Vergangenheit und die Zukunft.

Ashley fand ihren Laufrhythmus wieder. „Über die Zukunft, glaube ich.“

„Ich auch.“ Kari rieb mit ihrer Hand über ihren Bauch. „Ich kann es kaum erwarten, dass wir die nächsten Jahre zusammen erleben. Was für ein Traum!“

Wieder schwieg Ashley für einen Moment. „Fragst du dich jemals ... ob wir die schlimmsten Prüfungen schon durchgestanden haben oder ob uns noch größere erwarten?“

„Manchmal schon.“ Kari blickte in die Ferne. „Kürzlich fragte mich Jessie nach ihrem ersten Papa, ob sie ihn erkennen würde, wenn wir alle im Himmel sind.“

„Hmmmm.“ Ashley schaute weiter zu den Kindern, die das schwarze Oval zur Hälfte umrundet hatten. „Du sprichst nicht oft von Tim. Kennt Jessie die Einzelheiten?“

„Nicht alles. Nur dass er, bevor er starb, Jesus sehr lieb gehabt hat.“ Kari straffte ihre Schultern. „Ich habe ihr gesagt, dass ich schon daran glaube, dass sie ihn im Himmel wiedererkennt. Und dann stellte sie mir die Frage, vor der ich mich gefürchtet habe: ‚Wie ist Papa gestorben?‘“

Ashley verzog das Gesicht. Unschuld und Sicherheit prägten das Leben ihrer Kinder. Kari und Ryan hatten gehofft, dass sie es so lange wie möglich vermeiden könnten, über die Einzelheiten von Tims Tod zu sprechen. „Was hast du ihr gesagt?“

„Ich sagte ihr, dass ein böser und kranker Mann ihn verletzt habe. Und dass er so gestorben sei.“

„Und, war das genug?“

Wieder flitzten die Kinder vorbei. Ihre Beine schienen zu fliegen, als sie in die Pedale traten.

Kari seufzte. „Für den Moment. Eines Tages wird sie die Einzelheiten wissen wollen, und dann werde ich es ihr sagen müssen. Tims Affäre, der Student, der hinter Tims Freundin her war, und die Tatsache, dass Tim vor der Wohnung des Mädchens erschossen wurde. Alles.“ Sie blies sich eine Haarsträhne aus der Stirn und warf Ashley ein trauriges Lächeln zu. „Ja, ich würde auch gerne glauben, dass die größten

Prüfungen, denen wir in unserem Leben begegnen, bereits hinter uns liegen."

„Ich auch." Ashley bemerkte, dass die Kinder kurz vor ihnen anhielten.

„Das sind die Regeln." Maddie sprang von ihrem Fahrrad und hielt eine Hand vor Cole und Tatum. „Eine Runde. Der Erste, der hier an dieser Markierung zurück ist, hat gewonnen."

„Manchmal denke ich, Brooke hätte sie Lucy taufen sollen." Kari kicherte.

„Das stimmt." Ashley spürte, wie die quälenden Gedanken verschwanden. „Aber nur, wenn ich Cole Charlie Brown genannt hätte."

„Auf die Plätze, fertig …" Maddie stemmte die Hände in die Hüften. „Du schummelst, Cole. Wieder zurück."

Cole murmelte etwas, das sie nicht verstehen konnten, obwohl sie den Kindern immer näher kamen. Er schob sein Fahrrad ein paar Zentimeter zurück. „Hier. Ist das besser?"

Maddie reckte ihr Kinn in die Höhe. „Ja. Sehr viel besser." Sie lächelte Tatum zu. „Auf die Plätze, fertig … los!"

Die Rennfahrer sausten los, fegten über die Gerade und bogen um die erste Kurve. Cole war schnell, doch Tatum hielt mit seiner Geschwindigkeit während der ersten Kurve und der nächsten Geraden mit.

„Los, Tatum! Los!" Maddie blieb auf ihrem Posten, sprang auf und ab und feuerte Tatum an, damit sie Cole überholte. „Schneller!"

Ashley und Kari blieben stehen und wandten sich um, sodass sie das Rennen verfolgen konnten. Cole raste vor Tatum her, bis schließlich eine Radlänge sie trennte. Dann begann ohne jede Vorwarnung Coles Vorderrad zu schleudern. Bevor Ashley ihm eine Warnung zurufen konnte, rutschten beide Reifen unter ihm weg und das Rad stürzte auf die Seite.

„Cole!" Ashley machte einen Schritt in seine Richtung, doch im gleichen Moment sah sie, wie er sich aufsetzte und seine Arme abklopfte.

„Er ist in Ordnung." Kari berührte Ashleys Arm. „Warte eine Minute."

In diesem Moment bemerkte Tatum, was passiert war. Sie bremste abrupt, sprang von ihrem Fahrrad und ließ es auf die Erde fallen. Innerhalb von Sekunden war sie an Coles Seite. Sie hob das Fahrrad von ihm herunter und wartete, bis er auf die Füße kam und es ihr wieder abnehmen konnte.

Kari hatte recht; Cole ging es gut. Er hatte sich vermutlich die Ellbogen aufgeschürft, doch er konnte noch laufen und sah auch nicht aus, als hätte er Schmerzen. Der Unfall war ungefähr fünfundzwanzig Meter von Ashley entfernt passiert, sodass sie erkennen konnte, dass Coles Wangen hochrot waren, als er sich säuberte. Doch sie konnte ebenfalls Tatums klare, süße Stimme hören.

„Geht es dir gut?“ Sie wies auf seinen Ellbogen. „Ich glaube, du blutest.“

Cole drehte sich um die eigene Achse und schaute auf seinen Arm. „Ist schon in Ordnung. Nur eine Schramme.“ Er blies seine Wangen auf und ließ die Luft langsam entweichen.

Quer über die Grünfläche in der Mitte der Rennbahn rannte Maddie in ihre Richtung. „Das ist ein Rennabbruch. Das zählt nicht!“

Tatum kicherte, als sie ihre Freundin hörte. Sie schaute Cole an und zuckte mit den Schultern. „Du hast gewonnen. Du wärst auf jeden Fall schneller gewesen.“

„Nein, Maddie hat recht. Ich bin gestürzt, also hättest du gewonnen.“ Cole zog sein Fahrrad näher und stieg wieder auf. Er achtete sorgfältig darauf, sich auf beiden Seiten mit den Füßen abzustützen, um das Gleichgewicht zu behalten. Er grinste Tatum an. „Wie wär's mit einem Unentschieden?“

Ashleys Herz schmolz. Cole hatte ein Stück nachgegeben, hatte seinen Ehrgeiz, gewinnen zu wollen, vergessen, wenigstens für ein paar Minuten. „Du bist ein guter Junge, Cole“, flüsterte sie.

Ein Lächeln erhellte Tatums Gesicht. „Perfekt.“

Maddie rannte an Ashley und Kari vorbei und erreichte nach ein paar weiteren Metern ihre Freundin und ihren Cousin. „Unentschieden? Tatum, kein Unentschieden! Du hättest gewonnen.“ Sie schlug Cole auf den Rücken. „Sogar wenn du nicht gestürzt wärst, hätte sie vielleicht gewonnen, oder?“

Cole lächelte Tatum an. „Vielleicht.“

„Aber das ist egal.“ Tatum stieg wieder auf ihr Fahrrad. „Lasst uns noch mehr Aufwärmrunden fahren.“

Maddie rannte neben Tatum und Cole her. Ihr Gespräch wandte sich ihren Plänen für die Sommerferien in ein paar Monaten zu. Als sie

Maddies Fahrrad erreichten, hielten Cole und Tatum an, um dann gemeinsam – ohne weiter über ein Wettrennen zu sprechen – ihre Fahrt fortzusetzen.

„Ich glaube, du hast recht, was Cole angeht." Kari setzte sich wieder in Bewegung. Im Kinderwagen begann sich RJ zu bewegen.

„Dass er tatsächlich Fortschritte macht, was sein Verhalten Mädchen gegenüber betrifft?"

„Nein." Kari lachte. „Dass er eine Schwäche für Tatum hat."

Ashley verdrehte die Augen und sie wechselten das Geprächsthema. Jetzt sprachen sie nicht mehr über Prüfungen, die hinter ihnen oder möglicherweise noch vor ihnen lagen. Immerhin würden sie und Kari in nur wenigen Wochen wissen, ob sie Jungen oder Mädchen erwarteten. Dann könnten sie anfangen, sich über die Kinderzimmer Gedanken zu machen und sich auf die Geburten im August vorzubereiten.

Warum auch immer Gott sie an diesen Bibelvers erinnert hatte, Ashley war sich sicher, dass es kein geheimnisvolles Zeichen sein sollte. Eine Wahrheit blieb immer wahr, sowohl in der Vergangenheit als auch für kommende Zeiten. Der allmächtige Gott würde tatsächlich aus allem etwas Gutes bewirken für diejenigen, die ihn liebten. Ob es sich nun um einen Fahrradunfall auf dem Sportplatz handelte oder darum, herauszufinden, wie ein kostbares Kind wie Cole den nächsten Schritt in Richtung Erwachsenwerden bewältigen konnte. Egal, worum es ging – es würden weitere Prüfungen auf sie zukommen.

Doch im Moment wollte Ashley keine weitere Minute mehr darauf verwenden, darüber nachzudenken. Nicht wenn der Frühling, der sich vor ihr und Kari ausbreitete, voller Sonnenschein und Lachen war; nicht wenn ihre Lieblingsjahreszeit bevorstand – ein weiterer warmer, endloser Sommer. Und mit Dayne, der endlich ein Teil ihrer Familie war, und den Babys, die unterwegs waren, war sich Ashley sicher, dass es der beste Sommer würde, den sie je erlebt hatte.

Kapitel 3

Jenny Flanigan stellte ihren Klappstuhl in die dritte Reihe inmitten der Zuschauer hinter der Home Plate und konzentrierte ihre Aufmerksamkeit auf die Reds, die sich gerade auf dem Feld aufwärmten. Sie schaute besonders auf Ricky, das jüngste ihrer sechs Kinder. Er würde heute auf der Position des Shortstop spielen. Sie sah, dass er schon sein Spielergesicht aufgesetzt hatte. Nur eine seiner blonden Locken war unter der Baseballkappe hervorgeschlüpft und hing ihm in die Stirn.

„Hier drüben, Cole!“, rief Ricky Ashleys und Landons Sohn zu. Er biss sich auf die Lippe und hielt seinen Handschuh hoch. Cole warf den Ball in seine Richtung. Ricky fing ihn geschickt auf und tat so, als würde er losrennen, bevor er ihn dem Fänger zuwarf.

„Los geht's, Reds!“, feuerte Ricky seine Mannschaft an. „Das schaffen wir!“

Jenny lächelte. Sport würde immer zu ihrem Leben gehören. So war es seit dem Zeitpunkt, als sie Jim geheiratet hatte. Sie hatte mit dem Anfeuern ihres Mannes begonnen, der in der NFL gespielt hatte, und war inzwischen bei der Unterstützung ihrer Kinder angekommen. Doch sie hätten mit niemandem tauschen wollen. Ricky zog nun das Aufwärmtrikot aus, unter dem er das offizielle Trikot der Little League trug.

Cole winkte mit beiden Armen und Jenny wandte sich um. Ashley und Landon kamen gerade den Hügel herauf in Richtung Spielfeld gelaufen. Landon schob den Kinderwagen und Ashley trug eine Kamera um den Hals. Sie winkte zurück.

Cole spielte heute an der ersten Base, also würden er und Ricky dicht nebeneinander spielen. Es war der letzte Freitag im März. Die Sonne brannte auf das Feld und wärmte es so weit auf, dass die Zuschauer nur leichte Jacken brauchten. Zumindest bis die Sonne unterging.

„Wie lange dauert das Spiel?“ Bailey, ihre Älteste und einzige Tochter, saß neben ihr und schrieb irgendjemandem eine SMS. Sie trug einen dünnen Pullover und ihre Sonnenbrille. Ihr langes hellbraunes Haar hatte sie zu einem Zopf zusammengebunden.

„Eineinhalb Stunden, vielleicht zwei.“ Jenny lächelte. „Hast du noch eine Jacke mitgebracht?“

„Habe ich." Sie deutete auf ihren Rucksack, der hinter ihr stand. „Kommt Papa auch?"

„Nach dem Krafttraining." Wenn es nach Jenny ginge und die Welt perfekt wäre, würde sich ihre ganze Familie heute Nachmittag hier versammeln, um Rickys Spiel zu sehen. Doch Connor war mit der Familie Reed unterwegs, um Noten für das nächste Vorsingen des christlichen Kindertheaters zu besorgen, und ihre anderen drei Söhne trainierten mit ihrer Fußballmannschaft für die Turniere im kommenden Sommer. Also waren bisher nur sie und Bailey da.

„Bringt Papa Cody mit?" Bailey ließ ihr Handy sinken und lehnte sich an Jennys Schulter. „Ich vermisse ihn, seitdem das Krafttraining angefangen hat."

„Ich glaube schon." Jenny legte ihren Arm um Baileys Schulter. Sie und Jim hatte ein wenig argwöhnisch die Freundschaft beobachtet, die sich zwischen Bailey und Cody Coleman entwickelt hatte. Er wohnte seit knapp einem Jahr bei ihnen, doch im letzten November hatte er sich fast durch eine Alkoholvergiftung umgebracht. Er besuchte immer noch seine Therapiegruppe und hatte erstaunliche Fortschritte in allen Bereichen seines Lebens gemacht – bei seinen Schulnoten, seinem Sozialleben und seinem Einsatz für den Sport. Seine Verwandlung war so vollständig gewesen, dass er nach allem vielleicht sogar doch die Möglichkeit erhielt, am College Football zu spielen – an einem Juniorcollege in Indianapolis.

Doch er war nicht der Richtige für Bailey, zumindest nicht nach den Vorstellungen von Jim und Jenny.

Bailey schrieb wieder eine SMS. Ihre Finger flogen geradezu über die Tasten ihres Handys. Jenny wollte gerade fragen, mit wem sie sich schrieb, als Ashley und Landon die Zuschauerreihen erreichte und ihre Plätze einnahmen.

„Gut." Ashley seufzte und setzte sich auf eine dicke Decke. „Wir haben noch nichts verpasst."

Landon hob den kleinen Devin aus dem Kinderwagen und ließ sich auf dem Platz neben seiner Frau nieder. „Ich versuche, meine Schichten in der Feuerwache auf den Spielplan auszurichten." Er lächelte Jenny an. „Cole glaubt, dass er den Ball nicht trifft, wenn ich nicht hier bin."

Die Mannschaften hatten sich inzwischen um ihre Trainer geschart, standen vor ihren Auswechselbänken und hörten aufmerksam den letzten Anweisungen zu, die vielleicht den entscheidenden Unterschied in dem Spiel ausmachen würden. Die Reds spielten zunächst in dem ersten Feld und die Fans rund um Jenny und Bailey klatschten und jubelten.

„Auf geht's, Reds!" Jenny stand auf und erhob ihre Stimme. „Gebt euer Bestes, Jungs!" Sie bemerkte, dass Ashley sitzen blieb und ihr Klatschen ein wenig ruhiger war als während der Basketballsaison.

Landon warf Jenny einen ironischen Blick zu. „Ich habe sie ein bisschen gedämpft."

„Das sehe ich." Jenny ließ sich auf ihren Sitz fallen. „Es ist besser, solche Dinge ein wenig ruhiger angehen zu lassen."

Ashley und Landon lachten und kramten dann in ihren Taschen nach einem Fläschchen für Devin.

Bailey war immer noch dabei, SMS zu schreiben. „Das macht mich wahnsinnig", murmelte sie. „Wie dumm kann man denn sein?"

„Stimmt etwas nicht?" Jenny beugte sich dichter zu ihrer Tochter. Sie konnte das Textfeld auf Baileys Handy nicht erkennen, doch das musste sie auch nicht. Bailey sprach über alles mit ihr. Besonders jetzt, da Bryan Smythe aus ihrem Leben verschwunden war.

„Marissa." Bailey drückte auf *Senden* und klappte ihr Handy zu. „Sie ist zu dem Krankenhaus bei der Uni gegangen, wo man kostenlos die Pille bekommt."

„Marissa Young?" Jenny fühlte den Schock tief in ihrem Herzen. Marissa und Bailey waren zusammen aufgewachsen und seit ihrem ersten gemeinsamen Kindergottesdienst in der Bloomingtoner Gemeinde befreundet. Sie waren unzertrennlich gewesen, bis Bailey mit dem christlichen Kindertheater begonnen hatte. Zu dieser Zeit hatte Marissa Volleyball gespielt und Leichtathletik trainiert. Doch seit diesem Schuljahr hatte sie mit beiden Sportarten aufgehört – zumindest hatte das ihre Mutter gesagt, als Jenny sie vor einem Monat zufällig getroffen hatte.

Bailey ließ ihre Finger durch ihre Locken gleiten. Ihr Gespräch war so leise, dass Ashley und Landon sie nicht hören konnten. „Sie trifft sich mit diesem Typ vom College, jemandem, den sie über StudiVZ kennengelernt hat."

„Ich dachte, StudiVZ sei nur etwas für Studenten." Jenny wusste von der Website, so wie sie über Facebook Bescheid wusste. Etliche von

Baileys Freunden hatten schon auf die eine oder andere Art Probleme gehabt, weil sie Profile von sich bei Facebook eingestellt hatten.

„Nicht mehr ausschließlich. Jetzt hat sie also diesen Freund vom College, und das ist nicht gut."

Jenny seufzte. „Sie will die Pille nehmen?"

„Das macht sie schon. Der Typ hat sie letztes Wochenende überredet, mit ihm zu schlafen."

Der Schmerz in Jennys Herz war so tief, als ginge es um eines ihrer eigenen Kinder. „Oh Bailey ... das tut mir so leid. Marissa war noch Jungfrau, nicht wahr?"

„Eine der letzten." Bailey presste ihre Ellbogen auf ihre Knie und starrte auf das Baseballfeld. „Manchmal habe ich das Gefühl, als wäre ich die Letzte, die sich um so etwas Gedanken macht, Mama. Die letzte Übriggebliebene."

Jenny überlegte sich ihre Antwort sorgfältig. Die Gefühle ihrer Tochter waren echt und ließen sich nicht einfach mit der Bemerkung wegwischen, dass sie nicht der einzige Teenager war, der den Wunsch hatte, mit dem Sex bis zur Ehe zu warten. Jenny strich über Baileys Rücken. „Die richtigen Entscheidungen sind niemals einfach, Liebling."

„Ja, und dann ist da noch Alec. Er raucht jedes Wochenende mit dem halben Baseballteam Shishas, und jetzt, wo die Saison angefangen hat, ist er zu Speed übergegangen." Sie blickte Jenny an. „Speed! Kann du das glauben? Wie verrückt ist das denn? Er sagt, dass er aufgehört hat, aber trotzdem. Er hat mich schon öfter belogen."

Das Blut wich aus Jennys Gesicht. Jim und sie waren mit Alec's Eltern befreundet. „Das ist wirklich gefährlich, Bailey."

„Das weiß ich doch. In Biologie haben wir gelernt, dass man einen Herzanfall oder einen Gehirnschlag bekommen kann, wenn man das Zeug nimmt. Man kann sogar daran sterben." Sie verschränkte ihre Arme und richtete sich wieder auf. „Es fühlt sich an, als ob ich mit jeder Woche weniger Freunde hätte."

Dem konnte Jenny nur zustimmen. „Was ist mit Tim Reed? Er will für die nächste Aufführung des Kindertheaters vorsingen, nicht wahr? Er ist dir doch immer ein guter Freund gewesen."

„Er will vorsingen, aber mehr weiß ich nicht." Bailey warf die Hände in die Luft. „Ich höre in letzter Zeit kaum noch etwas von ihm."

Auf dem Spielfeld standen die Läufer an der zweiten und dritten

Base, als der Schläger den Ball traf und ihn direkt zu Ricky feuerte. Er fing den Ball, nachdem er einmal aufgesprungen war, schrie die Läufer an, dass sie die zweite Base verlassen sollten, und warf den Ball dann zum Fänger.

„Super gemacht!" Jenny sprang wieder hoch. „Weiter so, Ricky! Gut gemacht, Reds!"

Cole und die anderen Reds jubelten und applaudierten Ricky. Mit diesen zwei Runs hatten sie inzwischen schon drei. Jetzt waren die Reds mit dem Schlagen an der Reihe.

Jenny setzte sich wieder hin und dachte über das nach, was Bailey ihr erzählt hatte. Zwei kurze Telefonanrufe und sie könnte mit den Müttern von Marissa und Alec sprechen. Sie würde sich auch wünschen, dass eine von ihnen sie anrief, wenn sie mitbekam, dass Bailey solche schlechten Entscheidungen traf.

Doch Jenny hatte keinen weiteren Beweis dafür als das, was Bailey ihr gerade erzählt hatte. Und auch wenn sie ihrer Tochter aufs Wort glaubte, taten die anderen Frauen es womöglich nicht. Vor ungefähr zwei Jahren hatte Alec einmal seine Eltern belogen und war zu einer Party gegangen, bei der Alkohol getrunken wurde. Als Jenny das herausgefunden hatte, hatte sie seine Mutter angerufen. Doch die Reaktion der Frau war nicht so ausgefallen, wie Jenny erwartet hatte, und sie würde sich immer an die verletzenden Bemerkungen erinnern, die sie an jenem Abend zu hören bekommen hatte.

„Ich kann meinen Sohn sehr gut erziehen, Jenny Flanigan." Der Tonfall von Alecs Mutter war schneidend gewesen. „Man sollte meinen, dass du mit deinen sechs Kindern selbst genug zu tun hast. Vielleicht solltest du dich lieber um die kümmern als um das, was anderer Leute Kinder tun."

Das war das letzte Mal gewesen, dass Jenny das Vertrauen ihrer Tochter missbraucht hatte. Wenn Bailey ihr etwas von ihren Klassenkameraden erzählte, dann rannte sie nicht gleich zum Telefon, um ihre Eltern anzurufen, und das würde sie auch nie mehr tun. Nicht bevor einer von Baileys Freunden ernsthaft in Gefahr war. Wenn Alec versprochen hatte, mit den Drogen aufzuhören, musste das für den Moment genügen. Das Gleiche galt für Marissa. Wenn sie zu diesem Zeitpunkt mit Marissas Mutter sprach, würde das nur einen Kummer auslösen, den Marissa offensichtlich nicht mit ihrer Mutter teilen konnte.

Trotzdem wollte Jenny bei dieser Sache auf dem Laufenden bleiben. Sie holte tief Luft. „Marissa sollte mit diesem Kerl Schluss machen, und dann muss sie unbedingt mit ihrer Mutter reden."

„Ich weiß. Das habe ich ihr auch gesagt."

„Und?" Jenny rückte ein wenig näher zu ihrer Tochter. Ihre Stimmen waren immer noch leise.

„Sie sagt, dass sie ihn heiraten will. Und dass sie mit ihrer Mutter redet, wenn sie dazu bereit ist."

Ein Seufzer stieg aus Jennys Herzen auf. Als sie über ihre Schulter schaute, war Ricky an der Reihe mit Schlagen. Jim und Cody rannten über den Hügel, um die Zuschauerreihen zu erreichen, bevor Ricky seinen ersten Schlag machte.

Bailey klatschte. „Los geht's, Ricky! Immer auf den Ball schauen!"

Jim eilte über das Gras, seine Augen fest auf Ricky gerichtet. „Wie ich es dir erklärt habe, Kumpel! Leicht und elegant!"

Von einer Sekunde zur nächsten war Rickys Haltung viel selbstbewusster und er wirkte deutlich konzentrierter. Er warf Jim einen Blick zu, grinste, überquerte das Spielfeld und griff nach dem Schläger.

Jim erreichte den Rand des Spielfelds. Nur wenige Meter von der Box entfernt, in der der Schläger stand, blieb er stehen. Er bewahrte die Ruhe, als der erste Schlag weit über das Spielfeld hinausflog.

„Das geht noch besser, Ricky!" Coles Stimme kam von der Auswechselbank. „Der nächste ist deiner!"

Die Worte und Geräusche und die weiche Frühlingsluft waren Jenny so vertraut wie das Atmen und sorgten dafür, dass sie sich entspannte. Sie ließen sie für ein paar Minuten die Kämpfe vergessen, denen sich Bailey gegenübersah. Jetzt war die Lieblingsjahreszeit der Flanigan-Familie. Eine Zeit, in der die Herausforderungen der Footballsaison noch ein halbes Jahr entfernt waren und die Jungs nur das wöchentliche Fußballtraining und Baseballspiele hatten. Der Sommer stand vor der Tür und die Tage wurden mit jedem Sonnenuntergang länger und wärmer.

Die Jahre, in denen Jenny ihre Familie beim Sport begleitet hatte, hatten sie gelehrt, die richtige Perspektive zu wahren. Sie feuerte sie an, hatte aber die Einzelheiten schon wieder vergessen, sobald sie den Park verließ. Die Spiele waren lustig und aufregend und so wie heute das Highlight ihrer Woche. Doch es waren auch nur Spiele. Das Ergebnis zählte bei Weitem nicht so viel wie das Erlebnis.

Von der Auswechselbank des Gegners hörte man spöttische Rufe. „Hey, Schläger, Schläger, Schläger ... Hey, Schläger."

Der nächste Schlag war ebenfalls ein Strike weit über das Feld hinaus.

Ricky trat aus der Box und übte ein paarmal seinen Schwung. Dann stellte er sich erneut in die Box. Dieses Mal schwang er den Schläger mit seinem ganzen Können und traf den Ball genau richtig, um ihn bis zur dritten Base zu befördern. Ricky ließ seinen Schläger fallen und raste zur ersten Base, die er im Bruchteil einer Sekunde erreichte.

„Super gemacht, Ricky!" Jim ballte die Hände erst zu Fäusten und klatschte dann ein paarmal laut. Anschließend wandte er sich um und sprang die Zuschauerreihen hinauf, bis er seinen Platz neben Jenny erreichte. Er küsste sie auf die Wange und lächelte sie an. „Wie geht es der schönsten Frau in ganz Bloomington?"

„Hey ..." Bailey warf ihm einen gespielt beleidigten Blick zu. „Was ist mit mir?"

Er blies ihr einen Kuss zu. „Du, meine Liebe, bist das schönste *Mädchen* in ganz Bloomington. Die andere Ehre – er sah wieder Jenny an – wird immer meiner Frau gebühren."

Jenny lachte. „Muss ein erfolgreicher Tag im Kraftraum gewesen sein."

„Cody hat mir mit den jüngeren Spielern geholfen und ich muss schon sagen, das Team sieht richtig gut aus. Viel kräftiger als das Team letztes Jahr zu dieser Zeit." Er legte seinen Arm um Jennys Taille. „Vielleicht macht unsere Kein-Alkohol-Politik tatsächlich den Unterschied."

„Ich hoffe es."

Die Mannschaft hatte ein Wechselbad der Gefühle erlebt, seitdem Cody wegen der Alkoholvergiftung am Rande des Todes gestanden hatte. Andere Spieler hatten zugegeben, ebenfalls zu trinken. Jim hatte ein Treffen organisiert, in dem er jeden Spieler dazu aufforderte, sich vertraglich zu verpflichten, keinen Alkohol mehr zu trinken, ansonsten würde er aus dem Team ausgeschlossen. Es hatte alles gut ausgesehen, bis Jim einige seiner Spieler am Silvesterabend beim Trinken erwischt hatte. Sie waren aus der Mannschaft ausgeschlossen worden, doch es gab Gerüchte, wonach ihre wütenden Eltern sich zusammengeschlossen hatten, um Jims Entlassung zu fordern.

Bisher waren das alles nur Spekulationen, doch Jenny machte sich trotzdem Sorgen. Es war nicht so, dass Jim auf den Trainerjob an der

Clear Creek Highschool angewiesen war, aber er liebte ihn. Wenn die Verwaltung nachgeben und ihn rauswerfen würde, würde Jim ernsthaft darüber nachdenken, einen Trainerjob in der NFL anzunehmen, und das würde bedeuten, dass sie Bloomington verlassen müssten.

Aber darüber wollte Jenny nicht nachdenken. Nicht jetzt.

Cole war an der Reihe. Obwohl er ein paar der Bälle traf, schaffte er es nicht bis zur Base und wurde rausgeworfen. Er ging niedergeschlagen in Richtung Auswechselbank, doch dann trafen seine Augen Landons Blick.

„Gut gemacht, Cole." Landon bedachte seinen Sohn mit einem ermutigenden Daumen-Hoch-Zeichen. „Nächstes Mal klappt es besser."

Genau wie Ricky zuvor richtete Cole sich wieder auf und ein Lächeln trat auf sein Gesicht. Er nickte und streckte ebenfalls den Daumen in die Höhe.

Wieder fühlte sich Jenny bestätigt. Beim Sport gab es zwar auch immer negative Seiten, hässliche Momente und Zeiten, in denen sich jeder, der damit zu tun hatte, fragte, warum er das eigentlich tat, doch zu beobachten, was für eine enge Beziehung diese kleinen Jungen und ihre Väter hatten, zeigte deutlich, dass der Sport durchaus auch gute Seiten hatte.

Sehr gute Seiten.

Seitdem er mit Jim gekommen war, hatte Cody am Rand gestanden und das Spiel beobachtet. Jetzt suchte er Baileys Blick und bedeutete ihr, sie solle zu ihm kommen.

Sie schob ihr Handy in ihre Hosentasche und sprang leichtfüßig die Zuschauertribüne zu ihm hinunter.

Cody umarmte sie freundschaftlich und warf ihr ein Lächeln zu, das offensichtlich tief aus seinem Herzen kam. Seine Augen tanzten, als er etwas zu Bailey sagte, das Jenny über den Lärm des Spiels hinweg nicht hören konnte.

„Woher kommt es, dass Baileys Augen nicht so leuchten, wenn sie mit mir redet?" Jim meinte das scherzhaft, das verriet ihr sein Tonfall. Doch Jenny kannte ihn gut genug, um zu wissen, dass er das nicht nur als Spaß gemeint hatte.

Jenny rückte ein wenig dichter zu ihrem Mann. „Bete für sie. Es ist im Moment nicht einfach für sie."

„Noch mehr Ärger mit ihren Freunden?"

„Ja." Jenny wandte ihre Aufmerksamkeit wieder dem Spiel zu. Einer der Reds schlug einen Ball so, dass Ricky die zweite und dritte Base überlaufen konnte und es bis ins Ziel schaffte.

Die Fans der Reds sprangen auf. Das war der erste Sieg der Saison. Viele Spiele lagen noch vor ihnen und boten unzählige Möglichkeiten.

Jenny wartete, bis sich die Jubelstürme beruhigt hatten. Dann beugte sie sich vor, sodass nur Jim sie hören konnte. „Marissa Young hat Bailey erzählt, dass sie mit einem Collegestudenten schläft, den sie über das Internet kennengelernt hat."

Jim sackte zusammen und seufzte. Er schloss die Augen. „Sie war doch um Weihnachten herum bei uns. Sie hat davon gesprochen, wie froh sie ist, dass Bailey und sie dieselben Werte hochhalten."

„Ich weiß. Sie will es ihrer Mutter erzählen, wenn der Zeitpunkt stimmt, doch vielleicht sollte ich es ihrer Mutter vorher sagen. Ich will mit Bailey später noch mal darüber reden." Sie wartete einen Moment und erzählte Jim dann von Alec und seinen Experimenten mit Drogen. „Er behauptet, dass er aufgehört habe, doch die ganze Situation macht Bailey fertig. Außerdem haben sich ihre Freunde vom Kindertheater lange nicht gemeldet. Sie fühlt sich einsam."

„Was Bailey eine Menge Zeit für Cody lässt." Jim schaute zu ihrer Tochter und dem jungen Footballspieler an ihrer Seite. Die beiden lachten über irgendetwas.

In diesem Moment blickte Bailey zu ihnen hinüber. „Cody und ich gehen eine Runde um das Spielfeld." Sie lächelte. „Wir bleiben nicht lange."

Jenny öffnete ihren Mund, um zu antworten, doch Jim versetzte ihr einen sanften Stoß in die Rippen. „Das ist in Ordnung", flüsterte er. Dann winkte er den Teenagern zu. „Bleibt nicht zu lange. Ihr wollt doch die nächsten Runden von den Reds sehen."

Bailey nickte und ging mit Cody davon.

Jenny grummelte. „Also wirklich, Jim. Wir sollten wenigstens versuchen, sie nicht noch zu ermutigen."

„Sie sind nur Freunde. Ich habe oft genug gesehen, wie sich Cody gegenüber Mädchen verhält, an denen er interessiert ist, und weiß, wie er sie anschaut." Jim kniff die Augen zusammen und schaute ein paar Sekunden seiner Tochter hinterher. „Mit Bailey ist das etwas anderes. Cody respektiert sie. Er behandelt sie wie eine gute Freundin, auch wenn er vielleicht sogar wirklich darüber nachdenken sollte, mit ihr auszugehen."

„Das hoffe ich." Jennys Zweifel hinterließen ein Schuldgefühl bei ihr. Cody war ein netter Junge, doch er war Alkoholiker und würde das auch immer bleiben. Welches Mädchen Cody auch einmal heiraten würde, sie würde den Rest ihres Lebens dafür beten, dass er die Finger vom Alkohol ließe. Und diese Rolle wünschte sie sich nicht für Bailey. Nicht jetzt, und auch in Zukunft nicht.

„Das ist auch unwichtig." Jim sah wieder zum Spielfeld. „Cody hat immer noch vor, sich nach dem Schulabschluss bei der Armee zu verpflichten."

„Ich dachte, er hätte die Möglichkeit, für ein Juniorcollege zu spielen?"

„Das hat er." Jim zuckte mit den Schultern. „Ich glaube, diese ganze Sache mit der Armee hat ihn gepackt. Vielleicht bedeutet ihm das sogar noch mehr als Football."

Darüber dachte Jenny ein paar Minuten nach.

Die Reds waren wieder auf dem Feld. Ein weiteres Spiel begann. Cole streckte sich so lang wie möglich und fing einen Wurf von der dritten Base ab. Die Reds feierten sich und der Jubel und das Klatschen und die Stimmen aufgeregter kleiner Jungs füllten die Luft. Wieder war der Lärm angenehm und beruhigend.

Mit Bailey, die langsam erwachsen wurde, fühlte sich so vieles in ihrem Leben unsicher und unbekannt an. Ihr Heranreifen stellte Jim und Jenny vor Herausforderungen, mit denen sie sich noch nie zuvor in ihrem Leben konfrontiert gesehen hatten. Als Bailey kleiner gewesen war, waren die Antworten einfach gewesen. *Ja, du darfst länger aufbleiben, um den Film zu sehen,* und *Nein, du kannst nicht zum Spielen raus, solange dein Zimmer noch nicht aufgeräumt ist. Ja, du darfst bei deiner Freundin übernachten,* und *Nein, du darfst nicht allein mit ihm in den Park gehen.* Jenny konnte sich selbst hören, wie sie ihre klugen Ratschläge erteilte, sobald sie gefragt wurde.

Doch jetzt schien alles so kompliziert geworden zu sein. Wie konnte sie Bailey helfen, diese schwierige Zeit in ihrem Leben zu bewältigen, wenn die Tatsache, dass sie Gottes Ratschläge in ihrem Leben umsetzte, sie isoliert und ohne Freunde zurückließ? Und sollte sie mehr unternehmen, um Baileys Freundschaft mit Cody zu unterbinden?

Jenny schloss ihre Augen und atmete die kalte Luft ein. *Gott, gib du ihr die Antworten. Bitte …* Sie ließ das stille Gebet bis in die tiefsten Winkel ihres Herzens sinken. Irgendwie würde sie Anweisungen und Weisheit bekommen, denn Gott würde sie ihr schenken. Er würde sie und Jim durch die unbekannten Gewässer leiten, die vor ihnen lagen, und ihnen die Antworten geben, die jetzt so schwer zu finden waren.

Sie öffnete ihre Augen in dem Moment, in dem Ricky den Ball fing und ihn weit ins Aus schleuderte. Ein Lächeln füllte ihre Seele. Gott würde ihnen nicht nur die Antworten geben; er würde ihnen auch einen Grund zum Jubeln geben. Jetzt und in Zukunft.

Kapitel 4

John Baxter lehnte sich auf seinem Platz an seinem Lieblingstisch im *Grazie!* zurück und starrte durch die Fensterscheibe des Restaurants. Elaine Denning stand direkt vor der Tür und telefonierte mit ihrer Tochter.

John machte es nichts aus, zu warten. Ab und zu waren solche unerwarteten Momente des Alleinseins gut für ihn. Sie waren eine Möglichkeit, sein Leben zu betrachten und zu sehen, wie Gott die Menschen, die er liebte, in eine schöne, warme Zeit führte, voller Liebe und Sonnenschein. Nicht nur äußerlich mit dem Sommerwetter, das sie jetzt erwartete. Sondern in ihrem Leben.

Elaine spähte von draußen durch das Fenster in das italienische Restaurant, hielt einen Finger hoch und verzog ihr Gesicht zu einer entschuldigenden Miene. Er winkte ihr zu, um ihr zu signalisieren, dass es ihm gut ging und dass sie sich ruhig Zeit lassen sollte. Sie nickte und wandte sich wieder ihrem Telefonat zu.

John atmete tief durch und sein Herz und seine Gedanken füllten sich mit einer tiefen Dankbarkeit für den Segen, den er in seinem Leben erfuhr. Sein ältester Sohn Dayne Matthews hatte die Frau geheiratet, die er liebte und von der er vom Tag ihrer ersten Begegnung an fasziniert gewesen war. Gerade waren sie auf dem Weg zurück aus ihren Flitterwochen, um ihr gemeinsames Leben in ihrem Haus zu beginnen, das am Ufer des Lake Monroe stand. Seine Töchter waren alle mit wundervollen Männern verheiratet, kümmerten sich um ihre Familien und unterhielten ihn mit einem konstanten Strom an lustigen Geschichten und liebevollen Anekdoten aus dem Leben seiner Enkelkinder. Sein Sohn Luke hatte seine Zulassung als Rechtsanwalt erhalten und kümmerte sich in Indianapolis ausschließlich um Daynes Angelegenheiten. Und als Krönung des Ganzen erwarteten seine beiden mittleren Töchter Kari und Ashley Ende August innerhalb von einer Woche Babys.

John sah, wie Elaine ihr Handy zuklappte und eilig durch die Tür trat. Er lehnte sich vor, seine Ellbogen auf den Tisch gestützt, und studierte sie aufmerksam. Die dunklen Schatten der Vergangenheit lösten sich allmählich auf und vielleicht war der Hauptgrund dafür die Frau, die jetzt auf ihn zukam.

Sie erreichte den Tisch und setzte sich wieder auf den Stuhl ihm gegenüber. „Entschuldige." Sie war außer Atem und schüttelte ihren Kopf. „Und das alles nur, um mir zu sagen, dass meine Enkelin aus dem Krankenhaus entlassen worden ist."

„Ist die Lungenentzündung geheilt?"

„Es ist besser geworden. Sie nimmt jetzt Antibiotika und braucht noch eine Menge Ruhe." Elaine stellte ihre Handtasche auf den Stuhl neben sich.

„Aber das Schlimmste ist auf jeden Fall überstanden."

„Ja." Elaine schaute sich um. Sie holte tief Luft. „Ich liebe diesen Ort."

Ich liebe es, mit dir hier zu sein, dachte John. Doch er konnte sich gerade noch davon abhalten, das laut auszusprechen. Stattdessen lächelte er. „Ich auch."

Sie studierten die Speisekarte und sprachen darüber, was sie bei ihrem letzten Besuch hier gegessen hatten.

Nachdem der Kellner ihre Bestellung aufgenommen hatte, nippte Elaine an ihrem Wasser und schaute ihn an. Ihre Augen tanzten, so wie sie es in letzter Zeit häufiger taten. „Woran denkst du?" Sie legte ihren Kopf zur Seite. Ihre Worte klangen sehr ruhig und entspannt.

„An dich." John lächelte. „Wie sehr ich es genieße, mit dir zusammen zu sein."

Die Beleuchtung machte es ihm unmöglich, zu sagen, ob sie errötete. Doch ihre Wangen schienen dunkler zu sein als vorher. Sie stellte ihr Wasserglas ab und lachte.

„Oh, wunderbar." John tat so, als sei er beleidigt. „Auf diese Reaktion habe ich gewartet."

„Nein." Elaine winkte ab. Sie lachte immer mehr. „Das ist es nicht." Sie versuchte, ihre Fassung wiederzugewinnen. „Es ist nur … es hat uns viel Zeit gekostet."

John blinzelte verdutzt. „Was meinst du …?"

Sie legte sich die Hand auf den Mund, um eine neue Runde Gelächter zu unterdrücken. „Tut mir leid." Sie zwang sich, ernst dreinzuschauen, doch ihre Augen lachten immer noch. „Ich meine damit, dass wir das hier – sie schaute sich um, als ob die Antwort irgendwo in der

Luft über ihrem Tisch hing – was auch immer es ist ... seit ungefähr zwei Jahren tun. Zwischen deinen Kindern und meinen und den Dingen, die unser Leben ausfüllen ...“ Sie zuckte mit den Achseln. „Ich weiß nicht. Ich habe einfach das Gefühl, dass es lange gedauert hat, bis wir an diesen Punkt gekommen sind.“

„An diesen Punkt?“ Verstehen dämmerte in Johns Herz. Er zögerte. „Hier an diesen Punkt, an dem ich dir sagen kann, was ich fühle?“

„Ja.“ Ihr Tonfall war sanft und es schwang immer noch ein Rest ihrer Fröhlichkeit darin mit. Sie griff über den Tisch und nahm seine Hand. „Ich habe nicht über dich gelacht, sondern über uns. Zwei Erwachsene über sechzig, die sich nicht trauen, einander ihre Gefühle zu gestehen.“

Das Gefühl ihrer beiden Hände, die seine Hand festhielten, löste seltsame Gefühle in ihm aus. Sie kritisierte ihn nicht und beschwerte sich auch nicht. Sie analysierte einfach die Situation, wie sie war. Er neigte den Kopf. „Es ist kompliziert.“

„Das ist wahr.“ Ihr Lachen verstummte. Sie schwieg einen Moment und sah ihn aufmerksam an. „Als wir uns vor vielen Jahren unser Leben ausgemalt haben, wie es sein würde, wenn wir älter sind, haben wir niemals geplant, dass die Hauptpersonen nicht mehr dabei sein würden.“

„Nein.“

„Doch jetzt sind wir hier.“ Elaine drückte seine Hand und ließ sie dann frei. „Und ich kann dir nur zustimmen, John Baxter. Ich genieße es ebenfalls sehr, mit dir zusammen zu sein.“

Später während des Essens wunderte sich John über ihre Bemerkung und über ihr Lachen, als er gesagt hatte, dass er es genoss, Zeit mit ihr zu verbringen. Er hatte ihre Freundschaft einmal beinahe verloren – als ihre Nähe ihm Angst gemacht hatte. Doch jetzt hatte er keine Angst vor ihr. Er hatte vor sich selber Angst. Hatte er ihr womöglich ständig den Eindruck vermittelt, dass er an ihr nur als an einer guten Freundin interessiert war?

Denn Fakt war, dass sich das geändert hatte. Sein Interesse ging darüber hinaus, wuchs mit jeder Begegnung.

Ihre gemeinsame Mahlzeit war ruhig und entspannt. Sie lachten über Coles neueste Kampfansage an seine Cousine Maddie – dass er in dieser Saison mehr Homeruns schaffen würde als sie – und sorgten sich um Dayne und Katy und dass ihre Mitarbeit bei der Reality-Show ihrer

Beziehung möglicherweise mehr schaden könnte, als dass sie sie vor den Nachstellungen der Paparazzi schützte.

Als sie fertig waren, fuhr John Elaine nach Hause und begleitete sie über den gepflasterten Weg bis zu ihrer Haustür. Er hielt ihre Hand, so wie er es in letzter Zeit häufig tat. Es war noch früh am Abend, aber er musste am nächsten Morgen zur Arbeit und sie hatte vor, noch einige Anrufe für eine Wohltätigkeitsveranstaltung zu tätigen, die sie mit organisierte. Dennoch wollte John den Abend nicht ausklingen lassen, ohne ihr etwas zu sagen, das ihm beim Abendessen klar geworden war.

Die Sonne war fast untergegangen und die Milde des Aprilnachmittags war einer kühlen Abendluft gewichen. Der Geruch von Rosen und frisch gemähtem Gras lag in der Luft, während sie auf die Tür zugingen. Johns Herz schlug hart in seiner Brust und er überlegte, ob er später mit Elaine reden sollte.

Doch bevor er sie zum Abschied umarmen und den Weg wieder hinuntereilen konnte, wandte sie sich zu ihm um. „Deine Hände sind feucht vor Schweiß."

Hitze schoss durch seine Adern und bis in seine Wangen. Er ließ ihre Finger los und wischte sich die Handflächen an der Hose ab. „Entschuldige."

„Das ist okay." Elaine suchte seinen Blick. In ihrer Stimme klang eine solche Ruhe mit, dass er den Mut fand zu bleiben. „Was beschäftigt dich?"

John schluckte. Vielleicht war er noch nicht dazu bereit, seine Gefühle zu offenbaren. Vielleicht waren es gar keine Gefühle, sondern nur flüchtige Gedanken. Doch warum verspürte er dann den sehnsüchtigen Wunsch, wieder ihre Hand zu halten?

Sie wartete geduldig auf seine Antwort. Ihre Lippen waren zu einem leisen Lächeln verzogen, das ihm sagte, dass sie vielleicht schon wusste, was er gerade verzweifelt zu sagen versuchte.

Er räusperte sich. „Vorhin, als ich dir gesagt habe, dass ich es genieße, Zeit mit dir zu verbringen …"

Elaine griff nach seinen Händen und strich mit ihren Daumen darüber. „Ich wollte nicht lachen."

„Ich weiß, aber …" John schloss seine Augen und holte tief Luft. Als er die Augen wieder öffnete und sie vor sich sah, erfüllte eine plötzliche Gewissheit sein Herz. Er richtete sich auf. „Elaine, du bedeutest mir sehr viel." Er hielt kurz inne und für einen Moment vergaß er zu atmen. „Viel mehr als nur eine gute Freundin." Hinter ihm fuhren Autos durch die Straße und ein paar Häuser weiter sprangen einige Kinder in der Einfahrt. Ihre Stimmen klangen laut und fröhlich. Doch John nahm den Lärm nicht wahr. Sanft drückte er Elaines Hände. „Verstehst du, was ich dir zu sagen versuche?"

„Ich glaube schon." Sie errötete und ein Lächeln stahl sich auf ihr Gesicht. Sie sah plötzlich viel mehr wie ein schüchternes Schulmädchen aus als wie die selbstbewusste Frau, die sie noch vor einigen Minuten gewesen war. „Willst du mir sagen, dass du gewisse Absichten hast?"

Absichten. Johns Seele klammerte sich an das Wort. Das war exakt das, was er fühlte. Ein leises Kichern stieg in seiner Kehle auf und verwandelte sich in ein lautes Lachen.

„Oh?" Elaine hob ihre Augenbrauen und sah ihn sarkastisch an. „Bin ich jetzt der Spaßvogel?"

John schüttelte den Kopf und fand seine Fassung wieder. „Tut mir leid, es ist nur ..." Er zuckte mit den Schultern. „Den ganzen Abend habe ich versucht, die richtigen Worte zu finden. Vielleicht versuche ich das sogar schon seit Wochen. Und du brauchst nur drei Sekunden, um es festzustellen."

„Wirklich?" Elaines Gesichtsausdruck wurde sanft. „Das versuchst du?"

„Ja." Er schob seine Finger zwischen die ihren. „Ich weiß nicht, was meine Absichten jetzt gerade im Moment sind." Er wollte sie nicht verärgern oder die Stimmung zerstören, doch er wollte auch nicht missverstanden werden. Er erwog jedes Wort sorgfältig. „Doch ich habe Absichten und sie erinnern mich jedes Mal daran, dass ich mehr für dich empfinde als nur Freundschaft. Ich wollte es dir sagen, bevor dieser Tag vorbei ist."

Elaine sah ihm tief in die Augen, vorbei an der Albernheit und den peinlichen Momenten, die zu diesem Wendepunkt geführt hatten. „Wir können uns Zeit lassen."

Irgendetwas an ihrem Vorschlag ließ John unruhig werden. Wenn Elaine und er ihre Beziehung vertiefen wollten, wenn sie etwas haben wollten, das über eine normale Freundschaft hinausging, warum sollten sie sich dann damit Zeit lassen? Sie kannten einander seit mehr als zehn Jahren und stimmten in allem überein, was wichtig war – in ihrem Glauben, ihrer Liebe zu ihren Familien und in ihren Gefühlen füreinander. Er dachte daran, ihr das so zu sagen, doch ein solches Geständnis erschien ihm zu viel für den Moment.

Stattdessen lächelte er sie an. „Ich habe Absichten, was dich betrifft, Elaine Denning."

Ein Funkeln trat in ihre Augen. „Und ich auch, was dich betrifft."

John zog sie dichter an sich und umarmte sie. Ihre Wärme fand ihren Weg durch ihn hindurch bis in die kältesten, dunklen Ecken seines Herzens. Er hatte sie eigentlich nicht küssen wollen, hatte nicht einmal einen Gedanken daran verschwendet, als er sich überlegt hatte, wie dieser Abend enden sollte. Doch als er nun vorsichtig zurücktrat, berührte er mit seinen Lippen ihren Mund, bevor er sie losließ, und sie reagierte.

Ihr Kuss dauerte nicht sehr lang – höchstens ein paar Herzschläge lang. Doch er entzündete in John ein Gefühl der Hoffnung und der Liebe und der Sehnsucht, das er nie wieder zu spüren erwartet hatte. Er berührte mit seiner Hand vorsichtig ihre Wangen. „Wir sprechen uns morgen."

Elaine schloss ihre Hände um die seinen. „Gute Nacht."

John musste zum Auto zurückgeschwebt sein, denn er konnte sich nicht erinnern, auch nur einen einzigen Schritt gemacht zu haben. Er war schon die halbe Straße entlanggefahren, bevor er sich ermahnte, das Atmen nicht zu vergessen. Am liebsten hätte er gelacht und geweint und seinen Dank an Gott laut hinausgeschrien. Seinen Dank dafür, dass er ihn irgendwie – durch die dunkelste aller Nächte – an einen Platz geführt hatte, an dem er neues Leben, eine neue Liebe gefunden hatte. Er hätte sich das niemals so ausgesucht. Auch Elaine hätte das nicht getan. Doch jetzt waren sie hier.

Er hatte Elaine seine Gefühle gestanden und sie zum Ende des Abends geküsst, und jetzt sah seine ganze Welt völlig anders aus. Neu und voller Möglichkeiten. Seine Gedanken rasten, als er über die Folgen nachdachte. Obwohl sich das alles in seinem Alter seltsam anfühlte und obwohl er nie die Absicht gehabt hatte, das alles noch einmal zu erleben, waren er und Elaine nun offiziell zusammen.

Diese Feststellung rutschte von seinem Herzen in seinen Magen. Das bedeutete, dass seine Kinder es wissen mussten! Und was war mit den übrigen Menschen? Wenn er Gefühle für Elaine hatte und ernsthafte Absichten, was ihre Beziehung betraf, und wenn er der Meinung war, dass sie keinen Grund hatten zu warten – stand ihm dann nicht etwas bevor, das alles verändern würde? Wenn Elaine und er heiraten würden, wären Veränderungen unausweichlich. Wie sie beispielsweise Elizabeths Geburtstag verbringen würden oder ihren Hochzeitstag oder den Tag ihres Todes. Und was war mit Weihnachten und Thanksgiving und dem 4. Juli? Während der letzten Jahre war Elaine zwar bereits als Gast bei der Baxter-Familie dabei gewesen, doch sie hätte dann das Recht, ihre eigenen Traditionen und Vorstellungen einzubringen.

Und noch etwas würde sich ändern müssen. Elaine und er könnten niemals ihre Ehe in dem alten Baxter-Haus beginnen. Nicht, wenn die Erinnerungen an Elizabeth jeden Raum füllten, ihre Gegenwart eingewoben war in die Farbe der Wände und die Dinge, die sie über die Jahre angesammelt hatte. Er stellte sich ihre Habseligkeiten verpackt in Kartons vor, ein „Zu verkaufen"-Schild auf der Wiese vor dem alten Haus.

Plötzlich fühlten sich seine Absichten schwach und unsicher an. John bremste, als die Lichter seiner vorderen Veranda in Sicht kamen. Er bog ab und fuhr langsam die Einfahrt entlang, seine Augen auf das Haus gerichtet. Die Veränderungen, die auf ihn zukamen, türmten sich vor ihm auf wie alles überragende Berge. Dies hier – das Vertraute und Warme und Geliebte – war wie eine Oase, die er niemals verlassen wollte.

Er öffnete die Garage, parkte das Auto und schleppte sich durch das Haus in sein Schlafzimmer. Ganz egal, wie viel Spaß sie heute Abend gehabt hatten, ganz egal, wie sehr er sich wünschte, Elaine nicht zu verlieren, die Wahrheit lag hier. In diesem Haus, das Elizabeth und er sich in langen Jahren eingerichtet hatten.

Das Haus war zu still. John stellte das Radio in seinem Zimmer an und wählte nacheinander seine Lieblingssender an. Überall nur Werbung. Er machte das Gerät aus und ließ langsam den Atem aus seiner Lunge entweichen. Er musste am nächsten Morgen zwar arbeiten, doch es war erst acht Uhr. Und die Vorstellung, sich irgendetwas Sinnloses und Langweiliges im Fernsehen anzuschauen, reizte ihn nicht.

Dann erinnerte er sich – wie so oft seit Elizabeths Tod – an ihre Briefe. Die Kiste, die mit vielen Jahren der Korrespondenz zwischen ihm und Elizabeth gefüllt war. Die meisten Briefe waren von ihr geschrieben worden und er hatte sich schon mehrere Male vorgenommen, einige davon zu kopieren und für seine Kinder in Alben zu kleben. Er hatte sogar gehofft, die Alben bis zu Daynes und Katys Hochzeit fertig zu haben, doch er hatte es nicht geschafft. Diese Herausforderung erschien ihm jedes Mal zu groß, emotional zu anstrengend.

Doch jetzt, am Beginn eines neuen Lebensabschnittes, schuldete er das seinen Kindern.

John ging zu seinem Kleiderschrank und stellte die Kiste auf ihr Bett. Immer noch duftete es nach ihr, nach seiner kostbaren Elizabeth. Er spähte in die Kiste und sah die Briefe, die obenauf lagen – die er herausgezogen und in den Jahren seit ihrem Tod gelesen hatte. Nichts würde diese Aufgabe leichter machen, doch er musste sie alle durchsehen. Er würde sich jeden Brief vornehmen, ihn lesen und dann entscheiden, ob er auf den Stapel der Briefe gehörte, die für seine Kinder kopiert werden sollten.

Und während dieses Prozesses würde er Elizabeth ein kleines bisschen näher sein.

John setzte sich auf die Bettkante neben der Kiste und überflog die Briefe, die oben lagen. Jeder davon sollte kopiert werden, also legte er sie auf die Bettdecke. Diese ersten Briefe beinhalteten ihre zehn Ratschläge für eine glückliche Ehe und waren Zeugnis ihrer Liebe zu ihren Kindern, ihrer Hoffnungen, Gebete und Pläne für sie. Frieden erfüllte ihn, denn es war richtig, das jetzt zu tun. Es war die beste Art, sich selbst abzulenken, um nicht über das nachdenken zu müssen, was vor einer halben Stunde mit Elaine passiert war.

Nachdem er die obersten Briefe durchgesehen hatte, entdeckte John einen Umschlag, der etwas dicker war als die anderen. Das Papier war fester. Er fragte sich, ob das eine der Geburtstagskarten war, die Elizabeth ihm geschenkt hatte. Er griff danach und lächelte. Sie hatte es geliebt, Geburtstage zu feiern, besondere Momente zu schaffen. Kein Geburtstag war vergangen, an dem sie nicht die Gelegenheit genutzt hätte, auf das vergangene Jahr zurückzublicken.

Er öffnete den Umschlag und zog eine Karte heraus, die fast neu aussah. Auf der Vorderseite stand nur *Mein Geliebter, mein Freund …*

Schmerz und ein Gefühl des Verrats wegen seines Abendessens mit Elaine stachen in Johns Herz. Elizabeth war tatsächlich seine Geliebte und seine Freundin gewesen.

Die Karte beinhaltete einen kurzen Geburtstagsgruß und eine ganze Seite mit ihren eigenen handschriftlichen Gedanken. John schaute auf das Datum. Die Karte war noch nicht alt. Was bedeutete … dass sie damals vielleicht gerade die ersten Anzeichen gespürt hatte, dass ihre Krebserkrankung zurückgekehrt war.

Er zwang seine Hände, ruhig zu bleiben, und richtete den Blick auf den Anfang.

Liebster John,
wie gesegnet bin ich, dass ich ein weiteres Jahr Deines Lebens feiern darf. Sogar das Kaufen dieser Karte lässt mich lächeln, weil ich die Jahre niemals als selbstverständlich nehme. Niemals.

John ließ seine Finger über die Worte gleiten und stellte sich Elizabeth vor, wie sie die Karten durchgeschaut und nach einer gesucht hatte, in der viel Platz zum Schreiben war. Er las weiter.

Ich denke daran, dass viele Paare nicht die Zeit bekommen, die Gott uns schenkt, und dafür bin ich dankbarer, als ich mit Worten sagen kann. Denn Du hast Deine Jahre damit verbracht, mir zu zeigen, was Leben ist, John. Wenn Du mit mir lachst oder meine Hand hältst oder am Sonntagnachmittag einen langen Spaziergang mit mir machst, fühlt es sich manchmal so an, als würden wir keinen Tag älter werden. Doch dafür sind Geburtstage gut, glaube ich. Sie sind kleine Erinnerungen daran, dass – so schön es auch ist – es nicht ewig dauern wird.

Johns Kehle war wie zugeschnürt. Hatte sie gewusst, dass der Krebs zurückgekehrt war, als sie diese Zeilen geschrieben hatte? Er sah zu dem gerahmten Foto von ihnen beiden, dem Foto, das auf ihrer Kommode stand, seitdem er sich erinnern konnte. *Nein, Elizabeth … es hat tatsächlich nicht ewig gedauert.*

Er fand die Stelle wieder.

Und deshalb kommt mein Wunsch für Dich in diesem Jahr aus dem Deuteronomium, mein Geliebter. Du kennst den Vers, denn Du hast ihn mir und den Kindern so oft gesagt. Hier ist er: „Himmel und Erde sind meine Zeugen, dass ich euch heute vor die Wahl gestellt habe zwischen Leben und Tod, zwischen Segen und Fluch. Wählt das Leben, damit ihr und eure Kinder nicht umkommt!“
Wir sind nicht mehr so jung, wie wir es einmal waren, und ich möchte,

dass Du weißt: Was auch immer in den kommenden Jahren passiert – wähle das Leben. Wir beiden müssen das tun. An jedem Tag, den wir aufwachen, liegen vierundzwanzig neue Stunden vor uns.
Herzlichen Glückwunsch zum Geburtstag, mein Liebling.
Ich werde Dich immer lieben.
Elizabeth

Wähle das Leben?

Ein Schauer lief über Johns Arme, als er den letzten Abschnitt noch einmal las. Elisabeth bezog sich auf ihr gemeinsames Leben; es konnte gar nicht anders gemeint sein. Doch so wirkten ihre Worte heute nicht auf ihn, im Licht der Ereignisse dieses Tages. *Was auch immer in den kommenden Jahren passiert – wähle das Leben …*

John ließ die Karte auf seinen Schoß sinken und schloss die Augen. Das war früher auch schon vorgekommen – in Zeiten, in denen er Weisheit benötigte und in denen er Elizabeth ganz besonders vermisste, hatte Gott ihn zu einem ihrer Briefe geführt. Zu genau dem einen, den er brauchte, um Frieden zu finden. Aber das jetzt …

Er öffnete die Augen und schaute wieder auf ihr Foto. Hatte sie es gewusst? Hatte sie an eine Zeit gedacht, in der sie nicht länger hier sein und er diesen Bibelvers mehr als jemals zuvor brauchen würde?

John schob die Karte wieder in den Umschlag zurück und legte ihn oben auf den Stapel mit den Briefen, die er kopieren wollte. Ihr Bild zog ihn in seinen Bann, also ging er zur Kommode und nahm es in die Hand. Ihre Augen waren genauso wie in seiner Erinnerung, so blau, dass er darin versinken konnte. Sie war wie keine andere Frau gewesen, keine andere Freundin oder Geliebte, die er jemals haben würde.

Doch sie war von ihm gegangen.

Und ihr Brief erinnerte ihn an das, woran er sich unbedingt festhalten musste. An das Wissen, dass Elizabeth genau das für ihn gewollt hätte, was er heute getan hatte – Elaine seine Gefühle zu gestehen, ihr seine Absichten zu sagen, sich selbst zu erlauben, weiterzugehen. In diesem Moment wusste er, was Elizabeth genau jetzt tun würde, wenn sie im Himmel irgendwie wüsste, dass er Gefühle für eine Frau hatte, die einmal eine ihrer Freundinnen gewesen war.

Sie würde lächeln.

Kapitel 5

An dem Morgen, an dem Kari ihre Ultraschalluntersuchung hatte, passte Ashley auf den kleinen Ryan Junior auf. Die Minuten verstrichen nur langsam, obwohl Devin und RJ sie beschäftigten. Ashley hätte darauf wetten können, dass Kari ein Mädchen bekam. Dass sie beide Mädchen bekommen würden. Dieser Gedanke hatte sie von Anfang an nicht losgelassen.

Endlich, kurz vor Mittag, sah sie Kari und Ryan in die Einfahrt einbringen und aus dem Auto steigen. Sie lächelten beide strahlend und Kari zog Ryan eilig mit sich. Ashley hielt die Luft an. RJ und Devin schliefen, also ging sie schnell von ihrem Platz am Fenster in den Flur.

Karis Worte sprudelten in dem Moment aus ihrem Mund, als Ashley die Tür öffnete. „Wir bekommen ein Mädchen!" Kari rannte auf Ashley zu und umarmte sie; dann trat sie schnell einen Schritt zurück und legte ihre Hand vorsichtig auf die kleine Wölbung von Ashleys Bauch. „Vielleicht hast du recht und bekommst ebenfalls ein Mädchen!"

„Du hast Kari überzeugt." Ryan trat ebenfalls ins Haus. Er lachte und schüttelte den Kopf. „Sie hat in Gedanken schon die gleichen Kleider für die beiden Mädchen für ihren ersten Kindergartentag ausgesucht."

Ashley kicherte und legte ihre Hand über Karis. „Ich kann es nicht erklären." Sie hob ihre Schultern. „Ich hatte einfach das Gefühl, dass wir beide Mädchen bekommen würden. Das habe ich sogar meiner Ärztin bei meiner letzten Untersuchung vor einer Woche erzählt. Ich fragte sie, ob es stimme, dass eine Mutter manchmal einfach weiß, was sie bekommt."

„Und?" Ryan schien sich über die gemeinsamen Pläne und Träume der beiden Schwestern zu amüsieren.

Ashley zog eine Grimasse. „Sie sagte, dass man es nicht mit Sicherheit sagen könne, bevor man nicht den Ultraschall gemacht habe."

„Und der ist in einer Woche." Kari sprach leise. Die schlafenden Jungs lagen nebenan im Wohnzimmer. „Ich kann es kaum erwarten."

„Landon sagt, ich sei fast schon besessen. Ich zähle die Stunden bis dahin." Ashley grinste. Sie und Kari unterhielten sich noch für ein paar Minuten, bevor Ashley aufbrach.

Im Laufe der nächsten Tage erlaubte Ashley sich, während ihrer gemeinsamen Spaziergänge laut von der Möglichkeit zu träumen, dass sie beide Mädchen bekommen würden. „Sie werden einander näher stehen als Schwestern. Werden fast so eng miteinander verbunden sein wie Zwillinge."

Kari ließ sich bereitwillig von der Aufregung mitziehen. „Ich kann mir schon vorstellen, wie wir gemeinsam ihre Kleider für den Abschlussball aussuchen und uns dabei an die Zeit jetzt erinnern."

Sie sprachen über alles – von den ersten Schritten der Babys bis hin zu den Hochzeiten, die sie vielleicht im selben Jahr feiern würden –, und als Ashleys Ultraschalluntersuchung immer näher rückte, war sie sich sicher. Irgendetwas an dieser Schwangerschaft war anders, und dafür konnte es nur eine Erklärung geben. Sie erwartete ein Mädchen.

Am Abend vor Ashleys Untersuchung rief Kari an. „Jessie ist total aus dem Häuschen, weil sie eine Schwester bekommt. Nun, ehrlich gesagt, total aus dem Häuschen ist noch untertrieben. Sie ist durch das ganze Haus gesprungen. Sie hat ein Lied darüber gedichtet, dass sie endlich eine Schwester bekommt."

Ashley lag bereits im Bett, erschöpfter als gewöhnlich, doch sie lächelte in die Dunkelheit. „Ich wünschte, ich könnte es hören." Sie überlegte ein paar Sekunden. „Wenn ich recht habe mit meiner Vermutung, wird Coles Reaktion etwas gedämpfter ausfallen."

„Hmmmm." Karis Lachen verstummte. „Wünscht er sich immer noch einen Bruder?"

„Er wünscht sich ein ganzes Basketballteam."

Sie kicherten beide, doch dieser Gedanke blieb, auch als sie das Telefonat beendet hatten und Ashley einzuschlafen versuchte. Sie hatte sogar versucht, das Thema noch einmal mit Cole zu besprechen. „Vielleicht möchte Gott dir eine Schwester schenken, Coley. Und wäre das dann auch okay? Auch wenn sie nicht Basketball spielen will?"

„Naja …" Cole war gerade dabei gewesen, mit dem Löffel in seinem Müslischälchen zu graben. „Ich habe Gott schon um einen Bruder gebeten, aber danke, Mama, dass du versuchst, mich auf schlechte Neuigkeiten vorzubereiten. Doch ich glaube, dass du nicht recht hast." Er deutete auf ihren Bauch. „Da drin ist ein Junge. Da bin ich mir ziemlich sicher."

Landon hatte zu ihr gesagt, dass sie sich keine Sorgen machen solle.

„Cole würde auch ein Mädchen liebhaben. Er wird der beste große Bruder sein, den es je gegeben hat."

Ashley schlief ein, während sie dafür betete, dass ihr Sohn es verkraften würde, wenn die Neuigkeiten am nächsten Tag nicht die waren, auf die er hoffte.

Als der Wecker am Montagmorgen klingelte, schlug Ashley auf den Aus-Schalter und griff nach Landons Hand. „Es ist so weit. Der erste Ultraschall!"

„Mmmmm." Er rollte sich auf die Seite, sodass er ihr das Gesicht zuwandte. „Wir brauchen diesen Test nicht, Ash." Seine Augen waren immer noch geschlossen. „Es ist ein Mädchen. Das hast du doch schon gesagt."

Ashley grinste und legte ihre Hand auf ihren Bauch. Am liebsten hätte sie vor Freude gejubelt. Endlich war der Tag gekommen. Heute würde sie erfahren, ob sie recht hatte. Sie kroch aus dem Bett und schlüpfte in eine Jogginghose. Sie war doppelt so schnell fertig wie sonst, doch obwohl sie sich beeilt hatte, war sie ruhig und entspannt. Vielleicht hatte Cole recht. Vielleicht erwartete sie einen Jungen. Und wenn es ein Mädchen war, würde Cole sich natürlich an diese Tatsache gewöhnen. Sie brauchte sich keine Sorgen zu machen.

Ashley war dabei, die Knöpfe an ihrer Jacke zuzumachen und einen letzten Blick in den Spiegel zu werfen, als das Telefon klingelte. Aus der Küche, wo er das Frühstück für die Jungen vorbereitete, rief Landon: „Ich gehe dran!"

Ashley lächelte. Landon war ein großartiger Vater, ein wunderbarer Ehemann. Er beschwerte sich nie darüber, dass er sie mit den Jungen unterstützte, und packte an, wo er nur konnte, um ihr das Leben zu erleichtern. Er war ihr immer einen Schritt voraus.

„Ashley." Er kam durch den Flur in ihr Schlafzimmer. Seine Stirn lag in Falten, seine Augen sahen besorgt aus. „Es ist die Ärztin."

Sie zog die Nase kraus, als sie das Telefon entgegennahm. Warum rief sie jetzt an? Ashley presste das Telefon an ihr Ohr. „Hallo?"

„Ashley … hier ist Dr. Amy McDaniel." Sie machte eine kurze Pause. „Sie kommen doch heute zur Ultraschalluntersuchung, nicht wahr?"

„Ja, ich komme." Ashleys Herz raste und ihr Hals war trocken. Landon stand etwas entfernt und wartete. „Stimmt etwas nicht?"

„Nun ja, ich bin mir nicht sicher."

Ashley lehnte sich gegen die Kommode und ließ den Kopf hängen. Alles war in Ordnung; es konnte nicht anders sein. Sie verdrängte die Angst, die die Worte der Ärztin in ihr ausgelöst hatten, und zwang sich selbst, der weiteren Erklärung zuzuhören.

„Die Ergebnisse Ihres Triple-Tests sind zurückgekommen. Die Werte waren sehr hoch." Die Stimme der Ärztin klang beruhigend. „Das muss nichts Schlimmes heißen, doch bei einem hohen Triple-Test möchten wir sichergehen, dass Sie nicht allein zum Ultraschall kommen. Falls wir doch etwas feststellen sollten."

Ashleys Gedanken überschlugen sich. „Triple-Test? Ist das der Bluttest, den ich beim letzten Mal gemacht habe, als ich da war?"

„Ja." Dr. McDaniel war selbst Mutter. Sie hatte fünf Kinder und war eine fantastische, sehr einfühlsame Ärztin. Sie hatte bereits einige der Baxter-Babys entbunden. Doch ihre gewohnte Lebhaftigkeit war heute einer fast unheimlichen Ruhe gewichen. Sie seufzte. „Wir nutzen den Triple-Test, um nach einigen Indikatoren zu suchen."

Triple-Test. Ashley schloss ihre Augen und erinnerte sich an die Zeit zurück, als sie aus Frankreich zurückgekommen war, schwanger und allein und voller Sorge, und mit ihrer Mutter in einer Arztpraxis gesessen hatte. Ja, das hatte sie schon einmal gehört. „Warten Sie." Sie öffnete ihre Augen. Landon trat dichter neben sie, sein Gesicht war blasser als zuvor. Sie griff nach seiner Hand. „Ich hatte auch bei meinem ersten Kind einen hohen Triple-Test – bei Cole."

„Und er war gesund?"

„Sehr gesund." Ashley spürte, wie sie sich entspannte.

„Das ist gut." Die Ärztin klang irgendwie erleichtert. „Zu neunzig Prozent bedeutet ein hoher Triple-Test nichts. Trotzdem – begleitet Sie heute jemand?"

„Ja." Sie schaute zu Landon. „Mein Mann."

„Sehr gut. Wir sehen uns dann um elf."

Ashley drückte auf den Aus-Knopf am Telefon und versuchte Landon zu beruhigen. „Mein Triple-Test war hoch, so wie es bei Cole auch gewesen ist."

„Oh." Landon zwinkerte. Er sah immer noch nervös aus. „Davon habe ich noch nie etwas gehört."

„Ich auch nicht. Vor Cole, meine ich." Sie legte das Telefon auf die Kommode und schlang ihre Arme um Landons Taille. „Damals war ich mit meiner Mutter beim Arzt. Ich erinnere mich, dass ich Todesängste ausgestanden habe, als sie es uns sagten." Sie überlegte einen Moment. „Meine Mutter rief meinen Vater an und er sagte, ich solle mir keine Sorgen machen. Nur weil die Werte hoch seien, hieße das nicht automatisch, dass etwas nicht stimmte."

Landon verschränkte seine Hände auf ihrem Rücken. „Ich bin mir sicher, dass nichts ist." Er beugte sich vor und küsste sie. Sanft berührten seine Lippen ihren Mund. Er lächelte. „Das wird uns nicht die gute Laune verderben. Heute ist der große Tag."

„Richtig." Sie wagte ein zaghaftes Lächeln. „Ganz genau."

Doch es gab keine Möglichkeit, die Schatten zu vertreiben, die sich nach dem Anruf der Ärztin über sie gelegt hatten. Sie brachten Cole zur Schule. Als er zum Schultor rannte, wandte er sich um und winkte ihnen zu. „Wenn ich heimkomme, könnte ihr mir erzählen, wie mein Bruder aussieht."

„Geh zur Schule." Landon grinste und winkte ein letztes Mal.

Dann fuhren sie zu Karis Haus, wo Devin den Morgen über sein würde. Kari liebte es, ihn zu Besuch zu haben, liebte es zu sehen, wie ihr eigener kleiner RJ seinen jüngeren Cousin verhätschelte. Der Plan war, dass Ashley und Landon in Ruhe die Untersuchung machen lassen und anschließend Mittagessen gehen konnten, um zu feiern. Doch nachdem sie Devin abgeliefert hatten, konnte Ashley den Gedanken nicht abschütteln, dass sie vielleicht aus einem anderen Grund etwas Zeit für sich brauchen würden.

„Du solltest eigentlich vor Freude auf deinem Sitz herumhüpfen." Landon saß am Steuer und warf Ashley einen kurzen Blick zu. Die Andeutung eines Lächelns hob seine Mundwinkel. „Erinnerst du dich?"

„Ich hüpfe vor Freude." Sie atmete hastig ein. „Innerlich auf jeden Fall."

„Mach dir keine Sorgen, Ash. Es ist nichts."

Sie versuchte, tief Luft zu holen, doch sie schaffte es nicht. „Das weißt du nicht."

„Doch, das weiß ich." Er warf ihr einen schuldbewussten Blick zu. „Ich habe deinen Vater angerufen."

„Was hast du gemacht?" Sie lehnte sich in ihrem Sitz zurück und sah ihn an. „Heute Morgen?"

„Du hast dich gerade um Devin gekümmert und ich wollte es noch einmal selbst hören. Dein Vater sagte, dass wir uns keine Sorgen machen sollten. Er war der gleichen Meinung wie Dr. McDaniel. Zu neunzig Prozent bedeutet ein hoher Triple-Test überhaupt nichts."

Sie spürte eine Wärme in sich, die ihre besorgte Seele ganz erfüllte. „Das hast du getan? Für mich?"

Landon bog in den Parkplatz bei der Arztpraxis ein. „Für uns beide. Ich vertraue deinem Vater und wusste, dass ich mir ständig Sorgen machen würde, bis ich mit ihm gesprochen hätte."

Ashley wartete, bis er das Auto geparkt hatte, bevor sie ihm die Hand auf die Schulter legte. „Danke, Landon. Das bedeutet mir wirklich sehr viel."

„Ich möchte, dass heute ein ganz besonderer Tag ist. Wir können nicht da hineingehen und das Schlimmste befürchten." Er nickte in Richtung Praxiseingang. „Jetzt lass uns nachschauen, wer recht hat – du oder Cole."

Vier weitere Schwangere saßen im Wartezimmer. Ashley und Landon fanden zwei Stühle nebeneinander in der Ecke und warteten beinahe eine halbe Stunde, bevor eine Arzthelferin die Tür öffnete und sie aufrief. Bis dahin hatte Ashley eine Achterbahn der Gefühle durchlitten, sodass ihr ganz schlecht war bei dem Gedanken an das, was sie jetzt erwartete. Gut oder schlecht. Natürlich hatte ihr Vater recht. Sie hatte bereits früher einen hohen Triple-Testwert gehabt und es hatte nichts bedeutet. Es gab keinen Grund, das Schlimmste anzunehmen. Doch die Angst lauerte, wie ein schlechter Geruch, den man nicht ignorieren konnte, egal wie viel frische Luft im Raum war.

Landon nahm ihre Hand und führte sie hinter der Arzthelferin in den Untersuchungsraum. Als sie allein waren und sie das weiße Untersuchungshemd angezogen hatte, lächelte er ihr zu. „Sehr attraktiv."

„Ich überlege, ob ich mir eines für daheim anschaffen sollte." Ashley lachte, doch es klang nicht wirklich fröhlich.

Sie saß auf der Kante der Untersuchungsliege und verschränkte ihre nackten Beine. Sie zitterte, obwohl es in dem Raum nicht kalt war. Neben der Liege stand das Ultraschallgerät. Alles war bereit für die Untersuchung.

Landon setzte sich ihr gegenüber. „Vielleicht hat Cole recht."

„Dass es ein Junge ist?" Sie legte ihren Kopf zur Seite. Wenn die Ärztin sich doch nur beeilen würde, damit sie diesen Moment hinter sich bringen und endlich auch der kleinste Verdacht, es könnte etwas nicht in Ordnung sein, ausgeräumt wäre.

„Genau, denn ein ganzes Basketballteam wäre gar nicht so schlecht." Er stemmte die Ellbogen auf die Knie. „Außerdem habe ich bereits eine Prinzessin. Ich kann doch nicht so vermessen sein, auf zwei zu hoffen, oder?"

Bevor sie antworten konnte, klopfte es an der Tür und Dr. McDaniel trat ein. Sie war Ende dreißig, blond und gutaussehend. Sie hatte Devin entbunden, und bei den verschiedenen Untersuchungsterminen war Ashley beeindruckt davon gewesen, dass das Büro der Ärztin mit vielen Fotos ihres Zuhauses geschmückt war. Ihre Kinder, die sie umarmten, ihre ganze Familie in einem Boot, während Dr. McDaniel auf Wasserski hinterher fuhr, und Urlaubsfotos von Hawaii. Die Ärztin und ihre Familie besuchten dieselbe Gemeinde wie die Baxters. Ashley wusste, dass sie ihren Beruf als Ärztin als Dienst sah, den sie für andere Menschen tun durfte.

Dr. McDaniel war fachlich sehr kompetent. Ihr Gesichtsausdruck war ernster als sonst, als sie zuerst Landon und dann Ashley zunickte. „Wie geht es Ihnen?"

„Gut." Ashleys Antwort kam schnell. „Nur ein bisschen aufgeregt wegen der Untersuchung."

„Haben Sie Ihrem Mann von den Ergebnissen des Triple-Tests erzählt?" Sie schaute von Ashley zu Landon.

„Ja." Ashley zitterte wieder. Sie griff nach hinten und zog das Hemd ein wenig enger um sich.

Landon räusperte sich. „Ich habe mit Ashleys Vater gesprochen, Dr. John Baxter. Er sagte auch, dass die hohen Werte in den meisten Fällen nichts bedeuten."

„Das stimmt." Die Stimme der Ärztin klang mitfühlend. „Doch wir müssen uns den Ultraschall genau anschauen, um sicherzugehen, dass wir nichts Ungewöhnliches entdecken."

Ashley hatte eigentlich vorgehabt, noch im Internet zu recherchieren, bevor sie aufbrachen, um herauszufinden, was ein hoher Triple-Testwert schlimmstenfalls bedeuten könnte. Doch sie hatte der Versuchung widerstanden. Es war genug, dass sie den Gedanken an die Testergebnisse nicht verdrängen konnte. Wenn sie eine Liste der möglichen Komplikationen vor sich hätte, würde das ihre Freude völlig zerstören.

„Bitte legen Sie sich hin, damit wir die Untersuchung machen können." Dr. McDaniel ging zum Waschbecken und wusch sich die Hände.

Ashley tat, wozu sie aufgefordert worden war, doch in ihrem Hals steckte ein Kloß. *Bitte, Gott ... nicht mein Baby. Bitte schenk, dass nichts Ungewöhnliches bei ihr zu sehen ist.* Ashley umklammerte die Seiten der Liege und bemerkte, dass sie es schon wieder getan hatte. Sie hatte für das Baby gebetet, als ob sie sicher wüsste, dass es ein Mädchen war.

Eine Arzthelferin trat in den Raum und reichte der Ärztin eine Tube Gel. Die junge Frau lächelte Ashley an, doch sie sagte nichts.

Dr. McDaniel hob das Hemd über Ashleys Bauch und öffnete die Tube. „Das wird sich kalt anfühlen, doch nur für eine Minute." Sie presste einen Klecks Gel auf Ashleys Bauch und griff nach dem Ultraschallgerät.

Die Arzthelferin stellte die Lautstärke an dem Gerät an. Sofort füllte ein vertrautes *Fwup, fwup, fwup* den Raum.

Ein Schauer lief Ashley über den Rücken. Sie schaute zu Landon und sie tauschten ein zartes Lächeln der Freude. Der Herzschlag des Babys klang kräftig und gesund. Ashley wandte den Kopf, sodass sie den Bildschirm sehen konnte. Kleine Füßchen waren auf dem unscharfen Bild zu sehen. *Danke, Gott ... zwei Füße und so wie es aussieht, auch zehn Zehen.* Es gab nichts, worüber sie sich Sorgen machen müsste.

Landon trat neben sie. Er legte seine Hand auf ihre Schulter und starrte auf den Bildschirm.

„Da sind die Füße und die Beine." Dr. McDaniel hielt ihren Blick auf die Bilder gerichtet. „Es gibt nichts Schöneres, als das zu sehen." Sie drückte auf eine Taste und das Bild blieb stehen. Sie zeigte auf den Fuß. „Sieht sehr gut aus." Sie bewegte das Gerät wieder und Ashley spürte eine Bewegung.

In den vergangenen Wochen hatte sie ab und zu ein Flattern gespürt, wie Schmetterlingsflügel, die von innen gegen ihren Bauch stießen. Es war oft genug passiert, sodass sie wusste, dass es das Baby sein musste, und jetzt hatte sie dieses Gefühl erneut. Ashley schaute sich die Bilder an, die sich wieder veränderten. Eine Bewegung musste ein gutes Zeichen sein. Ein Baby, das so lebhaft war wie dieses hier, musste gesund sein.

Sie prüfte den Gesichtsausdruck der Ärztin. Sie lächelte nicht, doch vielleicht war sie einfach zu konzentriert auf das, was sie am Bildschirm sah, um sich darüber Gedanken zu machen, dass Ashley sie beobachtete.

Dr. McDaniel bewegte das Gerät weiter, sodass die Oberschenkel des Babys ins Bild kamen. Nach ein paar Bewegungen in verschiedene Richtungen hielt sie inne und drückte wieder auf die Taste, damit das Bild stehen blieb. „Herzlichen Glückwunsch." Sie sah über ihre Schulter zu Ashley und dann zu Landon. „Sie bekommen ein Mädchen."

Ashley holte tief Luft und legte ihre Hand über Landons. „Ich habe es gewusst."

„Sie haben schon zwei Söhne, nicht wahr?" Dr. McDaniel freute sich mit ihnen.

„Ja. Cole und Devin."

„Wir haben vier Jungs und ein Mädchen." Die Ärztin lächelte. „Keine Frage, es ist etwas Besonderes, ein kleines Mädchen im Haus zu haben."

Ashley konnte nichts sagen. Tränen traten in ihre Augen. Sie erwartete ein Mädchen, ihre erste Tochter. Eine nie gekannte Liebe erfüllte ihr Herz und sie dachte an ihre eigene Mutter, daran, wie eng ihre Beziehung in den Jahren vor ihrem Tod gewesen war. Ashley liebte es, Söhne zu haben, doch eine Tochter würde etwas anderes sein. Ein Mädchen, das zu ihr aufschaute und über alles mit ihr reden würde und von ihr lernen würde zu lieben. Zwei Tränen liefen über ihre Wangen.

Landon beugte sich herab und küsste eine von ihnen weg. Er flüsterte in ihr Ohr: „Sie wird aussehen wie du."

Ashley nickte, zu überwältigt, um zu sprechen. Vor einer Stunde hatte sie noch an nichts anderes denken können als daran, dass vielleicht, ganz vielleicht mit ihrem Baby etwas nicht in Ordnung war. Doch jetzt wusste sie es besser. Sie würde ein kleines Mädchen bekommen und alles würde so wunderbar werden, wie sie es sich erträumt hatte.

Die Ärztin bewegte das Gerät ein kleines Stück weiter. Der Rücken des Babys kam ins Bild und sah ganz normal aus, genauso wie damals bei Cole und Devin. Gleichzeitig erkannte sie einen runden Schatten auf dem Bildschirm.

Der Kopf des Babys.

Ashley starrte darauf und glaubte, das Profil ihrer Tochter zu sehen. Eine kleine Nase und hohe Wangenknochen. Die Technik war unglaublich und erlaubte ihr einen ersten Blick auf ihr kleines Mädchen. Sie wischte eine weitere Träne fort und hielt die Luft an. Sie waren fast fertig. Die Ärztin würde noch ein Bild von dem Kopf des Babys machen und es ausmessen – so wie Ashley es bei ihren beiden Söhnen gesehen hatte. Dann würde Dr. McDaniel sie anlächeln und erklären, dass alles in Ordnung war. Die hohen Werte beim Triple-Test bedeuteten nichts.

Doch stattdessen veränderte sich die Haltung der Ärztin plötzlich. Sie richtete sich etwas auf, bewegte dann das Gerät wieder und studierte das Bild erneut. Ashley hatte es sich vielleicht nur eingebildet, doch sie war sich fast sicher, dass der nächste Atemzug von Dr. McDaniel eher ein Seufzer war. Ein schwerer Seufzer.

„Ist alles in Ordnung?" Landon wusste es eigentlich besser, als gleich zu fragen. Ärzte besprachen die Ergebnisse lieber erst am Ende, wenn die Untersuchung abgeschlossen war.

Dr. McDaniel fuhr sich mit der Hand durch ihre blonden Haare und beugte sich dichter zu dem Bild vor. „Nur eine Minute."

Der Griff von Landons Hand um Ashleys Schulter wurde fester. Sie wagte es nicht, sich zu bewegen oder ein Wort zu sagen. Sogar zum Atmen musste sie sich ermahnen.

Eine Minute verging dann, noch eine, während die Ärztin das Gerät hin und her bewegte und eine Serie von Bildern vom Kopf ihres kleinen Mädchens machte. Ashley blinzelte und versuchte zu erkennen, was die Ärztin beunruhigen könnte. Doch der Kopf des Babys sah ganz normal aus, soweit sie das beurteilen konnte. Rund geformt mit verschiedenen Schattierungen. Ultraschallbilder sahen doch immer so aus, oder? Der Kopf ihrer Tochter sah so aus wie Coles oder Devins.

Die Arzthelferin stand immer noch auf der anderen Seite des Ultraschallgeräts, von wo aus sie die Untersuchung beobachtet hatte. Und erst jetzt bemerkte Ashley, dass das Gesicht der jungen Frau aschfahl geworden war und ihre Augen tief besorgt. Sie wechselte einen Blick mit der Ärztin und ging einen Schritt in Richtung Tür.

Dr. McDaniel nickte der Arzthelferin zu, die sich entschuldigte und hinausging.

Ashley sah zu Landon auf. Er war bleich und angespannt. Obwohl sein Mund halb offen stand, schwieg er.

Dr. McDaniel wischte das Gerät ab und wandte sich zu ihnen um.

„Ashley, Sie können sich jetzt anziehen." Ihr Gesichtsausdruck war nicht zu durchschauen. Nur eins war sicher: Sie plauderte nicht mehr über ihre eigenen Kinder und lächelte auch nicht mehr. „Anschließend würde ich Sie beide gerne in meinem Büro sprechen."

Sobald sie gegangen war, half Landon Ashley beim Aufstehen und presste ihren Kopf gegen seine Brust.

„Landon, was ist passiert?" Ihr Herz raste doppelt so schnell wie sonst. „Hast du etwas gesehen?"

„Nein. Sie sah ..." Es klang, als ob sein Mund ganz trocken wäre. Seine Worte kamen mühsam und waren voller Angst. „Sie sah wunderschön aus."

Ashley klammerte sich an ihn und nickte. Sie versuchte verzweifelt ihm zuzustimmen. „Wunderschön, nicht wahr? Ihr Profil war perfekt."

„Vielleicht ist die Ärztin nur übervorsichtig." Landon trat einen Schritt zurück, sodass sie sich anziehen konnte.

Ashley gab ihm keine Antwort, sagte nichts, um nicht die Hoffnung zu zerstören, die zwischen ihnen hing. Das musste es sein. Dr. McDaniel war nur sehr vorsichtig. Natürlich. Immerhin war der Triple-Test hoch gewesen. Jetzt musste die Ärztin sie über mögliche Komplikationen informieren. Darüber, dass es sogar bei einem normalen Ultraschall eine winzige Wahrscheinlichkeit gab, dass etwas nicht in Ordnung sein könnte. Schließlich gehörte es zu ihrem Job, alle Möglichkeiten anzusprechen.

Doch nachdem sich Ashley ihre Kleider übergestreift hatte, ging sie nicht einen Schritt auf das Büro der Ärztin zu. Stattdessen wandte sie sich zu Landon um und sank in seine Umarmung. Solange sie hier in seinen Armen bliebe, solange sie nicht diesen Raum verließe, könnten sie sich an alles klammern, was vor wenigen Augenblicken noch so selbstverständlich gewesen war.

„Wir bekommen eine Tochter." Tränen standen in ihren Augen, doch sie lächelte durch sie hindurch.

„Sie wird deine Augen haben."

Sie küsste ihn, und die Feuchtigkeit, die die Tränen auf ihren Wangen hinterlassen hatten, benetzte sein Gesicht. „Und dein Herz."

Sie blieben für gefühlte zehn Minuten so stehen und klammerten sich aneinander und an jede Hoffnung und jeden Traum, den sie für ihre Tochter gehabt hatten. Denn in dem Moment, in dem sie loslassen würden, müssten sie die nächsten Schritte aus dem Untersuchungszimmer hinausgehen. Die Ärztin würde ihnen entweder die Neuigkeiten mitteilen, die das bestätigten, was sie mit ihren eigenen Augen gesehen hatten, dass ihr kleines Mädchen gesund und munter war, oder sie würde ihnen Ergebnisse mitteilen, vor denen sie sich fürchteten. Ergebnisse, die ihr Leben für immer verändern würden.

Kapitel 6

Dayne konnte ein ungutes Gefühl nicht abschütteln.

Er war gerade dabei, ein weiteres Gemälde von Ashley im Esszimmer aufzuhängen, während Katy im Schlafzimmer mit ihrer Mutter telefonierte. Alles an ihrem gemeinsamen Leben war genau so, wie er es sich erträumt hatte. Sie waren von ihren Flitterwochen zurückgekehrt, hatten auf dem Heimweg einen Zwischenstopp in dem Seniorenheim in Chicago gemacht, wo Katys Eltern lebten, und waren nach einigen Tagen nach Indiana weitergeflogen, um sich in ihrem Haus am Lake Monroe einzurichten. Sie hatten noch drei Wochen Zeit, bis sie in Malibu sein mussten.

Die Arbeit an *But Then Again No* würde ganz klassisch mit Vorbesprechungen und Interviews in Los Angeles beginnen, doch abgesehen davon hatte Stephen Petrel, der Direktor, einige Änderungen vorgenommen. Das Setting des Films war geändert worden. Der größte Teil der Dreharbeiten würde deshalb in Santa Fe, New Mexico, stattfinden. Nur die letzten Wochen würden sie in LA drehen. Stephen wollte mehr als nur einen guten Film. Er wollte großes Kino. Und er war davon überzeugt, dass die Gegend um Santa Fe dem Film mehr Atmosphäre verleihen würde.

Dayne griff nach einem Nagel und positionierte ihn in die Mitte der Wand. Was könnte besser sein? Er und seine frischgebackene Ehefrau drehten gemeinsam einen Film, und das zusammen mit einem Direktor, dessen Leidenschaft für gute Filme ihresgleichen suchte. Dayne griff nach dem Hammer und schlug den Nagel kräftig in die Wand. Irgendwann wollte er Ashleys Bilder so rahmen lassen, dass das Holz der Rahmen zu den dicken Holzbalken im Esszimmer passte, doch für den Anfang reichte auch ein einfacher Rahmen.

Das Gemälde zeigte eine Braut und einen Bräutigam, die barfuß am Strand von Malibu standen. Ashley hatte ihnen das Bild überreicht, als sie von den Bahamas nach Hause gekommen waren.

„Euer Hochzeitsgeschenk“, hatte sie erklärt.

Heute würden sie und Landon erfahren, ob sie ein Mädchen oder einen Jungen bekamen, also würde es heute Abend noch mehr gute Neuigkeiten zu feiern geben.

Sein Leben war in allen Bereichen so viel schöner geworden. Warum also verspürte er dieses Gefühl der Bedrohung? Seit ihrer Rückkehr nach Hause hatte es ihn nicht mehr verlassen. Er hielt inne, als ihm die Antwort klar wurde. Vielleicht hatte es nichts mit ihrer Rückkehr nach Bloomington zu tun, sondern vielmehr mit der Reality-Show, zu der sie sich verpflichtet hatten.

Dayne hängte das Gemälde an den Nagel und trat einen Schritt zurück. Perfekt. Genau in der Mitte der Wand. Er nahm die Box mit den Nägeln und den Hammer und trug beides zurück in die Abstellkammer. Einige Mitarbeiter des christlichen Kindertheaters wollten heute Nachmittag zu einem Treffen hierherkommen. Es sah nicht gut aus für das christliche Kindertheater. Heute wollten sie unter anderem auch über einen Bericht sprechen, den ihnen der Eigentümer des Theaters bezüglich des Verkaufsprozesses geschickt hatte.

Er kehrte ins Esszimmer zurück. Eine frische Brise strich durch die Terrassentür herein und brachte den Geruch von frischem Gras und neuem Leben mit sich. Dayne zog es nach draußen. Er schlüpfte in seine Flip-Flops, ging hinaus und lehnte sich an das Verandageländer. Das Sonnenlicht des frühen Nachmittags warf glitzernde Diamanten auf den Lake Monroe.

Dayne atmete tief durch, als ihm eine Erinnerung in den Sinn kam. Eine Erinnerung daran, wie er sich gefühlt hatte, als er nach dem Erwachen aus dem Koma in seinem Krankenhausbett gelegen hatte. Er hatte nicht gewusst, ob er jemals wieder würde laufen können, geschweige denn, ob er jemals hier würde stehen und das Leben führen können, das er jetzt führte. Gott hatte Katy und ihm das Unmögliche möglich gemacht. Warum also sollten sie alles so öffentlich machen? Warum sollten sie der Welt ihr Privatleben auf einem Silbertablett servieren, sodass alle sich bedienen konnten – auch wenn die Reality-Show nur das zeigen würde, was am Filmset geschah?

Eine Schar Gänse flog vorüber, flatterte lautstark mit den Flügeln und schnatterte. Irgendwo quakten ein paar Frösche.

Dayne schloss seine Augen und atmete tief ein. Das war alles, was er wollte, nichts mehr. Hier mit Katy zu leben und nach einer Lösung für ihr Kindertheater zu suchen. Sie sollten seinen Agenten anrufen und ihm mitteilen, dass er das alles vergessen konnte. Diesen Film und den nächsten und was sein Vertrag noch beinhaltete.

Er war zu Hause und wollte hierbleiben.

Hinter ihm quietschte die Verandatür. Dayne warf einen Blick über seine Schulter und lächelte Katy zu. „Wie geht es deiner Mutter?"

„Schlecht." Sie runzelte die Stirn. „Papa auch. Das Seniorenheim hat bei beiden die Pflegestufe erhöht."

Er wandte sich um und lehnte sich mit dem Rücken an das Geländer. „Das tut mir leid."

„Mir auch." Katy legte ihre Arme um seine Taille. „Ich bin froh, dass wir Zeit mit ihnen verbringen konnten."

„Wir können wieder hinfliegen." Er sah sie aufmerksam an. „Wann immer du es möchtest."

„Ich danke dir." Sie lächelte und ein Teil der Traurigkeit verschwand aus ihrem Blick. „Sie lieben dich."

Er grinste. Ihre Eltern waren einfache Menschen, die sich von Ruhm und Reichtum nicht beeindrucken ließen.

„Sie lieben dich, weil du mich geheiratet hast, nicht weil du *der* Dayne Matthews bist."

„Das weiß ich." Er starrte in den Himmel über ihrem Haus. „Ein unglaublich schöner Frühlingstag."

Katy entspannte sich in seiner Umarmung. „Ich hätte Lust auf einen Ausflug auf dem See."

„Du und ich und ein Ruderboot. Am Ufer entlangplätschern."

„Mmmmm." Sie sah ihm tief in die Augen. „Klingt perfekt."

Dayne zögerte, ließ ihre Anwesenheit auf alle seine Sinne wirken. „Dann erklär mir bitte noch einmal, warum wir in drei Wochen das alles verlassen?"

Sie trat einen halben Schritt zurück und ein verzweifeltes Grinsen verzerrte ihr Gesicht. „Nicht schon wieder."

„Naja ..." Er holte tief Luft und wandte sich wieder um, um auf das Wasser zu schauen. Er spürte, wie sie sich an ihn kuschelte. „Das frage ich mich nun mal die ganze Zeit. Warum gehen wir, wenn das hier unser Zuhause ist?"

„Zum einen wegen deiner Verpflichtungen." Katy schubste ihn sanft mit ihrer Hüfte an. „Das Studio verklagt dich, wenn du den Vertrag nicht erfüllst. Das weißt du."

Dayne hob sein Kinn. Der sanfte Wind streichelte sein Gesicht, erfrischte seine Gedanken und wusch etwas von der Anspannung weg, die er fühlte. Sie hatte recht. Sein Vertrag enthielt keine Möglichkeit zum Aussteigen, zudem hatte Stephen Petrel schon eine Million Dollar in die Filmvorbereitungen gesteckt. Gott wollte sicher nicht, dass Dayne alle im Stich ließ. Das zu tun wäre falsch und unrecht.

„Du machst dir wieder wegen der Reality-Show Sorgen." Das war keine Frage. Katy kannte ihn gut genug. Denn er ließ sie in sein Herz blicken, wie er es noch nie einem anderen Menschen gestattet hatte.

„Sag mir noch einmal – er schaute sie an –, was für einen positiven Effekt das haben soll."

„Wir werden sicherlich wie ein offenes Buch sein – zumindest, was das Berufliche betrifft." Sie wiederholte die Argumente mehrmals am Tag für ihn, seitdem sie wieder zu Hause waren. „Die Paparazzi werden keinen Grund haben, uns zu verfolgen, wenn wir ihnen genau das geben, was sie wollen."

Dayne blickte wieder auf das Wasser hinaus. Der Vertrag mit der Reality-Show gestattete den Kameraleuten, die ihre Beziehung filmten, auch für ein paar der Magazine zu arbeiten. Die Bilder, die gemacht wurden, durften vor der Ausstrahlung der Show abgedruckt werden – als Werbung. Was das betraf, hatte Katy also recht.

Seine Stimme wurde ein wenig tiefer, nachdenklicher als zuvor. „Und du glaubst wirklich, dass sie auf diesen Trick hereinfallen und keinen Bedarf mehr haben, uns zu jagen?"

„Dayne, wir haben schon so oft darüber gesprochen." Katy legte ihre Hand auf seine Schultern und massierte die Muskeln in seinem Nacken. „Glaubst du das nicht? Wenn du dir so viele Sorgen machst, wäre es vielleicht besser, wenn wir unsere Meinung noch ändern."

Er dachte darüber nach. Das Problem war, dass sie niemals genau vorhersehen konnten, was die Paparazzi wirklich beabsichtigten. Sicher, sie wären am Set dabei und würden zehn, zwölf Stunden am Tag mit Katy und ihm zusammen sein. Es klang logisch, dass sie danach vielleicht genug von ihnen hätten, ins Hotel oder eine Bar gehen würden oder wohin auch immer und Feierabend machten.

Doch vielleicht würde es in ihnen auch erst recht den Wunsch wecken, herauszufinden, was in Katys und Daynes Welt geschah, *nachdem* die Kameras ausgeschaltet waren. Man konnte das nicht vorhersagen, bevor man nicht mittendrin war. „Wir wissen es nicht, bevor wir es ausprobiert haben."

„Es klingt doch trotzdem sinnvoll, oder? Wenn wir ihnen den ganzen Tag über die Möglichkeit geben, Fotos zu machen, haben sie doch vermutlich abends die Nase voll von uns."

„Ich hoffe es." Er lehnte sich gegen das Verandageländer und blickte sie an. „Entschuldige."

„Wofür?" Katy musste spüren, dass er das Thema jetzt vergessen wollte, denn es lag ein glitzerndes Necken in ihren Augen.

„Dass ich so ein Miesmacher bin."

„Du machst dir eben Sorgen." Sie bewegte sich sanft mit ihm. „Nach allem, was du durchgestanden hast, ist das doch nur normal."

„Was *wir* durchgestanden haben." Dayne küsste ihre Stirn. „Ich hätte nicht einen Tag davon ohne dich geschafft."

Für eine Weile sagten sie nichts und sahen sich einfach nur an.

„Sie werden hundert verschiedene Lügen schreiben." Katy schmiegte ihre Wange an sein Gesicht. „Wir müssen stark bleiben und dürfen das nicht an uns heranlassen."

„Das werden wir nicht." Sein Herz wurde leichter, so wie immer, wenn er sie in den Armen hielt. Er machte sich keine Sorgen wegen des Schmutzes, obwohl sie recht hatte – die Paparazzi würden mit falschen Informationen sorglos umgehen und versuchen, aus allem etwas zu machen. Doch die Liebe, die Katy und er teilten, war nicht wie andere Hollywood-Beziehungen. Schlagzeilen in Klatschmagazinen konnten nicht das zerstören, was sie hatten. Daynes Ängste kreisten vielmehr um die Gefahr. Er machte sich Sorgen, dass die Reality-Show die Neugier der Paparazzi nicht befriedigen würde – dass sie dadurch erst recht in heiße, versengende Flammen ausbrechen würde.

Er holte tief Luft. So oder so, der Drehbeginn war noch Wochen entfernt.

„Weißt du, was wir tun sollten?" Katy schaute zu ihm hoch und zwinkerte ihm zu. Sie spähte über das Geländer und deutete auf den steinigen Pfad, der zum Wasser führte.

„Für immer hierbleiben?"

Sie drohte ihm mit dem Finger. „Nein, ich meine heute. Nach der Besprechung des Kindertheaters."

„Was?" Dayne beugte sich vor, um sie zu küssen.

„Hör mir zu." Sie kicherte und wich einen Schritt zurück. „Wir sollten zum Wasser gehen und uns den Sonnenuntergang von unserem Felsen aus anschauen, dem großen am Ende des Weges."

Er warf ihr seinen besten verführerischen Blick zu, den er schon in Dutzenden Filmen benutzt hatte. „Das könnte interessant werden."

Sie legte den Kopf in den Nacken und lachte schallend. „Dayne Matthews, über eine Sache müssen wir uns keine Sorgen machen. Was auch immer geschehen wird – das Leben mit dir wird definitiv immer interessant sein."

Die Türklingel ertönte genau in dem Moment, in dem Dayne etwas für sich beschloss. Er hatte nicht vor, auch nur eine weitere Stunde seiner kostbaren Zeit mit Katy damit zu verschwenden, dass er sich Sorgen um die Zukunft machte. Sie war seine Frau, seine beste Freundin. Jetzt war nicht der Zeitpunkt, sich darüber den Kopf zu zerbrechen, was vielleicht irgendwann einmal passieren könnte. Jetzt war der Zeitpunkt, um das zu tun, was er den Rest seines Lebens tun wollte.

Jede Minute mit der Frau zu genießen, die er liebte.

* * *

Katy ging ein paar Schritte zur Tür, machte dann kehrt und gab Dayne einen raschen Kuss. „Für den Kuss, den du eben nicht gekriegt hast."

Die Klingel ertönte ein zweites Mal. Sie rannte eilig ins Haus. Heute würde sie zum ersten Mal Chad Jennings treffen, den neuen Regieassistenten aus Cleveland. Die anderen Mitarbeiter des christlichen Kindertheaters sprachen seit Wochen von nichts anderem. Sie beschleunigte ihre Schritte. „Ich komme schon!"

Atemlos erreichte sie die Haustür und öffnete. Die Bezirkskoordinatorin Bethany Allen sowie Rhonda Sanders und Chad standen auf der vorderen Veranda. Dayne stieß im Flur zu ihnen und sie gingen gemeinsam ins Wohnzimmer.

Chad ging neben Katy. „Ich habe so viel von dir gehört, von deiner Arbeit mit den Kindern. Ich habe gehört, dass es eine sehr talentierte Gruppe ist."

„Das stimmt. Du wirst begeistert sein, mit ihnen zu arbeiten." Katy musterte ihn. Er war fast zwei Meter groß und hatte dunkles Haar und einen gebräunten Teint, was ihn sehr attraktiv machte. Mehr noch waren es jedoch seine freundlichen, warmen Augen, die ihr auffielen. Sie sprachen von einem festen und überzeugten Glauben. Katy spürte sofort, dass sie ihn mochte.

„Rhonda und ich haben uns fast jeden Tag getroffen.“ Er lächelte. „Wir haben schon eine Menge Ideen.“

„Das ist gut.“ Katy fühlte plötzlich einen Kloß in ihrem Hals. Ganz egal, wie sehr sie diesen neuen Regieassistenten mochte, er war nur aus einem Grund hier: Weil sie selbst das christliche Kindertheater nicht länger leiten würde – zumindest vorerst nicht mehr. Sie ließ sich auf ihren Platz neben Dayne fallen und fühlte ihr Herz rasend schnell schlagen. Welche Veränderungen auch immer auf sie warteten, sie würden Katy mehr schmerzen, als sie zugeben konnte.

Bethany wartete, bis sich alle gesetzt hatten. „Lasst uns beten, bevor wir beginnen.“

Friede floss in Katys Herz und beruhigte sie. Gott kannte bereits alle Antworten. Er wusste, was die Zukunft bringen würde und ob die Zeit des christlichen Kindertheaters in Bloomington zu Ende ging. Er kannte den Weg, der dorthin führen würde, und den Weg, der weiterging. Sie rutschte ein wenig dichter zu Dayne und schob ihren Arm durch seinen, während Bethany betete.

Erst als sie das Gebet beendet hatten und Bethany die Tagesordnung austeilte, bemerkte Katy, was auf der anderen Seite des Raums passierte. Rhonda – eine ihrer besten Freundinnen und ihre Vertraute – saß neben Chad. Ihre Köpfe waren dicht zueinander geneigt. Er flüsterte ihr etwas zu, woraufhin sie kicherte, als sie Stift und Papier hervorholte.

Rhonda war neunundzwanzig und sich inzwischen fast sicher, dass Gott ihre Gebete für den Richtigen irgendwie überhört haben musste. Sie betete für einen Mann, der sie zum Lachen bringen und beschützen würde, einen Mann, der ihr Freund war und vielleicht eines Tages ihr Ehemann.

Die verschiedensten Männer waren in Rhondas Leben getreten und wieder verschwunden, doch keiner war der Richtige gewesen; keiner hatte ihre Augen zum Strahlen gebracht, wenn sie mit ihm zusammen war. Zumindest nicht nach dem, was Katy gesehen hatte.

Bis jetzt.

Es knisterte so heftig zwischen Rhonda und Chad, dass Katy sich überlegte, ob nicht jeder im Raum es wahrnehmen musste. Schließlich lehnten sie sich vorsichtig aneinander und vermittelten den Eindruck, alles andere um sie herum würde verschwinden, sobald sie sich in die Augen sahen. Katy konnte sich ein Grinsen nicht verkneifen. Genau in diesem Moment schaute Rhonda zu ihr hinüber.

Auf ihrem Gesicht lag ein Ausdruck, den Katy sofort erkannte. Die Vermutungen, die sie anstellte, trafen tatsächlich ins Schwarze. Sie würden später darüber sprechen.

Der erste Tagesordnungspunkt auf Bethanys Liste war die Information, dass sie im Frühjahr nicht *Seussical*, sondern *Godspell* aufführen würden. „Wir haben dabei mehrere Punkte berücksichtigt." Bethany schaute auf ihre Notizen und dann zu Katy. „Zunächst einmal das ursprüngliche Anliegen des christlichen Kindertheaters, dass wir durch unsere Musik Gott die Ehre geben wollen. Ich habe mit unserer obersten Leitung darüber gesprochen, was wir als Erinnerung hinterlassen wollen, wenn dies tatsächlich die letzte Aufführung des christlichen Kindertheaters sein sollte." Sie zögerte. „Wir wollen eine ganz klare Botschaft hinterlassen."

Katy starrte auf ihre Notizen und zwang sich dazu, nicht zu weinen. Bethany hatte nicht gesagt, dass dies mit Sicherheit die letzte Aufführung des Kindertheaters in Bloomington sein würde. Doch allein die Möglichkeit schmerzte. Sie hielt ihren Blick weiter gesenkt, sogar als sie Daynes Arm um ihre Schultern spürte. *Godspell* war gut. Nein, es war perfekt. Bevor sie nach Bloomington gekommen war, hatte sie ein Video der Version gesehen, die das christliche Kindertheater benutzte. Das Stück setzte sich aus verschiedenen Szenen zusammen, die Gleichnisse und Episoden aus dem Leben Jesu zeigten.

Es wäre genau das Richtige für die Kinder vom Kindertheater, ganz egal, ob es die letzte Aufführung vor der Sommerpause oder die letzte Aufführung überhaupt in Bloomington war.

Rhonda und Chad erklärten, wie sie sich die Aufführung vorstellten, dass sie überlegt hatten, nur die nötigsten Kulissen zu malen und dass die Kinder in ihrer ganz normalen Straßenkleidung auftreten sollten.

„Das Hauptanliegen, wenn ich es mal zusammenfassen darf, ist es, ein modernes Bild zu zeigen, wie es aussehen könnte, wenn Jesus heute seine Geschichten einer Gruppe von Kindern wie denen im Kindertheater erzählen würde." Chad blickte zu Rhonda, dann zu Bethany. „Würdet ihr mir da zustimmen?"

„Das stimmt.“ Bethany lächelte. „Es ist die perfekte Aufführung, um die Kinder enger zusammenzubringen und uns an den Grund zu erinnern, warum wir das alles machen.“

Schuldgefühle nagten an Katy. Warum taten sie das, was sie taten? Sollte sie sich nicht selbst die gleiche Frage stellen? Sie hatte vor, einen Film mit Dayne zu drehen, der den Zuschauern nichts von ihrem Glauben zeigen würde. War es das wirklich, was Gott von ihr wollte? War es genug, dass sie einfach nur mit Dayne einen Film machte, ohne dass dieses Projekt einen Wert für die Ewigkeit besaß?

Dayne musste spüren, was in ihr vorging, denn er drückte sanft ihre Schulter.

Katy atmete tief durch und schaute hoch. Sie musste sich jetzt auf diese Besprechung konzentrieren.

Bethany ging rasch durch die nächsten Punkte. Das Vorsingen würde am Ende dieser Woche stattfinden, am Freitag, und es hatten sich bereits mehr als hundert Kinder für die Übungsklassen angemeldet. Die Finanzen waren so weit im Plus, dass sie genügend Mittel hatten, um den leitenden Mitarbeitern eine kleine Aufwandsentschädigung zu zahlen und die Miete für das Theater aufzubringen.

Bethany seufzte. „Und das führt uns zu dem eigentlichen Grund, warum wir uns mit dir treffen wollten, Katy.“

„Das Theater?“ Sie lehnte sich an Dayne und hielt den Atem an.

„Ja.“ Bethany stockte und schaute nacheinander alle an. „Ich befürchte, dass die Eigentümer ihren Entschluss gefasst haben. Sie haben bereits mit einigen Immobilienmaklern gesprochen und beschlossen, dass es sich finanziell nicht mehr lohnt, das alte Theater weiterzuführen. Sie können viel mehr Geld bekommen, wenn sie es an jemanden verkaufen, der es abreißen und Wohnblocks dorthin setzen will, als wenn sie es weiterhin an Gruppen wie das christliche Kindertheater vermieten. Sie haben auch schon die notwendigen Genehmigungen von der Stadtverwaltung.“

Katy zwinkerte ihre Tränen zurück. „Wie sieht ihr Zeitplan aus?“

„Sie wollen das Gebäude immer noch im Juni verkaufen, wenn *Godspell* beendet ist.“ Bethany ließ ihre Notizen sinken. „Es tut mir so leid.“

Eine Träne rollte über Katys Wange und fiel auf ihre Bluse. Ihre schlimmsten Befürchtungen wurden wahr. Vor einigen Monaten, als sie über diese Möglichkeit gesprochen hatten, war Katy so davon überzeugt gewesen, dass sich noch etwas ändern würde. Sie hatte darauf vertraut, dass die Stadtverwaltung ein Interesse daran hatte, Kunst und Kultur zu fördern. Sie schniefte und sammelte sich so weit, dass sie wieder reden konnte. „Sollten wir uns an die Stadtverwaltung wenden? Ich meine, es gibt doch wirklich genug Wohnraum in der ganzen Stadt. Ein altes Theater können sie nicht so einfach ersetzen."

„Ich weiß. Ich habe mich vor einigen Wochen mit dem Stadtrat getroffen und ihm genau das Gleiche gesagt." Bethany schnitt eine Grimasse. „Offenbar enthalten die Pläne der neuen Eigentümer auch ein Kino, dessen Architektur sich dem Gesamtbild der Innenstadt anpassen soll."

Katys Schulter sackten nach vorne. „Das ist nicht fair."

Ein paar Sekunden lang sagte niemand etwas. Dieser Meinung waren sie alle. Die Kinder in Bloomington brauchten ein Projekt wie das christliche Kindertheater, doch ohne das alte Theater konnten sie es nicht fortführen.

Schließlich sagte Bethany: „Es ist nicht fair, aber es ist eine Tatsache. Wir müssen es den anderen nach der letzten Aufführung sagen. Bis dahin haben die Eigentümer versprochen, den Verkauf noch geheim zu halten."

Die Besprechung war schnell zu Ende. Bevor die anderen aufbrachen, stellten sie sich alle in einen Kreis, fassten sich an den Händen und beteten.

Diesmal leitete Chad das Gebet. „Schenk uns ein Wunder, Gott. Zeig uns, wie wir mit dem Kindertheater weitermachen können. Wir bitten dich darum in Jesu Namen. Amen."

Als die anderen gegangen waren, ging Katy zurück auf die hintere Veranda. Eine Unruhe legte sich über sie und ließ sie an sämtlichen Entscheidungen zweifeln, die sie im letzten Jahr getroffen hatte – außer an einer. Dass sie Dayne geheiratet hatte, würde sie niemals bereuen. Doch dass sie zugestimmt hatte, bei seinem Hollywood-Leben mitzumachen? Bloomington zu verlassen, um Filme zu drehen?

Sie hörte, dass Dayne auf die Veranda kam und hinter sie trat. Er legte seine Arme um ihre Taille und küsste sie auf die Wange. Eine ganze Zeit lang sagte er nichts, sondern starrte nur in den Himmel und auf das graublaue Wasser, das sich vor ihnen erstreckte.

Schließlich sagte er leise: „Es ist nicht dein Fehler.“

„Doch, das ist es.“ Sie hob ihr Kinn und war wütend auf sich selbst. „Ich hätte niemals zustimmen dürfen, das alles hier zu verlassen.“

„Okay, dann nimm an, du würdest hierbleiben.“ Seine Worte waren geduldig und freundlich.

„Ich bleibe und wir finden irgendwo Räumlichkeiten, damit die Kinder ihre Aufführungen machen können.“ Sie lehnte sich zurück und bettete ihren Kopf an seiner Schulter. „Niemand liebt das christliche Kindertheater so wie ich, Dayne. Ich habe gesehen, wie Kinder aus zerrütteten Familien hier in dieser Gruppe ein neues Zuhause gefunden haben und wie Kinder, die großartige Familien haben, unvergessliche Erfahrungen gemeinsam mit ihren Eltern gemacht haben.“ Ihre Stimme brach. „Ich habe gesehen, wie sie gelernt haben zu lieben und zu vergeben. Ich habe gesehen, wie sie gemeinsam zu einer Aufführung fähig waren, die keiner von ihnen allein auf die Beine hätte stellen können.“

„Ich weiß das.“ Dayne presste sein Gesicht an ihres. Sie beide blickten immer noch zum See und genossen die unglaubliche Aussicht, die sich ihnen von ihrer Hintertür aus bot. „Ich habe dich beobachtet, als du ein Teil davon warst.“

Katy wandte sich um und schaute ihn an. „Diese Kinder brauchen das christliche Kindertheater.“

„Sie brauchen Gott und sie brauchen einander.“ Er lächelte und sah sie mitfühlend an. „Sie hatten das Glück, dass sie das christliche Kindertheater so lange haben durften.“

„Aber wenn ich hierbleibe …“

„Würde es nichts ändern.“ Sein Einwand klang nicht unfreundlich; er klang endgültig. „Bethany hat die ganze Stadt nach einem anderen Theater abgesucht.“ Seine Worte hingen in der milden Nachmittagsluft. „Es gibt nichts, was du noch tun könntest, Katy. Egal ob du bleibst oder gehst, das Kindertheater wird keinen Ort für seine Aufführungen haben.“

Sie schniefte heftig. „Warum, Dayne? Warum lässt Gott das zu?“

„Vielleicht hat das christliche Kindertheater sein Ziel erreicht.“ Er strich eine Haarsträhne aus ihrem Gesicht zurück. „Vielleicht deshalb, damit du unbelastet den nächsten Abschnitt deines Lebens gemeinsam mit mir genießen kannst.“

Katy legte ihre Stirn an seine Brust und spielte die verschiedenen

Möglichkeiten in Gedanken durch. Der Zeitpunkt war auf jeden Fall interessant. Sie und Dayne waren auf dem Weg nach Hollywood, um möglicherweise eine gemeinsame Filmkarriere zu beginnen, und genau jetzt wurde das Theater unter den Füßen der Kinder weg verkauft.

„Wenn es nach mir ginge, würden wir einfach hierbleiben und das christliche Kindertheater würde bis an das Ende meiner Tage Musicals in dem alten Theater aufführen."

„Ach, Katy." Dayne ließ seine Hände über ihren Nacken gleiten, um die verspannten Muskeln zu entspannen. „Ich liebe es, dass du so eine Träumerin bist."

„Aber das bin ich nicht." Sie hob ihren Kopf. „Ich bin ein Macher-Typ. Doch in dieser Sache hast du recht. Es gibt nichts, was ich tun kann, damit sich die Dinge für das Kindertheater ändern." Ein weiterer trauriger Gedanke schoss durch ihren Kopf. „Ich werde bei der letzten Aufführung nicht dabei sein."

„Wir fliegen am Abschlusswochenende her. Das wird kein Problem sein, wenn wir es früh genug sagen."

Sie hasste es, an all die Abschiede zu denken, die vor ihr lagen. „Beim Vorsingen werden wir auch hier sein."

„Und bei den ersten Proben."

Sie versuchte sich Tim Reed vorzustellen, Bailey und Connor Flanigan, die Shaffers, die Picks, die Weils und die vielen anderen Familien und Kinder, wenn sie diese Neuigkeiten über das Kindertheater erfuhren. Der Schmerz in ihrem Herzen wurde nur noch größer. Irgendwann im Juni würde das Theater zum Verkauf angeboten werden. Ein paar Monate später würde es abgerissen, dem Erdboden gleichgemacht, um Platz für Wohnblocks zu schaffen. Alte Theater waren nicht rentabel, jedenfalls nicht nach den Gesetzen des Marktes. Es gab keinen Ausweg, egal wie sehr sie dafür beteten. Sie mussten durch diese schweren Zeiten hindurch und darauf vertrauen, dass Gott für diese Kinder etwas anderes bereithielt, das ebenso wunderbar war wie das christliche Kindertheater oder dass er es durch etwas noch Besseres ersetzen würde.

Dennoch konnte Katy sich nicht vorstellen, dass es irgendetwas Besseres geben könnte als die Wunder und die Momente, die sie gemeinsam in den Wänden dieses alten Theaters erlebt hatten. In ihrer Vorstellung würde dieses Gebäude immer am Rand des Parks in der Innenstadt von Bloomington stehen. Ganz egal, was man an diesem Ort baute.

Kapitel 7

Landon entließ Ashley aus seiner Umarmung. „Wir müssen jetzt gehen."

Sie nickte, antwortete aber nicht. Was konnte sie schon sagen, bis sie sich mit Dr. McDaniel getroffen hatten, bis sie herausgefunden hatten, was ihren Gesichtsausdruck vor einigen Minuten so verdunkelt hatte?

Gerade als Landon seine Hand nach dem Türgriff ausstreckte, hörte man von der anderen Seite ein Klopfen. „Ashley?" Es klang wie Brooke.

Landon wechselte einen Blick mit seiner Frau. „Bitte sag noch nichts."

„Nein." Ashley schüttelte kurz den Kopf. „Es ist ja auch wahrscheinlich nichts."

Landon klammerte sich an diese Hoffnung. Selbst wenn die Besprechung, die vor ihnen lag, nur Formsache war, war jetzt nicht der richtige Moment, um sich mit Ashleys Schwester zu unterhalten. Doch sie konnten ihr auch nicht aus dem Weg gehen. Brooke war Ärztin, ihr Büro lag im Stockwerk über Dr. McDaniels Praxis. Sie wusste von Ashleys Ultraschall an diesem Morgen und hatte gesagt, dass sie kurz vorbeikommen wollte. Alle Baxters wussten von Ashleys Untersuchung und jeder hatte auch schon seine Meinung kundgetan, ob sie einen Jungen oder ein Mädchen erwartete.

„Herein." Landon schaute auf die Uhr an der Wand. Sie mussten sich kurz fassen.

„Hallo, Brooke." Ashley zwang sich zu einem Lächeln, doch ihr Gesicht war immer noch bleich.

„Und …" Brooke strahlte sie an. Sie streckte ihre Hände aus und sah von Ashley zu Landon und wieder zurück. „Wie Maddie gesagt hat – ich möchte wissen, ob ich Tante oder Onkel werde."

Landon lachte, doch es klang nicht echt. Er nickte Ashley zu. „Sag es ihr."

„Wir bekommen ein Mädchen." Ashley hob die Schultern und grinste. Als sie das tat, traten Tränen in ihre Augen. „Ist das nicht großartig?"

Als ob sie jetzt erst die Atmosphäre in dem Untersuchungszimmer wirklich wahrnehmen würde, schwand Brookes Lächeln. „Warte bitte mal …“ Sie sah Landon an. „Ist alles in Ordnung?“

„Wir glauben schon.“ Landon griff nach Ashleys Hand. „Die Ergebnisse ihres Triple-Tests waren hoch.“ Er hasste das. Er wollte mit Ashley allein sein und so schnell wie möglich mit ihr durch den Gang zum Büro der Ärztin gehen, um dort die Bestätigung zu hören, dass alles in Ordnung war. Dass sie sich wegen nichts und wieder nichts Sorgen gemacht hatten.

Brookes Augen wurden groß. „Was meint Dr. McDaniel? Was hat sie gesagt?“

„Sie erwartet uns in ihrem Büro.“ Landon zuckte mit den Schultern. „Wir wollten gerade zu ihr gehen.“

„Diese Triple-Tests sind häufig hoch. Hat sie euch das gesagt?“ Brooke legte ihre Hand auf Ashleys Schulter. „Bei manchen Schwangerschaften ist es einfach so.“

„Bei Cole war es auch so.“ Ashleys Stimme zitterte. Sie tätschelte Brookes Hand. „Danke, dass du vorbeigekommen bist. Ich glaube, wir sollten … wir sollten jetzt besser gehen.“

„Amy ist eine gute Freundin von mir.“ Brooke bemühte sich offensichtlich, beruhigend zu klingen. „Sie arbeitet sehr sorgfältig; eurem Baby geht es bestimmt gut.“ Sie trat ein paar Schritte zurück in Richtung Tür. Zweifellos waren ihre Worte gut gemeint, doch ihr besorgter Gesichtsausdruck verriet ihnen, dass sie Angst vor dem hatte, was die Ärztin ihnen womöglich sagen würde. „Ruf mich später an, okay? Wir sind heute Abend zu Hause.“

Ashley nickte schnell. „Danke.“

Mit einem letzten Blick wandte Brooke sich um und eilte in Richtung Eingangshalle hinaus.

Landon holte tief Luft. Wie auch immer die Neuigkeiten lauteten, er wollte sie ohne Publikum hören. Nur er und Ashley und Gott. Von dem Augenblick an, in dem er von dem hohen Triple-Testwert gehört hatte, hatte er einen seltsamen Knoten im Magen verspürt, eine Ahnung, dass die Neuigkeiten, die sie heute hören würden, mehr waren, als sie ertragen konnten.

Als Brooke gegangen war, führte er Ashley über den Flur zu dem kleinen Büro, in dem Dr. McDaniel hinter ihrem Schreibtisch saß. Fotos von lächelnden kleinen Jungen und einem süßen Mädchen standen auf der Tischplatte. Für den Bruchteil einer Sekunde wäre Landon am liebsten umgekehrt und weggerannt, um Ashley an einen Ort weit, weit weg von diesem Büro zu bringen, an dem ihre Zukunft immer noch voller Hoffnung war.

Bevor er noch einmal Luft holen konnte, blickte die Ärztin auf. Ihr Gesichtsausdruck verriet ihm, dass seine Gefühle keine Täuschung gewesen waren, sondern eine Warnung, die Gott ihm geschickt hatte. Ein solches Gefühl hatte er schon einmal gehabt, damals am 11. September 2001, als er zugesehen hatte, wie die Türme des World Trade Centers in sich zusammengefallen waren, während sein Feuerwehrkollege Jalen sich darin befunden hatte. Ein schreckliches Gefühl der Gewissheit, dass nach dem heutigen Tag ihr Leben nie mehr so sein würde wie zuvor.

* * *

Ashley zwang sich zu atmen, während sie und Landon Seite an Seite gegenüber von Dr. McDaniel Platz nahmen. Das alles war doch nur ein Produkt ihrer Einbildung. Wie verrückt waren sie denn, dass sie in ein Seufzen oder einen Gesichtsausdruck der Ärztin gleich etwas Schlimmes hineininterpretierten. Diese Frau machte jeden Tag unzählige Ultraschalluntersuchungen. Natürlich lächelte sie dabei nicht unentwegt.

Luft holen, ermahnte sie sich selbst. *Immer schön Luft holen.* Ashley faltete ihre Hände auf ihrem Schoß und lehnte ihren Arm gegen Landon.

Dr. McDaniel wandte sich ihnen zu und ihre Augen glitzerten feucht. „Ich fürchte, ich habe sehr schlechte Neuigkeiten." Sie drehte ihren Computer so, dass sie den Bildschirm sehen konnten. Das Ultraschallbild, das darauf zu sehen war, war eines vom Kopf ihres Babys. Der Kopf, der vor einigen Minuten noch so normal ausgesehen hatte.

„Sehen Sie hier?" Die Ärztin deutete auf einen Bereich, der etwas verschwommener aussah als der Rest. „An dieser Stelle trifft die Wirbelsäule auf den Hinterkopf. Hier sollte sich das, was wir das Neuralrohr nennen, im Laufe der Entwicklung eines Babys schließen. Doch bei einigen Babys passiert dieser Verschluss nicht."

Ashley starrte auf das Bild. Worüber sprach sie? Neuralrohr? Warum hatte sie bis jetzt noch nie von so etwas gehört? Neben ihr atmete Landon hastiger als vorher. Ashley zwang sich, weiter zuzuhören.

„Sie können hier erkennen – Dr. McDaniel zeigte wieder auf die verschwommene Stelle –, dass sich unglücklicherweise das Neuralrohr Ihres Babys nicht richtig verschlossen hat." Sie sah aus, als würde sie gleich in Tränen ausbrechen, und schüttelte den Kopf. „Deshalb wird sie mit Sicherheit eine Neuralrohrfehlbildung haben."

Landon rutschte bis zur Kante seines Stuhls vor. „Ist das ... kann man das irgendwie vor der Geburt behandeln?"

„Nein. Ich fürchte nicht. Und diese Art von Geburtsdefekt ist zu hundert Prozent tödlich." Dr. McDaniels Schultern sackten in sich zusammen, als sie für einen Augenblick nach unten schaute. „Diese Fehlbildung wird Anenzephalie genannt. Ich habe, seitdem ich als Gynäkologin arbeite, erst zwei solcher Fälle gesehen, doch ich habe mich sehr ausführlich darüber informiert." Sie faltete ihre Hände und schüttelte den Kopf. „Es tut mir so leid, Ashley ... Landon. Viele Babys mit einer solchen Neuralrohrfehlbildung sterben bereits vor der Geburt."

Ashley hatte das Gefühl, in einen dichten Nebel geraten zu sein, und starrte auf ihren Schoß. Diese Information war falsch. Sie musste falsch sein. Sie hatte doch schon die ersten Bewegungen des Babys gespürt. Wie aus weiter Ferne konnte Ashley hören, dass die Ärztin weitersprach, dass sie erklärte, dass degenerierte Gehirnmasse des Babys außerhalb seines Kopfes frei lag und dass die höchste Lebenserwartung für solche Babys bei einigen Stunden oder maximal wenigen Tagen lag ... was auch immer diese Frau dachte, dass ihr Baby hatte. Anen-irgendwas. Und noch mehr Informationen ... viel zu viele Informationen ...

Ashley schloss ihre Augen. Sie fühlte sich krank und erhob sich plötzlich. „Ich brauche eine Toilette."

Die Ärztin sprang sofort auf und öffnete die Tür für sie. „Den Gang hinunter."

Landon blieb an ihrer Seite, hielt ihren Ellbogen, damit sie nicht stürzte. Sie schaffte es gerade so in den kleinen Waschraum, bevor sie ihr Frühstück wieder von sich gab.

„Ashley", flüsterte Landon dicht neben ihrem Ohr. Er hielt ihr Haar aus ihrem Gesicht zurück. „Wir schaffen das. Es kann auch eine Fehldiagnose sein."

Das war es. Ein kleiner Lichtstrahl in dem dunkelsten Kerker, in dem

Ashley jemals gesessen hatte. Die Diagnose konnte auch falsch sein. Ihr Magen rebellierte immer noch gegen die Neuigkeiten, doch nach ein paar Minuten erhob sie sich. Ihre Knie schlotterten und ihre Hände zitterten, doch sie fand die Kraft, sich ein paar Papierhandtücher zu holen und das Waschbecken sauberzuwischen.

Landon half ihr dabei, dann nahm er einen Pappbecher aus dem Wasserspender an der Wand und füllte ihn mit Wasser. „Hier. Nimm kleine Schlucke."

Ashley klammerte sich an den Klang seiner Stimme, wie es eine Person tun würde, die blind durch einen Schneesturm irrte. Sie nahm den Becher und hob ihn an ihre Lippen. Bei der Untersuchung war etwas schiefgegangen. Das musste es sein. Ihrem kleinen Mädchen ging es gut. Ihre Arme und Beine und Hände und Füße waren perfekt. Der Schatten neben ihrem Kopf war bestimmt nur eine Luftblase oder es lag daran, wie sie in der Gebärmutter lag. Das war möglich, nicht wahr?

Ashley spürte, dass ihr Mund trocken wurde, und blickte in den Spiegel. Ihre Wangen waren grau, ihre Augen weit aufgerissen vor Angst. Dunkle Punkte tanzten vor ihren Augen, sodass sie sich am Waschbecken festklammerte. „Ich habe … ich habe das Gefühl, dass ich gleich umfalle."

„Ich bin hier." Landon stellte sich hinter sie und stützte ihre Ellbogen, damit sie nicht stürzen könnte. „Wir können eine zweite Meinung einholen, Ash. Wir lassen uns von einem Ultraschall nicht unterkriegen. Gott ist größer als das alles."

Ashley nickte. Ja, Gott war größer. Doch Gott ließ zu, dass einige Frauen diesen Weg gehen mussten, nicht wahr? Sie erinnerte sich an eine Frau, die vor einigen Wochen zum ersten Mal in der Gemeinde gewesen war. Ihr vierjähriger Sohn hatte Krebs und ihre Familie zerbrach an dieser Krankheit. Und diese Frau liebte denselben Gott, also war es möglich. Sie drehte sich um und umklammerte Landons Arm. „Was ist, wenn …?"

Sein Gesichtsausdruck sagte ihr, dass er sich ebenfalls ängstigte, dass er sich das Gleiche fragte. „Was auch immer geschieht – er knirschte mit den Zähnen –, Gott wird uns hindurchführen." Er zog sie in eine verzweifelte Umarmung und klammerte sich an sie. „Wenn wir das jetzt nicht glauben … dann glauben wir es nie."

Seine Worte gaben ihr neue Kraft. Sie schnappte ein paar Mal nach

Luft und löste sich von ihm. Ihre Hände zitterten noch immer. Sie griff nach dem Pappbecher und trank genug, dass ihr Mund nicht länger so trocken war.

„Bist du so weit?" Landon sah aus, als würde er sich genauso wie sie fühlen. Als ob der letzte Platz, an den er jetzt gehen wollte, das Büro der Ärztin war, als ob auch er nicht zurück zu den Ergebnissen wollte, die sie – wenn sie sich bewahrheiten sollten – zerstören könnten. Doch das war einer der Gründe, warum sie Landon liebte. Sein Gesichtsausdruck zeigte die gleiche Entschlossenheit, die ihn zu einem so großartigen Feuerwehrmann machte und die ihn dazu gebracht hatte, all die Jahre hartnäckig um sie zu werben, als sie so dickköpfig gewesen war. Er war der Typ Mann, der in ein brennendes Gebäude hineinrannte, nicht hinaus. Und als sein Freund unter den Überresten des World Trade Centers begraben worden war, hatte Landon sein eigenes Leben riskiert, indem er fast drei Monate lang den Schutt umgegraben hatte, bis sein Freund gefunden worden war.

Was auch immer die Wahrheit über ihr kleines Mädchen war – Landon würde die Kraft haben, diesen Weg zu gehen. Und er würde nicht nur die Kraft für sich, sondern auch für sie haben. Sie hielt sich an seinem Arm fest und nickte.

Gemeinsam kehrten sie in das Büro zurück, wo Dr. McDaniel sie diesmal auf der anderen Seite des Schreibtisches erwartete. Sie umarmte zuerst Ashley und dann Landon, bevor sie sich wieder setzten. „Es tut mir so unendlich leid. Ich kann Ihnen nur sagen, dass ich glaube, dass Gott einen Plan für jedes Kind hat. Ganz egal, wie kurz das Leben auch sein mag."

Ashley fühlte sich wieder elend.

„Wir treffen uns in ein paar Wochen erneut, um über die Einzelheiten zu sprechen. Jetzt verstehe ich natürlich, dass Sie Zeit für sich brauchen." Sie gab Landon eine Broschüre. „Hier wird Anenzephalie genauer erklärt. Wir können in ein paar Wochen noch einen Ultraschall machen, doch die Ergebnisse der heutigen Untersuchung sind leider eindeutig." Sie lehnte sich an ihren Schreibtisch und verschränkte die Arme. „Es tut mir so sehr leid."

Ashley spitzte die Lippen und atmete in kurzen Stößen ein und aus. Sie weigerte sich, die Worte der Ärztin in ihr Herz eindringen zu lassen. Die Frau sagte das gerade nicht über ihr Baby, über ihre erste Tochter.

Nein, sie leierte nur eine Liste mit medizinischen Ausdrücken hinunter. Nichts war eindeutig, bevor ein Baby geboren war. Gott würde das letzte Wort haben. Ende.

Landon nahm das Informationsmaterial an sich und vereinbarte mit der Ärztin eine weitere Ultraschalluntersuchung in zwei Wochen.

„Ich glaube zwar nicht, dass es Sie betrifft, aber ich muss es Ihnen leider trotzdem sagen." Dr. McDaniel sah unendlich traurig aus, als ob die Informationen, die sie hatte weitergeben müssen, sie selbst persönlich betreffen würden. „Viele Frauen entscheiden sich dafür, ein Baby mit Anenzephalie abzutreiben. Es ist – sie schien krampfhaft nach den richtigen Worten zu suchen – es ist emotional sehr schwierig, ein Baby auszutragen und dabei zu wissen, dass es gleich nach der Geburt sterben wird. Natürlich ist eine Abtreibung nichts, was ich Ihnen persönlich raten oder sogar vornehmen würde. Doch ich bin verpflichtet, es Ihnen zu sagen."

Eine weitere Welle der Übelkeit schwappte über Ashley hinweg. Sie grub ihre Finger in die Armlehnen ihres Stuhles. Für einen Moment war sie zurück in Frankreich, zurück in der Abtreibungsklinik, um ihren Körper von dem kleinen Lebewesen zu befreien, das sich in ihr eingenistet hatte. Ein Schauer rieselte über ihren Rücken und ihre Arme. Im allerletzten Moment hatte sie entschieden, dass ihre falschen Entscheidungen nicht der Fehler ihres Babys waren, und sie hatte auf ihre innere Stimme gehört, ihren Instinkt, statt auf den Angestellten der Klinik oder den verheirateten Künstler, mit dem sie Monate zuvor geschlafen hatte.

Ihre Entscheidung für das Leben hatte ihr eines der großartigsten Geschenke gemacht. Ihren Sohn Cole. Die Worte blieben für ein paar Sekunden in ihrem Hals stecken, doch dann sprudelten sie laut und selbstsicher heraus und unterbrachen die Ärztin, die gerade darüber sprach, dass sie weitere Beratungen in Anspruch nehmen könnten und dass jeder eine Abtreibung unter diesen Voraussetzungen nachvollziehen könnte. „Es wird keine Abtreibung geben. Niemals."

Landon schob seine Hand unter die ihre. Seine Stimme klang ruhiger, doch genauso sicher wie ihre. „Das ziehen wir sicher nicht in Betracht."

„Ich weiß." Die Ärztin tupfte ihre Augen trocken. „Der Weg, der vor Ihnen liegt, wird voller Freude sein, wenn Sie Ihr Baby wachsen spüren, und voller Trauer. Doch ich kann nur bestätigen, dass selbst ein kurzes Leben tiefe, bedeutungsvolle Spuren hinterlassen kann."

„Dr. McDaniel." Landon war kurz davor gewesen, die Frau zu unterbrechen. Resignation und Enttäuschung klangen in seiner Stimme mit. „Die Untersuchung könnte fehlerhaft sein … denn alle Untersuchungen könnten falsch sein. Und wenn das nicht der Fall ist, dann werden wir dafür beten, dass Gott unsere Tochter heilt."

Dr. McDaniel öffnete ihren Mund, um etwas zu sagen, doch sie hielt inne. „Ich werde ebenfalls beten." Sie zögerte. „Ich sehe Sie dann in zwei Wochen."

Landon erhob sich und schüttelte ihre Hand.

Ashley beobachtete ihn, während sich alles um sie herum drehte. Alles an diesem Augenblick fühlte sich unwirklich an, wie in einem fernen und furchtbaren Traum. Sie lehnte sich an ihren Mann, als er ihr auf die Füße half.

Sobald sie das Büro verlassen hatten, beugte er seinen Kopf nahe an ihren. „Bist du in Ordnung? Kannst du laufen, meine ich?"

„Ja." Ihre Augen waren trocken. Sie waren während des ganzen Gesprächs trocken geblieben. Ashley stählte sich innerlich gegen die Diagnose, gegen das Gefühl der Übelkeit, das in ihr aufstieg. Schweigend gingen sie nebeneinander her, und der Nebel, der sie zuvor umgeben hatte, kehrte zurück. Was geschah gerade? Warum lachten und jubelten sie nicht so, wie sie es sich vorgestellt hatte, wenn sie von dieser Untersuchung geträumt hatte?

Als sie ihr Auto erreicht hatten, half Landon ihr beim Einsteigen und eilte dann rasch um das Auto herum zu seiner Tür.

„Die Diagnose könnte falsch sein." Ihr Herz raste und es gab nichts, womit sie es hätte beruhigen können.

Landon startete den Motor nicht. Er stützte seine Arme auf das Lenkrad und starrte vor sich. „Ständig gibt es falsche Untersuchungsergebnisse."

Ashley legte ihre Hände auf ihren Bauch, als ob sie auf diese Weise ihre Tochter vor den schrecklichen Dingen beschützen könnte, die die Ärztin erklärt hatte, was auch immer es war, was sie auf dem Ultraschall erkannt haben wollte. Das Gesicht ihrer Mutter tauchte vor ihrem inneren Auge auf, ihrer Mutter, die immer die richtigen Worte in solchen Situation gewusst hatte. Es war der Vers, der ihr vor einiger Zeit eingefallen war, als sie mit Kari spazieren gegangen war. „Mama würde mir sagen, dass Römer 8,28 immer wahr ist, ganz egal, wie bedrohlich die Sturmwolken um uns herum sind."

Landon sah aus, als hätte er einen Schlag in die Magengegend bekommen, doch er legte seine Hand auf ihr Knie. „‚Wer Gott liebt, dem dient alles, was geschieht, zum Guten.'"

„Ja. Wirklich alles."

Landon drehte den Schlüssel im Schloss, fuhr aus der Parkbucht heraus und lenkte das Auto zur Straße.

Er hatte die Straße fast erreicht, als sich der Nebel in Ashleys Kopf lichtete. Klar und unmissverständlich kam die Realität auf sie zu wie eine zerklüftete Klippe, auf die sie zurasten ohne die Möglichkeit, irgendwie anzuhalten.

Tränen füllten ihr Herz und ihre Seele und stiegen in ihrer Kehle hoch. Sie würden ein kleines Mädchen bekommen. Mehr als alles in der Welt wollte sie verhindern, dass etwas mit ihr nicht in Ordnung war. Doch plötzlich, so deutlich wie die Bäume, die die Straße säumten, musste sie sich die Frage stellen, ob es vielleicht die Wahrheit war. Vielleicht hatte ihr kleines Mädchen wirklich Anenzephalie und würde nicht länger als ein paar Tage leben.

Panik überfiel sie und griff nach ihr, bis sie ihre Angst keine Minute länger unter Kontrolle halten konnte. Und warum bekam sie keine Luft? Ihr Mund war offen, doch ihre Lungen schrien nach Sauerstoff. Sie konnte den Anblick des schattenumwölkten Kopfes ihres Babys nicht verdrängen. Sie hob eine Hand. „Warte!" Ashley rang verzweifelt nach Luft. „Landon, halt an!"

Er riss das Auto herum und rammte den Schalthebel auf Parken. Ihre Angst steckte ihn an, als er sich zu ihr umwandte. Sein Gesichtsausdruck war alarmiert. „Was ist los? Was stimmt nicht?"

„Ich ..." Sie schüttelte ihren Kopf in kurzen, ruckartigen Bewegungen. Eine Geburt und eine Beerdigung in der gleichen Woche? „Ich kann das nicht, Landon." Sie presste eine Hand auf ihren Bauch. „Ich will das nicht. Es kann nicht sein, dass etwas mit ihr nicht in Ordnung ist!"

„Oh, mein Schatz, komm her." Er lehnte sich hinüber und zog sie in seine Arme. Dabei stieß er eine fast leere Wasserflasche aus dem Getränkehalter, doch keiner von ihnen machte Anstalten, das Wasser aufzuwischen.

„Vielleicht …" Ashley schnappte nach Luft und hyperventilierte. Sie grub ihre Fingernägel in Landons Schulter. „Vielleicht … schaffe ich das nicht."

Er hielt sie fest. „Wir schaffen das zusammen."

„Landon." Ein Schwall Luft schwappte in ihre Lunge. Dass sie irgendwie wieder in der Lage war zu atmen, löste ihre Tränen. Ein Meer von Tränen. Sie klammerte sich an ihn und weinte um ihr kleines Mädchen, das vielleicht – nur vielleicht – genau in diesem Moment ebenfalls um sein Leben kämpfte. „Hilf mir!"

„Ashley, das tue ich." Verzweiflung durchdrang seine Stimme. In diesem Moment – als ob ihm diese Idee ganz plötzlich gekommen wäre – begann er zu beten. Nein, es war kein Gebet. Die Worte, die er für sie und für ihr Baby zum Himmel schickte, waren ein verzweifeltes Flehen um Hilfe. „Gott, du bist der Schöpfer, der Heiler. Nichts ist für dich unmöglich. Atme du das Leben in unser kleines Mädchen und schenke, dass die Untersuchungen falsch sind. Hilf uns, dass wir niemals … niemals daran zweifeln, dass du Wunder vollbringen kannst." Ein zorniger Ton schlich sich in seine Stimme, als er weiterbetete. „Und wenn … wenn die Ergebnisse doch nicht falsch sind … dann trag uns durch das hindurch, was vor uns liegt. Bitte, Gott."

Mit jedem Wort von Landons Gebet spürte Ashley, wie Ruhe und Klarheit wiederkehrten und ihre Welt einmal mehr in Ordnung brachten. Gott hatte das Universum erschaffen. Natürlich könnte er ihre Tochter heilen – sogar wenn die Untersuchungsergebnisse die Wahrheit zeigten.

Leise Schluchzer schüttelten immer noch ihre Schultern, doch sie löste sich aus der Umarmung und sah Landon an. „Vom heutigen Tag an vertraue ich Gott, dass er ein Wunder vollbringen wird." Sie schnappte dreimal nach Luft und legte die Finger auf ihren Nasenrücken. „Ich werde wahrscheinlich … Angst haben. Aber ich werde nicht daran zweifeln."

Landon zögerte. Einen Moment lang schien es, als wollte er etwas sagen, ihr widersprechen. Irgendetwas darüber sagen, dass sie vorbereitet sein sollten für den Fall, dass die Diagnose stimmte und Gott sich nicht dafür entschied, ihr Baby zu heilen. Doch dann trat Entschlossenheit in seine Augen. „Das werde ich auch nicht."

„Wir müssen es den anderen sagen." Ashley schniefte. Sie legte ihre

Hände wieder auf ihren Bauch, so dicht zu ihrer ungeborenen Tochter, wie es nur möglich war. „Damit sie beten können."

„Wir rufen deinen Vater an, sobald wir zu Hause sind."

„Und Brooke." Sie richtete sich in ihrem Sitz auf. „Vielleicht weiß einer von ihnen etwas, was wir noch machen können, eine andere Untersuchung oder so."

Und so planten sie ihre nächsten Schritte. Sie würden einfach weitermachen und der Angst so viele Augenblicke wie möglich rauben, damit sie Ashleys Schwangerschaft genießen und alles für die Ankunft ihres kleinen Mädchens vorbereiten konnten. Sooft sie konnten, würden sie beten und glauben und nicht zweifeln. Und sie würden alle Menschen, die sie liebten, darum bitten, das Gleiche zu tun.

Kapitel 8

Das Gebetstreffen sollte gleich beginnen, doch egal wie optimistisch Ashley und Landon zu sein versuchten, war die Stimmung ernst und gedrückt. Ashleys Anruf am vorigen Abend hatte John veranlasst, seine Kinder anzurufen und sie um ihre Gebete zu bitten. Das Gebetstreffen war Karis Idee gewesen. Sie und Ashley hatten bisher noch nicht miteinander gesprochen, doch Kari war zutiefst erschüttert. Genau wie Ashley wollte sie glauben, dass die Diagnose falsch war oder dass, wenn sie doch stimmte, Gott an Ashleys Baby eine wunderbare Heilung vollziehen würde.

Jetzt waren sie im Wohnzimmer des Baxter-Hauses versammelt. Schon so viele Mal zuvor hatten sie sich hier getroffen. Dayne und Katy saßen in einer Ecke neben Kari und Ryan. Brooke und Peter saßen auf dem Sofa ihnen gegenüber und Ashley und Landon setzten sich Seite an Seite auf zwei Stühle aus dem Esszimmer. John saß in seinem Sessel und schaute auf seine Familie. Der Schock fühlte sich so an, wie damals nach dem 11. September oder als sie nach Elizabeths Beerdigung nach Hause gekommen waren.

John erhob sich und ging ein paar Schritte in Richtung Fernsehzimmer. „Ich sehe mal nach den Kindern."

Ryan und Peter nickten, doch ansonsten reagierte niemand.

John ging durch die Küche in den angrenzenden Raum. Die Kinder sahen einen Zeichentrickfilm und die Lautstärke war so weit heruntergedreht, dass es sie im Wohnzimmer nicht stören würde. Es war acht Uhr abends in einer Schulwoche. Sogar die Kleinen waren ruhig und hatten sich zwischen ihre älteren Cousins und Cousinen in Decken eingekuschelt.

„Alles in Ordnung?"

Cole sah auf und zog die Augenbrauen zusammen. „Warum sind alle so traurig?"

„Wir sind nicht traurig." Johns Antwort kam schnell. „Wir wollen nur für deine kleine Schwester beten."

„Warum nur für sie?" Cole legte seinen Arm auf die Rückenlehne des

Sofas und drehte sich so weit herum, dass er Johns Gesicht genau sehen konnte. „Warum nicht auch für Tante Karis Baby?“

John zögerte. Ashley und Landon hatten Cole nichts weiter gesagt, als dass sie ganz besonders für seine Schwester beten müssten. Doch jetzt hatte Cole ins Schwarze getroffen. „Wir werden auch für Tante Karis Baby beten.“

„Gut.“ Erleichterung füllte Coles Blick. „Für jedes Baby sollte gebetet werden.“ Er wandte sich wieder dem Zeichentrickfilm zu und machte es sich auf dem Sofa gemütlich.

John trat noch ein paar Schritte weiter in das Zimmer hinein. „Ihr Kinder bleibt hier, in Ordnung? Wir brauchen nicht lange.“

Eifriges Kopfnicken im ganzen Zimmer.

Er lächelte den Kindern zu und ging zurück zu den anderen. Wieder überkam ihn diese abgrundtiefe Trauer. Er wusste alles über Anenzephalie. Ja, Gott konnte auf wunderbare, geheimnisvolle Weise Ashleys und Landons Baby heilen, doch so viel wusste er von Neuralrohrfehlbildungen: Die Diagnosen waren so gut wie nie falsch. Und er hatte noch nie von einem einzigen Fall gehört, bei dem ein Baby spontan geheilt worden war.

Er blieb kurz im Flur stehen, um seine Kräfte zu sammeln. Ashley erwartete von ihm, dass er stark war, dass seine Haltung ihre Einstellung widerspiegelte oder noch besser bestätigte. Ihr Anruf am gestrigen Abend war kurz und eindeutig gewesen.

Er konnte immer noch ihre Stimme hören, die keinen Raum ließ für Diskussionen, als sie kurz wiederholte, was sie wusste. „Landon und ich verlassen uns nicht auf diese Diagnose. Wir wollen, dass alle mit uns beten, dass die Ergebnisse falsch sind oder dass das Baby geheilt wird.“ Ihre Worte klangen erstickt und er war sich sicher, dass sie weinte.

Wenn sie seine Unterstützung wollte, dann würde sie sie bekommen. Er musste ihr jetzt noch nicht die klaren Fakten über diese Art von Geburtsdefekt erzählen. Das Problem heute Abend lag nicht so sehr bei Ashley und Landon, sondern bei Brooke.

Brooke hatte bereits versucht, ihn zur Seite zu nehmen, als Ashley damit beschäftigt war, die Kinder ins Fernsehzimmer zu bringen. „Papa, sie muss das nicht durchziehen. Du und ich, wir wissen beide, dass …“

John hatte seine Hände gehoben. Wollte seine älteste Tochter eine

Abtreibung vorschlagen? Wenn das so war, dann mussten sie darüber zu einem späteren Zeitpunkt sehr viel ausführlicher reden. „Nicht jetzt. Ashley hat uns gebeten zu kommen, damit wir für ihr Baby beten." Sein Tonfall ließ keinen Raum für Diskussionen. „Du und ich können uns später unterhalten."

Seitdem war Brooke ungewöhnlich ruhig geblieben und flüsterte nur ab und zu mit ihrem Mann Peter, der ebenfalls Arzt war.

John ballte seine Hände zu Fäusten und schloss seine Augen. *Hier sind wir wieder, Herr … mit den dunklen, drohenden Wolken der Unsicherheit, die am Horizont auf uns warten. Die Fakten schreien mir ins Gesicht, bitte sei lauter, Gott. Lass mich heute Abend deine Stimme hören, nur deine Stimme.*

Er öffnete seine Augen wieder und zwang sich vorzugeben, dass er stark war – stärker, als er sich fühlte. Elaine war heute Abend nicht hier, doch sie betete zu Hause. Sie hatten am frühen Abend telefoniert und er wusste, dass er sich auf ihre Unterstützung verlassen konnte.

Er ging gerade zurück ins Wohnzimmer, als sich die Haustür öffnete und Luke, Reagan und ihre Kinder eintraten. Lukes Augen begegneten Johns Blick, woraufhin sie beide für einen Moment erstarrten. Luke und Ashley hatten als Kinder ein besonders enges Verhältnis gehabt. Obwohl sie sich in den Jahren entfremdet hatten, nachdem Ashley aus Paris zurückgekommen war, war ihre Beziehung in den letzten Jahren wieder sehr eng gewesen.

„Wo sollen die Kinder hin?"

„Ins Fernsehzimmer." John nickte über seine Schulter. „Sie schauen sich einen Film an."

Reagan kümmerte sich um Tommy und Malin, zog ihnen ihre Jacken aus und brachte sie leise in den Raum zu den anderen Cousins und Cousinen.

„Papa …" Luke kam ein paar Schritte näher. „Ist das wirklich möglich?"

„Ashley denkt, dass es nicht möglich ist." John wollte nichts mehr als Ashley von den skeptischen Fragen schützen, die unweigerlich von den anderen gestellt werden würden. Jeder, der sich ein bisschen mit Anenzephalie auskannte, würde vermutlich denken, dass es besser für Ashley und Landon wäre, sich der Wahrheit zu stellen, während sie für ein Wunder beteten.

„Doch was ist mit dir?“ Luke sah aus wie ein gebrochener Mann, als ob er jeden Moment in Tränen ausbrechen würde. „Was denkst du?“

„Dieser Geburtsdefekt ist immer tödlich.“ John hielt seine Stimme gesenkt. „Und die Untersuchungen sind praktisch nie fehlerhaft.“

Luke stemmte seine Hand gegen die Wand vor sich und ließ den Kopf hängen. „Nein.“ Seine Stimme brach. „Wie kann so etwas geschehen?“

Ein paar Sekunden lang antwortete John nichts. Er legte seinen Arm um Lukes Schultern. „Gott hält jedes Leben, jede Seele in seiner Hand. Heute Abend ... ist das alles, woran wir uns erinnern müssen.“

Luke seufzte und hob den Kopf. Dann, als ob ihn eine Kraft überkäme, die einen Moment vorher noch nicht da gewesen war, straffte er die Schultern. „Wo ist sie?“

„Im Wohnzimmer mit den anderen.“

Luke ging voraus. John beobachtete, wie er an der Zimmertür stehen blieb und Ashley ansah. Dann, ohne ein Wort zu den anderen zu sagen, eilte er durch den Raum und streckte seine Arme nach ihr aus. „Ash ...“

Sie stand auf und ließ sich in seine Umarmung fallen.

Diese Szene erinnerte John an tausend Momente, in denen sich diese beiden gegenseitig in schweren Zeiten unterstützt hatten. Er blinzelte seine Tränen zurück und räusperte sich. „Die Kinder sind versorgt. Lasst uns anfangen.“

Luke setzte sich auf den Fußboden neben Ashley und Landon. Reagan gesellte sich zu ihm.

John kämpfte gegen den Klumpen in seinem Hals an. „Wir haben so etwas schon früher getan, und ich bin mir sicher, dass wir es auch wieder tun werden. Denn es ist wichtig und macht uns zu einer Familie.“ Wenn es nach ihm gegangen wäre, hätte er vermutlich einen Bibelvers aus Johannes 16 ausgewählt, in dem Jesus sagte: „In der Welt habt ihr Angst, aber lasst euch nicht entmutigen: Ich habe die Welt besiegt.“ Doch Landon hatte ihn gebeten, einen Vers aus Lukas vorzulesen.

John griff nach seiner schwarzen Bibel, die immer auf dem Tisch neben seinem Sessel lag. Er blätterte durch die abgegriffenen Seiten, bis er den Vers fand. „Lukas 1,37 sagt uns einfach nur das: ‚Was Gott sagt, das geschieht.‘“ Er starrte noch einen Moment länger auf diese Worte, dann schlug er die Bibel zu und legte sie auf den Tisch zurück.

Landon hielt Ashleys Hand. Er schien entschlossen zu sein, die ganze Last allein zu tragen. „Wir möchten gerne, dass ihr alle euch an diesen Vers erinnert, wenn ihr für uns betet." Er nickte energisch, doch die Angst, die in seinen Augen lauerte, war nicht zu übersehen. „Wir haben euch alle hierhergebeten, damit wir gemeinsam laut beten können." Er schaute nacheinander in die Gesichter um ihn herum. „Wenn es für euch in Ordnung ist."

„Ich würde gerne anfangen." Luke hatte seinen Arm um Reagan gelegt, doch jetzt wandte er sich ein wenig um und legte seine Hand auf Ashleys Knie.

Die anderen nickten. Im ganzen Raum verbanden sich die Hände zu einem großen Kreis.

Als alle so weit waren, begann Luke. „Lieber Vater, du bist immer bei uns gewesen, ganz egal, in welchen Situationen wir uns befunden haben." Seine Stimme klang erstickt und er machte eine kurze Pause. „Bevor Devin geboren wurde, saßen wir alle um Ashley herum und warteten darauf, dass ein Tornado vorüberziehen würde. Du hast uns damals durchgetragen und ich weiß … ich glaube mit meinem ganzen Sein, dass du uns auch jetzt hindurchtragen wirst. Es kommt vor, dass Diagnosen falsch sind, und ich bete, dass das bei dieser Untersuchung der Fall ist. Heute in einem Jahr …" Seine Stimme brach erneut.

John öffnete die Augen und sah, wie sein Sohn um Fassung rang.

Luke rieb sich die Nase und schüttelte kräftig den Kopf. „Entschuldigung." Er räusperte sich zweimal und versuchte weiterzumachen. „Ich bete dafür, dass wir uns heute in einem Jahr wieder in diesem Raum versammeln, um Ashleys und Landons gesundes kleines Mädchen zu bewundern. Danke."

In der nächsten halben Stunde beteten sie abwechselnd. Dayne betete, dass Gott Ashleys ungeborenes kleines Mädchen heilen würde. Katy wiederholte diese Bitte in ihren eigenen Worten.

Kari war die Nächste, die betete. Sie erklärte, dass sie fest an ein Wunder glaubte und dass sie sich schon auf den Tag freute, an dem ihre und Ashleys ungeborene Tochter miteinander spielen würden. Während sie betete, brach sie in Tränen aus. Doch sie sprach unbeirrt weiter. „Herr, diese beiden kleinen Cousinen hast du von Anbeginn der Welt geplant; davon sind wir überzeugt. Bitte schenke ihnen das Leben, das wir uns für sie erträumen."

Nur Brookes Gebet enthielt einen leisen Anklang von Akzeptanz und Unvermeidbarkeit. „Herr, wir verstehen deine Wege nicht immer. Danke, dass du uns Möglichkeiten schenkst, wenn wir vor unüberwindbaren Hindernissen stehen."

Bevor die Gebetsrunde endete, erinnerte sich John an Coles Bitte. „Herr, wir beten auch für Karis und Ryans kleines Mädchen, dass es sich zu einem gesunden Kind entwickelt und wohlbehalten zur Welt kommt."

Als sie geendet hatten, öffnete John seine Augen und bemerkte, dass Cole und Maddie in den Raum gekommen waren. Sie saßen neben ihren Müttern, ihre Köpfe gesenkt. Manchmal glaubten John und die anderen Erwachsenen, dass die Kinder es nicht bemerkten, wenn sie eine ernste Situation vor ihnen geheim halten wollten. Dass sie es nicht gemerkt hatten, als Elizabeth an Krebs erkrankt oder wie ernst die Situation bei Hayleys Badeunfall gewesen war. Doch als Cole nun den Kopf hob, hatte John keinen Zweifel daran, dass das Kind die Lage erfasst hatte. Ob man es ihm gesagt hatte oder nicht, war egal – er spürte, dass irgendetwas nicht in Ordnung war, dass seine Eltern sich erneut einem furchtbaren Sturm stellen mussten, wenn seine Mutter das Baby zur Welt brachte. Der Beweis war für alle deutlich zu erkennen. Denn Coles Augen waren nicht länger mit der Zuversicht erfüllt, die John vorhin darin gesehen hatte. Sie standen voller Tränen.

Die Erwachsenen erhoben sich, streckten sich und gingen zu Ashley und Landon. Luke und Reagan, Kari und Ryan bemühten sich, sich fröhlich und optimistisch zu geben – wie ihre Gebete.

Doch Brooke ging unauffällig an Ashley vorbei und direkt auf John zu. „Papa, wir müssen reden." Sie sah mehr als nur besorgt aus. Sie wirkte beinahe panisch.

Peter warf den beiden einen wissenden Blick zu, als er vorüberging. „Ich hole die Mädchen."

„Danke." Sie lächelte ihn an, doch im gleichen Moment drehte sie sich zu John herum. „Bitte, Papa. Lass uns in die Küche gehen."

Da Ashley sich gerade noch mit den anderen unterhielt, nickte John. Er folgte seiner ältesten Tochter in die Küche bis in die Ecke neben dem Backofen, wo niemand ihre Unterhaltung hören konnte.

Brooke verschwendete keine Zeit. „Was ich dir vorhin versucht habe zu sagen, ist Folgendes: Ashley hat nicht recht. Die Diagnose ist nicht falsch. Jeder Arzt kann Anenzephalie bei einem einfachen Ultraschall erkennen." Sie zitterte, als ob diese Neuigkeiten sie durchschütteln würden. „Das weißt du."

„Ja." Er hielt seine Stimme ruhig und leise. „Doch für jede idiotensichere Diagnose gibt es eine Ausnahme. Manchmal hat der Arzt etwas für eine Fehlbildung gehalten, was in Wirklichkeit eine Reflexion auf dem Bild war oder die Hand des Babys, die den Kopf verdeckte. Du musst zugeben, dass so etwas möglich sein könnte."

Brooke presste sich ihre Hand auf die Brust. „Es ist möglich, dass die Sonne nicht aufgehen wird, doch es ist nicht sehr wahrscheinlich. Die meisten Menschen planen den morgigen Tag in der Annahme, dass die Sonne aufgeht."

„Was willst du damit sagen?" Ärger und Wut stiegen in Johns Seele auf. „Dass wir nicht beten sollten? Dass es für Ashley und Landon falsch ist, um ein Wunder zu bitten?" Er musterte sie. „Du vor allen anderen, Brooke! Jedes Mal, wenn du Hayley anschaust, solltest du doch eigentlich wissen, dass Wunder geschehen."

„Natürlich gibt es Wunder. Doch wenn Ashleys Baby Anenzephalie hat, dann entwickelt sich das Gehirn außerhalb des Schädels. Ich habe gestern recherchiert, Papa, und es hat noch nie einen Fall von Anenzephalie gegeben, der spontan geheilt wurde. Noch nie."

„Ich kenne mich mit Geburtsdefekten aus. Ich war schon Arzt, bevor du geboren wurdest, erinnerst du dich?"

„Natürlich, doch warum sagt ihr niemand, dass sie jetzt – bevor es zu spät ist – eine Abtreibung in Erwägung ziehen sollte?"

„Brooke, hör dich selbst reden! Du hast kein Recht zu …" Bevor er seinen Satz beenden konnte, nahm er aus dem Augenwinkel eine Bewegung wahr und wandte sich um.

Ashley stand in der Tür. Ihr Mund war weit aufgerissen. „Machst du Witze, Brooke?" Ihre Augen loderten. Sie ging drei Schritte auf sie zu. Schock und Wut kämpften in ihrer Stimme um die Vorherrschaft. „Du glaubst, dass wir unser Baby jetzt abtreiben sollten, bevor es zu spät ist?"

„Das war nicht für deine Ohren gedacht." Die Farbe schwand aus Brookes Gesicht, doch sie wich nicht zurück. „Egal, was du glauben willst, musst du deine Möglichkeiten abwägen, Ash. Das ist alles, was ich sagen will."

Ein Geräusch, das wie ein freudloses Lachen klang, drang aus Ashleys

Mund. „Du glaubst, ich würde eine Abtreibung in Erwägung ziehen? Das glaubst du wirklich?“

Brooke seufzte und versuchte versöhnlich zu klingen. „Menschen, die die Diagnose Anenzephalie erhalten, machen das durchaus. Das ist keine moralische Frage. Babys mit einem solchen Geburtsdefekt werden ohnehin in jedem Fall sterben.“

Ashley sah aus, als würde sie im nächsten Moment ihre Ärmel hochkrempeln und ihre Schwester zu Boden stoßen. „*Jeder* stirbt ohnehin irgendwann. Stimmt das nicht auch?“ Tränen sprangen aus ihren Augen. „Ich kann mir nichts … nichts Herzloseres als das vorstellen.“

John wollte gerade eingreifen, als Landon eintrat und sich neben Ashley stellte. „Was ist denn hier los?“

„Meine Schwester möchte, dass ich abtreibe.“ Ashley fuchtelte in Brookes Richtung. „Mal eben in der Klinik vorbeischauen und einen kurzen Eingriff vornehmen lassen. Einfach so. Keine weiteren Probleme.“

Brooke warf Landon einen resignierten Blick zu. „Ein hoher Prozentsatz von Frauen lässt Babys mit Anenzephalie abtreiben, um den tiefen Schmerz zu vermeiden. Es ist eine außerordentlich große emotionale Belastung, ein Baby auszutragen, das einen unheilbaren Geburtsdefekt hat. Das ist alles, was ich sagen will.“

Kari und Ryan spähten in die Küche, winkten ihnen kurz zum Abschied und schoben ihre Kinder in Richtung Haustür. Dayne und Katy verabschiedeten sich ebenfalls und Reagan ging ins Fernsehzimmer zu ihren Kindern.

„Was ist passiert?“ Luke kam in die Küche und schaute in die wütenden, verletzten Gesichter.

„Brooke möchte, dass ich abtreibe.“

Bevor Luke antworten konnte, erschienen Peter und die Mädchen in der Tür. Brookes Mann sah aus, als hätte er eine Menge von der Unterhaltung mitbekommen, und warf ihr einen Blick zu. „Wir müssen gehen. Die Mädchen sind müde.“

„Das hast du nicht wirklich gesagt, oder?“ Luke verschränkte die Arme. „Ich meine, wir haben gerade noch für ein Wunder gebetet und dann sagst du Ashley, sie sollte abtreiben lassen?“ Aus dem Blick, den er auf Brooke richtete, sprach Abscheu. „Das ist das Grausamste, was ich je gehört habe.“

„So ist das nicht.“ Peter stand immer noch mit den Mädchen in der

Tür, doch offenbar konnte er nicht länger schweigen. „Es ist eine medizinische Abwägung, keine moralische."

„Das ist nicht wahr." Ashley sah aus, als stehe sie kurz vor einem Zusammenbruch.

„Hört zu ..." John hob seine Hände. „Es ist spät und ich denke, wir sind alle sehr ausgelaugt von heute Abend." Er legte eine Hand auf Ashleys Schulter und die andere auf Brookes. „Niemand will den anderen verletzen. So läuft das in dieser Familie nicht."

„Dann sollte Brooke jetzt besser gehen." Ashley lehnte sich an Landon. „Ich hatte um Unterstützung für uns gebeten."

„Gut." Brooke drehte sich zu Peter um und machte eine energische Handbewegung. „Wir werden also einfach herumsitzen und auf ein Wunder hoffen." Sie hielt inne und sah Ashley noch einmal an. Sie zwang sich, ruhiger zu werden. „Und während ich dabei bin, werde ich für dich und Landon beten. Denn der Weg, der vor euch liegt, wird nicht leicht, Ashley. Wirklich nicht."

„Danke, Brooke." Landon trat dazwischen. Seine Worte trieften vor Sarkasmus. „Für heute Abend haben wir genügend medizinische Ratschläge bekommen."

Brookes Gesicht fiel bei dieser Antwort in sich zusammen. Ohne ein weiteres Wort ging sie an Peter und den Mädchen vorbei und eilte zur Haustür.

„Brooke, geh nicht so." John folgte ihr. „Morgen früh sieht das alles schon ganz anders aus." Er wandte seine Aufmerksamkeit den anderen zu. „Wir haben uns getroffen, um zu beten, nicht um zu streiten."

„Es tut mir leid." Peter seufzte und sah Ashley und Landon an. „Brooke hat es nur gut gemeint."

Ohne sich noch einmal umzudrehen, verabschiedete sich Brooke und ging hinaus, an jeder Seite eine ihrer Töchter. Peter folgte ihnen. Als sich die Tür hinter ihnen schloss, legte sich ein unbehagliches Schweigen über die Küche.

John war dankbar, dass Cole und Devin wieder zu Reagan, Tommy und Malin ins Fernsehzimmer gegangen waren. Er schob seine Hände in seine Hosentaschen und lehnte sich an die Küchentheke. Er war sich nicht sicher, was er sagen wollte.

„Hast du das gewusst, Papa? Dass Brooke Abtreibung befürwortet?"

John fühlte sich völlig erschöpft. „Ich glaube nicht, dass sie es befürwortet. Ihr wurde beigebracht, dass eine Abtreibung manchmal die beste Lösung ist, wenn ein Geburtsdefekt feststeht."

Ashley sah schockiert aus. „Du glaubst das aber nicht, oder?"

„Definitiv nicht." Er lächelte seine Tochter traurig an. „Ich habe erlebt, welcher Segen ein so kurzes Leben von Babys mit Anenzephalie bewirken kann. Jeder Fall, an den ich mich erinnere, bestätigt die Wahrheit. Dass Gott über unser Leben bestimmt."

„Gut." Luke kam näher und umarmte zuerst Landon, dann Ashley. Als er zurücktrat, legte er seine Hände auf ihre Schultern. „Ich stimme Papa zu. Brooke war taktlos, doch so ist Brooke manchmal. Sie sieht die kalten, harten Fakten." Er küsste sie auf die Wange. „Halte dich an deiner Hoffnung fest, Ash. Gott ist größer als das alles."

„Ich weiß."

„Vielen Dank." Landon nickte Luke zu. Nach wenigen Minuten verabschiedeten sich auch Luke, Reagan und ihre Kinder.

Ashley, Landon und ihre Söhne folgten ihnen kurz darauf. Doch obwohl John Ashley noch einmal bat, nicht wütend auf Brooke zu sein, hatte er das Gefühl, dass die Beziehung zwischen seinen beiden Mädchen beschädigt worden war.

Als alle gegangen waren, rief er Elaine an und berichtete ihr von dem Abend.

Die wichtigste Erkenntnis, die sie gewonnen hatten, war, dass ihnen harte Zeiten bevorstanden, egal wie sehr sie beteten. Ashley hatte in zwei Wochen eine weitere Ultraschalluntersuchung, und wenn damit die Diagnose Anenzephalie bestätigt würde, könnte nur noch ein Wunder das Baby retten. Zugleich gab es aber noch ein anderes, größeres Problem, von dem John vor dem heutigen Tag nicht gewusst hatte, dass es überhaupt existierte. Das Problem lag bei seiner ältesten Tochter, einer intelligenten und gebildeten jungen Frau, die ihr Leben zwar unter die Herrschaft von Jesus Christus gestellt hatte, deren Wertvorstellungen aber nicht mit der Wahrheit übereinstimmten. Eine Veränderung ihres Denkens würde höchstens allmählich vor sich gehen, besonders in Anbetracht der Dinge, die Brooke während ihres Studiums gelernt hatte. Dieser Konflikt könnte Ashley und Brooke für eine lange Zeit entzweien. Vielleicht sogar für immer. John erklärte Elaine dies alles und sie musste ihm recht geben. In den Wochen und Monaten, die vor ihm lagen, würde John nicht nur für ein Wunder beten, sondern für zwei.

Kapitel 9

Sie waren sich alle einig, dass sie die Neuigkeiten über Ashleys Baby vorerst für sich behalten wollten. Also war Katy an diesem Freitag, als das Vorsingen für das christliche Kindertheater stattfand, gezwungen, sich so zu verhalten, als ob alles in Ordnung sei. Doch in Wahrheit fühlte sie sich unbehaglich. Und das aus mehr als einem Grund. Sie und Dayne würden sich das Vorsingen anschauen, doch zum ersten Mal, seit sie in Bloomington war, würde sie nicht in der Jury sitzen. Die Entscheidungen würden von Rhonda, Chad und Bethany getroffen. Bailey Flanigan würde dabei helfen, die Aufführung zu choreografieren, doch da sie selbst vorsingen wollte, konnte sie nicht Mitglied der Jury sein.

Katy saß in der ersten Bank mit Dayne an ihrer Seite. Vielleicht war es gar nicht so sehr Unbehagen, was sie verspürte, sondern vielmehr das Gefühl, dass sie die Kontrolle verlor. Ihre Schwägerin stand vor einer unglaublich harten Zeit, während sie einfach nach Los Angeles und Mexiko verschwinden würde, ohne sich darum zu kümmern. Und das alles, während das Kindertheater seine letzte Aufführung in Angriff nahm. Womöglich die letzte Aufführung für immer.

„Denkst du gerade an Ashley?“ Dayne beugte sich dicht zu ihr. Die Kinder waren großartig und belästigten ihn nicht wegen Autogrammen. Sie hatten sich inzwischen an ihn gewöhnt und verhielten sich ihm gegenüber so wie bei allen anderen Erwachsenen. Diese ganz normale Atmosphäre war für Katy an diesem Nachmittag das Einzige, was sie ein wenig entspannen ließ.

„Ich versuche, es nicht zu tun.“ Katy kuschelte sich enger an ihn. Ashley hatte bereits erklärt, dass sie dieses Mal nicht für die Bühnenbilder zur Verfügung stehen würde. Außerdem hatten sie noch niemanden, der die Verantwortung für die Musik übernehmen würde, da Al und Nancy Helmes bereits weggezogen waren. Das alles gemeinsam mit den Komplikationen in Bezug auf Ashleys Schwangerschaft und dem drohenden Verlust des Theaters war genug, um Katy schwindelig zu machen. Sie runzelte die Stirn. „Wenn ich nicht an Ashley denke, dann denke ich hierüber nach. Wie alles auf einmal zu Ende geht.“

„Wenn ich mit meinem Filmvertrag fertig bin, dann kommen wir zurück." Er sprach leise und dicht an ihrem Gesicht. „Wir könnten uns ein Grundstück kaufen und darauf unser eigenes Theater bauen und nie wieder aus Bloomington weggehen."

Sie lachte, doch sie hörte selbst die Enttäuschung, die darin mitschwang. „Du würdest damit nicht glücklich werden." Sie wandte sich um und sah ihm direkt ins Gesicht. „Selbst wenn du aufhörst, in Filmen mitzuspielen, möchtest du gerne Regie führen. Das hast du mir schon gesagt."

„Ich habe aber auch gesagt, dass ich das Ganze hinter mir lassen und mich aus dem Rest des Vertrages freikaufen würde." Er rieb seine Nase an ihrer. „Ich meine es ernst, Katy. Glaube nicht, dass das hier das Ende des christlichen Kindertheaters bedeutet. Du weißt nie, was Gott für die Zukunft plant."

Trauer legte sich über ihre Schultern wie ein nasses Handtuch. „Doch die Wahrheit ist, dass es jetzt zu Ende ist. Für fünf Jahre oder für immer."

Sein Gesichtsausdruck machte deutlich, dass er dem nicht widersprechen konnte, doch er holte tief Luft und lächelte. „Dann lass uns dieses Vorsingen genießen." Er stupste sie mit dem Ellbogen in die Seite. „Ich kann immer noch nicht fassen, dass sie mich nicht vorsingen lassen. Ich sehe keinen Tag älter als achtzehn aus."

Katy kicherte und ein Teil ihrer Trauer verschwand. Das Leben mit Dayne würde immer ein Abenteuer sein, doch sie würde nie an seiner Liebe zu ihr zweifeln. Sie liebte es, wie es ihm gelang, einen traurigen Augenblick in etwas zu verwandeln, das sie gemeinsam schaffen würden.

Der Geräuschpegel um sie herum wurde immer lauter, als die Kinder in die Sakristei strömten. Sie versammelten sich in Grüppchen. Einige von ihnen sangen Passagen aus ihren einminütigen Vortragsliedern, andere gingen noch einmal die Liedtexte durch. In der letzten halben Stunde war fast jeder bei Katy und Dayne stehen geblieben, um sich ein bisschen Aufmunterung abzuholen oder sie kurz zu begrüßen. Der letzte Infobrief des Kindertheaters hatte die Neuigkeit enthalten, dass Katy nach Hollywood gehen würde, um mit Dayne einen Film zu drehen, also gratulierten ihr viele der Kinder.

„Ich kann nicht glauben, dass du ein Filmstar wirst!" Bailey Flanigans

Umarmung dauerte länger als die der anderen. Neben ihr stand Cody Coleman, der Footballspieler, der bei den Flanigans wohnte. Er hatte Bailey hergefahren, um bei ihrem Vorsingen dabei zu sein. Er lächelte, doch er überließ Bailey das Reden. Sie erzählte etwas davon, wie sehr sie Katy vermissen würde und dass sie besser nicht zu lange wegbleiben sollte. „Und lass nicht zu, dass es dich verändert!“ Bailey drohte Katy mit dem Finger und grinste.

Diese Ermahnung war scherzhaft gemeint, denn keiner aus der Flanigan-Familie machte sich ernsthaft Sorgen, dass Katy sich von der gesteigerten Aufmerksamkeit oder Popularität verändern lassen würde. Katy hatte ihnen versichert, dass Bloomington ihr Zuhause war und bleiben würde, ganz egal, wie lange das Abenteuer, Filme zu drehen, dauern oder wie weit es sie wegführen würde.

Bailey ging weiter. Katy sah zu Rhonda hinüber, die sich ein paar Meter entfernt neben Chad Jennings an den Tisch der Jury setzte. Wieder sahen sie so vertraut miteinander aus, wenn ihre Blicke sich trafen.

Katy sprang auf. „Ich bin gleich wieder zurück.“ Sie rannte zu Rhonda. „Hast du alles im Griff?“

„Ich glaube schon. Bist du dir sicher, dass du nicht doch die Begrüßung machen willst?“

„Du leitest diese Aufführung.“ Sie umarmte ihre Freundin kurz. „Ich bin hier, wenn du irgendetwas brauchst.“

„Ich glaube, du wirst begeistert sein von dem, was Rhonda sich überlegt hat.“ Chad tippte auf das Notizbuch auf dem Tisch. „Sie ist brillant.“

Rhonda gab ihm einen spielerischen Schubs. „Die Hälfte der Ideen kommt von dir.“

„Nun …“ Er grinste sie an. „Man könnte auch sagen, dass wir ein gutes Team sind.“

Plötzlich fragte sich Katy, wie die Zukunft des christlichen Kindertheaters tatsächlich aussehen würde. Selbst wenn sie irgendwie ein Grundstück kaufen und ein neues Theater bauen könnten, würden es vermutlich nicht sie und Dayne sein, die die Leitung übernahmen. Sondern diese beiden. Ihre Begeisterung für das Kindertheater stand außer Frage und sie würden mehr Zeit für die Kinder investieren können, als Katy und Dayne es könnten.

Das Gefühl, überflüssig zu sein, breitete sich in Katy aus, das Bewusstsein, dass sie hier nicht länger gebraucht wurde. Dieses Gefühl sollte eigentlich eine Bestätigung für sie sein, dass sie das Richtige tat, indem sie Dayne nach Hollywood folgte und mit ihm einen Film drehte. Doch stattdessen kehrte die Traurigkeit wieder zurück. Tapfer lächelte sie Rhonda und Chad an. Als sich Bethany ebenfalls an den Tisch setzte, kehrte sie zu Dayne zurück.

Rhonda bat um Aufmerksamkeit und begann ihre Begrüßung, indem sie Katy und Dayne erwähnte. „Die meisten von euch wissen bereits, dass unsere Katy Matthews gemeinsam mit ihrem Mann Dayne in seinem neuesten Film mitwirken wird!“

Lauter Jubel brach aus. Die Kinder und ihre Familien im ganzen Raum applaudierten begeistert. Einige riefen: „Prima, Katy!“ und „Du schaffst das!“

Rhonda lächelte Katy zu und wartete, bis der Applaus allmählich verstummte. „Katy wird bei den meisten Aufführungen nicht dabei sein können, doch zum Abschlusswochenende wollen sie beide hier sein.“ Sie hob ihre Augenbrauen und sah Katy und Dayne fragend an. „Stimmt doch, oder?“

„Auf jeden Fall.“ Katy wandte sich um, sodass sie die Menge hinter sich sehen konnte, und hob ihre Stimme. „Ihr strengt euch besser an!“

Erneut lauter Jubel, doch dann wurde Rhonda ernst. Das war immer das Schwierigste bei einem Vorsingen des christlichen Kindertheaters – die Konzentration der Kinder zu fordern, wenn sie so aufgeregt waren, dass sie kaum stillsitzen konnten. Sie bat alle darum, höflich und zuvorkommend zu sein und während des Vorsingens nicht zu reden oder den Raum zu verlassen, außer in den kurzen Pausen zwischen zehn Kindern.

Katy starrte auf den Boden vor sich und hörte kaum etwas von Rhondas Worten. Stattdessen sah sie vor ihrem inneren Auge hundert andere Vorsingen, die hier im Laufe der Jahre stattgefunden hatten. Die atemberaubende Vorstellung von Sarah Jo Stryker, die ihr die Rolle als Becky in *Tom Sawyer* eingebracht hatte, oder das Lied, das sie für die Rolle in *Annie* vorgesungen hatte – an dem Abend, an dem sie und Ben, ein anderer Junge aus dem Kindertheater, bei einem Autounfall ums Leben gekommen waren, weil ein betrunkener Autofahrer frontal in das Auto gerast war, in dem sie saßen.

Katy dachte an die Lieder, die die Flanigan-Kinder und Dutzende andere vorgesungen hatten, zum Beispiel der Junge, der eine Schwimmmaske getragen und „Rubber Duckies“ gesungen hatte. Sie dachte an die Augenblicke, in denen jemand seinen Text vergessen hatte und mitten im Lied hatte abbrechen müssen, nur um dann von den anderen Kindern getröstet zu werden, die deutlich machten: Um beim christlichen Kindertheater geliebt und akzeptiert zu werden, kommt es nicht darauf an, wie gut man vorsingen kann.

Es hatte dieses eine Vorsingen von einem Mädchen gegeben, das ein Meerjungfrauen-Kostüm getragen hatte und beim Betreten der Bühne die letzte Stufe verfehlt und gestolpert war. Das Kostüm hatte es ihr unmöglich gemacht, allein wieder auf die Füße zu kommen. Doch so schrecklich dieser Moment für das Mädchen auch gewesen war, hatte es sich doch durchgekämpft und war eine der besten Sängerinnen geworden. Sie, die vorher so schüchtern gewesen war, konnte jetzt über den Vorfall lachen, denn nichts, was ihr noch auf der Bühne passieren konnte, würde jemals so peinlich sein wie jener Auftritt.

Katy sah das alles vor sich. Jeder einzelne Vortrag lief noch einmal vor ihrem inneren Auge ab.

Rhonda klatschte. „Okay, jetzt kommen bitte die ersten zehn zu den Stühlen, die hier vorne stehen.“

Tim Reed – immer einer der Ersten, die bei den Vorsingen auftraten – war bei der Gruppe der Kinder, die sich ihren Weg nach vorne bahnten. Er war siebzehn, hatte also nur noch ein Jahr, um im Kindertheater mitzumachen, selbst wenn das Theater nicht verkauft werden sollte.

Dayne musste spüren, wie Katy sich gerade fühlte, denn er nahm ihre Hand und lehnte sich ein wenig dichter an sie.

Das erste Kind, das auf die Bühne trat, war ein achtjähriges Mädchen, das keinen Tag älter als fünf aussah. Sie trug ein schwarzes Samtkleid und ihre blonden Haare waren zu einer hübschen Frisur aufgesteckt.

Sobald sie an den Rand der Bühne trat, ließen die Kinder im Publikum ein lautes „Ahhh“ hören.

„Hallo.“ Sie grinste. „Mein Name ist Tatum Selby.“

Rhonda lächelte und hob ihre Hand, um die Kinder im Publikum zum Schweigen zu bringen. „Okay, Tatum, was willst du singen?“

„‚Jesus liebt mich.‘“ Auf das Gesicht des Mädchens trat ein engelsgleiches Lächeln.

Ihre Stimme war klar und wunderschön. Alles, was Katy denken konnte, war: Wo würde ein Kind wie dieses einen Platz finden, um zu singen und Theater zu spielen, wenn es das christliche Kindertheater nicht mehr gab? Tränen traten in ihre Augen, doch sie drängte sie zurück. Sie hatte sich fest vorgenommen, heute nicht zu weinen, sondern sich auf die schönen und spannenden Momente zu konzentrieren.

Doch die Frage blieb.

Als Tatum fertig war, betrat Tim Reed die Bühne. Er warf Katy ein trauriges Lächeln zu, ein Lächeln, das ihr bedeutete, dass er sich genauso fühlte wie sie. Nicht weil er wusste, dass das Theater verkauft werden sollte, sondern weil er nur noch wenige Aufführungen vor sich hatte, bevor er zu alt für das Kindertheater war. Tim war beim Kindertheater dabei gewesen, seitdem Katy die Gruppe begonnen hatte. Dies würde seine erste Aufführung ohne Katy.

Sie erwiderte das Lächeln, während sich immer mehr Tränen in ihren Augen sammelten. Sie nickte ihm zu und bedeutete ihm, dass sie an ihn glaubte. Er konnte das ganze Theater mit seinen Liedern füllen und würde die Gruppe in die richtige Richtung lenken, ob sie nun hier war oder nicht.

Tim sang eine Ballade aus *Les Misérables*. Vom ersten Wort an war der ganze Raum elektrisiert von seiner Präsenz. Er hatte im vergangenen Jahr Gesangsunterricht genommen. Die Anweisungen seiner Gesangslehrerin, was die Aussprache der Worte oder die täglichen Übungen betraf, hatte er offensichtlich sehr ernst genommen.

Doch es war nicht nur seine Stimme, die Katys Atem zum Stocken brachte. Es war noch mehr. Da war eine Tiefe in seinen Augen, die man nicht vortäuschen konnte. Bailey hatte sich beschwert, dass Tim ihr in letzter Zeit nicht viel Aufmerksamkeit schenkte. Doch Katy hatte sich vor dem Vorsingen mit seiner Mutter unterhalten.

„Tim nimmt seinen Glauben jetzt noch ernster“, hatte sie gesagt.

Das musste der Unterschied sein. Als Tim mit seinem Lied fertig war und die Bühne verließ, hatte Katy keine Zweifel daran. Es konnte niemanden geben, der besser für die Rolle des Jesus in *Godspell* geeignet war als Tim Reed.

Rhonda warf Katy über ihre Schulter einen Blick zu und hob ihre Augenbrauen. Sicherlich empfanden sie und die anderen Juroren genau das Gleiche.

Dayne beugte seinen Kopf dicht zu Katy. „Jesus?“, flüsterte er.

„Definitiv."

Sie tauschten ein Lächeln und Katy zwang sich, den Augenblick zu genießen. Die Zukunft sah für das christliche Kindertheater sehr düster aus, doch was die nächsten zehn Wochen betraf, so hatte sie das untrügliche Gefühl, dass etwas ganz Besonderes passieren würde für Rhonda und Chad und alle, die an der Aufführung von *Godspell* beteiligt waren.

Sie wünschte sich nur, dass sie dabei sein und es miterleben könnte.

* * *

Bailey hatte Gänsehaut an den Armen, als Tim Reed sein Lied beendet hatte. Sie und einige andere Mädchen im Teenageralter sprangen auf und applaudierten lautstark, als er fertig war und sich wieder setzte.

Ihr ging heute eine Menge durch den Kopf. Ihre Freundin Marissa schlief immer noch mit ihrem Freund, außerdem hatte es den Anschein, als sei mit Ashley Blakes Baby etwas nicht in Ordnung. Und außerdem war sie sich nicht sicher, was sie mit ihren Gefühlen für Cody tun sollte. Er war freundlicher denn je, besuchte immer noch seine Therapiegruppe und konzentrierte sich auf die Schule. Und er hatte vor, am Ende des Sommers in ein Ausbildungslager der Armee zu gehen. Doch irgendetwas geschah zwischen ihnen, eine Annäherung, die keiner von ihnen geplant hatte.

Während diese Gedanken um ihre Aufmerksamkeit kämpften und der Konzentration auf ihr eigenes Vortragslied wenig Platz ließen, half ihr Tims Lied, sich zu sammeln. Er würde mit Sicherheit die Rolle des Jesus erhalten. Und das passte auch, da er Gott mittlerweile offenbar viel näher gekommen war als früher.

Als sie sich setzte, fing sie Codys Blick auf. Er hatte seine Arme verschränkt und wirkte irgendwie abwesend.

Bailey stupste ihn an und hielt ihre Stimme so leise, dass nur er sie hören konnte. „Stimmt was nicht?"

„Alles okay." Er hielt seine Aufmerksamkeit nach vorne gerichtet, wo ein weiteres Mädchen die Bühne betrat.

„Irgendetwas ist doch." Sie sah sich verstohlen um. Wenn Rhonda oder Bethany ihr Flüstern hörten, würde sie rausgeworfen. „Warum hast du die Arme verschränkt?"

Ein langer Seufzer kam von Cody, als er ihr endlich in die Augen schaute. Sein Frust schien wegzuschmelzen. „Ich wünschte nur, ich könnte auch singen; das ist alles."

Bailey zögerte. „Oh." Sie setzte sich gerade hin und verfolgte das nächste Vortragslied. Cody wünschte, er könnte singen? War das nicht wieder ein Hinweis darauf, dass er sie mochte, so wie sie ihn auch mochte? Er musste eifersüchtig sein auf ihre Reaktion auf Tims Lied. Dieser Gedanke blieb hängen. Sie machte sich innerlich eine Notiz, später mit Cody über seine Gefühle zu sprechen.

In letzter Zeit kreisten ihre Gedanken und ihr Interesse ausschließlich um Cody, doch sie hatte es geschafft, ihre Gefühle zu verbergen. Ihre Eltern wollten immer noch nicht, dass sie mit Cody ausging – besonders nicht, da er bei ihnen wohnte. Und außerdem wollte er bald zur Armee. Auf Tim musste er nun wirklich nicht eifersüchtig sein. Tim war nie an ihr interessiert gewesen. Nicht wirklich.

Die nächste Stunde verging rasch, während zahlreiche außergewöhnlich gute Vortragslieder dargeboten wurden. Mindestens vier der älteren Mädchen hatten gute Aussichten, die Rolle der Frau zu bekommen, die beim Ehebruch erwischt worden war – eine Rolle, die zwei Solos beinhaltete. Bailey warf einen letzten Blick auf ihre Noten. Sie wollte „Once Upon a Time" aus dem Musical *Brooklyn* singen.

Bevor sie mit den anderen Kindern, die in ihrer Gruppe waren, nach vorne ging, drückte Cody ihre Hand. „Du wirst das großartig machen."

„Danke." Sie grinste ihn an. Plötzlich fühlte es sich an, als suchte ein Vogelschwarm gerade einen Ausweg aus ihrem Magen. Ihre Knie schlotterten, als sie einen Schritt von ihm wegging.

„Hey."

Bailey blieb stehen.

„Ich bete für dich."

Seine Worte wärmten ihr Herz. „Danke." Sie ging nach vorne. Als sie sich setzte, bemerkte sie, dass ihre Eltern und ihre Brüder sich ebenfalls weiter nach vorne setzten. Ihre Mutter winkte ihr kurz zu und sie winkte zurück.

Als Bailey mit dem Vorsingen an der Reihe war, war in ihrem Kopf kein Platz mehr für andere Gedanken. Das Lied war wie für sie geschrieben – es handelte von dem Traum, dass irgendwo ein märchenhaftes Leben auf sie wartete. Dass sich eines Tages alle Dinge, die sie jetzt noch verwirrten, klären würden und sie ein Leben führen würde, wie ihre Eltern es hatten. Oder wie Ashley und Landon Blake oder Katy und Dayne.

Während sie sang, spürte Bailey, dass dieses Vorsingen eines ihrer besten war. Als sie fertig war, jubelten ihre Freunde ihr zu. Die vertrauten Gesichter vor ihr gehörten zu den Kindern, die auf der sicheren Seite waren, um die sie sich keine Sorgen machen musste. Sie gingen nicht zu ausschweifenden Partys und hatten dieselben Glaubensgrundsätze verinnerlicht wie sie – bei ihnen war es nicht etwas, worüber sie nur sprachen und dann ihr Leben nach ganz anderen Werten lebten.

Für einen Augenblick fragte sie sich, wo sie alle wären, wenn es das christliche Kindertheater nicht gäbe. Die Theatergruppe gab ihnen die Möglichkeit, ihre Beziehungen zu pflegen und sich zu versichern, dass sie nicht allein waren in ihrem Bemühen, die richtigen Entscheidungen zu treffen. *Danke, Gott,* betete sie im Stillen, als sie Rhonda und Katy anlächelte und zu ihrem Platz zurückging. *Danke für das Kindertheater. Wir brauchen es hier so dringend.*

Bevor sie ihre Reihe erreichte, trafen ihre Augen Tims. Sein Lächeln verriet ihr, dass er stolz auf sie war. Sie war froh. Egal, was in den kommenden Monaten zwischen ihr und Cody passieren würde, war ihr Tims Freundschaft wichtig. Sie bewunderte ihn in so vielen Dingen.

Als sie sich auf ihrem Platz niederließ, lehnte sich Cody zu ihr herüber und legte einen Arm um ihre Schultern. „Gut gemacht."

„Danke."

Bailey war immer noch erleichtert, dass ihr Vorsingen so gut gelaufen war, dankbar, dass sie weder die Worte vergessen hatte noch ihre Stimme unsicher gewesen war, als sie ein leises Vibrieren in ihrer Hosentasche spürte. Sie griff hinein und zog ihr Handy heraus.

Es war eine SMS von Marissa. *Ich habe einen Test gemacht. Positiv. Bete für mich. Ich weiß nicht, was ich tun soll.*

Bailey schnappte nach Luft. Einen Test? Sie las die Nachricht noch einmal und dann noch einmal. Einen Schwangerschaftstest? Redete Marissa davon? Baileys Magen drehte sich um, als sie ihr Telefon zuklappte. Marissa Young, ihre Freundin aus dem Kindergottesdienst, war schwanger? Mit siebzehn?

Cody warf ihr einen neugierigen Blick zu und nickte in Richtung ihres Handys.

Sie schüttelte den Kopf und bedeutete ihm mit ihrem Blick, dass sie später mit ihm darüber reden würde. Doch im gleichen Moment fühlte sie, wie ihr Herz brach. Wenn es wirklich das war, was Marissa ihr sagen wollte, dann würde sich das Leben ihrer Freundin für immer ändern. Marissas Eltern wären mit Sicherheit am Boden zerstört.

Es war schon einige Jahre her, dass sich Bailey und ihre Mutter mit Marissa und ihrer Mutter getroffen hatten, um kurz vor Beginn des neuen Schuljahres einige Einkäufe gemeinsam zu erledigen. Während des Mittagessens hatten alle vier davon geträumt, wie wunderschön die Hochzeiten der beiden Mädchen eines Tages sein würden. Es war natürlich alles nur Tagträumerei gewesen, doch es hatte Spaß gemacht, gemeinsam zu träumen, sich wallende weiße Schleier und Brautjungfern und ein Meer von Blumen in einer Kirche vorzustellen, in der alle Freunde und Verwandte saßen.

Marissa hatte gestanden, dass sie ein Gedicht für ihren zukünftigen Ehemann geschrieben hatte, das davon handelte, dass ihre Hingabe an Gott immer den ersten Platz in ihrem Leben haben würde, und dass sie für ihren Mann gebetet hatte, seit sie ein kleines Mädchen gewesen war.

Bailey blinzelte, als sie mit ihren Gedanken zu der SMS zurückkehrte. Sie versuchte sich auf die Vortragslieder zu konzentrieren, doch ihr Herz war meilenweit weg. Sie tat sich schwer damit, wenn Veränderungen anstanden. Die Tatsache, dass nichts so blieb, wie es einmal gewesen war, war das Schlimmste am Erwachsenwerden.

Als das Vorsingen vorbei war und sich der Raum mit Gelächter, Gesprächen und Aufregung füllte, drehte sich Cody so, dass er ihr ins Gesicht sehen konnte. „Von wem kam die SMS?"

„Von Marissa." Bailey musste unbedingt an die frische Luft. „Sie glaubt, dass sie schwanger ist."

Cody seufzte tief und ein paar Sekunden lang erwiderte er nichts. „Sie ist doch das nette Mädchen, oder? Die Freundin aus der Gemeinde?"

„Und aus der Schule. Sie war so gut in Volleyball, dass sie ein Stipendium hätte bekommen können, doch sie hat in diesem Jahr mit dem Sport aufgehört."

„Wegen eines Jungen."

„Einem Studenten vom College." Bailey konnte fast ihre Mutter hören, die ihr unzählige Male gesagt hatte, dass eine Beziehung noch warten konnte, dass jetzt die Jahre waren, in denen sie im Glauben wachsen, sich weiterentwickeln und erwachsen werden sollte. Sie umklammerte ihre Knie. „Marissa wollte mit dem Sex bis nach der Hochzeit warten."

Cody sah niedergeschlagen auf. „Kennst du den Kerl?"

„Nein." Sie zuckte mit den Schultern. „Er ist an der IU. Nur ein weiterer Spieler."

Diese Worte schienen Cody hart zu treffen. Er seufzte. „So wie ich einer war."

Bailey dachte an die vielen Mädchen, die in der Vergangenheit mit Cody liiert gewesen waren. „Ja, vermutlich." Sie stand auf, doch bevor sie noch etwas sagen konnte, kam Tim Reed auf sie zu und umarmte sie.

„Dein Lied war atemberaubend."

Tim klang irgendwie älter, erwachsener und selbstbewusster. Was auch immer es war, es ließ Baileys Herz ein wenig schneller schlagen. „Danke. Dein Lied aber auch." Gerade als sie weggehen wollte, fing sie Codys Blick auf. „Uh, Tim, du erinnerst dich doch an Cody, oder? Ihr habt euch bei mir zu Hause getroffen."

„Ja." Cody streckte seine Hand aus. „Schön, dich wiederzusehen."

„Danke gleichfalls." Tim wandte seine Aufmerksamkeit wieder Bailey zu. Sie sprachen ein paar Minuten über das Vorsingen und dass sie darauf hofften, zum zweiten Vorsingen am nächsten Morgen eingeladen zu werden. Tim kannte Marissa, deshalb hielt Bailey die Neuigkeiten sorgsam zurück. Die anderen würden es bald genug erfahren.

Nachdem Tim gegangen war und Bailey mit ihren Eltern und ihrem Bruder Connor verabredet hatte, dass sie sich zu Hause zum Abendessen treffen würden, gingen Cody und sie zum Parkplatz. Es gab ihr das Gefühl, erwachsen zu sein, dass Cody sie nach Hause fuhr.

Als sie über den asphaltierten Platz gingen, lachte er leise.

Sie erreichten sein Auto und Bailey legte ihren Kopf schief. „Was ist so lustig?"

„Es würde niemals funktionieren." In seiner Stimme klang ein wenig Resignation mit.

Sie glaubte zu wissen, was er meinte, doch sie wollte keine Vermutungen anstellen. „Was?"

Cody trat einen Schritt näher und berührte ihre Schulter. „Das mit uns." Er lächelte, doch es lag eine Traurigkeit darin, die sie nie zuvor in seiner Mimik gesehen hatte. Er sah zurück zum Eingang der Kirche. „Tim. Das ist dein Typ. Nicht ich. Du verdienst so jemanden wie ihn."

Bailey öffnete ihren Mund, um etwas zu erwidern, denn ein Teil von ihr wollte ihm widersprechen, wollte sagen, dass er unrecht hatte. Jeder verdiente eine zweite Chance im Leben. Nur weil Cody alkoholabhängig war und in Kürze zur Armee gehen würde, hieß das nicht, dass sie sich nicht in ihn verlieben konnte. Doch sie änderte ihre Meinung.

Wie konnte sie jetzt die richtigen Antworten wissen? Die einzige, die wirklich sinnvoll klang, war die ihrer Mutter: Bailey war noch zu jung, um sich Gedanken über so etwas zu machen. So wie Marissa ebenfalls noch zu jung war. Sie schauderte und dachte daran, wie viel Zeit sie schon damit verschwendet hatte, sich wegen irgendwelcher Jungs den Kopf zu zerbrechen. Man sah ja, wohin das Marissa jetzt gebracht hatte.

Als sie ins Auto stiegen, öffnete Bailey ihr Fenster und ließ die Nachtluft hereinströmen. Sie hatte Freunde und das christliche Kindertheater. Sie hatte eine Familie, die sie liebte, und einen Glauben, der sie durch die Veränderungen tragen würde, die gerade um sie herum geschahen.

Für den Moment war das genug.

Kapitel 10

Eine Woche war seit dem Gebetstreffen im Haus ihres Vaters vergangen und immer noch hatte Kari sich nicht unter vier Augen mit Ashley unterhalten können. Doch Ashley wollte ihre Spaziergänge bei der Highschool beibehalten – zumindest hatte sie das gesagt, als sie alle zusammen gewesen waren. Kari hatte seitdem dreimal bei ihrer Schwester angerufen, doch Ashley war jedes Mal beschäftigt gewesen. Einmal hatte sie etwas für Coles Schulklasse zu erledigen gehabt, dann hatte sie mit Devin zu einer Vorsorgeuntersuchung gehen müssen und beim dritten Mal war sie dabei gewesen, die Zimmer der Jungen zu putzen.

Kari fühlte sich schrecklich bei dem Gedanken an die Situation ihrer Schwester, doch es gab nichts, was sie hätte tun können.

Jessie war im Kindergarten und RJ machte ein Mittagsschläfchen, also schlich sie auf Zehenspitzen in die Küche und spähte in den Kühlschrank. Brooke wollte zum Mittagessen kommen. Kari hatte Hühnchensalat gemacht und prüfte noch einmal, ob die Schüssel auch zugedeckt war, damit der Salat durchziehen konnte. Das Brot war im Ofen. Sie warf einen Blick auf die Küchenuhr. Noch zwanzig Minuten. Sie goss sich eine Tasse Kräutertee ein und ging in das vordere Zimmer, von dem aus sie die Einfahrt überblicken konnte. Sie wollte die Tür öffnen, bevor ihre Schwester klingelte, damit ihr Sohn nicht aufwachte.

Kari setzte sich und umfasste die Tasse mit beiden Händen. Das warme Gefäß fühlte sich gut an. Vielleicht würde die Wärme endlich dieses kalte Gefühl der Furcht vertreiben, das in ihrem Herzen lauerte, seitdem sie die Neuigkeiten gehört hatte. Sie war keine Ärztin wie ihre Schwester, doch bevor Ryan und sie zum Gebetstreffen im Haus ihres Vaters gefahren waren, hatte sie genug im Internet gelesen, um die Wahrheit über Anenzephalie zu wissen. Die Untersuchungsergebnisse konnten nicht falsch sein und diese Missbildung führte unweigerlich zum Tod des Babys.

Immer.

Kari nippte an ihrem Tee und spürte, wie erneut Tränen in ihr aufstiegen. Wie konnte so etwas passieren? Und wie konnte sie sich selbst überzeugen, weiter für ein Wunder zu beten, wenn die Situation so aussichtslos schien? Sie erinnerte sich an das Gespräch, das sie am vergangenen Abend mit Ryan geführt hatte, bevor sie zu Bett gegangen waren.

„Du fühlst dich schuldig." Er hatte sie in seine Arme gezogen und ihren Rücken gestreichelt. Für eine lange Zeit blieben sie so stehen, sodass sie sich an ihn lehnen konnte.

Sie hatte das Gefühl, dass etwas von seiner Stärke auf sie überging, und trat zurück, um in sein Gesicht sehen zu können. „Glaubst du das?"

„Ja." In seinen Augen lagen tiefes Verständnis und Zärtlichkeit. „Du darfst dich nicht schlecht deshalb fühlen, weil du ein gesundes Baby erwartest." Er legte seine Fingerspitzen unter ihr Kinn. „Nimm alles, was in dir ist, und packe es in ein Gebet. Das ist es, was Ashley von dir erbeten hat. Bete für ein Wunder."

Die Erinnerung verblasste, als Kari weiter aus dem Fenster starrte. Sie und Ashley hatten immer eine sehr enge Beziehung gehabt. Beide hatten sie schon schwere Zeiten in ihrem Leben durchlitten. Kari hatte Ryan während ihres Studiums verloren und dann das nervenaufreibende Auf und Ab mit Tim, ihrem ersten Ehemann, durchstehen müssen. Seine Affäre und seine Ermordung – alles innerhalb eines Jahres.

Ashley war in diesen Jahren für sie da gewesen, meistens mit sehr genauen Vorstellungen, was Kari als Nächstes tun sollte. Doch nachdem Ashley ihr Leben Gott gegeben hatte, nachdem sie im Pflegeheim Sunset Hills gearbeitet und nachdem sie endlich zugelassen hatte, dass Landon Teil ihres Lebens wurde, hatte es fast ausgesehen, als hätte Ashley die schlimmsten Prüfungen in ihrem Leben überstanden.

Kari hob die Tasse an ihre Wange. Dieser Gedanke war lächerlich. Keiner von ihnen würde jemals alle Schwierigkeiten hinter sich haben, bevor Gott sie heimrief. So viel die Mitglieder der Baxter-Familie im Laufe der Jahre auch schon durchgestanden hatten, so lag doch auch noch etliches vor ihnen. Zeiten, in denen der eine oder andere an Gott zweifeln würde, in denen sie gegen Krankheit oder Verletzungen zu kämpfen hatten. Zeiten, in denen ihre Beziehungen unter dem einen oder anderen leiden würden.

Sie stieß einen Seufzer aus, der von irgendwo tief in ihrer Seele kam. Das heutige Mittagessen fand aus genau diesem Grund statt. Brooke und Ashley hatten seit dem Treffen im Haus ihres Vaters kein Wort mehr miteinander gewechselt. Einmal hatte Kari versucht, das Thema bei Brooke anzusprechen, doch sie hatte sich geweigert, darüber zu diskutieren.

„Ashley hat ihren Standpunkt sehr deutlich gemacht." Brookes Stimme hatte sehr angespannt geklungen. „Ich wollte ihr nur einen Ratschlag geben, den ich persönlich am besten finde, doch sie glaubt, ich wollte sie angreifen."

Ein Auto bog in die Einfahrt und hielt an. Brooke trug noch immer ihren weißen Kittel von der Arbeit. Ihr Gesichtsausdruck war angespannt, als sie die Stufen hinaufeilte, und ihre Körperhaltung verriet viel über ihre Verletzungen.

Kari ging mit ihrer Tasse zur Haustür. *Lass mich ein Friedensstifter sein, Gott. Bitte gebrauche mich heute ...* Sie öffnete die Tür. „Hallo", flüsterte sie. „RJ schläft gerade."

Brooke nickte und trat leise ein. „Ich hätte auch etwas zu essen mitbringen können."

„Das ist schon in Ordnung. Es war nicht viel Aufwand."

Sie gingen in die Küche, wo Brooke tief einatmete. „Das riecht gut." Sie zog ihren weißen Kittel aus, hängte ihn über eine Stuhllehne und lächelte Kari an. „Ich habe kein Brot mehr gebacken, seit ich an der Uni war."

Kari lächelte. „Wir haben eben unterschiedliche Begabungen." Sie öffnete die Ofentür mit einem Topflappen und zog das Brot heraus. Sie wollte keine Zeit verschwenden. „Hast du was von Ashley gehört?"

„Bisher nicht." Brooke stand neben der Küchentheke und deutete auf den Kühlschrank. „Kann ich dir helfen?"

„Nein. Es ist alles fertig." Kari trug das Essen zum Tisch, goss Brooke eine Tasse Tee ein und füllte ihre eigene Tasse auf. Als sie sich gegenübersaßen und Kari ein Tischgebet gesprochen hatte, sah sie ihre Schwester prüfend an. „Ich mache mir Sorgen um euch beide."

„Ashley hat überreagiert." Brooke nahm drei Broschüren aus ihrer Handtasche und legte sie auf den Tisch. „Ich lasse dir das hier. Wenn sich einige von uns mit einer Portion gesundem Menschenverstand damit beschäftigen, hilft das vielleicht, die Emotionen von der Entscheidung zu trennen, die Ashley und Landon treffen müssen."

Kari starrte auf die Broschüren. Sie musste sie nicht lesen, um zu wissen, was darin stand. Jedes Heft trug einen Titel, der verriet, dass es

Abtreibung aus medizinischer Indikation guthieß. Am liebsten hätte Kari ihre Schwester angeschrien. Es war eine Sache, dass Brookes spontane Reaktion auf Ashleys Diagnose eine Empfehlung zur Abtreibung gewesen war. Doch wie konnte sie jetzt, da sie Ashleys feste Überzeugungen kannte, weiterhin so etwas vorschlagen?

„Ich weiß schon." Brooke fuchtelte mit der Hand durch die Luft und verzog das Gesicht. „Du glaubst, dass ich etwas Schreckliches tue, indem ich das vorschlage." Sie lehnte sich vor, offenbar sehr erregt. „Doch hier geht es nicht um Abtreibung zur Geburtenkontrolle. Dieses Kind hat eine tödliche Missbildung. Je früher Ashley dieses Baby loslassen kann, umso schneller können sie und Landon wieder versuchen, ein gesundes Kind zu bekommen."

Kari war zu schockiert, um etwas zu sagen. Sie lehnte sich in ihrem Stuhl zurück und umklammerte immer noch mit beiden Händen ihre Teetasse. „Meinst du das wirklich ernst?"

„Natürlich." Brooke zögerte nicht den Bruchteil einer Sekunde. „Warum sollte man ein Kind wie dieses am Leben lassen?"

„Brooke!" Kari ließ ihre Tasse los und stand auf. Sie ging zur Spüle und starrte auf die Felder, die hinter ihrem Haus lagen. *Gott, gib mir die richtigen Worte … Hilf mir, damit ich nicht hasserfüllt klinge.* Sie wandte sich um und klammerte sich an der Küchentheke fest. „Hörst du dich nicht selbst reden?"

„Natürlich weiß ich, was ich sage." Brooke knirschte mit den Zähnen. „Du und Ashley, ihr versteht nicht, was passieren wird, wenn sie dieses Baby behält." Sie stand auf und ging zu Kari hinüber. Als sie direkt vor ihr stand, fuhr sie sich mit den Händen durch ihr schulterlanges Haar. „Erstens ist die Geburt traumatisch. Ein Kaiserschnitt ist unbedingt notwendig und gleich nach der Geburt muss der Kopf des Babys verhüllt werden, um ihn zu schützen." Sie hielt kurz inne. „Und um zu verbergen, welche Missbildungen er hat. Alles, was dann noch bleibt, ist, die nächsten Stunden oder Tage dabei zuzusehen, wie das Kind langsam stirbt. Es ist eine grausame Erfahrung und könnte Ashley und Landon für den Rest ihres Lebens traumatisieren."

Kari wartete, bis ihre Schwester fertig war. Brooke hatte nicht recht, doch eine lautstarke Auseinandersetzung würde sie niemals überzeugen. Sie stellte sich ein wenig aufrechter hin und spürte, wie Gottes Frieden sie erfüllte. „Zumindest würden sie die Möglichkeit haben, ihr

Baby im Arm zu halten und sich zu verabschieden.“ Ihre Stimme war ruhig. „Und sie würden wissen, dass der Tod ihrer Tochter nicht durch ihre Entscheidung verursacht wurde, sondern weil Gott sie nach Hause gerufen hat.“

Brooke sah verärgert aus. „Und was ist mit dem Trauma für Ashley und Landon?“

„Was ist mit der Möglichkeit, dass die Diagnose falsch ist und dass selbst dann, wenn sie richtig ist, Gott das Baby heilen kann?“

Ein frustriertes Lachen kam aus Brookes Mund. „Schon gut, schon gut.“ Brüsk wandte sie sich um und ging zu ihrem Platz am Tisch zurück. Sie sammelte die Broschüren ein und stopfte sie zurück in ihre Handtasche. „Ich muss los.“ Sie schlüpfte in ihren Mantel und vermied es, Kari in die Augen zu sehen.

„Du hast nichts gegessen.“ Kari hatte nicht gewollt, dass ihr Treffen so verlief. Aus dem Kinderzimmer konnte sie leise Geräusche hören, die ihr signalisierten, dass RJ allmählich aufwachte.

„Ich habe keinen Hunger.“ Sie ging ein paar Schritte zur Tür, dann zögerte sie und sah Kari noch einmal an. „Hör mal, ich bin dir nicht böse. Alle behandeln das wie eine moralische Entscheidung, doch in solchen Fällen ist es eher eine medizinische Frage. Es ist eine schwierige Frage, das gebe ich zu. Doch ich würde das ohne zu zögern empfehlen, wenn Ashley meine Patientin wäre.“

Kari ging auf Brooke zu. Wieder achtete sie darauf, dass ihre Stimme ruhig blieb. „Die Bibel fordert uns auf, das Leben zu wählen. Jedes Mal, wenn wir die Wahl haben, in jeder nur erdenklichen Situation … das Leben zu wählen.“

Für einen Moment blitzte in Brookes Augen eine Verletzbarkeit auf. Fast hatte es den Anschein, als ob sie ihren Vorschlag noch nicht in diesem Licht betrachtet hatte. „Das Kind wird so oder so sterben.“ Ein Schrei lag in ihrer Stimme, ein Betteln. „Echtes Leben kommt für dieses Kind doch nicht in Frage.“

Plötzlich erinnerte sich Kari an etwas. „Erinnerst du dich, was Pastor Mark sagte, als Mama starb?“

Brookes Gesichtsausdruck verlor auf einmal jegliche Kampfesbereitschaft.

Als sie nichts antwortete, ging Kari noch einen Schritt dichter auf sie zu und sprach weiter. „Er sagte, dass wir niemals mit Gott hadern sollten wegen der Tage, die wir nicht mehr mit Mama erleben werden. Sondern wir sollten dankbar sein für die, die wir mit ihr hatten." Sie blinzelte ihre Tränen zurück. „Es liegt in Gottes Ermessen, Leben zu geben und Leben zu nehmen. Egal, ob es Jahrzehnte sind oder nur ein paar Minuten. Acht Stunden oder achtzig Jahre." Sie legte ihre Hand auf Brookes Schulter. „Bitte denk darüber nach."

Ein langer Seufzer kam von Brooke. Sie sah zu erschöpft aus, um weiterzudiskutieren. „Ich weiß, dass du es gut meinst."

Kari zwang sich zu einem traurigen Lächeln. „Und du auch."

Brooke nickte noch einmal und ging dann. Sobald ihre Schwester die Tür hinter sich geschlossen hatte, ging Kari zum Fenster und sah zu, wie sie wegfuhr. Ryan Junior weinte leise. Eigentlich sollte sie zu ihm gehen. Doch bevor auch nur eine weitere Minute verstrich, musste sie beten. *Gott ... lass nicht zu, dass uns das entzweit. Brooke ist eine intelligente Frau, gebildet und auf dem neuesten Stand der medizinischen Forschung. Doch dein Wort sagt, dass Leben keine Frage der Intelligenz oder der Wahlmöglichkeiten ist. Das Leben liegt in deiner Hand. Ende.* Sie seufzte, bevor sie den nächsten Teil ihres Gebetes hörbar flüsterte. „Ändere ihr Herz, Herr. Bitte."

Sie ging zu RJs Zimmer, während sie immer noch über ihre Auseinandersetzung mit Brooke nachdachte. Sie legte ihre Hand auf ihren Bauch, wo ihr eigenes kleines Mädchen gesund und munter heranwuchs. Sie und Ryan hatten sich schon für einen Namen entschieden, obwohl sie ihn noch niemandem verraten hatten. Anne Elizabeth – nach Ryans Mutter und ihrer eigenen. Sie würden sie Annie rufen.

Kari betrat das Zimmer ihres Sohnes und nahm ihren kleinen Jungen in die Arme. Vielleicht würde Ashleys Baby auch gesund zur Welt kommen. Die beiden Cousinen würden die besten Freundinnen werden, so wie sie und Ashley es sich erträumt hatten. Dann wäre die ganze Diskussion schnell vergessen. Sie küsste RJ auf die Wange. „Hunger?"

RJ steckte seine Finger in den Mund und nickte.

Als sie ihn in die Küche trug, dachte sie über Brookes unerschütterliche Überzeugung nach. Wenn man bei der Untersuchung Anenzephalie feststellte, dann war das eine feststehende Tatsache. Natürlich war die Wahrscheinlichkeit tatsächlich sehr groß. Aber vielleicht war die ganze Situation nur aus einem einzigen Grund eingetreten.

Damit Brooke in Zukunft nie mehr einer ihrer Patientinnen eine

Abtreibung empfehlen würde, ganz egal, wie die Diagnose lautete. Und dass sie verstehen würde, was die Wahrheit über das Leben war – dass es Gottes Sache war, Leben zu geben und Leben zu nehmen.

Unabhängig davon, wie schwierig die äußeren Umstände waren.

* * *

Während sie in ihre Praxis zurückfuhr, wischte Brooke sich wütend die Tränen von den Wangen. Niemand verstand sie. Sie würde niemals eine Abtreibung empfehlen, wenn es eine Alternative gab. Sie hatte Ashley den gleichen medizinischen Rat gegeben, den sie jeder ihrer Patientinnen in derselben Situation geben würde. Doch Kari und Ashley schienen bestrebt zu sein, ihr den schwarzen Peter zuzuspielen, sie als die Baxter-Schwester darzustellen, die nicht verstand, was Gottes Plan für das Leben war oder wie seine Wahrheit lautete.

Sie nahm ein Papiertaschentuch von der Konsole ihres Autos und schnaubte sich kräftig die Nase. Das Schlimmste war, dass ihre Schwestern sie dazu brachten, ihre eigenen Ratschläge zu hinterfragen.

Ihre Augen konzentrierten sich auf das grüne Licht der Ampel. Viele Babys mit einer solchen Missbildung gingen ganz natürlich durch eine Fehlgeburt ab. Bei der Diagnose einer schweren, tödlichen Missbildung eine Abtreibung durchzuführen war ungefähr so, als würde man etwas tun, das der Körper eigentlich selbst hätte erledigen sollen, das er aber irgendwie nicht geschafft hatte.

Richtig? War das nicht das, was sie sich selbst immer predigte?

Das Licht vor ihr sprang auf Rot und sie bremste, bis sie zum Stehen kam. *Gott, ich will nicht gegen deine Wahrheit handeln. Das weißt du doch sicher.*

Tochter, alles Leben liegt in meiner Hand …

Die Worte klangen so laut und deutlich in ihrem Herzen, wie sie es bisher nur selten erlebt hatte. Ihre Schwestern hatten davon erzählt, dass sie Gott hörten. In den Tagen nach Hayleys schrecklichem Badeunfall hatte Brooke ab und zu etwas gehört, von dem sie geglaubt hatte, dass der Herr es ihr sagte. Doch im Laufe der Zeit hatte sie daran zu zweifeln begonnen, denn in letzter Zeit schienen die Gebete, die sie sprach, sehr einseitig zu sein.

Dennoch bestand kein Zweifel daran, dass sie diese Worte gerade in ihrem Herzen gehört hatte. Waren es Karis Worte, die noch nachklangen? Oder versuchte Gott selbst, mit ihr zu reden? Natürlich lag alles Leben in seiner Hand und er war in der Lage, Wunder zu wirken. Ihre kleine Hayley war der lebende Beweis dafür. Doch Anenzephalie? Babys wurden einfach nicht davon geheilt. Andere Situationen kamen ihr in den Sinn, in denen Patientinnen Blutungen gehabt hatten und ins Krankenhaus gebracht worden waren. Anschließend war ein Eingriff an ihnen vorgenommen worden, der eine Fehlgeburt erst vollständig machte. Jegliches Gewebe, das im Körper der Frauen noch an eine Schwangerschaft erinnerte, war entfernt worden.

War es nicht das, was eine Abtreibung jetzt auch mit Ashleys Körper tun würde? Aus Ashley das Leben zu entfernen, das sowieso schon in ihr starb?

Brooke kehrte zu ihrer Arbeit zurück, doch ihr Herz war woanders. Zwei ihrer Krankenschwestern fragten, ob mit ihr alles in Ordnung sei.

„Mir geht es gut", sagte sie ihnen. „Ich bin ein wenig abgelenkt."

Sie musste mit Peter reden. Er war schon länger Arzt als sie und im vergangenen Jahr oder sogar noch länger hatte er jeden Morgen mehr Zeit damit verbracht, die Bibel zu lesen, als sie es getan hatte. Er könnte bestimmt Licht in diese verwirrende Situation bringen, vor allem, da sie sich an dem Abend nach dem Gebetstreffen schon darüber unterhalten hatten. Peter hatte sich damals nicht auf etwas festlegen wollen, doch er hatte versprochen, dass er weiter darüber nachdenken und darüber beten würde. Vielleicht hatte er inzwischen eine Antwort gefunden.

Als die Mädchen an diesem Abend nach dem Essen in ihrem Zimmer saßen und ihre neuen Malbücher ausmalten, machte Brooke sich auf die Suche nach Peter. Sie fand ihn vor dem Fernseher. Nach einem kurzen Zögern trat sie dazwischen und blieb ein paar Schritte vor ihm stehen. „Können wir reden?"

Peter zögerte, doch dann nahm er die Fernbedienung und schaltete den Fernseher aus. „Das klingt, als ob es etwas Ernstes wäre."

„Das ist es auch." Sie setzte sich ans andere Ende des Sofas und ließ genug Platz zwischen ihnen, dass sie sein Mienenspiel beobachten konnte. „Ich habe heute versucht, mit Kari zu Mittag zu essen."

„Versucht?" Peter wandte sich so, dass er sie direkt ansehen konnte.

Brooke begann zu erzählen, wie sie in der Hoffnung, Kari davon überzeugen zu können, dass Ashley eine Abtreibung vornehmen sollte, zum Haus ihrer Schwester gefahren war. „Kari spricht häufiger mit Ashley, als ich es tue." Sie setzte sich in den Schneidersitz und lehnte sich an die Armlehne des Sofas. „Ich dachte, sie könnte mehr Einfluss auf sie haben."

Peter runzelte die Stirn. „Was ist dann passiert?"

Sie berichtete, wie schnell das Gespräch aus dem Ruder gelaufen war, und gestand, dass sie gegangen war, ohne etwas zu essen. „Anscheinend ist jeder in meiner Familie total engstirnig, wenn es um Abtreibung geht. Sogar wenn es wie jetzt bei Ashley aus medizinischer Sicht das Beste ist."

Brooke rechnete damit, dass Peter zustimmend nicken und eine ganze Liste von Argumenten aufzählen würde, warum sie recht hatte. Den ganzen Tag über hatte sie gewusst, dass sie sich, wenn er ihre Meinung bestätigen würde, nicht länger hinterfragen müsste. Doch stattdessen rieb er sich seinen Nacken, stand auf und ging langsam zum Fenster. Die Sonne war bereits untergegangen. Draußen dämmerte es. Die Silhouette der Bäume zeichnete sich scharf gegen den verblassenden Himmel ab. Er hob seinen Arm und lehnte ihn gegen die Scheibe.

„Peter?" Sie zog ihre Beine an ihre Brust und umarmte sie.

Nach einigen Sekunden drehte er sich um. Sein Gesicht spiegelte die Gebrochenheit, die er innerlich spüren musste. Sie hatte diesen Ausdruck bei ihm bisher erst einmal gesehen. Nach Hayleys Unfall war er von Schmerztabletten abhängig gewesen. Diese Abhängigkeit, die so schnell gekommen war, hätte beinahe ihre Ehe zerstört, doch im letzten Moment hatte er sie gebeten, sie an einem Ort zu treffen, zu dem sie früher oft gegangen waren. Dort hatte er ihr gesagt, wie leid es ihm tat und dass er um ihre Ehe kämpfen wollte. Damals war sein Gesichtsausdruck der gleiche gewesen wie jetzt. Jegliche Zuversicht und alles Selbstvertrauen waren verschwunden.

Peter zog die Schultern hoch. Es war deutlich zu sehen, dass er selbst noch nach Antworten suchte. „Ich habe jeden Tag darüber nachgedacht, seitdem wir bei deinem Vater gewesen sind." Er lehnte sich an das Fensterbrett und rieb sich wieder den Nacken. „Ich habe die Dinge immer so gesehen, wie du sie siehst. Dass manchmal eine Abtreibung die beste und medizinisch notwendige Entscheidung ist."

„Und das hat sich geändert?“ Brooke war alarmiert.

„Vielleicht.“ Er seufzte. „Ich habe selbst in einigen Fällen eine Abtreibung empfohlen. In dieser Woche habe ich über jene Fälle nachgedacht und darüber, ob die Abtreibung wirklich immer das Ziel hatte, der Mutter zu helfen.“ Er schüttelte langsam den Kopf. „Ich bin mir nicht sicher, ob es wirklich immer der Fall war. Ich bin mir nicht mehr sicher, ob es wirklich kein andere Möglichkeit gegeben hätte.“

Keine andere Möglichkeit? In Brookes Kopf drehte sich alles. Sie streckte ihre Beine auf dem Sofa aus und schaute ihrem Mann in die Augen.

„Doch unabhängig davon gibt es ja die Bibel.“ Peter kam zurück zu ihr und setzte sich auf die Sofakante. „Leben ist ein Segen und ein Geschenk vom Herrn. Nicht einmal gibt es in der Bibel ein Beispiel, dass Leben aus Bequemlichkeit oder aus medizinischen Gründen ausgelöscht wird.“ Er nahm ihre Hand. Seine Stimme war zärtlich. „Ich habe danach gesucht, Brooke.“

Sie dachte darüber nach und spürte, wie ihre Überzeugungen in ihrem Inneren ins Wanken gerieten. Doch zugleich bemerkte sie noch etwas. Wenn sie jetzt zuließ, dass Peter und Kari und Ashley ihre Meinung änderten, was bedeutete das dann für die Abtreibungen, die sie schon empfohlen hatte, die bereits ausgeführt worden waren? Sie schauderte, als sie an die Konsequenzen dachte, und ihre Entschlossenheit verdoppelte sich.

Brooke hielt Peters Blick stand und hoffte, dass ihr Lächeln stark genug war, um ihre Ängste zu verbergen. „Wir müssen uns wohl darauf einigen, dass wir uns in diesem Punkt uneinig sind.“ Das war ein Punkt, den sie in der Eheberatung nach Peters Entzug von seiner Medikamentenabhängigkeit gelernt hatten. Manchmal war es in einer Ehe besser, zuzugeben, dass man nicht einer Meinung war, wenn es um Dinge ging, die für die Ehe nicht wichtig waren. Das hier war so eine Sache. Zumindest schien es im Moment so.

Peter drückte ihre Hand leicht. „Gott spricht zu uns allen zu verschiedenen Zeiten und auf verschiedene Weisen. Ich kann dir nur sagen, wie er zu mir gesprochen hat.“

Wieder war Brookes Herz alarmiert. Gott hatte zu Peter gesprochen? So wie er im Auto zu ihr geredet hatte, als sie in ihre Praxis zurückgefahren war? Trotzdem strich sie sich die Haare aus dem Gesicht und stand auf. „Okay, dann … danke für dein Verständnis. Ich sehe mal nach den Mädchen."

Sie war dankbar, dass Peter sie nicht ausschalt oder sie lächerlich machte, froh, dass er sie nicht dazu zwingen wollte, ihre Meinung zu ändern. Sie hatte Jahre an der medizinischen Fakultät verbracht und während dieser Zeit die Werte entwickelt, nach denen sie als Ärztin ihre Patienten beraten wollte. Die Ansichten, für die Peter sich entschieden hatte, waren nun einmal nicht immer identisch mit den ihren. Er musste das Gleiche denken, denn er versuchte nicht, ihre Ansichten zu ändern, und er verurteilte sie auch nicht.

Bevor Brooke das Zimmer verließ, bemerkte sie jedoch etwas. Ihre unterschiedlichen Haltungen bezüglich der medizinischen Indikation einer Abtreibung mussten Peter mehr belasten, als sie zuerst gedacht hatte. Denn als sie beim Hinausgehen noch einmal zu ihm zurückschaute, stellte sie fest, dass er nicht nach der Fernbedienung gegriffen oder es sich wieder auf dem Sofa bequem gemacht hatte.

Stattdessen waren seine Augen geschlossen und sein Kopf geneigt – er war unverkennbar am Beten.

Kapitel 11

Luke war in Gedanken immer noch im Büro und bei den Komplikationen, die es mit einigen von Daynes Verträgen gab, als er das Mietshaus betrat, in dem Reagan, die Kinder und er lebten, solange ihr eigenes Haus noch nicht fertig war. Sobald er durch die Tür kam, trat er auf einen Spielzeuglastwagen. Luke biss sich auf die Lippe und blieb direkt hinter der Haustür stehen. Plastikdinosaurier waren sorgfältig in einer langen Reihe quer durch den Flur aufgebaut. Gelegentlich wurde die Parade von einem Spielzeugjeep oder einem Rennauto unterbrochen.

Aus einem Zimmer am anderen Ende des Hauses hörte er Malin weinen. Sie hatte schon wieder eine Mittelohrentzündung. Reagan schien die meiste Zeit völlig überfordert zu sein. Er versetzte dem Spielzeuglaster einen leichten Stoß mit dem Fuß und wich auf dem Weg zum Wohnzimmer der Dinosaurierparade aus. Im Wohnzimmer lag auf einem Stuhl ein Haufen Wäsche, die zusammengelegt werden musste, und ein schmutziger Teller stand auf der Sofalehne. Ihr Haus war das reinste Chaos. Mal wieder.

„Reagan?" Er konnte selbst den Frust in seiner Stimme hören, als er seine Aktentasche abstellte. Aber es war ja nicht so, dass sie noch irgendwo arbeiten ging. Sie musste doch nur mit den Kindern zurechtkommen und das Haus sauber halten. Luke dehnte seinen Nacken erst in die eine, dann in die andere Richtung. *Ganz ruhig,* ermahnte er sich selbst. *Mit einem kranken Kind zu Hause ist der Tag schon schwierig genug.* Besonders mit Malin, die mehr schrie als jedes Baby, das er kannte.

„Hier hinten!" Reagans Stimme war über das Weinen hinweg zu hören.

In diesem Augenblick kam Tommy aus dem hinteren Flur gerannt. Er hielt einen Tyrannosaurus Rex in seinen Händen. „Roooooaaar!", grummelte er und hielt Luke den Dinosaurier entgegen. „Ich bin ein T-Rex, Papa!"

„Ja." Luke beugte sich hinab und küsste den Jungen auf den Kopf. An seinem Zeigefinger hatte er einen Verband. Luke griff nach seiner Hand und besah sich die Verletzung. „Wie ist das denn passiert?"

„Der war in Malins Tür drin."

Luke richtete sich auf. „Oh, Junge", murmelte er. „Komm, wir suchen Mama." Er nahm Tommys unversehrte Hand und ging mit ihm durch den Flur zu Malins Zimmer.

Reagan saß im Schaukelstuhl und tätschelte ihrer Tochter den Rücken. „Sie hat Fieber bekommen."

Luke lehnte sich in den Türrahmen. „Was hat der Arzt gesagt?"

„Er hat uns noch mehr Antibiotikum gegeben und mich an einen Spezialisten überwiesen. Sie braucht wahrscheinlich Röhrchen in den Ohren."

„Das haben sie uns ja schon mal gesagt." Luke fühlte sich völlig erschöpft. Er hatte den ganzen Tag mit Mitarbeitern der Filmstudios diskutiert, sich durch fehlerhafte Verträge gekämpft und sich mit jeder Stunde mehr auf diesen Moment gefreut. Jetzt wünschte er sich fast, er wäre noch länger im Büro geblieben.

„Diesmal meinen sie es ernst." Reagan summte eine beruhigende Melodie in Malins Ohr, doch das Kind quengelte immer noch. „Das ist die dritte Mittelohrentzündung in diesem Jahr."

„Es fühlt sich an wie die zehnte." Er warf ihr ein schwaches Lächeln zu.

„Das kannst du laut sagen." Sie setzte den Schaukelstuhl wieder in Bewegung. „Es ist trotzdem nicht ihr Fehler."

„Und Tommy?"

Der Junge kniete auf dem Fußboden, schob den Dinosaurier über den Plüschteppich und machte grummelnde Geräusche.

„Naja – heute Morgen, als ich gerade dabei war, Malin die Ohrentropfen einzuträufeln, ging er an den Gefrierschrank und nahm eine Packung mit tiefgefrorenen Würstchen heraus. Glücklicherweise waren sie schon gebraten. Er war bei seinem sechsten Würstchen, als ich ihn fand."

„Er hat gefrorene Würstchen gegessen?" Luke schaute zu seinem Sohn hinunter.

Tommy grinste ihn schelmisch an. „Ich mag Würstchen."

Reagan hob ihre Augenbrauen. „Ja, und dann fand er die Buntstifte in der Küchenschublade und malte einen großen, sehr ausdrucksstarken T-Rex an seine Kinderzimmerwand."

„Ich bin ein Maler." Tommy kauerte immer noch auf Händen und

Knien und drehte sich in engen Kreisen um sich selbst, wobei seine Dinosauriergeräusche immer lauter wurden. „Der T-Rex sieht sehr gefährlich aus."

Luke spürte, wie seine Frustration wuchs. Dieses Haus gehörte nicht ihnen. Alle Schäden würden mit ihrer Kaution verrechnet. „Hast du ihn dafür bestraft?"

„Natürlich, er hatte eine Auszeit." Sie lehnte ihren Kopf gegen den Schaukelstuhl. „Doch bevor die Auszeit vorbei war, ging er zu Malins Zimmer und begann, mit der Tür zu spielen."

„Und wo warst du?"

Zum ersten Mal wurde Reagans Gesichtsausdruck ärgerlich. „Ich habe mir die Nägel lackiert, Luke." Sie seufzte. „Was glaubst du denn? Ich habe Mittagessen gemacht. Ich kann ihm nicht jede Minute des Tages auf den Fersen bleiben."

„Und dann hat er sich den Finger geklemmt?"

„Natürlich ist es für ihn zu langweilig, die Tür zu öffnen und zu schließen, wie jeder normale Mensch es tun würde." Reagan sah ihren Sohn streng an. „Er musste sie mit beiden Händen sperrangelweit aufhalten."

„Weil ich ein Dinosaurier bin, Papa." Tommy sah so unschuldig wie ein Engelchen aus.

„Ja, doch dann quetschte sich unser kleiner Dinosaurier seinen Finger neben der Türangel so fest ein, dass ich schon befürchtet habe, wir müssten zum Notarzt."

Luke kniete sich neben Tommy. Er nahm die Hand des Jungen, doch er schaute immer noch Reagan an. „War es so schlimm?"

„Die Haut war auf beiden Seiten des Fingers aufgerissen. Es hat stark geblutet, doch ich glaube nicht, dass es genäht werden muss."

„Pflaster sind tolle Dinosaurier-Krallen!" Tommy fuchtelte mit seinem verbundenen Finger durch die Luft und machte erneut gefährlich klingende Geräusche.

Malins Weinen wurde lauter und Reagan hob ihre Stimme, damit Luke sie hören konnte. „Ach, übrigens, wie war denn dein Tag?"

Jeder Anruf und jedes juristische Dokument, mit dem er heute gekämpft hatte, fiel ihm wieder ein und er öffnete den Mund, um ihr davon zu erzählen. Doch im gleichen Augenblick dachte er an den Tag, den Reagan ihm gerade beschrieben hatte, und er lachte leise. Dann stand er auf und ging ein paar Schritte zu seiner Frau hinüber. „Das ist nicht wichtig."

Reagan sah verwirrt aus, weil er lachte. „Doch, das ist es." Ihre Stimme war jetzt sanfter und kaum zu verstehen vor dem Hintergrund von Malins Jammern. „Nur weil mein Tag so verrückt gewesen ist, heißt das nicht, dass mich dein Tag nicht interessieren würde."

„Lass es mich so sagen." Er beugte sich vor und küsste sie auf den Mund. „Er war um einiges einfacher als deiner."

Er nahm ihr Malin ab und schaukelte sie sanft, bis sie sich beruhigt hatte. Als das endlich der Fall war, hatte Reagan Tommy bereits dazu gebracht, das Chaos aufzuräumen, das er verursacht hatte, und sie war dabei, ein Abendessen zu kochen. Die Erlösung durch die Schlafenszeit war in Reichweite. Während des Essens war Tommy sogar so ruhig, dass sie in der Lage waren, ein Gespräch zu führen.

„Ich denke so oft an Ashley." Reagans Besorgnis spiegelte sich in ihrem Blick. „Sie erwartet von uns, dass wir für ein Wunder beten. Doch was ist, wenn Gott für dieses Baby kein Wunder geplant hat?"

„Alle Babys sind ein Wunder." Das hatte Lukes Vater schon oft gesagt und die Worte kamen ihm jetzt leicht über die Lippen. „Unabhängig von dem Gesundheitszustand, mit dem sie geboren werden."

Reagan dachte darüber nach. „Das glaube ich auch."

„Doch ich weiß, was du meinst." Luke legte seine Gabel hin. „Ich habe auch an sie gedacht. Sie ist so ruhig."

„Das stimmt. Ich habe heute Morgen mit Kari telefoniert. Sie sagte, dass keiner Ashley gesehen habe seit dem Treffen bei deinem Vater."

Lukes Herz schmerzte bei diesem Gedanken. „Ich muss sie dringend anrufen."

„Kari sagte auch, dass sich Brooke ganz sicher sei, was die Diagnose betrifft. Wenn der Ultraschall eine solche Missbildung zeigt, dann hat Ashleys Baby sie auch. Kein Zweifel."

Luke erinnerte sich an etwas, das seine Mutter gesagt hatte, damals, als er sich so sicher gewesen war, dass er Reagan niemals wiedersehen würde und die Dinge mit ihr in Ordnung bringen könnte. *„Gott liebt es, die Weisheit der Normalsterblichen zu widerlegen."*

Er lächelte und griff nach seiner Gabel. „Gott hat einen Plan für dieses Kind, genau wie für jedes andere auch. An dieser Tatsache will ich festhalten."

Das Gespräch wandte sich anderen Themen zu und nach dem Abendessen begann die Abendroutine. Sie badeten die beiden Kinder, wobei Reagan besonders darauf achtete, dass kein Wasser in Malins Ohren lief.

Tommy nahm seinen Tyrannosaurus Rex mit in die Badewanne. Luke setzte sich auf den Wannenrand der Wanne und hielt den Dinosaurier fest. Dabei danke er Gott im Stillen für das Chaos in seinem Zuhause und für das Leben, das sie führten. Vielleicht brauchte Malin wirklich Röhrchen in ihren Ohren, aber im Großen und Ganzen war seine Familie gesund und glücklich. Er konnte sich nicht vorstellen, wie es Ashley gerade gehen musste und wie sie die kommenden Monate überstehen sollte, wenn ihr Baby tatsächlich nur wenige Tage zu leben hatte. Er würde sie morgen anrufen, um sie zu ermutigen.

Plötzlich tat Luke seine erste Reaktion, als er nach Hause gekommen war, leid. Das sagte er Reagan auch, als sie endlich todmüde ins Bett fielen. Er hatte kein Recht, wütend oder frustriert zu sein wegen des Durcheinanders, das manchmal in ihrem Zuhause herrschte. So war das Leben mit kleinen Kindern nun mal. Eines Tages würden sie an diese Zeit zurückdenken, lächeln und sich fragen, wohin all die Jahre so schnell verschwunden waren. Sie würden sich zurücksehnen nach den Geräuschen eines weinenden Babys oder einer Dinosaurierparade quer über den Fußboden. Und nach dem Grummeln eines blonden, blauäugigen Tyrannosaurus Rex, der nur für so kurze Zeit so klein bleiben würde.

* * *

Es war ein Samstag Mitte April. In den letzten Tagen hatte es oft gewittert. John störte das nicht. Er liebte den Donner und die Blitze über Indiana, solange die Stürme nicht zu Tornados wurden. Doch es waren keine vorhergesagt worden.

An diesem späten Nachmittag war die Sonne wieder zum Vorschein gekommen. Er und Elaine gingen den Weg entlang, der sich durch den Park schlängelte. An diesem Ort hatte ihre Freundschaft begonnen. Er ging lieber im Park mit Elaine spazieren als hinter seinem Haus. Besonders jetzt, wo sich die Dinge mit ihr so schnell entwickelten. Seitdem er ihr seine Gefühle gestanden hatte, fühlte es sich irgendwie nicht mehr richtig an, denselben Weg zu gehen, den er immer mit Elizabeth gegangen war.

Ihre Unterhaltung drehte sich heute um Ashley. Dieses Thema hatten sie in der letzten Woche zu vermeiden versucht. Jedes Mal, wenn das Gespräch trotzdem darauf gekommen war, hatte einer von ihnen irgendetwas in die Richtung gesagt, dass es nichts gab, worüber man reden musste, kein krankes Baby, um das man sich sorgen musste. Ganz egal, was die medizinischen Statistiken behaupteten. Gott hatte alles im Griff. Ashley hatte sie gebeten, für ein Wunder zu beten, darauf zu vertrauen, dass die Diagnose falsch war oder dass ihr Baby geheilt würde. Es erschien ihnen falsch, über etwas anderes zu sprechen.

Doch inzwischen war sich John dessen nicht mehr so sicher. Er hatte mit Ashleys Ärztin gesprochen und sie nach der Untersuchung gefragt. Vielleicht war der Anruf etwas unfair gewesen, da die Ärztin verpflichtet war, die Einzelheiten aufgrund der Privatsphäre der Patientin für sich zu behalten, doch John hatte seine Frage sorgfältig formuliert.

„Der Ultraschall meiner Tochter ....“, hatte er begonnen. „Sind Sie sich sicher, was die Diagnose betrifft?“

„Ich habe mir die Bilder seitdem ein Dutzend Mal angeschaut.“ Die Frau hatte resigniert geklungen. „Meiner Meinung nach kann es keinen Zweifel geben.“

John hatte nicht nach weiteren Details gefragt. Was hätte sie ihm sonst noch sagen sollen?

Jetzt war Johns Schritttempo gemächlich. Der Weg war noch feucht vom Regen, der an diesem Morgen gefallen war. Neben ihm ging Elaine, schweigend und gedankenverloren. Ein blauer Eichelhäher flatterte knapp über dem Boden vor ihnen her und flog zu einem der niedrigen Äste eines Ahorns.

„Die Sache ist die …“ John holte tief Luft. Die Luft roch nach Regen und feuchtem Gras. „Ich verstehe, warum Brooke so denkt.“

Elaine hob ihre Augenbrauen. „Tatsächlich?“

„Sie ist ein Resultat ihrer Bildung, ihrer Generation. Abtreibung ist eine schnelle, einfache und legale Lösung. Sie sieht es einfach nicht anders.“

„Doch du tust das, nicht wahr?“ Elaine wurde langsamer.

„Natürlich.“ Sein Herz sehnte sich nach seiner ältesten Tochter. Jedes seiner Kinder hatte davon gesprochen, wie falsch Brooke mit ihren Ansichten lag, und festgestellt, dass sie keinen sehr tiefen Glauben haben konnte, wenn sie eine Abtreibung in Betracht zog. „Brooke hat unrecht, doch wir sind ebenfalls im Unrecht, wenn wir es nicht schaffen, sie ungeachtet ihrer Überzeugungen zu lieben."

Elaine legte den Kopf schief. „Das stimmt."

Sie gingen wieder ein wenig schneller. Auf dem Spielplatz entdeckten sie Jim Flanigan mit seinen vier jüngeren Söhnen. Sie spielten Flagfootball. Das laute Lachen der Jungen erfüllte die Luft. John und Elaine blieben stehen und sahen ihnen ein paar Minuten zu. Drei der Jungen waren schwarz und Ricky – der Jüngste – war weiß. Doch wenn die Kinder rannten und gemeinsam spielten und lautstark den Ball forderten, gab es zwischen ihnen keinerlei Unterschiede.

Sie waren alle Kinder. Von Gott erschaffen und in seinen Augen perfekt.

John winkte ihnen zu, bevor sie ihren Spaziergang fortsetzten. „Ich habe viel über Ashleys Baby nachgedacht."

„Mmmm." Sie schob ihre Finger zwischen die seinen. „Ich bete für ein Wunder, so wie Ashley uns gebeten hat."

„Ich auch. Doch was ist, wenn Gott Ashley und Landon diesen Weg gehen lässt – ein Baby zu bekommen, das eine tödliche Missbildung hat?"

Elaine sah ihn traurig an. „Darüber habe ich auch schon nachgedacht."

„Es wird sein, als ob man durch Feuer ginge. Und wir werden diesen Weg mit ihnen gehen müssen, denn sie und Landon brauchen dann alle Unterstützung, die sie bekommen können."

„Ja." Elaine sah starr geradeaus. „Meine Tochter hat bei ihrer ersten Schwangerschaft eine Fehlgeburt erlitten. Sie trauerte um das Baby, wie nur eine Mutter um ihr Kind trauern kann."

John hob seinen Blick zum Himmel. „Die Grenze zwischen diesen beiden Dingen zu erkennen fällt so schwer: Auf der einen Seite das zu tun, worum Ashley uns gebeten hat, nämlich für ein Wunder zu beten – er machte eine kurze Pause –, und ihr andererseits dabei zu helfen, mit dem umzugehen, was vielleicht Realität werden wird."

Elaine schwieg fast eine Minute lang. „Wann immer es für uns dran ist, sie zu erkennen, wird Gott uns die Grenze zeigen."

John spürte, wie ihre Antwort direkt in seine Seele fiel. Er blieb stehen und wandte sich um, sodass er ihr Gesicht sehen konnte. Er griff auch nach ihrer zweiten Hand und küsste sie zärtlich. Seine Gefühle für sie waren noch stärker geworden, seitdem er ihr seine Absichten bekannt hatte. Sie war mehr als seine Freundin und Begleiterin. Sie weckte in ihm Gefühle der Liebe, von denen er nicht geglaubt hatte, dass er sie noch einmal fühlen würde. Das war genau so ein Moment.

Er suchte ihre freundlichen, klaren Augen. „Danke ... dass du das so auf den Punkt gebracht hast."

„Gern geschehen." Sie lehnte ihren Kopf an seine Brust. „Danke, dass du mich verstehst."

John trat ein paar Schritte zurück und ließ eine von Elaines Händen los. Das war nicht der richtige Ort für eine lange, persönliche Unterhaltung, nicht hier draußen in der Öffentlichkeit. Vor allem, da er seinen Kindern noch nichts davon erzählt hatte, dass sich seine Beziehung zu Elaine so vertieft hatte.

Sie gingen weiter. John beobachtete einen weiteren blauen Eichelhäher, der versuchte, einen Wurm aus der Erde zu picken. Als der Vogel den Wurm endlich im Schnabel hatte, flog er zu einem Baum in der Nähe. Irgendwo in einem gemütlichen Nest zwischen den Ästen würde ein kleiner Babyvogel jetzt etwas zu essen bekommen. Es war der natürliche Instinkt einer Mutter, für ihr Kind zu sorgen. Ashley tat nur, was jede Mutter in ihrer Situation tun würde: beten, dass die Diagnose sich in Luft auflöste.

Und vielleicht würde genau das geschehen. Ein Gefühl der Erleichterung überkam John und er schluckte schwer, um den Klumpen in seinem Hals hinunterzuschlucken. Und wenn das nicht der Fall sein würde, dann würde er dafür beten, dass er und Elaine und seine anderen Kinder Ashley und Landon so unterstützen könnten wie nie zuvor. Und in der Zwischenzeit würde er das tun, was Elaine vorgeschlagen hatte.

Dafür beten, dass Gott die Grenze deutlich machte zwischen dem Hoffen auf ein Wunder und der Vorbereitung darauf, dass sie durchs Feuer gehen würden.

Kapitel 12

Jenny hätte nie gedacht, dass sie einmal ein solches Gespräch würde führen müssen. Die Jungen waren draußen, sodass Bailey und sie allein im Wohnzimmer saßen. Marissa Young war auf dem Weg zu ihnen. Jenny und Bailey wollten versuchen, Marissa davon zu überzeugen, dass sie ihrer Mutter alles sagen musste und, was noch wichtiger war, dass sie ihr Baby behalten sollte.

Sie schaute Bailey an und versuchte sich an das zu erinnern, was ihre Tochter ihr gesagt hatte. „Sie wird doch kommen, oder?"

„Das hat sie mir versprochen. Sie hat Angst davor, mit jemand anderem als mit mir zu reden." Bailey verzog ihr Gesicht. „Sie war ziemlich wütend, dass ich es dir erzählt habe, aber ich habe ihr versichert, dass ich dir alles sage. Sie will nicht, dass ihre Mutter es von jemand anderem als von ihr selber hört, koste es, was es wolle."

Jenny sah durchs Fenster hinaus zu Jim und den Jungen. Ihre neueste Leidenschaft war Flagfootball. Jim und einer der Jungs bildeten ein Team, die anderen Kinder das zweite. Sogar Connor war mit dabei – obwohl er sich auf der Bühne eigentlich wohler fühlte. Sie beobachtete ihre Söhne, jung und unschuldig, die mit ihrem Vater lachten, als gäbe es nichts anderes auf der Welt. *Gott, bitte mach sie zu jungen Männern, die deine Werte respektieren und die bereit sind, bis zur Ehe zu warten.* Sie konnte sich nicht vorstellen, wie es wäre, wenn einer von ihnen die Neuigkeit mit nach Hause bringen würde, dass seine Freundin schwanger war.

Doch selbst wenn das der Fall wäre, würden sie und Jim ihren Sohn weiterhin lieben, zu ihm halten, mit ihm weinen und alles tun, um ihn darin zu unterstützen, ein Vater zu sein oder das Baby zur Adoption freizugeben. Sie würden auch diese Prüfung mit Gottes Hilfe bestehen und es schaffen, dass ihre Familie trotz allem intakt bliebe.

Das war mehr, als sie von Marissa sagen konnte.

„Was willst du ihr sagen?" Bailey saß mit verschränkten Beinen auf dem Stuhl neben dem Klavier. Sonnenlicht fiel durch das Fenster und zauberte goldene Funken in ihre hellbraunen Locken. Doch sie sah angespannt aus.

„Als Erstes, dass sie mit ihrer Mutter reden muss. Unbedingt. Und als Nächstes, dass sie wissen muss, dass das Baby in ihr drin ein kleiner Mensch ist.“ Jenny blickte wieder aus dem Fenster und ein tiefer Seufzer kam von ihren Lippen. „Ich möchte ihr erklären, welche Möglichkeiten sie hat, dass sie zu unserer Beratungsstelle gehen kann und dort einen kostenlosen Ultraschall bekommt. Dann kann sie den Herzschlag ihres Babys hören und vielleicht sogar schon die Wirbelsäule sehen.“

„Wirklich?“ Baileys Mund blieb offen stehen. Ihr Gesicht war aschfahl. „Es ist seltsam, darüber nachzudenken, dass ein richtiges Baby in ihr wächst.“

Jenny hätte am liebsten gesagt, dass es viel eher traurig als seltsam war. „Drängt ihr Freund sie immer noch zu einer Abtreibung?“

„Ja. Das war das Letzte, was ich gehört habe.“ Bailey fuhr mit ihrer Zunge über ihre Unterlippe. „Das wird schrecklich. Dieses Gespräch, meine ich.“

„Schwierige Situationen führen zu schrecklichen Gesprächen.“ So enttäuscht Jenny von Marissa war, so stolz war sie auf Bailey. Sie hatte ihre Gefühle für Cody zugegeben, doch seit der Sache mit Marissa war ihre Einstellung ganz klar. Jetzt war nicht der richtige Zeitpunkt für eine feste Beziehung. „Was hörst du von Tim?“

„Ich sehe ihn bei den Proben. Gestern habe ich ihm von meiner Absicht erzählt. Keinen Freund, bis ich am College bin.“ Sie kicherte. „Er sagte, er habe geglaubt, dass Cody und ich miteinander ausgehen würden. Dieses Missverständnis habe ich ausgeräumt.“

„Trifft Tim sich mit jemandem?“

„Nein. Er denkt genauso wie ich. Sich so jung auf eine feste Beziehung einzulassen, bringt nur Probleme.“ Die Türklingel schrillte. Bailey zog ihre Augenbrauen hoch. „Wenn man von Problemen spricht …“ Sie sprang auf und kam nach einer schnellen Begrüßung mit Marissa zurück ins Wohnzimmer.

Marissa sah aus, als ob sie geweint hätte. „Hallo, Mrs Flanigan.“

„Hallo, Marissa.“ Jenny stand auf und umarmte sie, dann setzte sie sich wieder.

Marissa ließ sich auf dem Sofa neben Baileys Stuhl nieder. „Puh!“ Sie presste einen Schwall Luft durch ihre geschlossenen Lippen. „Ich kann nicht fassen, dass ich hier bin.“

„Es ist schon in Ordnung, Liebes." Jenny beugte sich vor und tätschelte ihre Hände. „Keiner will dich verurteilen. Was geschehen ist, ist vorbei."

„Mein ganzes Leben wird sich komplett verändern." Marissa jammerte nicht und ließ auch keine dramatischen Seufzer hören. Doch über ihre Wange liefen Tränen. „Warum habe ich nicht vorher darüber nachgedacht?"

Bailey war ruhig. Ihr Blick war nach unten gerichtet. Die Tatsache, dass ihre Freundin hier war und sie jetzt über das Baby sprachen, machte die Schwangerschaft irgendwie realer als vorher.

Marissa schniefte. „Das ist alles, woran ich denken kann. Bailey hat Ihnen vielleicht erzählt, dass mein Freund möchte, dass ich abtreibe."

Jenny wünschte sich, dass der junge Mann jetzt hier in ihrem Wohnzimmer wäre. Sie würde ihm sehr genau erklären, was sie von seiner Entscheidung hielt, mit einem Mädchen von der Highschool zu schlafen und ihr dann nahezulegen, das Baby einfach loszuwerden. „Ich werde jetzt etwas sagen, das dich vermutlich nicht sehr glücklich machen wird."

Marissa sah Jenny an. Sie schien entschlossener zu sein als vorher.

„Du musst unbedingt mit deiner Mutter reden, Marissa. Bevor noch ein Tag vergeht."

Furcht trat in Marissas Augen. Sie schluckte hart, starrte auf ihren Schoß und nickte leicht. „Ich weiß. Ich überlege, wie ich es am besten tun kann."

„Marissa, schau mich an." Jenny betete, dass ihr Tonfall so verständnisvoll war, wie sie es beabsichtigte. Als Baileys Freundin ihren Blick hob, fuhr Jenny fort. „Wenn du es deiner Mutter nicht sagst, werde ich sie anrufen. Sie muss es wissen."

Die Augen des Mädchens wurden riesengroß. „Ich werde es ihr sagen, Mrs Flanigan. Auf jeden Fall."

„Gut." Mitgefühl erstickte Jennys Stimme. Marissa war so jung, so voller Angst. Jenny wartete, bis sie ihre Stimme wiedergefunden hatte. „Als Nächstes musst du verstehen, dass dein Freund dich nicht wirklich liebt, mein Liebes. Wenn er dich lieben würde, dann hätte er dich respektiert. Er hätte das gewollt, was das Beste für dich ist. Stattdessen hat er dich dazu gedrängt, Sex mit ihm zu haben, und jetzt will er dich zu etwas überreden, was *sein* Leben einfacher macht." Jennys Stimme klang sanft und voller Besorgnis. „Doch eine Abtreibung vorzunehmen, würde niemals *dein* Leben erleichtern. Für den Rest deines Lebens würdest du genau wissen, wann der Geburtstermin deines Babys gewesen wäre. Du würdest die Meilensteine errechnen, zu denen es niemals kommen wird. Wann das Baby wahrscheinlich laufen gelernt oder zu reden begonnen hätte oder wann es in den Kindergarten gekommen wäre. Du wirst das Kind in deinem Herzen tragen, solange du lebst. Das kann ich dir versichern, Marissa."

Neue Tränen stiegen in die Augen des Mädchens, als sie nickte. „Darüber habe ich auch schon nachgedacht."

„Es gibt einen Aufkleber, auf dem steht: ‚Abtreibung zerstört nicht ein Leben. Sie zerstört zwei.'" Jennys Herz litt mit Marissa. Die Fragen, mit denen sie sich auseinandersetzen musste, waren viel zu groß für so ein junges Mädchen. „Ich habe mit Freundinnen gesprochen, die abgetrieben haben. Sie stimmen dem Spruch auf dem Aufkleber voll und ganz zu. Sie sagen mir, dass sie trotz des Wissens, dass Jesus ihnen vergeben hat, für den Rest ihres Leben damit zu kämpfen haben werden, sich selbst zu vergeben."

Bailey holte tief Luft und schaute Marissa an. „Was hast du deinem Freund gesagt?"

„Ich habe ihm gesagt, dass ich das jetzt nicht entscheiden kann."

„Es gibt noch etwas anderes zu bedenken." Jenny versuchte, ihre Panik nicht zu zeigen. Wie war es möglich, dass Marissa nach all dem, was sie in so vielen Jahren in der Gemeinde und von ihren Eltern gehört hatte, eine Abtreibung auch nur in Erwägung zog? Jenny ballte ihre Hände zu Fäusten und bat Gott um die richtigen Worte. „Nichts von all dem ist die Schuld des Babys."

„Ich weiß." Marissa legte ihre Hand auf ihren Bauch. „Ich versuche mir zu sagen, dass ich stark genug sein könnte, das Baby zu bekommen und zur Adoption freizugeben. Meine Eltern kennen ein Paar, das sich so sehr ein Baby wünscht. Ich habe gehört, wie sie sich letzte Woche in der Gemeinde darüber unterhalten haben."

Jenny fiel etwas ein. „Es gibt ein Ehepaar beim christlichen Kindertheater, das ebenfalls gerne ein Kind adoptieren würde." Sie versuchte, ihre Begeisterung zu zügeln. Adoption schien die perfekte Lösung für Marissa zu sein.

„Die Sache ist nur – ich glaube, dass meine Eltern wollen, dass ich das Baby behalte." Sie wischte sich über die Augen. „Sie reden ständig davon, dass mein Bruder und ich ihnen eines Tages ein halbes Dutzend Enkelkinder präsentieren werden. Solche Sprüche. Ich befürchte, meine Mutter würde das Baby lieber selbst aufziehen, als es zur Adoption freizugeben."

Jenny lehnte sich auf ihrem Stuhl zurück. Kein Wunder, dass Marissa ihren Eltern nichts gesagt hatte. Sie biss sich auf die Lippe. „Ich glaube, deine Mutter hätte mehr Verständnis für dich, als du glaubst. Adoption ist eine wunderbare Möglichkeit für viele junge Mädchen. Wenn du ehrlich sagst, was du empfindest, dann bin ich mir sicher, dass sie dich unterstützen und eine Adoption befürworten werden."

Marissa wandte ihren Blick ab und schüttelte resigniert den Kopf. „Wissen Sie nicht, wie enttäuscht sie von mir sein werden?"

„Sie werden dich immer noch lieben." Bailey beugte sich vor und legte ihre Hand auf Marissas Schulter. „Sie werden den Schock schon verkraften – das weißt du."

„Vielleicht."

„Wir könnten dabei sein." Jenny hatte schon zuvor darüber nachgedacht, doch sie hatte völlig vergessen, dass sie diesen Vorschlag machen wollte. „Wenn du möchtest, können Bailey und ich mitkommen, wenn du mit ihnen redest."

Marissa schüttelte den Kopf. „Das würde meine Mutter nur noch wütender machen. Weil ihr beide es vor ihr wusstet."

Das konnte Jenny verstehen. Sie stand auf und setzte sich neben Marissa auf das Sofa. „Ich weiß, dass du Angst hast. Doch bitte ... lass es nicht abtreiben. Dein Baby verdient es, am Leben zu bleiben, meinst du nicht auch?"

Marissa weinte heftiger, den Kopf gesenkt. Trotzdem murmelte sie leise: „Ja."

„Okay. Lass es uns vor Gott bringen." Jenny nahm eine Hand von Marissa und Bailey die andere, dann begann sie zu beten. Sie bat Gott, Marissa Mut zu schenken und eine klare Vorstellung von dem Leben, das in ihr wuchs. „Schenke Marissa den Mut, noch heute mit ihren Eltern zu reden, Herr. Schütze Marissa vor den Lügen des Teufels und hilf ihr, deine Stimme zu hören über dem, was ihr Freund oder andere Leute ihr einreden wollen."

Nachdem sie das Gebet beendet hatten, gab Jenny Marissa Informationsmaterial über die Schwangerschaftsberatung in Bloomington. „Sie haben Mitarbeiterinnen, die deine Mutter und dich beraten können." Sie wagte ein zaghaftes Lächeln. „Und sie führen einen kostenlosen Ultraschall durch, sodass du die ersten Bilder von deinem Baby sehen kannst."

Marissa nickte. Sie wischte sich über die Augen und erhob sich. „Danke, dass ihr mit mir geredet habt." Sie umarmte erst Jenny und dann Bailey. „Das hat mir geholfen. Wenn ich mit meinem Freund rede, ist es so … ich weiß nicht, es bringt mich so durcheinander."

Jenny hätte ihr am liebsten geraten, mit diesem Kerl Schluss zu machen. Offensichtlich tat er ihr nicht gut. Doch sie durfte Marissa nicht mit zu vielen Ratschlägen überhäufen. Wenn Marissa sich gegen die Wünsche ihres Freundes entscheiden würde, würde das sowieso ziemlich hässlich werden. Dann würde es mit Sicherheit zur Trennung kommen.

Jetzt nickte Jenny unverbindlich. „Ich bin mir sicher, dass es sehr verwirrend ist. Deshalb sind wir hier." Sie tätschelte den Arm des Mädchens. „Wenn du mit deiner Mutter geredet hast, dann lass es Bailey wissen. Ansonsten …" Sie zögerte, um sicherzugehen, dass Marissa sie verstand. „Sonst muss ich sie anrufen."

„Ja, ich verstehe." Marissa bedankte sich noch einmal bei beiden.

Als Marissa gegangen war, ließ sich Bailey wieder auf ihren Stuhl fallen. „Ich kann es nicht fassen."

„Was genau?" Jenny setzte sich neben ihre Tochter. Sie war ebenfalls völlig erschöpft. Sie hatte miterlebt, wie Marissa aufgewachsen war, und hätte nie gedacht, dass das Leben dieses Mädchens eine solche Wendung nehmen würde.

„Dass sie immer noch mit dem Kerl zusammen ist, sogar nach dem allen." Bailey starrte durch das Fenster hinaus zu Jim und den Jungen. „Papa sagt mir immer, dass es eine ganz sichere Methode gibt, um herauszufinden, ob ein Junge mich wirklich liebt." Sie wandte ihre Aufmerksamkeit wieder ihrer Mutter zu. „Wenn er mich zu Sex überreden will, dann liebt er mich nicht. So einfach ist das. Denn das bedeutet, dass er nur an sich selbst denkt."

„Doch so würde er es nicht ausdrücken." Jenny lächelte sie traurig an. „Er würde behaupten, es wäre das Beste für euch beide."

Bailey schwieg einen Moment. „Ich glaube, das habe ich bei Bryan gemerkt."

„Genau." Jenny legte ihren Arm um Baileys Schultern. „Es ist so leicht, in Versuchung zu geraten."

„Doch es hilft, wenn man sich daran erinnert, worauf man achten sollte." Bailey lächelte und tätschelte Jennys Hand. Dann stand sie auf und ging in Richtung Tür. „Ich muss bis Montag noch einige Mathehausaufgaben erledigen." Im Türrahmen blieb sie stehen. „Hey, danke, Mama. Ich wüsste nicht, was ich machen sollte, wenn ich nicht mit dir über das alles reden könnte, weißt du?"

Jenny spürte, wie die Worte ihrer Tochter bis tief in ihre Seele rutschten. „So sehe ich das auch."

Als Bailey gegangen war, konnte Jenny nichts anderes tun, als Gott zu danken. Denn wenn die Umstände nur ein wenig anderes gewesen wären, hätte auch Bailey das Mädchen sein können, das jetzt in Schwierigkeiten steckte. Denn selbst wenn sie über alles mit ihrer Mutter sprach und so feste Überzeugungen vertrat, hätte ein Junge mit anderen Wertvorstellungen auch ihr den Kopf verdrehen können. Ihr Leben hätte sich in einer kurzen Stunde völlig verändern können. Das war nur einer von vielen Gründen, warum Jenny so dankbar für das christliche Kindertheater war. Diese Gruppe gab Bailey die Gelegenheit, Zeit mit anderen zu verbringen, ohne dass das Miteinander-Ausgehen oder feste Beziehungen ein Thema waren. Die Kinder hatten so viel Spaß in ihren Gruppen, dass sie gar nicht das Bedürfnis hatten, sich in intime Beziehungen zu stürzen.

Jenny ging nach draußen und setzte sich an den Picknicktisch.

„Wirf hierher, Papa!" Justin war in Jims Mannschaft. Jim schleuderte den Ball in seine Richtung und Justin sprang hoch, um ihn zu fangen. Dann rannte er los und steuerte die gegenüberliegende Seite des Spielfeldes an.

„Er könnte … es … auf einmal … schaffen!" Jim riss beide Arme hoch. „Touchdown!"

Ricky ließ sich ins Gras fallen und lag, alle viere von sich gestreckt, auf dem Rücken. „Ich glaube, jetzt ist Halbzeit."

„Ja." Shawn plumpste neben ihn. „Wir werden hier noch umgebracht."

Jim entdeckte Jenny. „Okay, Jungs. Halbzeit. Geht rein und holt euch etwas zu trinken."

Die Jungs rannten ins Haus, lachten und neckten einander. Connor war der Letzte. Als er hineinging, blieb er kurz neben Jenny stehen. „Ist mit Bailey alles in Ordnung?“ Besorgnis stand in seinen Augen.

Das liebte Jenny so an ihrem ältesten Sohn. Aufmerksam und liebevoll kümmerte er sich um Bailey. Connor wusste nichts von Marissa, doch er hatte gespürt, dass etwas nicht stimmte. So viel war offensichtlich. Jenny nahm seine Hand. „Ihr geht es gut. Wir haben uns wegen Marissa unterhalten, nicht wegen Bailey.“

„Hat Marissa Probleme?“

Jenny wollte nicht lügen, doch sie wollte Connors unschuldige Frage auch nicht wahrheitsgemäß beantworten. Es war zu früh. Er musste nicht alle Einzelheiten über Marissas Situation wissen. „Sie muss einiges mit ihren Eltern besprechen. Das ist alles.“

„Oh.“ Erleichterung machte sich auf Connors Gesicht breit. „Ich hoffe, sie kriegt das alles auf die Reihe.“

„Das hoffe ich auch.“

Connor ging hinein. Jim sprang auf die Terrasse. „Hey, Schönheit.“

„Hallo.“ Er schaffte es immer noch, dass sich ihr Magen mit aufgeregten Schmetterlingen füllte, so wie er es vom Tag ihrer ersten Begegnung an geschafft hatte. Sie klopfte auf den Platz neben sich am Tisch. „Wir hatten ein gutes Gespräch mit Marissa.“

„Ich habe für euch gebetet.“

Sie lächelte. „Das habe ich gemerkt.“ Die Luft wurde jetzt am Spätnachmittag allmählich kühler. Sie rutschte ein wenig dichter zu ihm. „Ich habe ihr gesagt, dass sie mit ihren Eltern reden muss. Wir haben über eine Abtreibung gesprochen und dass das ihrem Baby gegenüber nicht fair wäre.“

„Hat sie dir zugehört?“

„Ich weiß es nicht.“ Jenny ließ ihren Blick über ihren Garten schweifen bis hin zu den Bäumen, die auf der Grenze ihres Grundstücks standen. Ein Habicht kreiste hoch oben, vermutlich der Vogel, der immer dort hinten herumlungerte. Sie holte tief Luft. „Sie ist so durcheinander. Ihr Freund erzählt ihr jede Menge Unsinn.“

Jim knirschte mit den Zähnen. „Das sollten unsere Söhne besser nicht tun.“

„Das werden sie auch nicht.“ Sie legte ihre Hand auf sein Knie. „Zumindest hoffe ich das.“

Er lehnte sich an sie und sie schwiegen beide für ein paar Minuten.

Jenny liebte Momente wie diesen, wenn sie einander so nahe waren, dass sie beinahe die Gedanken des anderen lesen konnten. Als Gott sagte: „Die beiden sind eins mit Leib und Seele", musste er an Paare wie sie und Jim gedacht haben.

Die beiden Hunde entdeckten sie im gleichen Moment und kamen angerannt. Reggie und Mandy waren gelbe Labradore, die eine zwölf Jahre alt und noch sehr fit, die andere drei Jahre und verspielt, doch ziemlich faul. Auch aus der Entfernung konnte man mit Leichtigkeit erkennen, welcher Hund Mandy war, denn sie watschelte immer in ihrem eigenen Tempo hinterher. Jim streckte seine Hand aus und tätschelte beiden Tieren den Kopf. „Hey, Mädels. Wie geht's euch?" Er grinste. „Sie sind für mindestens einen verlorenen Touchdown verantwortlich."

Jenny lachte. „Lass mich raten … ein Ringkampf?"

„Auf jeden Fall." Jim kraulte sie jetzt am Kinn. „Connor war gerade in vollem Tempo in Richtung Endzone unterwegs und die Bahn war frei, als die Hunde angesprungen kamen und ihm den Weg abschnitten." Er lachte. „Connor zögerte, blieb stehen und Reggie sprang an ihm hoch und schleckte sein Gesicht. Das warf ihn um, sodass der Touchdown ungültig war."

„Ich wette, Connor war begeistert." Sie streichelte Mandy.

„Okay …" Jim klatschte in die Hände und deutete in die Ferne. Die Hunde verstanden und rannten zusammen zum anderen Ende des Gartens. „So gute Hunde."

„Du bist ein guter Trainer." Jenny kuschelte sich wieder eng an ihn. „Übrigens, hat Justin dir erzählt, welches Thema nächste Woche in der Schule durchgenommen wird?"

„Sklaverei." Jim stützte seinen Ellbogen auf ein Knie und schaute sie an. „Das weckt in mir den Wunsch, dass sie für immer jung bleiben könnten."

„Das habe ich auch gedacht."

„Ich bin ja auch der Meinung, dass sie darüber Bescheid wissen müssen." Jim stützte die Hände hinter sich auf den Tisch und lehnte sich zurück. „Sklaverei ist ein Teil der Geschichte unseres Landes, ein schreckliches Erbe. Sie müssen es verstehen. Doch jetzt sehen sie es noch so, wie wir es ihnen beigebracht haben. Gott hat für jeden Menschen eine andere Farbe. Menschen hassen dich, weil du schwarz bist, und sie hassen dich, weil du weiß bist. Das Problem liegt immer bei denjenigen, die hassen, denn Gott hat jedem Menschen genau die richtige Farbe gegeben."

Jenny lächelte. „Vielleicht solltest du den Unterricht übernehmen."

Er starrte in die Ferne. „Ich glaube, wir sollten heute Abend einen Familienrat halten. Damit wir über Rassismus reden können und sie es zuerst von uns hören."

„Hmmm." Diese Idee gefiel Jenny. „Denn es gibt diesen Hass auf viele verschiedene Arten."

„Genau."

„Nicht nur wegen der Hautfarbe. Sie hassen einen, weil man Christ oder Jude ist."

„Weil man ungeschickt ist oder rote Haare hat." Jim schwieg wieder für einen Moment. „Es ist eine Tatsache, dass unsere Vorfahren mit der ganzen Sklaverei ein gründliches Schlamassel angerichtet haben. Und wenn wir nicht dafür kämpfen, dass alle Menschen in Freiheit leben dürfen, könnte so etwas wieder passieren – nur mit anderen Menschengruppen."

„Ja." Jenny klopfte sich auf die Knie. „Klingt wirklich, als wäre es Zeit für eine Familienratssitzung."

Jim wandte sich zu ihr und umfasste mit einer Hand ihr Gesicht. „Das jetzt sind die einfachen Jahre – das weißt du, nicht wahr?"

Jenny dachte an die Probleme, die sie vorhin mit Marissa besprochen hatte. „Es könnte auf jeden Fall viel schlimmer sein."

„Bailey navigiert durch die stürmischen Gewässer eines Teenagerlebens mit so viel Vernunft und Gnade, wie ich es immer von ihr erwartet habe." Jim atmete ein paarmal tief ein. „Doch die Jungs kommen als Nächstes. Schon bald wollen sie alle Auto fahren und sich mit Mädchen treffen und versuchen herauszufinden, was wirklich wichtig ist."

Jenny konnte dem, was er sagte, nur zustimmen. „Also genießen wir diese Jahre, solange wir können."

„Ganz genau." Jim küsste sie, so langsam und zärtlich, dass es sie daran erinnerte, wie es war, jung und verliebt zu sein.

Sie zog sich ein Stück zurück und lächelte ihn an. „Wir müssen beten."

„Jeden Tag."

Und dann gingen sie hinein, um ihre Kinder für einen Familienrat zusammenzutrommeln. Als sie alle beisammensaßen, war Jenny dankbar, dass sie diesmal ein Thema besprachen, bei dem sie sich alle einig waren. Hier ging es um etwas Überschaubares, um Werte, für die sie alle einstanden. Das Treffen erinnerte sie daran, für Marissa zu beten, die sich an diesem Abend hoffentlich auch zu einem Gespräch mit ihren Eltern zusammensetzen würde. Ein Gespräch, das viel schwieriger würde als jedes andere in ihrem Leben.

Kapitel 13

Ashley war gerade dabei, Devins Erdnussbutterbrot in kleine Häppchen zu schneiden, als Landon in die Küche kam.

„Cole hat noch einen Frosch gefangen."

Sie spähte durch das geöffnete Fenster. „Es muss Hunderte davon in diesen Büschen geben."

„Klingt eher nach Tausenden." Landon küsste sie. „Dieses Kind liebt Frösche. Ich kann ihn nicht dazu bringen, hereinzukommen."

„Er kann noch ein bisschen spielen." Sie schaute auf die Uhr an der Mikrowelle. „Wenn der Gottesdienst vorbei ist, sind Sonntage zum Fröschefangen da. Jedenfalls, wenn man ein kleiner Junge ist."

Landon warf ihr einen schelmischen Blick zu. „Oder sogar, wenn man ein großer Junge ist." Er wuschelte durch Devins Haare.

Devin hatte Erdnussbutter auf seinen Wangen und an den meisten Fingern. Er streckte sie nach Landon aus. „Küsschen, Papa!"

„Natürlich, mein Süßer." Landon küsste eine saubere Stelle auf der Wange ihres Sohnes. Dann ging er zum Kühlschrank. „Gibt es heute Abend die Reste vom Hühnchen?"

„Das oder Erdnussbutterbrote." Ashley saß auf dem Stuhl direkt neben Devins Hochstuhl. Sie fühlte sich wunderbar. Die Stimmung in ihrem Haus hatte sich im Lauf des Wochenendes aufgehellt. Abgesehen von ein paar Gewitterwolken war die Sonne wieder zurückgekehrt und ihr kleines Mädchen war aktiver als je zuvor. Ashley hatte keinen Zweifel daran, dass Gott ein Wunder in ihr bewirkte. Alles würde zu einem guten Ende kommen.

Landon öffnete die Kühlschranktür und hob die Alufolie von der Schüssel mit dem restlichen Hühnchenfleisch, um sich ein Stück zu stibitzen. Er schob es sich in den Mund, deckte die Schüssel wieder ab und schob sie in den Kühlschrank zurück. „Ich musste nur mal probieren."

„Und?" Ashley spürte, wie ihre Augen funkelten.

„Ein ganz hervorragendes Abendessen." Er lehnte sich an die Kühlschranktür. „Unser Froschjäger wird hungrig sein. Was ist mit dir?"

„Hühnchen klingt wunderbar. Vielleicht in einer Stunde, okay?“ Sie wandte ihre Aufmerksamkeit wieder Devin zu. „Möchtest du Milch?“

„Milch, Milch, Milch!“ Devin schlug mit seinen Händen auf den Tisch seines Kinderstühlchens. Dann schüttelte er sich vor Lachen, als sei das das Witzigste, was er jemals gesagt oder getan hätte.

Grinsend öffnete Landon erneut die Kühlschranktür, holte die Milchflasche heraus und gab sie Ashley.

Ashley goss etwas davon in Devins Henkeltasse und stellte sie auf sein Tischchen. Sie schaute zu Landon auf.

Das Lächeln und der Schalk waren aus seinem Gesicht verschwunden. Stattdessen sah er aus, als würde er sie sehr genau studieren.

„Was beschäftigt dich?“

Landon öffnete seinen Mund, um etwas zu sagen, doch dann presste er seine Lippen wieder zusammen. Er schüttelte den Kopf und lehnte sich an den Kühlschrank. „Ich wollte schon während des ganzen Wochenendes mit dir reden, aber … ich weiß nicht. Irgendwie schien es nie der richtige Zeitpunkt zu sein.“

„Um worüber zu reden?“ Ashley wappnete sich.

„Über das Baby, Ashley.“ Landon verschränkte seine Arme. „Wir haben uns verhalten, als sei alles in Ordnung, als ob wir nie diese Diagnose gehört hätten.“

Ashley spürte, wie die Mauer der Normalität, die sie um ihr Leben errichtet hatte, allmählich einstürzte. „Das Baby bewegt sich.“ Sie gab ein Geräusch von sich, das halb Lachen, halb Verzweiflung war. „Sie fühlt sich lebendiger und normaler an, als es bei den beiden Jungen war.“

„Das ist sehr gut. Aber …“ Landon kämpfte mit sich. Er ließ seinen Kopf für einen Moment hängen. Als er wieder aufschaute, konnte sie von seinem Gesicht ablesen, dass es ihm das Liebste wäre, wenn er das, was er als Nächstes sagen würde, niemals sagen müsste. „Ich denke, es wäre gut, wenn wir einen Plan hätten.“

Der Schock blies seinen verletzenden Atem direkt in ihr Gesicht. „Einen Plan?“ Sie fühlte sich benommen. Meinte er wirklich das, was sie vermutete? „Meinst du, so wie Brookes Plan?“

„Nein!“ Landon ließ seine Hände sinken. Er sah wütend und verletzt aus, dass sie ihn so missverstehen konnte. „Nicht so einen Plan. Lass mich erst einmal ausreden.“

„Gut." Ashley wollte keinen Streit, nicht nach so einem wunderbaren Wochenende.

„Ich denke nur darüber nach, dass wir uns über ein paar Dinge Gedanken machen sollten, falls das Baby wirklich dieses … dieses Problem hat."

Sie stemmte ihre Hände in die Hüften. „Wie können wir Gott um ein Wunder bitten, wenn wir daran zweifeln, dass er es tun kann?"

„Ich zweifle nicht an Gott, Ashley." Von draußen hörten sie, wie Cole irgendein Lied sang, in dem Hühner und Hähne und langbeinige Frösche vorkamen. „Und ich bin immer auf deiner Seite, das weißt du doch."

Ashley zitterte, doch sie zwang sich ruhig zu bleiben. „Ich möchte meine Schwangerschaft genießen, möchte genießen, wie sich das Baby in mir bewegt und mich tritt." Sie senkte die Stimme. „Ich glaube fest daran, dass Gott uns ein Wunder schenkt. Unser Baby wird vollkommen gesund sein."

„Das möchte ich auch glauben. Doch vielleicht sollten wir zu einem Spezialisten gehen. Vielleicht kann uns jemand helfen."

„Dann geh doch." Ashley zitterte immer heftiger. Warum wollte er sie nicht verstehen? „Ich sage dir, dass mit dem Baby alles in Ordnung sein wird, und du sagst, wir sollten zu einem Spezialisten gehen? Warum, Landon? Vertraust du mir nicht?" Sie legte ihre Hände auf ihren Bauch. „Wenn irgendetwas nicht in Ordnung wäre, würde ich es spüren. Doch sie bewegt sich, wie jedes gesunde Kind es tun würde."

Er seufzte, wobei seine Schultern nach unten sackten. „Du musst dich mit den verschiedenen Möglichkeiten auseinandersetzen."

Devin schlug wieder auf seinen kleinen Tisch. „Alles leer … alles leer."

Ashley wandte sich von ihrem Mann ab und kümmerte sich um ihren Sohn. Währenddessen zitterten ihre Hände und ihr Herz raste. Wenn Landon nicht mit ihr zusammen an ein Wunder glaubte, würde es niemand tun.

Als Devin gesäubert war, schaute sie wieder zu Landon hinüber. Sobald sie seinen Gesichtsausdruck sah, der seine Angst und seine Zweifel wegen ihres ungeborenen Babys widerspiegelte, wusste sie plötzlich, dass sie jetzt nur eine Möglichkeit hatte. Sie musste aus dem Haus heraus oder sie würde schreien.

„Ashley ... ich meine, denk doch mal darüber nach." Der Tonfall ihres Mannes sagte ihr, dass er sie für eine Verrückte hielt, die sich verzweifelt an einen Strohhalm klammern wollte, obwohl es nichts gab, woran man sich klammern konnte.

Sie griff nach ihrer Handtasche und suchte nach den Schlüsseln. „Ich fahre eine kleine Runde."

„Ashley, nicht ..." Landon kam zu ihr. „Ich möchte das Beste für dich und für unser kleines Mädchen. Das ist alles."

„Und warum kannst du dann nicht daran glauben, dass Gott an ihr ein Wunder tun wird?"

„Gott ist immer noch Gott, auch wenn sich die Dinge nicht so entwickeln, wie wir es uns wünschen." Seine Worte kamen langsam und entschlossen.

Ashley hasste es, dass seine Worte so grausam wahr waren. „Wunder, Landon. Wir reden über Wunder. Du, vor allem du solltest doch wissen, dass Wunder geschehen." Ihre Stimme brach, als sie näher zu ihm trat und ihre Worte direkt auf sein Herz zielten. „Du warst schon so gut wie tot, als du den kleinen Jungen damals bei dem Wohnhausbrand gerettet hast. Doch Gott hatte andere Pläne für dein Leben. Er schenkte dir ein Wunder und wird unserer Tochter auch eines schenken."

Jede Spur von Verärgerung wich aus Landons Gesicht. Dieses Verhaltensmuster war ihnen vertraut. Es war ein Muster, das sie lange nicht gelebt hatten. Ashley drohte davonzulaufen und Landon überlegte verzweifelt, was er tun sollte, damit sie blieb. „Ich glaube an Wunder, Ash." Er berührte ihr Gesicht mit seinen Fingern. „Schließlich habe ich dich, nicht wahr?"

Seine Berührung ließ ihr Herz schmelzen. Sie nahm seine Hand und küsste sie. „Warum willst du dann, dass wir zu einem Spezialisten gehen? Ich will keine Ärzte oder Untersuchungen oder Diagnosen." Sie fühlte, wie sich ihr altes Ich zu Wort meldete, das Ich, das so trotzig und freiheitsliebend war. „Alles, was ich will, ist zu spüren, wie mein kleines Mädchen sich in mir bewegt und heranwächst und zu glauben – sie schloss die Augen – mit allem, was ich bin, zu glauben, dass sie bei der Geburt gesund und munter sein wird."

Sie öffnete die Augen wieder und zog ihren Schlüsselbund aus der Handtasche. Ganz egal, was er sagte, sie brauchte jetzt Zeit für sich. „Kannst du dich um die Jungs kümmern?"

Landon sah verletzt aus. „Wohin fährst du?“

„Ich bin mir nicht sicher.“ Sie trat ein paar Schritte zurück. „Ich muss nachdenken.“

„Was ist mit dem Abendessen?“

„Ich habe keinen Hunger.“ Sie nickte in Richtung Garten. „Ich bin zurück, wenn die beiden essen.“

„Ash ...“ Landons Augen flehten sie an zu bleiben. „Sei nicht böse auf mich, ja?“

Sie zögerte. „Das bin ich nicht. Ich liebe dich.“

„Ich liebe dich auch.“

Ashley ging zur Garage. Sie war schon ein Stück die Straße entlanggefahren, als sie plötzlich wusste, wohin sie fahren würde. Denn wenn ihre Mutter jetzt hier wäre, hätte sie zumindest eine Person, die nicht zweifeln würde. Ihre Mutter würde ihr über die Haare streicheln und sie mit diesem ruhigen, zuversichtlichen Blick anschauen, der ihr bedeuten würde, dass tatsächlich alles gut werden würde. Ihre Mutter hätte dem Rest der Familie erklärt, wie wichtig es war, am Glauben festzuhalten. Sie hätte sie darauf hingewiesen, dass Zweifel nirgendwohin führen würden.

Also gab es wirklich nur einen Ort, an den sie jetzt gehen wollte. Zum Friedhof am Ende der Stadt, dem Ort, an dem das Gras schon seit Langem über die Stelle gewachsen war, an der ihre Mutter beerdigt lag.

Ashley fuhr langsam und aufmerksam. In ihrem Inneren führte sie keine wütende Auseinandersetzung. Sie wollte einfach nur an den Lebenshoffnungen festhalten, die Gott ihr geben konnte. Als sie sich dem Friedhof näherte, spürte sie, wie sich das Baby in ihrem Bauch bewegte. Ein Lächeln trat auf ihre Lippen. „Ich spüre dich, mein Kleines. Du wirst perfekt und gesund und munter sein. Das weiß ich.“

Der Parkplatz war bis auf wenige Autos leer. Ihr blieben vielleicht noch fünfzehn Minuten, bevor die Sonne unterging. Ashley stieg aus ihrem Auto und ging an einigen Gräbern vorbei, entlang an einem Gebüsch, bis sie den Grabstein ihrer Mutter erreichte. Sie hätte den Weg auch mit geschlossenen Augen gefunden. Denn hier war der Ort, an den sie manchmal kommen musste, der einzige Ort, abgesehen von dem alten Baxter-Haus, an dem sie die Gegenwart ihrer Mutter noch immer spüren konnte.

Während sie den Weg entlangging, dachte sie an Landon. Er konnte ihre gelegentlichen Ausflüge zum Friedhof nicht verstehen. „Deine Mutter ist nicht dort, Ash. Das weißt du.“

„Der Teil von ihr, den ich geliebt habe, ist dort.“ Ashley spürte jedes Mal, wie sich ihre Kehle vor Trauer zusammenzog. „Der Teil, an den ich mich klammern würde, wenn meine Welt zusammenbricht, liegt dort unter diesem Stein.“

Bei diesem Satz gab Landon dann auf. Er hatte ihr schon häufiger gesagt, dass jeder Mensch auf seine eigene Art trauern musste. Doch was ihn betraf, so wollte er an ihre Mutter denken, wie sie jetzt im Himmel war – glücklich und gesund, lebendiger als je zuvor. Nun gut. Ashley wollte sich ihre Mutter auch so vorstellen. Doch es war eine Tatsache, dass ihr Körper hier auf dem Friedhof beerdigt lag.

Und jetzt – wie schon so manches Mal – wollte Ashley einfach nur bei ihr sein.

Sie erreichte den schlichten Stein, der das Grab ihrer Mutter markierte, und setzte sich hin. Eine Zeit lang schaute sie in den Himmel hinauf, in das schwindende Licht. Doch dann senkte sie ihren Blick auf die Worte, die in den Stein graviert waren. Wie immer dauerte es einige Minuten, bis sie akzeptieren konnte, dass ihre lebhafte, liebevolle Mutter wirklich gegangen war.

Schatten fielen auf das Grab, als Ashley ihren Kopf senkte. „Bitte, Gott, sag meiner Mutter, wie sehr ich sie brauche.“ Sie flüsterte diese Worte und wartete. Sie hoffte, ein Gefühl der Zuversicht zu verspüren, hoffte, dass die unerschütterliche Hoffnung ihrer Mutter sie irgendwie erreichen und ihren Glauben an ein Wunder unterstützen würde.

Ashley wartete und wartete. Doch alles, was sie hören konnte, waren die Worte ihres Mannes, ihres besten Freundes. *„Gott ist immer noch Gott, auch wenn sich die Dinge nicht so entwickeln, wie wir es uns wünschen.“* Sie blickte hoch zu den Sturmwolken, die sich am Himmel langsam zusammenzogen. Ein Schauer lief über ihre Arme und sie umarmte sich selbst. Ihre Mutter hätte für Ashley geglaubt, doch Landon glaubte auch.

Schlagartig erkannte sie es.

Landon glaubte nicht nur daran, dass Gott ihnen ein Wunder schenken könnte, sondern auch daran, dass Gott das *nicht* tun könnte. Und dass selbst dann Gott immer noch Gott war, immer noch allmächtig. So wie er es gewesen war, als ihre Mutter nicht vom Krebs geheilt worden war. Landon hatte recht, doch sie war bis jetzt nicht bereit gewesen, das zu erkennen.

Ashley brauchte die Hoffnung, das Festhalten an einem Wunder, wenn es um ihr kleines Mädchen ging. Doch es war auch möglich, dass das Wunder nicht geschah. Ein Schmerz schnitt quer durch ihr Herz und nistete sich tief in ihrem Inneren ein. Dieses Kind gehörte Gott, nicht ihr oder Landon. Was auch immer geschah, würde dazu dienen, dass Gottes perfekter Plan erfüllt wurde. Sie spürte, wie sich ihre Kehle zusammenzog und ihre Träume verschwammen. Hatte Gott sie hierher geführt, damit sie das Offensichtliche erkennen konnte? Wenn es ausreichen würde, an Wunder zu glauben, damit sie auch geschahen, dann wäre ihre Mutter noch am Leben.

Gott liebte ihre Mutter, doch trotzdem war sie gestorben. Genau wie Landon es gesagt hatte. Der Schmerz in Ashleys Herzen wandelte sich in ein Gefühl der Reue. Landon war so gut zu ihr, erlaubte ihr, einfach so zu verschwinden, und kümmerte sich um die Kinder. Er gab ihr immer die Freiheit, die sie brauchte. Heute Abend war das auch so gewesen.

Sie warf einen letzten Blick auf den Grabstein ihrer Mutter und beeilte sich dann, zurück zu ihrem Auto zu kommen. Während der Heimfahrt erschien ihr die Strecke endlos lang, und als sie in die Einfahrt bog, konnte sie es kaum erwarten, hineinzugehen.

Landon saß neben Cole. Die beiden aßen Hühnchen und Butterbrot, als sie durch die Nebentür von der Garage direkt in die Küche stürmte.

Landon drehte sich um und sein Gesichtsausdruck verriet ihr, dass er nicht wütend war. „Hallo."

„Wo warst du, Mama?" Cole hatte den Mund voller Hühnchen. Devin spielte auf dem Boden mit seinem roten Zottelmonster-Kuscheltier. Cole zog die Augenbrauen hoch. „Papa hat gesagt, dass du mit dem Auto weggefahren bist."

„Ja, das stimmt." Ihr Blick ließ Landons nicht los. „Kann ich kurz mit dir reden?"

Er stand vom Tisch auf und klopfte Cole auf die Schulter. „Bin gleich zurück, Kumpel."

Landon folgte ihr um die Ecke ins Fernsehzimmer. Sie waren kaum aus Coles Blickfeld verschwunden, als Ashley ihn in ihre Arme zog. „Es tut mir leid, Landon, es tut mir so leid."

Sie spürte, wie Tränen in ihre Augen stiegen, doch sie wollte nicht weinen. Sie wollte immer noch glauben, dass es nichts gab, worüber man trauern musste, keinen Grund, ins Zweifeln zu geraten. Doch als sie zurücktrat, sah sie Landons besorgten Blick. „Ich gehe zu einem Spezialisten, wenn du das möchtest."

„Liebling …" Er strich über ihre Haare und sah ihr tief in die Augen. „Das musst du nicht. Ich dachte nur, vielleicht …"

„Nein, du hast recht. Es ist vernünftig und logisch, so etwas zu tun." Sie klammerte sich an seine Schultern. „Ich hätte nicht davonlaufen sollen."

„Manchmal brauchen wir das, Ashley. Ich verstehe dich." Er küsste sie wieder. Als er sie anschaute, sah sie tief in seine Augen bis in seine Seele hinein. „Doch wenn du das nächste Mal davonläufst, dann nimm mich mit. Okay?"

Sie lachte, doch in ihrem Lachen lag ein Weinen. „Ich liebe dich, Landon."

„Alles wird gut." Sein Gesichtsausdruck verriet ihr, dass er das ernst meinte, doch nicht unbedingt deshalb, weil ihr Baby gesund werden würde. Sondern weil sie mit Gottes Hilfe und der Unterstützung der anderen ihren Weg hindurch finden würden. Er legte seine Finger auf ihren Bauch. Dabei trat das Baby gegen seine Hand. „Hey! Das habe ich gespürt."

„Siehst du? Sie wird vielleicht Fußballnationalspielerin und der lebende Beweis, dass alle Mediziner sich irren können."

„Sie kann auf jeden Fall zutreten. Das weiß ich sicher." Landon legte wieder seine Arme um Ashley. „Danke, dass du zurückgekommen bist."

Ashley lächelte. Gemeinsam gingen sie in die Küche zurück. Cole hatte sich inzwischen zu Devin auf den Fußboden gesetzt. Das rote Zottelmonster lag zwischen ihnen. Ashley blieb stehen und nahm das Bild in sich auf, ihre beiden Söhne, jung und gesund.

Cole schaute zu ihnen auf. Er schien zu spüren, dass alles, was vielleicht für Missstimmungen gesorgt hatte, jetzt ausgeräumt war. Er lächelte und warf seinem Bruder einen misstrauischen Blick zu. „Devin glaubt, dass das Zottelmonster echt ist."

Ashley schob ihren Arm durch Landons. In seinen Augen waren alle Anzeichen von Zweifeln verschwunden. Sie würden zu einem Spezialisten gehen und alles tun, was nötig war, um ihrer ungeborenen Tochter zu helfen. Doch sie würden auch an ihrer Hoffnung festhalten, an dem Glauben, dass Gott ihnen ein Wunder schenken könnte. Und sie würden diese Schwangerschaft genießen.

Ashley schaute wieder zu Cole. „Das Zottelmonster ist für dich vielleicht nicht echt, aber für Devin schon." Sie legte ihre freie Hand auf ihren Bauch. „Manchmal macht es uns glücklich, etwas zu glauben. Auch wenn die ganze Welt etwas anderes denkt."

Kapitel 14

Dayne stand in der Küche seines Hauses in Malibu und starrte durch das Fenster hinaus auf den Pazifik. Eigentlich hatte er keinen Grund, sich Sorgen zu machen. Katy und er waren vor zwei Tagen in das Haus am Strand gezogen und bisher waren sie der Aufmerksamkeit der Presse entkommen. Dabei waren sie sogar am Strand spazieren gegangen – mit Sweatshirts und Baseballkappen.

Heute Morgen jedoch waren erstmals Fotografen aufgetaucht. Zwei Autos hatten am Pacific Coast Highway geparkt und drei Männer hatten sich auf dem öffentlich zugänglichen Strandbereich breitgemacht, der ungefähr zehn Meter neben ihrem Privateingang begann. Sie hatten weder Schwimmsachen noch Strandlaken bei sich und jeder von ihnen saß neben einer großen schwarzen Kameratasche. Eindeutig Paparazzi.

Dayne füllte sein Glas mit Wasser und beobachtete, wie einer der Kerle über seine Schulter spähte. „Wir kommen nicht raus!“, hätte er am liebsten gebrüllt. Doch der Typ hätte ihn durch das geschlossene Fenster hindurch nicht hören können. Und wenn er das Fenster öffnen würde, gäbe er ihnen nur die Gelegenheit, ihre hochauflösenden Objektive auf ihn zu richten. Dayne Matthews trinkt ein Glas Wasser! Sensationelle Neuigkeit um elf Uhr morgens!

Er drehte sich gerade herum, als Katy in die Küche eilte. Sie hatte ihre blonden Haare hinter ihre Ohren zurückgestrichen, was sie sehr jung und unschuldig aussehen ließ. In letzter Zeit hatte sie ihre Haare länger wachsen lassen. Sie trug Jeans und ein pfirsichfarbenes Spitzenshirt über einem langärmligen weißen Shirt. Diese Zusammenstellung ließ sie unwiderstehlich aussehen.

Sie lächelte ihn an. „Bist du fertig?“

„Ja.“ Er betrachtete sie. „Du siehst ziemlich glücklich aus für jemanden, der sich gleich einem Angriff aussetzen muss.“

„Einem Angriff?“ Sie spähte aus dem Küchenfenster. „Bei blauem Himmel und Sonnenschein?“ Sie lachte. „Ich glaube, das kriege ich hin.“

Dayne versuchte, nicht zu frustriert zu sein. „Einem Angriff von Fotografen." Er stellte sich neben sie und schaute ebenfalls hinaus. „Sie haben uns gefunden."

Sie legte ihre Hände auf seine Schultern und drehte ihn zu sich, sodass er sie anschauen musste. „Das ist ein Teil des Deals, erinnerst du dich? Wir haben uns versprochen, dass wir uns davon nicht unterkriegen lassen." Sie senkte ihr Kinn und ihre Augen tanzten. „Ansonsten sollten wir den nächsten Flug nach Bloomington buchen und die ganze Sache hier vergessen."

„Lass uns aufbrechen." Er legte seine Hände um ihre Taille. „Wir könnten zum Abendessen in Indiana sein."

„Sehr witzig." Katy stellte sich auf die Zehenspitzen und küsste ihn. Ihre Stimme klang sanft. „Komm schon, Dayne. Wir haben uns verpflichtet. Lass es uns mit hoch erhobenem Kopf durchstehen und das Beste daraus machen."

Er wollte mehr als je zuvor ebenso zuversichtlich sein wie sie, verzweifelt glauben, dass das Abenteuer, auf das sie sich eingelassen hatten, die Klatschblätter besänftigen und sie beide noch enger zusammenbringen würde. Doch seine Zweifel waren so riesig wie das blaue Wasser, das sich vor ihnen erstreckte. Er berührte ihre Lippen mit seinen und wünschte sich zum fünften Mal, dass der Tag schon hinter ihnen läge. Er schmiegte seine Wange an ihr Gesicht. „Danke."

„Wofür?" Ihre Stimme klang leicht und voller Optimismus.

„Dass du daran glaubst, dass wir das Richtige tun." Er holte tief seufzend Luft. „Vielleicht färbt dein Enthusiasmus ein wenig auf mich ab, wenn ich nur nah genug bei dir bleibe."

Sie legte ihren Kopf schief. „Wir tun das Beste, was wir tun können. Du hast einen Vertrag zu erfüllen; dass ich in dem Film mitspiele, nimmt dir die Schwierigkeiten, Liebesszenen mit fremden Schauspielerinnen drehen zu müssen. Und dass wir uns heute mit den Leuten von *For Real* treffen, gibt der Presse eine einfache Gelegenheit, uns vor die Kamera zu bekommen." Sie hob beide Hände hoch und lächelte. „Alles wird gut. Ende der Geschichte."

Er zog eine Augenbraue hoch. „Ich hoffe es."

Katy ließ ihre Hände sinken. In ihren Augen stand immer noch das Lachen, doch sie tat, als sei sie genervt. „Komm schon, du Brummbär. Wir haben einen Termin."

Dayne konnte nicht anders als zu lächeln. Das lag an ihr. Und sie hatte recht in allen Punkten. Heute war das große Treffen mit den Produzenten von *For Real*, die Gelegenheit, um herauszufinden, worauf genau sie sich mit ihrer Zusage für die Reality-Show eingelassen hatten.

Dayne ging ein paar Schritte hinter Katy, als sie zur Garagentür gingen. Doch bevor sie die Tür erreichten, blieb er stehen. „Katy."

Sie drehte sich um.

„Lass uns zuerst beten." Schon bei dem Gedanken an ein Gebet überkam Dayne ein Gefühl des Friedens. Gestern Abend hatte er mit seinem Freund Bob Asher, dem Missionar, telefoniert. Bob hatte ihn gewarnt, dass es ohne anhaltendes, beständiges Gebet unmöglich würde, das zu überstehen, was Dayne und Katy bevorstand. Bisher hatte Dayne an diesem Morgen nichts anderes getan, als sich wegen der Paparazzi Sorgen zu machen, sich zu wünschen, dass sie weit weg von ihrem Haus wären, und sich vor dem zu fürchten, was sie erwartete.

Katy streckte ihre Hände aus. „Gute Idee."

„Ja." Er verzog das Gesicht. „Ich hätte früher daran denken sollen." Er griff nach ihren Fingern und schloss die Augen. Die Sorgen, mit denen er den ganzen Morgen gekämpft hatte, krochen zurück in ihre Schatten. „Gott, wir sind uns nicht so ganz sicher, in was wir uns da hineinbegeben haben. Doch du kennst unsere Gründe, unsere Motive." Er fühlte sich immer noch nicht völlig entspannt, wenn er laut betete. Die Worte kamen nicht so gewählt und elegant, wie es bei Katy war, wenn sie mit Gott sprach. Doch er meinte jedes Wort ernst. Er knirschte mit den Zähnen. „Was ich zu sagen versuche, Gott … bitte beschütze uns. Hilf uns, dass wir in den nächsten Monaten enger zusammenwachsen, und lass nicht zu, dass etwas zwischen uns tritt. Niemals. Hilf mir, so fröhlich wie Katy zu sein, weil du uns sagst, dass wir uns freuen sollen. Danke, Gott. In Jesu Namen. Amen."

Als er seine Augen öffnete, starrte Katy ihn an. In ihren Augen sah er eine Tiefe, etwas, das nur er sehen konnte. „Das war genau das, was wir jetzt brauchen."

Sie gingen in die Garage, stiegen in den BMW und öffneten das Garagentor. „Auf geht's." Dayne schaute über die Schulter und startete den Motor, um rückwärts aus der Garage zu fahren. Bei dem Geräusch sprangen drei Fotografen aus ihrem Versteck und stellten sich in die Einfahrt. Er war versucht, auf das Gaspedal zu drücken und ihnen eine Lektion zu erteilen.

Doch Katy legte ihre Hand auf seine. „Mach langsam." Sie klang ruhig und zuversichtlich.

Als das Auto endlich aus der Garage gefahren war und die Fotografen weit genug zurückgewichen waren, dass er das Garagentor schließen konnte, öffnete Katy ihr Fenster.

Die Paparazzi sahen die Gelegenheit gekommen, um Fotos zu machen, und eilten aus der Einfahrt auf den schmalen Rasenstreifen, der Daynes Garten begrenzte.

Katy lächelte und winkte ihnen zu. „Fahr los, Dayne", sagte sie durch ihr Lächeln. „Sie sind aus dem Weg."

Die Männer hoben ihre Kameras und schossen Fotos, als hätten sie ein Gewehr in der Hand, wobei sie so nahe wie möglich ans Auto traten, ohne dass ihre Füße überfahren wurden.

„Katy, seit wann sind Sie zurück in Los Angeles?"

„Wie ist es, verheiratet zu sein?"

„Stimmt es, dass Sie einen Film mit Dayne drehen? Was können Sie uns darüber sagen?"

Dayne konzentrierte sich auf den Verkehr auf der Straße. Während Katy die Paparazzi ablenkte, wartete er auf eine Lücke, damit sie so schnell wie möglich verschwinden konnten.

Die ganze Zeit über lachte Katy oder lächelte, um den Fotografen nichts anderes als lauter glückliche Bilder von ihnen beiden zu bieten. „Alles ist fantastisch!", sagte sie ihnen. „Und, ja, ich werde mit Dayne zusammen drehen."

Um ihr zu helfen, behielt Dayne einen freundlichen Gesichtsausdruck bei. Doch sobald er das Auto auf die Straße gelenkt hatte und Gas geben konnte, blickte er sie wütend an. „Was sollte das?"

Schock und Schmerz zeichnete sich auf Katys Gesicht ab. „Ich habe dir geholfen, von dort wegzukommen."

„Sie müssen nichts über den Film wissen." Er starrte auf die Straße, die vor ihnen lag. „Jedenfalls noch nicht."

„Wenn sie es nicht wüssten, würden sie uns jagen, bis sie irgendetwas herausbekommen." Ihre Stimme war lauter und ungehaltener als vorher. „Ich dachte, das wäre der Plan, Dayne. Gib ihnen, was sie wollen, dann haben sie keinen Grund, uns hinterherzujagen."

Dayne schaute in den Rückspiegel. Alle vier Autos waren gefährlich nahe aufgefahren. „Sieh es dir doch an, Katy."

Sie warf einen Blick über ihre Schulter und ließ sich dann in den Sitz zurückplumpsen. „Okay, sie haben sich noch nicht daran gewöhnt. Trotzdem müssen wir nicht wegrennen oder wie verrückt über die Straße rasen." Sie rang ihre Hände. „Was ist denn dabei, wenn sie uns verfolgen? Sie können hinter uns fahren oder neben uns, wenn sie wollen. Sie können tausend Fotos von uns machen, wie wir den Pacific Coast Highway entlangfahren. Das ist doch keine große Sache."

„Es ist eine große Sache." Dayne spürte einen feinen Schweißfilm auf seiner Stirn und Oberlippe. Sie fuhren auf derselben Straße, auf der sie ihn und Randi Wells gejagt hatten, derselben Straße, auf der er fast getötet worden war. „Ich kann mich an das Tempolimit halten und auf meiner Spur bleiben, doch das bedeutet nicht, dass sie nicht doch einen Unfall verursachen könnten." Er schrie jetzt und versuchte vergeblich, ruhiger zu werden. „Verstehst du das denn nicht?"

Katy war ruhig. Sie richtete ihre Aufmerksamkeit auf die Straße. Nach einer Weile sah sie wieder über ihre Schulter und sprach mit ruhigerer Stimme als zuvor. „Es ist auch für sie gefährlich. Dieses ständige Hinterherjagen." Sie sah ihn an. „Ich muss einfach glauben, dass sie irgendwann – wenn wir für ihre Fotos lächeln und ihre Fragen beantworten – damit aufhören werden, uns zu jagen."

Dayne lenkte mit einer Hand. Er schaute noch einmal in den Rückspiegel. „Viel Glück." Sobald er die Worte ausgesprochen hatte, bereute er sie auch schon. Wenn er zuließ, dass die Paparazzi ihm jetzt schon auf die Nerven gingen, sollten sie es jemals schaffen, den Film zu drehen? Er warf Kathy einen verlegenen Blick zu. „Ich höre mich an wie ein Idiot."

Ihr Gesichtsausdruck wurde sanft. „Das wollte ich auch gerade sagen."

Während der restlichen Fahrt versuchte Dayne, die Autos, die sie verfolgten, zu ignorieren, ebenso wie die darinsitzenden Paparazzi, die an jeder Ampel unzählige Fotos von den Rücklichtern seines Autos schossen. Katy hatte recht. Sollten sie doch Tausende Fotos machen. Die Zeitschriften würden keine Fotos der Autorücklichter von Prominenten abdrucken. Es war die Zeit der Paparazzi, die hier verschwendet wurde, und vielleicht würden sie wirklich irgendwann die Nase voll davon haben. Er und Katy mussten einfach darauf vertrauen, dass es in den nächsten Monaten so kommen würde.

Die Büros der Produktionsfirma von *For Real* befanden sich in Santa Monica in der Third Street Promenade – einem restaurierten Altbauviertel der Stadt, wo eine Menge Firmen aus der Filmindustrie ihre Räume hatten. Sie parkten vor dem Gebäude. Die Paparazzi kamen mit quietschenden Reifen zum Stehen. Einer der Fahrer machte eine Kehrtwende und parkte auf der gegenüberliegenden Straßenseite, die anderen drei fanden mehr oder weniger offizielle Parkplätze in der Nähe von Daynes Auto.

Dayne öffnete Katys Tür für sie. Als sie durch den Haupteingang in das Gebäude gingen, hörte er, wie einer der Fotografen den anderen zurief: „Ich hab's euch doch gesagt! Sie arbeiten mit *For Real* zusammen!"

Als sie endlich drinnen waren und im Aufzug standen, grinste Katy Dayne schief an. „Siehst du? Jetzt wissen sie, dass wir bei der Reality-Show mitmachen, und dass sie eine Menge Gelegenheiten bekommen werden, uns abzulichten."

„Und du glaubst wirklich, dass das ihr Interesse dämpfen wird?"

„Nein." Katy schien ihre Antwort sorgfältig abzuwägen. „Doch es sollte ihnen den Wunsch nehmen, uns zu verfolgen."

„Wir werden sehen." Sie traten aus dem Aufzug und gingen durch eine Tür am Ende des Flurs, die zu den Büros von *For Real* führte.

Die Empfangsdame errötete. „Uh, hallo, Mr Matthews." Sie sah Katy an. „Miss Hart. Ich gebe Bescheid, dass Sie gekommen sind." Sie verschwand im Flur, wobei das Geräusch ihrer klappernden Absätze von den Wänden widerhallte.

Dayne verzog das Gesicht. „Miss Hart, ja?" Für den Film benutzte Katy weiterhin ihren Mädchennamen. Diese Entscheidung war von dem Direktor und den Produzenten des Films getroffen worden. Einen anderen Namen als Dayne zu tragen, würde Katy eine eigene Identität geben. Er grinste sie an und versuchte, die Spannung abzubauen, die er immer noch spürte. „Solange du in Indiana Katy Matthews bist."

Sie legte ihre Finger auf ihr Herz. „Hier drinnen bin ich Katy Matthews, hier, wo es wichtig ist. Egal, ob ich in Bloomington oder Los Angeles bin."

Bevor er ihr antworten konnte, erschienen zwei Männer im gewohnten Hollywood-Outfit – enge schwarze T-Shirts und Jeans. Beide hatten sorgfältig gestylte Haare. Einer trug ein Paar Diamanten-Ohrstecker, der andere kleine Silberohrringe. Beide grinsten und begrüßten sie.

Sobald sie im Büro saßen, eröffnete der Mann mit den Silberohrringen das Gespräch. Sein Name war Hans irgendwas und er sprach mit einem Akzent, den Dayne nicht erkennen konnte. „Lasst uns mit ein paar Background-Infos anfangen." Er nickte seinem Partner zu und schaute dann zu Dayne. „In jeder Sendung bringen wir so viele Background-Infos wie möglich."

„Richtig. Wir wissen, dass Sie adoptiert wurden und inzwischen Kontakt zu Ihrer leiblichen Familie haben." Ken, der mit den Diamanten-Ohrsteckern, schlug die Beine übereinander und gestikulierte wild mit den Händen. „Das sind einfach wahnsinnig super Details für die Show." Er nahm ein Blatt Papier und einen Stift. „Jetzt geben Sie mir die Namen und Telefonnummern von – ich weiß nicht – erst mal drei Ihrer Familienangehörigen. Von denen, die Sie gefunden haben."

Katy schnappte nach Luft, doch bevor sie etwas sagen konnte, richtete Dayne sich in seinem Sessel auf. „Es wird keinerlei Informationen über meine leibliche Familie geben. Keine einzige."

Die Gesichter der Männer, die ihm gegenübersaßen, fielen in sich zusammen. Ken lachte unsicher. „Sie machen Witze, oder?"

Dayne dachte an seine Familie und Ashleys Probleme mit ihrer Schwangerschaft. Er musste dem Drang widerstehen, die Jungs vor ihm am Schlafittchen zu packen und zu schütteln.

Katy warf ihm einen Blick zu, der ihn bat, die Ruhe zu bewahren.

Tief Luft holen, sagte Dayne sich. *Tief Luft holen.* Er versuchte, sachlich zu klingen. „Der Vertrag, den wir unterschrieben haben, gibt Ihnen und den Fotografen, die mit Ihrer Firma zusammenarbeiten, die Erlaubnis, uns ausschließlich während der Dreharbeiten zu filmen und zu fotografieren. Das Thema – laut Vertrag – ist unsere Ehe und die Herausforderung für zwei Frischverheiratete, gemeinsam einen Film zu drehen." Er hielt inne und ließ sich in seinen Sessel zurückfallen. „Ende."

„Richtig." Hans lachte nervös. „Doch die Zuschauer wollen vermutlich mehr als nur das."

Dayne erhob sich. „Nun, meine Herren, wenn unser Gespräch über den Inhalt unseres Vertrages hinausgehen soll – er griff nach Katys Hand –, dann glaube ich, dass wir nichts weiter zu besprechen haben."

„Warten Sie!" Ken war ebenfalls aufgesprungen. „Setzen Sie sich doch, Mr Matthews. Wenn es nicht okay für Sie ist, dass wir mit Ihrer

Familie sprechen – er wechselte einen bedeutsamen Blick mit seinem Partner –, dann werden wir das nicht ansprechen."

Hans versuchte, die Falten in seinem T-Shirt glattzustreichen. „Naja, ich sag mal so: Solange Sie Dayne Matthews sind, werden die Leute nach etwas Interessantem schnüffeln. Wenn Sie nicht über Ihre leibliche Familie reden wollen, bin ich mir ziemlich sicher, dass es eine Menge Leute in Indiana gibt, die das nur zu gerne tun werden."

Dayne knirschte mit den Zähnen. Natürlich wussten sie, in welchem Bundesstaat seine Familie lebte – das war durch die Presse gegangen. Doch es machte ihn zutiefst wütend, dass sie das Thema wieder aufwärmen wollten. „Wir halten uns an den Vertrag oder lassen es gleich bleiben."

„Sehr gut." Ken lächelte. Er sah äußerst nervös aus und schien fest entschlossen, seinem Partner später noch eine Standpauke zu halten, weil er beinahe den Vertrag mit Dayne Matthews riskiert hatte.

Eine halbe Stunde später hatten Dayne und Katy den beiden alles über ihre Hochzeit erzählt – wie sie es geschafft hatten, das alles geheim zu halten – und über ihre Flitterwochen, die sie seitdem genossen.

Die Männer machten sich eine Menge Notizen, nickten und lächelten und fuchtelten dramatisch mit den Händen, wenn die Geschichte zu gut klang, um wahr zu sein.

Als Dayne der Meinung war, dass die beiden Männer alle Informationen bekommen hatten, die sie brauchten, stand er auf, schüttelte ihnen die Hände und führte Katy zur Tür.

Im Aufzug ließ er sich gegen die Wand fallen und stöhnte. „Das wird ein Alptraum. Das spüre ich jetzt schon."

„Dayne …" Katys Tonfall bat ihn, etwas optimistischer zu sein.

„Hast du sie nicht gehört?" Er stellte sich wieder aufrecht hin. „Sie suchen schon überall nach Schmutz und wir haben noch nicht einmal angefangen!"

„Welcher Schmutz?" Sie presste ihre Hände ineinander und sah schöner aus, als sie es den ganzen Tag über getan hatte. „Sie werden nicht über deine Familie reden. Du hast ihnen doch deutlich zu verstehen gegeben, dass du die Show in dem Augenblick verlässt, in dem sie das tun."

„Also setzen sie ihre Fotografen darauf an, Hintergrundinformationen heranzuschaffen. Vielleicht veröffentlichen sie es nicht bei der

Reality-Show, aber sie werden es auf andere Weise publik machen. Die Sache mit Ashleys Schwangerschaft, die Beziehung meines Vater zu Elaine ... irgendetwas."

„Dayne, jetzt ist es aber genug." Sie trat einen Schritt näher, gerade als sich die Türen des Aufzugs öffneten.

Sie stiegen aus. Dayne blieb vor der getönten Glasscheibe stehen und sah hinaus. Die Autos der Paparazzi waren verschwunden. „Sind sie wirklich weg?"

„Siehst du!" Katy lächelte und griff nach seiner Hand. Dann öffnete sie die Tür und ging in Richtung Auto. Niemand sprang aus irgendeinem Versteck hervor, um Fotos zu machen; keine Autos rasten mit quietschenden Reifen herbei, damit man ihnen Fragen stellen konnte.

Als sie auf dem Heimweg zu ihrem Haus in Malibu waren, warf Katy ihm einen wissenden Blick zu. „Sagtest du nicht, dass eine Menge der Paparazzi für dieselbe Firma arbeiten, die auch *For Real* produziert?"

„Ja." Dayne war sich so sicher gewesen, dass die Fotografen draußen auf sie warten würden. Vielleicht, ganz vielleicht funktionierte der Plan ja doch.

Sie hielten bei einem Supermarkt in Malibu und kaufen Lachs und Wildreis für das Abendessen. Während des restlichen Tages sprachen sie nicht einmal mehr über die Presse. Stattdessen träumten sie von ihrem Film und wie sie ihren Filmcharakteren Leben einhauchen wollten.

Bevor sie schlafen gingen, öffnete Dayne die Balkontür, sodass die milde Ozeanluft den Raum füllte. „Mir geht es wirklich besser." Er schlüpfte ins Bett und legte sich so hin, dass er Katy sehen konnte. „Es tut mir leid wegen vorhin."

Das Mondlicht fiel durch die offene Balkontür und ließ Katys Augen funkeln. Sie kuschelte sich dichter an ihn. „Dafür gibt es ja die Nächte." Sie küsste ihn. „Damit wir vergessen können, welcher Ärger uns tagsüber beschäftigt hat."

Dayne liebte sie, er liebte es, mit ihr verheiratet zu sein. Sie war alles, was er sich je erhofft hatte zu finden, und nichts – kein Film und keine Paparazzi – würde sie jemals auseinanderbringen können.

Doch in dieser Nacht fiel er nur in einen sehr unruhigen Schlaf. Irgendwann kurz vor Sonnenaufgang hatte er den Eindruck, er sei mit Katy draußen am Strand. Es war mitten in der Nacht. Der Himmel war vollkommen dunkel, weder Mond noch Sterne waren zu sehen, nichts.

„Es ist gefährlich", warnte er sie. „Nimm mich mit."

Katy lächelte nur und rannte mitten hinein in die Brandung. Er sah, wie sie ins Wasser sprang und auf das Meer hinausschwamm. Plötzlich tauchte sie unter und kam nicht wieder hoch.

Er sprang auf. „Katy! Katy, komm zurück!"

Er rannte ins Wasser und begann zu schwimmen, als ob es um sein Leben und um ihr Leben und um alles ging, was ihm etwas bedeutete. Es gab kein Anzeichen von ihr. Er schlug auf das Wasser ein, doch gerade als er Luft holen wollte, um nach Hilfe zu schreien – Hilfe, egal von wem – füllte das Wasser seinen Mund.

Es war unmöglich zu atmen, das Wasser füllte seine Lunge und ließ seinen ganzen Körper nach Sauerstoff schreien. *Katy, wo bist du? Wohin bist du gegangen?* Seine Worte waren ein stummer Schrei. Unter Wasser konnte er plötzlich so weit schauen, wie sich der Ozean erstreckte. Das Wasser war klar und blau, obwohl es finstere Nacht war. Doch es gab keine Spur von Katy. Sie war weg und er konnte keinen Moment länger die Luft anhalten.

„Nein!" Dayne schreckte hoch, rang nach Atem, fasste sich an den Hals.

„Dayne!" Katy richtete sich auf und legte die Hand auf seine Schulter. „Was ist los? Was ist passiert?"

Er musste im Schlaf geschrien haben, denn sie sah völlig verängstigt aus. Er keuchte und versuchte immer noch, zu Luft zu kommen. Dann erst begriff er, was geschehen war. Er hatte geträumt. Er war nicht in Wirklichkeit mit Katy nachts zum Strand gegangen und es war auch keiner von ihnen schwimmen gewesen. Sie war hier neben ihm, im Bett, genau dort, wo sie gewesen war, als sie eingeschlafen waren.

„Es tut mir leid." Dayne atmete langsam und konzentriert aus. Er legte seinen Arm um sie und zog sie dicht an sich. „Ich hatte ... ich hatte einen Alptraum."

Sie war blass, doch ihr Gesichtsausdruck war ruhiger geworden. „Worum ging es?"

Er lehnte sich ein wenig zurück und suchte ihren Blick. „Ich habe geträumt, dass ich dich verloren habe."

„Dayne … Liebling. Das ist furchtbar." Sie presste ihr Gesicht gegen seine Brust und streichelte beruhigend seinen Rücken.

„Es war so real." Er spürte, wie sich sein Herzschlag langsam normalisierte.

„Niemals." Sie hielt ihn fester als zuvor. „Du wirst mich niemals verlieren."

„Versprich es mir, Katy." Wieder suchte er den Augenkontakt mit ihr. Das Gefühl der Verzweiflung erfüllte ihn immer noch. Er konnte nicht genug von ihr bekommen. „Verlass mich nie. Lass diesen Film nicht das zerstören, was wir haben. Bitte …"

Der Ausdruck in ihren Augen verriet ihm, dass sie diese Idee für völlig abwegig hielt. „Nichts kann uns jemals auseinanderbringen. Das weißt du."

Doch Hollywood war seine Welt und er hatte schon zu oft beobachtet, wie so etwas geschehen konnte. Sogar bei Paaren mit den besten Absichten. Sie hielten einander für einige Minuten fest, und selbst als sie sich wieder hinlegten, ließen sie sich immer noch nicht los.

Lange nachdem Katy wieder eingeschlafen war, beobachtete Dayne die offene Balkontür und wie die Meeresbrise sanft die Vorhänge tanzen ließ. Sie hatte recht; sie musste recht haben. Sie würde ihn nie verlassen und er würde sie niemals verlassen. Nichts würde sich ändern.

Ganz egal, wie verrückt die nächsten Monate würden.

Kapitel 15

Ein Tag am See war Ryans Idee gewesen. Landon war ihm sehr dankbar dafür. Es war Memorial Day, also Ende Mai. Seit mehr als einem Monat hatten er und Ashley eine Ausrede nach der anderen gefunden, um den Termin bei dem Spezialisten erneut zu verschieben. Für jetzt war es genug, dass sie beteten und glaubten und ihre Familie baten, das Gleiche zu tun. Heute war es mild und sonnig. Ein Tag am Wasser mit ihren Familien war genau das, was Ashley und Kari brauchten.

Den Rest der Baxter-Familie wollten sie am Spätnachmittag an ihrem üblichen Treffpunkt am Seeufer treffen. Nur Brooke und Peter wollten nicht dazukommen. Die Spannung zwischen den Schwestern war größer als je zuvor. Ashley und Kari vertrauten auf das, was sie sahen – dass es Ashley offensichtlich gut ging, dass ihr Baby wuchs und sich wie jedes ungeborene Kind bewegte. Landon musste zugeben, dass alles offensichtlich ganz normal zu sein schien.

Doch Brooke hielt an ihrer Überzeugung fest, dass das Baby tatsächlich mit einer Missbildung geboren werden würde, die unweigerlich zum Tode führte. Wenn John oder Luke oder einer der anderen, die nicht so direkt betroffen waren wie Ashley, Landon oder Kari, zu vermitteln versuchten, gab Brooke ihnen die immer gleiche Antwort. „Ich bin die Einzige, die bei der ganzen Sache an Ashley denkt."

Brooke hatte John gestern Abend gesagt, dass sie nicht kommen würden. Sie fühlte sich missverstanden und nicht willkommen. Peter wäre gerne gekommen, hatte John gesagt, doch er wollte seine Frau unterstützen. Also würde niemand aus ihrer Familie dabei sein.

Momentan waren sie mit dem Boot unterwegs. Landon saß mit Devin auf seinem Schoß im Heck. Ryan war am Steuer und lenkte das Boot mit gemächlicher Geschwindigkeit über den See. Cole und Jessie knieten Seite an Seite und beobachteten die weiße Gischt, die das Boot aufwirbelte.

„Manchmal kann man große Fische hinter einem Boot sehen, nicht wahr, Papa?" Cole wandte sich um und spähte über die aufgeblähte Schulter seiner Rettungsweste zu Landon. „Richtig große Fische, oder?"

„Manchmal."

„Wow!“ Jessies Augen weiteten sich, als sie in das weiße Wasser starrte. „Du bist so schlau, Cole.“

Jessie war einige Jahre jünger als Cole, also verspürten die beiden nicht das Bedürfnis, ständig miteinander zu wetteifern, wie es zwischen Cole und seiner Cousine Maddie der Fall war. Gegenüber Jessie nahm Cole immer die Rolle des beschützenden großen Bruders ein. Er teilte sein Wissen mit ihr und tätschelte ihr ab und zu gönnerhaft den Arm, wenn er sich um sie kümmerte.

Ryan konnte die Unterhaltung nicht hören, doch Kari saß Landon gegenüber. Sie hielt RJ in ihren Armen. „Cole weiß eine Menge über Fische. Manche Fische mögen es, wenn das Wasser aufgewirbelt wird.“

Cole klopfte auf Jessies Rettungsweste. „Frag mich alles, was du willst, okay?“

Jessie lächelte, glücklich über sein Angebot.

Ashley hatte sich mit Ryan unterhalten, doch jetzt rutschte sie näher an ihre Schwester heran. Sie beobachtete ihre beiden ältesten Kinder. „Ich liebe die Beziehung, die sie miteinander haben. Es ist alles so einfach.“

„Das stimmt.“

Die Beziehungen zwischen Geschwistern oder Cousins waren in Coles Alter so viel einfacher. Landon strich über Devins Arm. „Alles in Ordnung, Kumpel?“

Devin zeigte auf das Wasser. „Fisch!“

Landon lachte. „Cole fängt für dich den größten Fisch, den es gibt, nicht wahr, Cole?“

Cole grinste breit. „Klar, Papa.“

Landon wandte seine Aufmerksamkeit Ashley zu. Sie beobachtete ihn von der anderen Seite des Bootes aus.

„Ich liebe dich“, signalisierte sie ihm.

Er antwortete ihr mit den gleichen Worten. Am liebsten hätte er ihr auch noch gesagt, dass er nicht der Einzige war. Auch Brooke liebte sie. Doch jetzt war nicht der richtige Zeitpunkt dafür, also lächelte er einfach nur und ließ die Sonne sein Gesicht und sein Herz erwärmen.

Von seinem Platz am Steuer schaute Ryan zurück zu den anderen. „Habt ihr Spaß?“

„Ja, Papa.“ Jessie schaute zu Cole und winkte fröhlich. „Ich und Cole sind Freunde, nicht wahr, Cole?“

Ein breites Grinsen trat auf Coles Gesicht. „Ja, die allerbesten Freunde."

Landon atmete tief durch. Alles war gut und richtig. Eine Stunde Bootsfahrt lag noch vor ihnen, der See war ruhig und blau, gesprenkelt nur von einigen anderen Booten, die ebenfalls den ersten Ausflug des Jahres unternahmen. Er genoss dieses Gefühl. Es gab nichts, weswegen man sich aufregen oder sorgen musste.

Er hatte in letzter Zeit viel Trost in der Bibel gefunden. Erst gestern war er über einen Vers gestolpert, der ihn sehr angesprochen hatte, obwohl es nichts Neues war oder etwas, das er nie zuvor gelesen hatte. Der Vers stand in der Bergpredigt, wo Jesus den Menschen sagte, dass sie sich nicht sorgen sollten. Ein Vers war ihm besonders im Gedächtnis geblieben: *„Und wenn ihr euch um noch so viel sorgt, könnt ihr doch euer Leben um keinen Augenblick verlängern."*

Landon schloss die Augen und lehnte den Kopf zurück. Wenn er durch Sorgen weder sein Leben noch das seiner ungeborenen Tochter auch nur um eine Stunde verlängern konnte, warum sollte er es dann tun? Wieso wollte Brooke unbedingt, dass Ashley die Anenzephalie-Diagnose anerkannte? Ashley würde keine Abtreibung vornehmen lassen; so viel war sicher.

Warum nicht einfach tief durchatmen und die Tage genießen, die auf sie warteten? So wie sie es heute taten. Landon ließ seine Hand über das Wasser gleiten. Die kühle Gischt spritzte an seinen Arm und fühlte sich wunderbar an. *Gott … wir tun das Richtige, oder? Dass wir Ashleys Schwangerschaft einfach nur genießen?*

Er hörte keine laute, vernehmbare Antwort, noch nicht einmal ein leises Echo in seinem Herzen. Doch der Vers kam ihm wieder in den Sinn. *„Und wenn ihr euch um noch so viel sorgt …"*

Wie Ashley sich wegen der Schwangerschaft verhielt, war genauso gut wie jedes andere Verhalten. Landon hatte mit John über die Notwendigkeit gesprochen, zu einem Spezialisten zu gehen, doch zum jetzigen Zeitpunkt bestand diese nicht. Wenn das Baby wirklich diese Neuralrohrfehlbildung hatte, würden sie es früh genug wissen und müssten gleich nach der Geburt von ihrem Baby Abschied nehmen. Und wenn es doch gesund war, gab es keinen Grund, sich während der nächsten drei Monate verrückt zu machen und traurig zu sein.

Ashley hatte zwei weitere Termine für einen Ultraschall abgesagt.

„Ich will es nicht wissen", hatte sie Landon erklärt, nachdem sie den zweiten Termin abgesagt hatte. „Egal was passiert, ein Ultraschall wird daran nichts ändern. Jetzt im Moment geht es mir großartig, und ich glaube, dass es unserem kleinen Mädchen gut geht." Sie hatte ihn angesehen und ihre Augen waren voller Liebe gewesen. „Ist das nicht erst einmal genug?"

Es war genug für Landon und offenbar mehr als genug für Kari und Ryan, denn keiner der beiden versuchte, Ashley dazu zu drängen, zu einem Arzt zu gehen. Er schaute zu Cole und Jessie, die nebeneinandersaßen. Sie lachten gerade über einen laut bellenden Hund, der am Ufer entlangrannte.

Cole hatte seinen Arm um die Schultern seiner Cousine gelegt. „Ich glaube, er verfolgt uns."

Jessie grinste ihn an. „Ja, glaube ich auch."

Landon wechselte einen amüsierten Blick mit Ashley. Ja, das Leben war jetzt im Moment gut. Er betete dafür, dass Ashley und Brooke auch bald wieder in der Lage sein würden, einander anzulächeln und sich zu umarmen. Dass sie wieder zueinanderfinden würden, die Liebe wiederentdecken, die zu einer Familie gehörte, und sich daran erinnerten, wie man einen schönen Tag gemeinsam verbrachte. So wie Cole und Jessie es taten.

* * *

Ashley legte ihren Kopf in den Nacken und atmete die frische Seeluft ein. Es gab nichts Schöneres als einen Tag auf dem Boot, das schaukelnde Gefühl des Wassers und die warme Brise, die das Gesicht streichelte. Sie lächelte Landon an und war dankbar, dass er sich um die Jungen kümmerte.

Dann wandte sie sich Kari zu. „Ich bin froh, dass die Baseballsaison fast vorbei ist."

„Ich weiß." Kari setzte RJ auf die Bank zwischen ihnen. Sie schützte sein Gesicht mit einem Handtuch. „Die Little League ist sehr zeitintensiv."

„Cole hat einen wunderbaren Trainer, doch für diese kleinen Kerle ist jedes Spiel so aufregend wie eine Weltmeisterschaft."

Sie unterhielten sich über ein Spiel, bei dem einige Eltern der gegnerischen Mannschaft sich hinter den Wurfkäfigen aufgestellt und ihren Kindern Anweisungen zugebrüllt hatten, wie sie auf der ersten Base zu spielen hatten. Diese Szene hatte Ashley an Coles Basketballsaison erinnert und an den einen Vater, der seinem Sohn nicht auf dem Platz hatte zuschauen können, ohne ihn lautstark auf seine Fehler aufmerksam zu machen.

„Ich habe Jenny Flanigan gefragt, was das zu bedeuten hat. Sie ist schon länger bei solchen Sportveranstaltungen dabei als ich." Ashley hob ihre Augenbrauen. „Sie sagte mir, dass sie sogar schon Eltern begegnet ist, die so nervös sind, wenn ihr Sohn beim Schlagen steht, dass sie das Spielfeld verlassen müssen."

Kari lachte. „Das ist doch albern." Sie schwieg für einen Moment und schaute auf den See hinaus. Dann wandte sie sich wieder Ashley zu. „Hast du etwas von Katy und Dayne gehört?"

„Letzte Woche." Ashley spürte, wie sich ihr Baby bewegte, und lächelte. „Katy rief mich an. Sie sagte, dass sie dieses Wochenende nach New Mexico reisen, um dort die Außenszenen zu drehen."

„Wie läuft es so?" Kari sah besorgt aus.

„Es ist härter, als sie dachte." Ashley erinnerte sich daran, wie die Stimme ihrer Schwägerin geklungen hatte. „Ich glaube, sie macht sich Sorgen, wie schlimm es noch werden wird."

„Mit der Presse?"

„Katy hatte geglaubt, dass ihre Beteiligung an der Reality-Show den Druck etwas mindern würde."

„Und das geschieht nicht?"

Ashley dachte an die letzten Schlagzeilen in den Zeitschriften. „Ich fürchte, es ist schlimmer als je zuvor." In den letzten Wochen waren Katy und Dayne auf beinahe jeder Titelseite der Magazine zu sehen gewesen, garniert mit dicken Schlagzeilen, ob ihre Ehe den Druck, gemeinsam einen Film zu drehen, überleben könnte und was ihre wahren Beweggründe sein könnten, bei der Reality-Show mitzumachen. Einige Zeitschriften stellten sogar die Frage, ob Katy egozentrisch sei, ob sie den Ruhm und die öffentliche Aufmerksamkeit suche.

Die Situation war schwierig, doch Ashley kannte Dayne und Katy und die Liebe, die sie füreinander hatten. Ganz egal, was die Presse behauptete, würde ihre Ehe die paar Monate überstehen, in denen sie unter der aufmerksamen Beobachtung der Öffentlichkeit standen.

Sie holte noch einmal tief Luft. „Ich habe ihr gesagt, dass Dayne und sie für ein paar Tage nach Hause kommen sollten, um das alles für einen Moment hinter sich zu lassen und ihre Gelassenheit wiederzufinden."

„Gute Idee."

„Sie meinte aber, dass das in nächster Zeit nicht möglich sei. Der Drehplan ist ziemlich eng gestrickt."

„Es muss verrückt sein, jedes Mal, wenn man sich umdreht, in eine neue Kamera zu blicken." Kari streckte ihre Beine aus. „Wann wird die Reality-Show ausgestrahlt? Anfang des Jahres?"

„Ja, irgendwann im Januar."

Das Gespräch wandte sich ihrem Vater und Elaine zu. „Ich glaube, er ist in sie verliebt." Kari sagte es leichthin, doch in ihren Augen stand ein ungewöhnlicher Ernst.

Ashley hatte lange nicht mehr über die Freundin ihres Vaters nachgedacht, doch die Vorstellung ängstigte sie nicht mehr. „Das könnte sein." Sie erinnerte sich an ein Gespräch mit Jenny. „Jim Flanigan hat Papa und Elaine neulich gesehen, als sie im Park spazieren gingen. Sie hielten Händchen."

Kari seufzte. „Komische Vorstellung."

„Dieses Gefühl habe ich auch manchmal." Sie zog die Ärmel ihres Pullovers herunter, damit sie nicht zu viel Sonne abbekam. „Landon hat mir geholfen, die Dinge etwas anders zu sehen. Papa sollte nicht deshalb einsam bleiben, nur damit unsere Erinnerungen nicht zerstört werden."

„Das stimmt."

RJ kuschelte sich zwischen Kari und Ashley.

„Bist du müde?"

„Nur bis die Fische kommen." Er grinste Kari an, doch seine Augenlider wurden schwer. Er war eingeschlafen, bevor sich ihr Gespräch wieder dem Thema Baseball zuwandte und dass es im nächsten Jahr nicht nur die normalen Saisonspiele geben würde, sondern auch ein All-Star-Team.

„Ich will jetzt noch nicht darüber nachdenken." Ashley streichelte RJs blonde Haare. „Das lässt mich nur noch dankbarer werden, dass bald Sommer ist. Keine Spiele und Trainingseinheiten oder sonst irgendeinen Grund, sich abzuhetzen."

„Mmmm." Kari wandte ihr Gesicht der Sonne zu. „Wir sollten das hier am nächsten Wochenende wiederholen."

„Wir sind früher viel öfter hierhergekommen."

„Bevor wir so viele Kinder hatten." Kari klopfte erst auf ihren, dann auf Ashleys Bauch. „Nach diesem Sommer wird es wieder ein paar Jahre dauern, bis wir eine entspannte Bootstour machen können."

Ashleys Herz füllte sich mit Wärme. Sie hätte ihre Schwester am liebsten dafür umarmt, dass sie mit ihr über das Baby sprach, als ob alles gut wäre. Die Unsicherheit, die nach Ashleys Ultraschalluntersuchung zwischen ihnen geherrscht hatte, war verschwunden. Sie und Kari gingen weiterhin viermal in der Woche gemeinsam spazieren und träumten von der Zukunft.

Sie würden ihre Töchter gleich kleiden und gemeinsam zu einer Krabbelgruppe gehen. Die Mädchen würden zusammen laufen und sprechen lernen und gemeinsam spielen und eines fernen Tages gemeinsam in die Schule gehen.

All das schien möglich zu sein, wenn Ashley mit Kari zusammen war, und sie liebte ihre Schwester dafür über alles. In Karis Gegenwart war sie entspannt und glaubte, so wie sie von Anfang an geglaubt hatte, dass sie diese Schwangerschaft genießen konnte und Gott ihr Ende August nicht nur ein kleines Mädchen schenken würde. Sondern dass er an ihr ein Wunder tat.

Kapitel 16

Das Bewusstsein, dass sie ständig beobachtet wurde und immer jemand ein Foto von ihr machte, war ihr inzwischen so vertraut, dass Katy sich allmählich daran gewöhnte. Sogar jetzt, wo Dayne nicht einmal in der Nähe war und sie mit dem Reitlehrer trainierte – der von der Produktionsfirma angestellt worden war.

Der Trainer hieß Rick Elliott, war Anfang zwanzig und stammte aus der Gegend. Er schien sich nur auf dem Rücken eines Pferdes so richtig wohlzufühlen. Zu Beginn der Woche hatte er schon mit Dayne gearbeitet und heute, am 1. Juni, war Katy an der Reihe.

Sie saß auf einem staubigen Reitplatz auf dem Pferd, das in den meisten Szenen mit dabei sein würde, einem Fuchs mit glänzendem Fell und einer wunderbaren Mähne.

Rick beobachtete sie aus einiger Entfernung von einem anderen Pferd aus. „Das Ziel dieser Übung ist es, dass das Pferd Ihren Körper spürt, Ihre Bewegungen. Wir wollen ja nicht, dass es auf der Leinwand nachher so aussieht, als müssten Sie schwer arbeiten, damit das Pferd auf Sie reagiert." Er grinste sie an. „Pferd und Reiter müssen sich wie eine Einheit bewegen. Denken Sie daran."

Katy wischte sich über die Stirn und warf ihren langen Pferdeschwanz über ihre Schulter. „Sie meinen, indem ich mich nach vorne beuge?"

„Die Bewegung muss viel zarter sein." Rick stieg von seinem Pferd und kam zu ihr herüber. Dann legte er eine Hand auf ihren Rücken, die anderen auf ihr Knie.

Sie spürte, wie der Kameramann näher kam, sie wusste, dass er darin ein Fotomotiv erkannte. Am liebsten wäre sie zurückgewichen, doch das hätte den Moment nur noch peinlicher gemacht.

Rick drückte leicht auf ihr Gesäß. „Pressen Sie ungefähr so."

Er wollte weder mit ihr flirten noch sie in Verlegenheit bringen, doch die Berührung zwischen ihnen war intimer, als es Katy recht war. Sie tat, was er gesagt hatte, und bewegte ihr Becken. Beinahe im gleichen Moment begann das Pferd zu laufen.

„Wunderbar!" Rick trat einen Schritt zurück. „Genau das habe ich gemeint."

Der Unterricht ging weiter, wobei der wolkenlose Himmel keinen Schutz vor der unbarmherzigen Sonne in Santa Fe bot. Katy wünschte, Dayne würde gemeinsam mit ihr trainieren, doch er hatte eine Besprechung mit dem Produzenten und flog an diesem Nachmittag zurück nach Los Angeles, um sich dort mit den Geldgebern des Filmprojekts zu treffen.

Sie arbeiteten seit noch nicht einmal einer Woche an dem Film und schon jetzt hatte sie das Gefühl, dass sie Dayne kaum sah. Bisher waren alle Erfahrungen noch spannend und aufregend – als Schauspielerin auf jeden Fall. Doch es war nicht so, wie sie es sich vorgestellt hatte. Am Ende des Tages waren sie und Dayne völlig erschöpft, wenn sie in ihrer Suite todmüde ins Bett fielen. Die Suite gehörte zu einem Hotel, das das Studio vollständig für die Darsteller und Mitarbeiter reserviert hatte. Das gab ihnen ein wenig Freiraum ohne Paparazzi, doch das nutzte nicht viel. In jeder Stunde, die sie am Set verbrachten, waren unzählige Kameras auf sie gerichtet. Was dann noch übrig blieb, war kaum genug Zeit zum Schlafen.

In den nächsten zwanzig Minuten ließ Rick Katy einige Übungen machen, bis sie ein Gespür dafür hatte, wie sie das Pferd durch ein leichtes Ziehen am Zügel lenken konnte. Offensichtlich hatte das Pferd solche Übungen bereits absolviert, was es für Katy einfacher machte.

Als Katy fertig war, trat Rick an ihre Seite und legte die Arme um ihre Taille. Er half ihr beim Absteigen und grinste sie schief an. „Sie wissen, dass dieses Foto nächste Woche auf jedem Zeitschriftencover zu sehen sein wird."

Katy lachte. „Die können drucken, was sie wollen." Sie warf Rick einen Blick zu, der ihm eindeutig signalisierte, dass sie nicht an ihm interessiert war – egal, ob er sich für sie interessierte oder nicht. „Das ändert nichts an der Wahrheit."

„Das hat Ihr Mann auch gesagt. Eines der Stallmädchen hat ihn darauf angesprochen und er hat mir später gesagt, dass es ihm egal sei, was für Bilder die Paparazzi machen würden." Rick tippte an seinen Hut. „Wir sehen uns nach der Pause."

Das vertraute Gefühl von Liebe und Sicherheit schlang die Arme um sie. Dayne vermisste sie genauso, wie sie ihn vermisste. Das war gut zu wissen. Sie ging quer über den Platz bis zu einem Buffet, das dort auf drei Tischen aufgebaut war. Die Kameras blieben auf sie gerichtet, als sie dorthin ging. Sie wandte sich um und lächelte hinein. „Hat einer von euch Dayne gesehen?"

„Er spricht in seinem Wagen mit Randi Wells", rief einer zurück.

Sehr witzig, dachte Katy. Dayne war in einer Besprechung mit dem Produzenten. Doch die Paparazzi liebten Konflikte. Zuerst machten sie Hunderte Fotos von ihr in Ricks Armen und dann versuchten sie anzudeuten, dass Dayne sich für eine andere Frau interessierte.

Sie schüttelte den Kopf, wobei ihr Lächeln unverändert blieb. „Immer voller guter Neuigkeiten, nicht wahr, Jungs?" Sie winkte und wandte sich dann um. Am ersten Tisch lud sie sich Fruchtsalat und Hühnchenflügel auf einen Pappteller.

„Sie haben die Wahrheit gesagt." Einer der Komparsen trat neben sie und belud seinen eigenen Teller. „Dayne telefoniert seit über einer Stunde mit Randi."

Katy achtete darauf, dass niemand ihre Überraschung sah. War Dayne wirklich in seinem Wagen und sprach dort mit Randi Wells? Und warum jetzt, nur Stunden bevor er einen Flug nach Los Angeles erreichen musste? „Unglaublich, wie schnell sich solche Neuigkeiten am Set verbreiten." Sie bemühte sich, unbekümmert auszusehen.

„Das ist noch gar nichts." Der Mann arbeitete normalerweise auf einer Ranch in Santa Fe, war also ein Ortsansässiger. Er spielte einen der Cowboys, die in einigen Szenen mit den Tieren arbeiteten. Grinsend nahm er sich eine Serviette. „Ich bin schon bei Dreharbeiten dabei gewesen, bei denen sich Ehepaare auf der Stelle haben scheiden lassen. Man weiß nie, was passiert." Er wandte sich um und ging zu einer Gruppe anderer Komparsen.

Katy entdeckte einen freien Stuhl, der etwas abseits stand, und setzte sich so, dass sie den Paparazzi ihren Rücken zuwandte. Denn obwohl sie die Erlaubnis hatten, während der Dreharbeiten nach Belieben zu fotografieren und zu filmen, hatten sie zu diesem Bereich keinen Zutritt. Sie starrte auf ihren Teller, doch sie war plötzlich nicht mehr hungrig. Jeder einzelne Fotograf beobachtete sie, wartete ab. Lauerte auf ein Anzeichen, dass etwas nicht stimmte.

Dayne und Katy hatten während des Außendrehs getrennte Wohnwagen. Auch das hasste Katy. Zuerst hatte es logisch geklungen. Sie würden jeder einen ruhigen Platz benötigen, an denen sie geschminkt werden und wo sie sich rasch umziehen konnten. Katy hatte geglaubt, dass sie, wenn sie sich nicht auf eine Szene vorbereiten mussten, ihre Zeit gemeinsam in einem der beiden Wagen verbringen würden. Doch das hatte nicht funktioniert. Ihre Drehpläne waren jeden Tag völlig unterschiedlich.

Katy wollte nichts lieber als sofort mit Dayne zu reden, doch sie hatte das Gefühl, dass die Paparazzi ein Problem riechen würden, wenn sie jetzt an seine Tür klopfte. Denn warum sonst sollte sie ihren Mann kontrollieren wollen, nachdem sie gerade erfahren hatte, dass er mit einer der beliebtesten Schauspielerinnen Amerikas telefonierte?

Sie nahm ihre Gabel und piekste in den Fruchtsalat. Ihre Sorgen waren lächerlich, die reinste Zeitverschwendung. Wenn Dayne mit Randi sprach, dann musste er dafür einen triftigen Grund haben. Sie war immer noch seine Freundin. Als er damals im Krankenhaus gelegen hatte, hatte Randi Katy ihre Gefühle für Dayne gestanden. Doch sie hatte ebenfalls gesagt, dass sie sich eine Bibel kaufen wollte, weil sie Daynes Glauben bewunderte.

Vielleicht ging es in dem Gespräch darum.

Katy würde jetzt in Ruhe ihr Mittagessen zu sich nehmen und dann ihren Mann suchen. Völlig egal, was die Paparazzi sich dann zusammenreimten. Wenn sie darauf achtete, den richtigen Gesichtsausdruck aufzusetzen, würden die Paparazzi glauben, sie träfen sich zu einem romantischen Stelldichein am Nachmittag. Sie und Dayne hatten nichts zu verbergen. Nein, sie verbrachten bei Weitem nicht so viel Zeit miteinander, wie sie es sich gewünscht hätte. Doch ihre Gefühle füreinander wurden jeden Tag stärker. Kein Reitlehrer und keine einsame Schauspielerin konnten etwas daran ändern.

* * *

Katy wartete eine Stunde, bevor sie zu Daynes Wohnwagen ging. Sie hielt sich an ihren Plan und warf den Paparazzi, die sie verfolgten, ein durchtriebenes Lächeln zu, als sie an die Tür klopfte und die zwei Stufen hinaufsprang. Als sie die Tür hinter sich geschlossen hatte, wandte sie sich um und sah am anderen Ende des Wagens Dayne.

Er hatte sich das Handy zwischen Schulter und Ohr geklemmt und packte nebenher einen kleinen Koffer. Lächelnd bedeutete er ihr, dass sie sich setzen sollte.

Sie folgte seiner Aufforderung, doch ihr Herz schlug viel zu schnell und unregelmäßig. Angespannt umklammerte sie die Armlehnen des Stuhls und beobachtete ihn.

Wenn er wirklich mit Randy sprach, dann ging es in ihrer Unterhaltung um nichts Privates. Er lachte und sagte irgendetwas über den Film, darüber, wie verrückt die Paparazzi waren und wie froh er war, dass es nicht mehr sehr lange pausenlos so weitergehen würde. Vielleicht noch einen Monat. Die Unterhaltung endete und er klappte sein Handy zu.

„Hi.“ Er zog sie auf ihre Füße. „Bilde ich mir das nur ein oder sehen wir uns tatsächlich kaum?“

„Das ist nicht nur deine Einbildung.“ Katy wollte nicht wütend auf ihn sein oder kurz angebunden reagieren. Doch sie wollte die Wahrheit wissen. Und um die in Erfahrung zu bringen, gab es nur einen Weg. „Wer war das?“

„Einer der Komparsen. Er hat für heute Abend um sieben Uhr ein Essen geplant.“ Dayne küsste und sah ihr in die Augen. „Ist alles in Ordnung?“

Hier war sie, ihre Chance, einfach darüber hinwegzugehen oder aber zuzugeben, dass sie an ihm zweifelte. Sie holte tief Luft und traf ihre Entscheidung. „Ich wünschte, du würdest nicht gehen.“

Erleichterung schien ihn zu überfluten. Er lächelte sie an, bevor er sich wieder dem Packen zuwandte. „Ich wünschte, du würdest mit mir kommen.“

Katy sah ihm zu. Es war komisch, wie sich ihre Rollen geändert hatten. Als sie zuerst in ihrem Haus in Malibu gewesen waren, war Katy die ruhigere von ihnen gewesen, diejenige, die bereit war, sich der Presse zu stellen und das Beste aus der Situation zu machen. Doch jetzt vor Ort war sie von den vielen Kameras völlig erschöpft.

„Du scheinst dich mit den Paparazzi abgefunden zu haben.“

„Sie können uns nicht jagen.“ Dayne zuckte mit den Schultern. Die Sonne hatte ihm gutgetan. Er sah sonnengebräunt und entspannt aus, besser als je zuvor. „Das ist das Einzige, worum ich mir wirklich Sorgen mache, Katy. Sie können so viele Fotos machen, wie sie wollen, doch wenn sie unser Leben aufs Spiel setzen … das ist der Punkt, an dem ich einen Schlussstrich ziehe.“

„Oh.“ Sie senkte den Kopf. Hoffentlich würde Dayne das noch genauso entspannt sehen, wenn die Magazine die Fotos veröffentlichten, auf denen Rick ihr vom Pferd half.

Dayne fragte sie, wie die Reitstunde gelaufen war, doch bevor sie sich wirklich ausführlich unterhalten konnten, blickte er auf seine Uhr, schloss seinen Koffer und hob ihn hoch. „Ich muss mich beeilen." Er gab ihr einen schnellen Kuss. „Ich ruf dich heute Abend an, okay?"

„Dayne ..."

Seine eine Hand lag schon am Knauf der Wohnwagentür, doch er hielt inne und drehte sich zu ihr um. „Ja, mein Schatz?"

„Warum mache ich mir nur so viele Sorgen um uns?"

„Katy ..." Seine Stimme wurde sanft, als er den Koffer absetzte und die Arme ausstreckte. Sie ging zu ihm und schlüpfte in das vertraute Gefühl seiner Umarmung. „So ist es nun mal an einem Filmset. Alle arbeiten wie verrückt und rennen den ganzen Tag planlos durcheinander."

„Ich mag das nicht", flüsterte sie gegen seine Brust. „Ich vermisse dich."

„Das Beste kommt doch noch." Er hob ihr Kinn mit seinem Zeigefinger hoch, sodass er ihr tief in die Augen sehen konnte. „Das sind alles nur die Vorbereitungen für die Szenen zwischen dir und mir." Er zögerte. „Hey, ich hasse es auch. Ich könnte das alles bleiben lassen und morgen heim nach Bloomington fliegen."

„Doch wir müssen unser Versprechen halten." Katy kannte die richtige Antwort, und jetzt und hier, verloren in seinem Blick, sicher in seinen Armen, fühlte sie, wie ihre Welt einmal mehr wieder ins Gleichgewicht kam. „Danke." Sie berührte seinen Mund mit ihren Lippen. „Das habe ich gebraucht."

Dayne hielt ihren Blick noch ein paar Sekunden länger fest. „Ich rufe dich heute Abend an." Er griff nach seinem Koffer und trat nach draußen.

Sie wartete ein paar Augenblicke, dann schalt sie sich selbst. Die Presse würde beobachten, wie sie getrennt gingen, und alle würden sich fragen, ob sich Ärger zusammenbraute. Sie eilte hinter ihm aus der Tür, das vertraute Lächeln auf ihrem Gesicht einzementiert. „Ich liebe dich", rief sie Dayne hinterher.

Er stieg schon in die Limousine, doch er drehte sich noch einmal um und winkte. „Ich liebe dich auch."

Die Fotografen fingen jeden Moment ein. Auch das Kamerateam, das fast immer irgendetwas filmte, hatte die Szene im Kasten. Als Katy zurück zum Reitplatz ging, um ihre nächste Reitstunde hinter sich zu bringen, hörte sie das Gespräch von zwei Paparazzi.

„Kein Ärger im Paradies“, rief der eine.

„Bisher noch nicht.“

Lautes Lachen kam von der Gruppe, doch Katy wandte sich nicht um, ließ sie ihre Reaktion nicht sehen. Inzwischen war sie sehr gut darin, ihre wirklichen Gefühle zu verbergen, doch wenn sie sich jetzt umdrehen würde, würde sie die Wahrheit mit Sicherheit erkennen. Sie war wütend. War das alles, worum es in der Reality-Show ging? Waren sie nur darauf aus, Konflikte zwischen ihr und Dayne zu finden? Sie hätte damit rechnen sollen, dass sie nach Ärger suchten, doch sie hatte sich das niemals so extrem vorgestellt. Es machte fast den Eindruck, als hätten die Kameraleute Wetten abgeschlossen, wann die ersten Risse in ihrer Beziehung sichtbar würden.

For Real war bekannt dafür, dass es den Zuschauern einen Blick hinter die Kulissen gewährte. Ein Ehepaar, das gemeinsam einen zukünftigen Blockbuster drehte, war genau die Art von Show, für die die Sendung bekannt war. Warum also waren sie nur so wild darauf, Konflikte und Streit in ihrer Ehe zu entdecken?

Katy war froh, dass sie in den nächsten zwei Stunden mit Rick zu arbeiten hatte. Ansonsten wäre die Versuchung sehr groß gewesen, zu den Fotografen zu marschieren und sie zur Rede zu stellen, was sie eigentlich zu erreichen versuchten.

Alles scheint außer Kontrolle geraten zu sein, Gott. Sie stapfte durch den Staub, als sie zum Reitplatz ging. Er war fein und weich, und als sie das Tor hinter sich zuschlug, wirbelte eine Staubwolke auf.

„Hoppla.“ Rick hielt die Zügel ihres Pferdes fest, auch als der Hengst zurücksprang. „Heben Sie sich das besser mal für den Film auf, okay?“

„Das war ein Versehen.“ Katy lächelte ihren Trainer entschuldigend an. Sie konnte in den nächsten zwei Stunden keine neugierigen Fragen von Rick gebrauchen. Sie achtete darauf, dass ihr Lächeln unverändert blieb, als sie auf ihn zuging. „Tut mir leid.“

„Hey, Katy.“ Er senkte seine Stimme, sodass er von den Paparazzi nicht gehört werden konnte, die sich außerhalb des Reitplatzes aufbauten. „Ich weiß, dass das alles ziemlich hart für Sie ist.“ Er schien direkt in ihr Herz zu schauen. „Ich bin hier, wenn Sie reden möchten. Ich habe heute Abend noch nichts vor."

Sie sah zur Seite. „Danke, Rick." Sie hatte nicht vor, dem Reitlehrer ihr Herz auszuschütten und ihm von ihren Unsicherheiten und Zweifeln zu erzählen. Dieses Gespräch würde sie nur mit Dayne führen. „Die einzige Sache, mit der ich zu kämpfen habe, ist dieses Pferd hier. Wir werden in einer Woche mit den Reitszenen beginnen." Sie schob ihren Fuß in den Steigbügel und schwang sich ohne seine Hilfe in den Sattel. „Also, wo waren wir?"

Er zuckte mit den Schultern. „Okay. Das Angebot steht."

In den nächsten zwei Stunden brachte Rick das Gespräch nicht wieder auf persönliche Themen. Doch die Tatsache war nicht zu leugnen, dass er die Momente zu genießen schien, in denen sie sich nahe waren, weil er ihr zeigte, wie sie ihre Beine bewegen musste, oder ihre Hände umfasste, um zu demonstrieren, wie sie vor der Kamera mit sanften Bewegungen das Pferd mit ihren Zügeln lenken konnte.

Bevor sie mit dem Unterricht fertig waren, band er sein Pferd an den nächstgelegenen Zaunpfosten. „Wir müssen ein paar Minuten das Reiten ohne Sattel üben."

Katy hatte das Skript gelesen. Rick hatte recht; sie und Dayne sollten nächste Woche eine Szene drehen, in der Katy ohne Sattel auf dem Pferd saß und Dayne hinter ihr aufsprang. Die Szene enthielt eine heftige Auseinandersetzung, die zu einem wütenden gemeinsamen Ritt über die Weide führte.

Rick nahm den Sattel vom Pferd und half ihr, wieder aufzusteigen.

Wieder klickten hinter ihr die Kameras. Katy schenkte ihnen keine Beachtung. Die Vorstellung, ohne Sattel auf dem Pferd zu reiten, hatte ihr im Vorfeld am meisten Angst gemacht.

„Jetzt kommt Ihr Körper ins Spiel. Erinnern Sie sich an das, was ich Ihnen gesagt habe." Rick ging dem Pferd voraus und das Tier folgte ihm ohne weiteres Kommando. Sie gingen eine Runde über den Reitplatz. Rick nickte Katy zu. „Entspannen Sie sich, lehnen Sie sich zurück."

Katy tat, wie er gesagt hatte. Das Pferd wurde langsamer und blieb stehen. „Das ist ja wie Zauberei."

„Genau." Rick grinste. „Okay, jetzt halten Sie sich an der Mähne fest. Ich werde hinter Ihnen aufspringen und wir werden Schritt reiten, nicht schneller."

Sie wäre am liebsten weiter nach vorne gerutscht, doch sie saß bereits so weit vorne, wie es ging, ohne auf dem Nacken des Pferdes zu sitzen.

„Bereit?"

„Bereit." Sie konzentrierte sich, nur für den Fall, dass das Pferd durchgehen würde.

Rick war sehr sportlich. In einer geschmeidigen Bewegung saß er schon hinter ihr und gab dem Pferd ein leises Kommando, woraufhin es sofort loslief. Rick umfasste ihre Taille mit seinen Händen und sprach leise in ihr Ohr. „Sehr schön. Sie sind ein Naturtalent."

Katy hätte ihn beinahe gefragt, ob er auch mit Dayne gemeinsam auf dem Pferd gesessen hatte oder ob sie die Einzige war, die in den Genuss dieses besonderen Trainings kam. Doch die Sonne näherte sich bereits dem westlichen Horizont und der Reitunterricht würde für heute bald vorbei sein. Außerdem war es ein gutes Gefühl, mit jemandem, der so begabt war wie Rick, über den Platz zu reiten. Sie konnte sich vorstellen, einen solchen Ritt – nur noch schneller – mit Dayne zu erleben.

Diese Szene würde eine sehr starke Szene werden.

Zwei Videokameras und ein halbes Dutzend Fotoapparate fingen jede Minute ihres Rittes mit Rick ein. Als er jetzt das Pferd zum Stehen brachte, schienen sie die Szene noch näher heranzuzoomen.

Rick hatte es mit dem Absteigen nicht eilig. Er lehnte sich dichter an sie und lachte. „Wenn Sie nicht aufpassen, werden Sie Ihren Mann alt aussehen lassen."

„Steigen Sie ab, Rick." Katy achtete darauf, dass ihr Tonfall ruhig blieb und sie so mit ihm sprach, wie sie mit einem ihrer Theaterschüler sprechen würde.

„Gern geschehen." Er schwang sich vom Pferd und half ihr beim Absteigen. Sein Blick hielt den ihren ein paar Sekunden länger als nötig fest. „Das war als Kompliment gemeint."

„Danke sehr." Sie lächelte und wischte sich den Schmutz und die Pferdehaare von ihren Händen und ihrer Jeans.

Sie war auf dem Weg zurück zu ihrem Wohnwagen, als sie den Direktor sah, der in ihre Richtung eilte.

„Katy, ich habe dich gesucht."

Dieses Mal war ihr Lächeln warm und freundlich. „Ich bin den ganzen Nachmittag auf einem Pferderücken herumgehüpft."

Stephen lachte und legte seinen Arm um ihre Schultern.

Die Kameras fingen jede Bewegung ein, doch Katy war das egal. Der Direktor war Christ, ein Mann mit Werten und Überzeugungen. Er war immer sehr herzlich, fast väterlich zu seinen Schauspielern. Sollten sie doch ihre Bilder machen. Sie lächelte ihn an. „Was gibt es?"

„Ich habe mir die Aufnahmen von letzter Woche angesehen." Er pfiff leise, wobei seine Augen aufleuchteten. „Die Kamera liebt dich. Du bist umwerfend auf der Leinwand. Absolut brillant."

„Vielen Dank." Sein Kompliment war für sie der Höhepunkt des heutigen Tages. Denn wenn alles überstanden war, wenn die Dreharbeiten beendet waren und sie und Dayne ihren Weg zurück in den Alltag gefunden hatten, wäre der Film das Einzige, was sie von diesen Wochen zurückbehalten würden. Zwei Stunden Filmmaterial. Von Anfang an hatte sie die Befürchtung gehegt, dass sie der Schwachpunkt sein und neben Schauspielern wie Dayne und anderen erfahrenen Stars abfallen würde.

Stephen schlenderte neben ihr her. „Das ist die Wahrheit." Er warf einen Blick auf seine Uhr. „Hey, lass uns gemeinsam Abend essen. Dayne ist weg und es gibt etwas, worüber ich mit dir reden möchte."

In einem anderen Umfeld hätte sie bei Stephens Angebot gezögert. Doch sie waren am Set eines Films. Nichts war so, wie es normalerweise sein sollte. Stephen war mit Sicherheit nicht an ihr interessiert; er wollte nur etwas mit ihr besprechen. Sie spürte, wie sie automatisch nickte und damit die Einladung annahm.

Um kurz vor sieben klopfte Stephen an die Tür ihrer Suite. Er war eleganter angezogen als sonst. Katy zögerte. *Nur nicht überbewerten,* sagte sie sich. *Er ist ein großer Name in der Filmbranche; natürlich zieht er sich für ein Abendessen gut an.* Stephen war wie ein Vater zu ihr, nicht mehr.

Er nickte ihr anerkennend zu, als sie zu seinem Auto gingen. „Deine Schönheit ist wie ein seltenes Juwel, Katy Hart. Sie kommt zuerst aus deinem Inneren."

Sie lachte nervös, ein Lachen, das das Kompliment zunichtemachte. Sie lenkte das Gespräch auf ihren Reitunterricht.

„Rick ist hin und weg von dir. Das erzählt er jedem." Stephen öffnete die Autotür für sie.

Sie rollte ihre Augen. „Rick ist ein paar Stunden zu lange in der Sonne gewesen."

Ihr Kommentar brachte ihn zum Lachen und die Atmosphäre zwischen ihnen entspannte sich während der Fahrt zum Restaurant und während des Essens.

Kurz nachdem Katy und Stephen sich gesetzt hatten, trafen drei Fotografen ein. Sie belagerten einen Tisch am anderen Ende des Restaurants, von dem aus sie ungehinderte Sicht auf Katy und Stephen hatten.

Es hat nichts zu bedeuten, ermahnte sie sich. *Ich habe das Recht, mit meinem Direktor zu Abend zu essen.*

Sie hatten schon über jedes Detail des Films gesprochen, als Stephen seine Ellbogen auf den Tisch stemmte. „Okay, jetzt also zu dem Grund, warum ich mit dir reden wollte."

Sie hielt den Atem an. Was auch immer jetzt kam, es schien eine große Sache zu sein.

„Wenn wir diesen Film abgedreht haben, werde ich mit einem sehr talentierten Team ein weiteres Projekt in Angriff nehmen. Es ist ein Film über eine junge Frau mit einer wundervollen Familie. Alles scheint perfekt zu sein, doch sie hütet ein Geheimnis. Und dieses Geheimnis führt sie in Depressionen und bis an den Rand der Verzweiflung." Er beugte sich weiter vor und nahm ihre beiden Hände. „Du wärst perfekt für diese Rolle, Katy."

Die Paparazzi am anderen Tisch waren vergessen. Um Katy herum drehte sich alles. Dutzende Gedanken wirbelten durch ihren Kopf, doch keiner von ihnen schien klar und vernünftig zu sein. Der Vorschlag elektrisierte sie. Sie spürte, wie ihre Augen immer größer wurden. „Wirklich? Du willst mich für die Hauptrolle?"

Stephen ließ ihre Hände los und lehnte sich auf seinem Stuhl zurück. „Katy Hart, meine Liebe, du bist ein Star. Das hast du bisher nur noch nicht gemerkt." Er schüttelte den Kopf. „Und das ist vielleicht auch ein Teil deines Charmes. Du weißt gar nicht, wie gut du wirklich bist."

Ein Gefühl der Erleichterung überflutete sie. Was geschah hier gerade? Warum war Dayne nicht hier, um ihr zu helfen, dieses Angebot zu begreifen? Einer der besten Direktoren der gesamten Filmindustrie machte ihr das Angebot, in seinem Film die Hauptrolle zu übernehmen. Sie holte tief Luft. „Was ist mit Dayne? Ist er bei dem Film dabei?"

„Für die männliche Hauptrolle brauche ich keinen großen Namen. Die Hauptperson ist zwar verheiratet, aber der Fokus des Films liegt ausschließlich auf ihr.“ Er grinste noch breiter. „Und diese Rolle gehört dir.“

Katy klammerte sich an den einzigen Gedanken, der ihr vernünftig erschien. „Ich fühle mich sehr geehrt, Stephen. Wirklich.“ Sie dachte an das nächste Jahr. Das christliche Kindertheater stand offenbar kurz vor dem Aus und Dayne musste noch drei Filme drehen, um seinen Vertrag zu erfüllen. Warum sollte sie dieses Angebot nicht annehmen? Filme zu drehen war ihr großer Traum, seitdem sie am College gewesen war.

„Also … kann ich den anderen sagen, dass du interessiert bist?“ Stephen strahlte wie ein stolzer Vater.

„Es klingt wunderbar.“ Sie ließ ihre Gabel sinken und überlegte. „Natürlich muss ich erst noch mit Dayne reden.“ Tausend Fragen kamen ihr in den Sinn. „Wo sollen die Dreharbeiten stattfinden?“

„In England. Das Budget ist groß genug, sodass wir dort filmen können, wo wir wollen. Es wird voraussichtlich sechs oder sieben Wochen dauern.“

Diese Information war wie ein kalter Guss in ihr Gesicht. Sechs oder sieben Wochen in England, weit weg von Dayne? Sie erinnerte sich an die Schlagzeilen der Magazine, in denen es um verheiratete Schauspieler ging, die verzweifelt versuchten, an ihren jeweiligen Karrieren zu basteln, während Tausende Kilometer zwischen ihnen lagen. Fast immer war der Druck zu groß. Sie wollte schon den Kopf schütteln, denn wenn dieser nächste Film sie und Dayne auseinanderbringen könnte, würde sie sofort ablehnen.

Doch sie zögerte. Es war nur ein Film. Sie versuchte, sich auf den Direktor zu konzentrieren, der ihr gegenübersaß.

„Sprich mit Dayne darüber.“ Stephen schob seinen Teller zurück und stand auf. „Wo wird er seinen nächsten Film drehen?“

„Ich weiß es nicht genau.“ Katy starrte auf ihren Teller. Warum hatten sie und Dayne nicht darüber gesprochen? „Ich glaube, es gibt eine Menge, worüber wir reden müssen.“

„Mach dir keine Sorgen.“ Stephen lachte. „Du kannst zusammen an einem Filmset sein und trotzdem das Gefühl haben, du wärst auf einem anderen Kontinent.“

„Ja.“ Sie erhob sich ebenfalls.

Stephen legte seine Hände auf ihre Schultern. „Ich hoffe sehr, dass du zusagst, Katy. Dieser Film wäre mit Sicherheit der Durchbruch für deine Karriere."

„Danke, Stephen."

Er grinste sie an. „Ich hatte heute einen wunderschönen Abend." Ohne weitere Vorwarnung beugte er sich vor und küsste sie auf den Mund. Nicht so, wie ein Liebhaber küssen würde, sondern eher so, wie es für manche Menschen in der Filmbranche ganz gewöhnlich war, die Küsse austauschten wie andere Menschen einen Händedruck.

Aus einiger Entfernung hörte Katy das begeisterte Klicken der Kameras, als jeder Paparazzi diesen Moment einfing. Ihr war übel. Sie vermied es, zu dem anderen Tisch zu schauen, wo die Paparazzi saßen. „Es war sehr schön. Vielen Dank." Sie lächelte Stephen an.

Er schob seinen Arm durch ihren. „Jetzt bringen wir dich nach Hause. Du hast morgen früh wieder Reitunterricht."

Stephen hatte mit dem Kuss überhaupt nichts andeuten wollen; darin war sich Katy sicher. Sein Tonfall, sein Verhalten – all das zeigte ihr, dass er sie mehr wie eine Lieblingstochter sah, jemanden, den er unter seine Fittiche nehmen und dessen Karriere er fördern wollte. Als sie das Restaurant verließen, verschwendete Katy keinen Gedanken daran, welche Absichten Stephen haben könnte oder was er womöglich mit dem Kuss hatte andeuten wollen. Aber sie dachte voller Sorge an die Paparazzi.

Kapitel 17

Für Dayne konnten die Stunden nicht schnell genug vorübergehen. Ohne Katy in Los Angeles zu sein, führte dazu, dass er sie mehr vermisste, als er sich vorgestellt hatte. Mit Investoren zu Abend zu essen, sich mit Studiobossen in verqualmten Nachtclubs zu treffen ... das war sein altes Leben, das er doch längst hinter sich gelassen hatte.

Seine bisherigen Treffen waren gut verlaufen, doch er war noch immer frustriert wegen des Gesprächs, das er vor einer Stunde mit seinem Agenten geführt hatte. Der Direktor von Daynes nächstem Film zog Randi Wells als weibliche Hauptdarstellerin in Betracht, nachdem ihr erster gemeinsamer Liebesfilm so ein Kassenschlager gewesen war.

„Was wäre mit Katy?" Dayne hatte nicht die Absicht, einen weiteren Film mit Randi zu drehen. „Unsere aktuellen Dreharbeiten laufen großartig. Warum nicht noch ein gemeinsames Projekt?"

„Das würde nicht funktionieren, Matthews." Sein Agent war gut und kannte das Filmgeschäft besser als jeder andere. „Jetzt sind die Menschen begeistert, dass du einen Film mit deiner Frau drehst, doch wenn du so weitermachst, werden sie glauben, dass du langweilig wirst. Wenn du mit niemand anderem als mit Katy Hart drehen kannst, dann wird deine Karriere nicht mehr von langer Dauer sein."

Jetzt gerade saß Dayne in einem der größten Separées in dem momentan angesagtesten Nachtclub von Santa Monica, gemeinsam mit den Produzenten seines nächsten Films, dem Direktor, dem Verantwortlichen für das Casting und mit Randi Wells.

Wenn Dayne es nicht besser gewusst hätte, hätte er geargwöhnt, dass bereits alles abgespochen war. Randi hatte ihn in den letzten Tagen dreimal angerufen. Nichts in ihrem Leben lief gut. Ihre Scheidung war beinahe durch. Die Kinder schienen zwischen ihr und ihrem Exmann hin- und hergerissen zu sein. Hinzu kam, dass sie nichts hatte, was ihr neue Hoffnung für ihr Leben gab, so wie es bei Dayne der Fall war.

„Ich möchte nur deine Freundschaft, Dayne", hatte sie gesagt. „Ich weiß, dass du mit Katy glücklich bist."

Randi wusste gar nicht, wie glücklich er war. Er hatte versucht, ihre Gespräche so kurz wie möglich zu halten, doch jetzt waren sie hier, um

Mitternacht in einem schummrigen Nachtclub, wo jeder außer ihm fleißig dem Alkohol zusprach. Er ließ den Rest seines Mineralwassers in seinem Glas kreisen und versuchte, seine Aufmerksamkeit allein auf den Direktor zu richten.

„Wir werden in Mexiko drehen. Meine Vision für diesen Film ist, dass er das Genre Liebesfilm auf ein ganz neues Niveau hebt." Er wandte sich Dayne zu. „So wie es bei Ihrem letzten Film mit Randi war."

„Mexiko?" Dayne hatte vorher noch nichts über den Drehort gehört. „Wie lange wird es dauern?"

„Mindestens sechs bis acht Wochen." Der Direktor sah sich stolz um. „Cabo passt perfekt zu dem Drehbuch."

Dayne fühlte sich wie erschlagen. Sechs oder acht Wochen in Mexiko? Wann würde er endlich Zeit für sein Haus am See haben und Bloomington und das Leben, das er sich gemeinsam mit Katy erträumte?

„Cabo, Dayne ... das klingt perfekt." Randi warf ihm vom anderen Ende des Tisches aus einen auffordernden Blick zu. Sie trug ein hautenges Shirt und enge schwarze Hosen. Ihr Haar glänzte hellblond. Sie hatte den ganzen Abend für Aufsehen gesorgt. Der Gerüchteküche zufolge trieb Randi mehr Sport und sah jetzt, wo sie Single war, besser aus als je zuvor.

Es war nicht zu leugnen, dass Randi großartig aussah. Doch ihr Aussehen berührte Dayne nicht, sondern bewirkte nur, dass er Katy noch mehr vermisste. Er gehörte nicht hierher. Er war nicht die richtige Schulter zum Ausweinen für eine Frau, die schon vor langer Zeit zugegeben hatte, dass sie in ihn verliebt war.

Der Produzent und der Direktor tauschten ihre Ideen aus und schrien sich fast an, um die laut dröhnende Musik zu übertönen. Es war ein Privatclub, sodass nirgendwo Paparazzi lauerten. Dennoch würde es ein Treffen zwischen Dayne und Randi bestimmt auf die eine oder andere Art in die Schlagzeilen schaffen.

Und Katy musste es von ihm erfahren, nicht aus den Zeitungen. Denn es gab nichts, weshalb sie sich Sorgen machen müsste. Er hatte vor dem Treffen versucht, sie anzurufen, doch er hatte sie nicht erreicht. Vielleicht war sie mit jemandem aus dem Team unterwegs, mit anderen Schauspielern aus ihrem Film – etwas, wofür sie in letzter Zeit viel zu wenig Zeit gehabt hatten, da alle einem engen Terminplan folgen mussten.

Zwei unbekanntere Schauspielerinnen, beide Anfang zwanzig, kamen von der Tanzfläche. Atemlos zupften sie ihre dünnen Shirts zurecht. Sie entdeckten ihn und bahnten sich einen Weg zu seinem Tisch, ungeachtet der Besprechung, die daran stattfand.

„Dayne, wo bist du nur gewesen?“ Die Rothaarige war zweifellos betrunken. Sie lachte, als hätte sie einen großartigen Witz gemacht. Ihre Freundin stützte sie, als sie schwankte. „Ich habe mein ganzen Leben lang nach dir gesucht.“

Ihre Freundin hatte glatte blonde Haare. Beide tauchten ab und zu in den Schlagzeilen der Klatschpresse auf. „Was sie damit sagen will, ist, dass wir beide dich gesucht haben.“ Sie warf sich ihre Haare über die Schulter und musterte Randi naserümpfend.

Die Studiomitarbeiter waren völlig in ihr Gespräch vertieft, wofür Dayne sehr dankbar war. Er schenkte den beiden jungen Frauen ein leichtes Lächeln. „Vielleicht habt ihr es noch nicht gehört. Ich habe geheiratet.“

Die Blonde setzte sich neben Randi. „Das hier sieht aber nicht danach aus.“

„Verschwindet.“ Randi starrte sie wütend an. Es gingen Gerüchte um, dass Randi mit der Blonden schon ein- oder zweimal heftigen Streit gehabt hatte.

„Er gehört nicht dir.“ Wieder schmachtete die Blonde Dayne an. Ihr Blick hätte nicht eindeutiger sein können. „Wenn du genug von der Gesellschaft an diesem Tisch hast …“ Sie deutete zur Tanzfläche. „Wir sind da drüben.“

Die Rothaarige lachte wieder. „Du gehörst zuerst mir – vergiss das nicht!“

„Stopp.“ Ihre blonde Freundin versuchte ärgerlich zu wirken. „Dayne ist ein verheirateter Mann. Was auch immer das bedeutet.“

Sie gingen lachend weg, wobei sie sich aneinander festhalten mussten, um nicht zu stolpern.

Als Dayne ihnen nachsah, stiegen in ihm unzählige Erinnerungen hoch. So war es früher immer gewesen. Eine der angesagten jungen Schauspielerinnen war vorbeigekommen, um kurz Hallo zu sagen, und am Ende des Abends hatte er sie mit nach Hause genommen. Bei diesen Erinnerungen stieg Übelkeit in ihm auf. Wie hatte er jemals so leben können?

Unter dem Tisch spürte er, wie ihn jemand anstupste. Er sah Randi an.

Sie deutete auf die Männer am Tisch und flüsterte: „Wollen wir tanzen?"

Meinte sie das ernst? Dayne spürte, wie er zu schwitzen begann. Was machte er hier? Er deutete zu dem Glas Gin Tonic, das sie in der Hand hielt. „Ich glaube, du hast genug."

Randi prostete ihm zu. „Ich muss ja nicht fahren."

Mit seinem mahnenden Blick forderte er sie dazu auf, das Thema fallen zu lassen. Doch stattdessen hob sie ihr Glas und sah ihn verführerisch an. Sie warf ihren Kopf zurück und trank das Glas mit wenigen Schlucken aus. Dann hob sie ihre Hand. In Sekundenschnelle stand ein Kellner neben ihr. Sie ließ Dayne nicht aus den Augen. „Noch einen. Einen doppelten."

Dayne merkte, wie die Situation völlig aus dem Ruder lief. Randi trank viel zu viel. Und wenn das der Fall war, war sie manchmal nicht mehr in der Lage, einen Club ohne Hilfe zu verlassen. Doch wer würde ihr helfen?

Die Studiomitarbeiter beendeten ihr Gespräch und einer der Produzenten schüttelte Daynes Hand. „Ich glaube, das wird eine ganz große Nummer."

„Randi hat bereits für den Film unterschrieben." Der Direktor zwinkerte ihr zu. „Ich glaube, wir verabschieden uns jetzt und lassen euch beide in Ruhe an eurer Chemie arbeiten."

Abscheu überkam Dayne und floss durch jede einzelne seiner Adern. Er hätte die Studioleute am liebsten angeschrien, weil sie den Nerv hatten, ihm eine Affäre mit Randi anzutragen. Doch die Musik war zu laut, um zu diskutieren. Dayne beugte sich vor. „Meiner Frau geht es großartig."

Der Direktor starrte ihn verwirrt an. „Ihrer Frau?"

„Ja." Dayne stemmte seine Arme gegen die Wand des Separées und nickte. „Sie haben nicht nach ihr gefragt."

„Oh." Der Mann lachte und blickte zu den anderen. Sie alle sahen ziemlich verwirrt aus. „Ihre Frau. Sie meinen Katy Hart."

„Ja, genau sie." Dayne musste brüllen, um sich verständlich zu machen. „Es läuft wirklich großartig mit uns beiden."

Der Direktor zögerte. Dann klatschte er kurz in die Hände. „Das ist wunderbar.“ Er nickte seinen Partnern auffordernd zu und sie beeilten sich, ebenfalls zustimmend zu nicken. „Eine Ehe ist eine großartige Sache.“

Der Kellner brachte Randis Drink, den sie in einem Zug hinunterschüttete. Jedes Mal, wenn Dayne zu ihr schaute, starrte sie ihn an und versuchte mit allen Mitteln, mit ihm zu flirten.

Nach einer weiteren Minute Konversation über die Vorzüge der Ehe standen die Männer auf und verabschiedeten sich. Auf dem Weg nach draußen blieb einer der jüngeren Produzenten an dem Tisch stehen, an dem die Blonde und die Rothaarige saßen. Er schob der Blonden ein Stück Papier in die Hand, beugte sich vor und küsste sie auf die Wange. Die beiden tauschten ein anzügliches Lächeln aus, bevor die Gruppe weiterging.

Das Licht der riesigen Diskokugel, die in der Mitte der Decke hing, ließ den Ehering des Produzenten aufblitzen, als er den Nachtclub verließ.

Genau, dachte Dayne. *Eine Ehe ist eine großartige Sache.* Besonders in Hollywood, wo Verheiratetsein so gut wie nichts bedeutete. Es war für Dayne, als würde er diesen Teil der Filmbranche und die Beziehungen seiner Kollegen untereinander zum ersten Mal bewusst wahrnehmen. Kein Wunder, dass so viele seiner Freunde sich dafür entschieden hatten, nicht zu heiraten. Einfach nur zusammenzuleben bedeutete viel weniger Papierkrieg, wenn es vorbei war – so wie es fast immer irgendwann vorbei war.

Er verschränkte seine Arme und versuchte, den Schmerz in seinem Magen zu ignorieren. Wieder kam ihm der Traum in den Sinn, in dem Katy im Ozean verschwunden war. Am liebsten wäre er aus dem Nachtclub gerannt, um sie anzurufen, um ihr zu sagen, dass es vielleicht ein Fehler gewesen war, diesen Film zu drehen oder irgendeinen anderen, der noch ausstand.

Diese Atmosphäre war verrückt.

Bevor er sich entscheiden konnte, was er als Nächstes tun wollte, schlüpfte Randi auf seine Seite des Tisches.

„Hör zu …“ Er beugte sich nahe zu ihr, damit sie ihn verstehen konnte. „Ich glaube, es ist Zeit zu gehen.“

Randis Augen waren nur noch halb geöffnet, ihr Blick unruhig. „Du riechst gut.“

Ein frustrierter Seufzer kam aus Daynes Mund, doch er verlor sich sofort in dem Lärm der pulsierenden Musik und der Gespräche. „Randi, wie viel hast du getrunken?"

„Davon?" Sie hielt ihr leeres Glas hoch, wobei ihre Hand unsicher hin und her schwankte. „Drei oder vier." Sie stellte das Glas ab und kicherte. „Oder fünf oder sechs."

Die Blonde und die Rothaarige winkten von der anderen Seite der Tanzfläche zu ihm herüber, doch Dayne schaute zur Seite. Er musste unbedingt hier raus. Er wandte sich Randi zu, um zu versuchen, sie irgendwie aus diesem Separée herauszuschaffen. „Zeit zu gehen!", schrie er ihr zu. Er wollte nicht wütend klingen, aber er konnte keine Minute länger bleiben.

Randi kicherte nur. Sie streckte die Hand aus und berührte sein Gesicht. „Küss mich, Dayne." Ihre Worte waren jetzt nicht mehr so undeutlich. „Küss mich so wie in den Filmen."

Panik schoss durch Daynes Körper. „Randi!" Er schob ihre Hand von seinem Gesicht. „Du bist betrunken. Du musst jetzt nach Hause."

Dayne hatte ein Auto organisiert, das draußen auf ihn wartete, doch was war mit Randi? Und was war mit den Paparazzi, die unter Garantie auf der Straße lauerten? Er knirschte mit den Zähnen. Das war nicht fair. Er konnte Randi nicht alleinlassen, doch er wollte genauso wenig gemeinsam mit ihr auf einem Foto in der Klatschpresse erscheinen. Er sah sich in dem Raum um. Es musste doch noch jemand hier sein, irgendjemand, der sich um sie kümmern konnte.

Die beiden jungen Frauen verließen gerade ihren Tisch in ihrem Separée. Ihre Aufmerksamkeit war immer noch auf Dayne gerichtet. Plötzlich kam ihm eine Idee. Er hatte keine andere Wahl, als Randi so schnell und so vorsichtig wie möglich hier herauszuschaffen.

Randi lachte und versuchte noch einmal, sein Gesicht zu berühren. „Du bist ein Witzbold, Dayne Matthews. Du weißt genau, wie sehr du es liebst, mich zu küssen."

„Komm schon." Er griff nach ihrem Arm und zog sie vorsichtig zum Ausgang des Separées. Obwohl er ihr half, taumelte sie hin und her.

Ein leiser Schrei entschlüpfte ihrem Mund, doch er vermischte sich mit ihrem unaufhörlichen Kichern. „Ups. Bin beinahe hingefallen." Sie schlug sich die Hand vor den Mund und machte große Augen. „Lass mich nicht fallen, Dayne, Liebling."

Die beiden Schauspielerinnen bemerkten, dass er gehen wollte. Die Rothaarige blies ihm einen Kuss zu und schmachtete ihn traurig an, als ob sie ihn auf das nächste Mal vertrösten wollte.

Dayne bekam kaum noch Luft. Er schob seinen Arm unter Randis. „Lass uns gehen."

Sie stolperte neben ihm her.

Als sie die Tür erreichten, nickte der Türsteher ihm zu. „Sie hat sich in letzter Zeit häufiger so aufgeführt."

„Na wunderbar." Dayne verdrehte die Augen. Warum war er für sie verantwortlich? „Kann ich sie hier bei Ihnen lassen?"

Der Türsteher hob abwehrend die Hände. „Nicht hier, Mann. Tut mir leid." Er sah einen dunklen Gang hinunter. „Der Boss mag es nicht, wenn betrunkene Promis vor der Tür herumhängen."

Hier bei der Eingangstür war der Lärm aus dem Nachtclub nur noch ein konstantes Summen im Hintergrund.

Randi zog einen Schmollmund. „Verlass mich nicht, Dayne." Ihre Augen füllten sich mit Tränen. „Du bist mein einziger Freund."

„Du liebe Güte", murmelte Dayne. Er nickte dem Türsteher zu und ging zur Eingangstür. Er hätte ein Vermögen dafür gegeben, wenn er jetzt seine Identität verbergen könnte. Mit Sicherheit würden die Paparazzi draußen warten. Hier an dieser Stelle konnten sie sicher sein, dass sie in jeder Stunde Dutzende aufregender Fotomotive geboten bekamen.

Er nahm sein Handy und rief seinen Fahrer an. „Beeilen Sie sich. Ich brauche einen schnellen Abgang."

„Kein Problem." Sein Fahrer war einer der älteren, erfahrenen, einer der besten, die es gab. Dayne war schon früher mit ihm gefahren.

Durch ein Fenster mit getönten Scheiben beobachtete er, wie die Limousine direkt vor die Eingangstür des Clubs fuhr. „Randi." Er schüttelte sie leicht. „Kannst du allein laufen? Nur ein paar Schritte?"

„Sicher." Ihre Tränen waren verschwunden. Sie sah aus, als wäre sie wieder bei sich. „Was immer du willst."

„Okay." Er ließ langsam ihren Arm los. „Los, Randi. Geh zur Tür."

Sie ging drei wackelige Schritte und stürzte dann auf ein Knie. „Ah!" Sie schrie laut und der Schrei verwandelte sich in einen Lachanfall. Sie versuchte vergeblich aufzustehen. „Dayne! Hilf mir!"

Der Türsteher hob eine Augenbraue. Die Botschaft war unmissverständlich. *Bring sie raus – auf der Stelle!*

Dayne griff nach Randis Arm, legte ihn über seine Schulter und half ihr auf die Füße. Wunderbar. Sollten die Fotografen doch so viele Fotos machen, wie sie wollten. Die einzige Person, der er die Situation erklären musste, war Katy. Und sie würde ihn vollkommen verstehen. Der Zustand, in dem sich Randi befand, zwang ihn dazu, ihr zu helfen. Welche Wahl hatte er denn?

Er führte sie zur Eingangstür, schob diese mit seinem Fuß auf und blieb draußen stehen. Wie erwartet empfing ihn ein Blitzlichtgewitter. Ein Dutzend Kameras begannen ihr Sperrfeuer.

Im gleichen Moment schien Randi etwas zur Besinnung zu kommen. Mit einem Mal stand sie sicherer als vorher und warf ihre Arme um Daynes Hals. Sie rieb ihre Nase an seiner. „Ich liebe dich, Daynie."

„Gut gemacht, Matthews", schrie einer der Kameraleute. „Wie lange bist du verheiratet? Zwei Monate?"

Dayne schob Randi vorsichtig, aber energisch zurück. Sein Fahrer war ausgestiegen und öffnete jetzt die Tür der Limousine, sodass Dayne Randi in den Wagen schieben konnte. Ohne sich noch einmal umzudrehen, kletterte er hinterher.

Sie legte ihre Hand auf sein Knie und versuchte, mit ihm zu flirten, doch sie vermied es, ihm in die Augen zu sehen. „Weißt du, was ich vermisse?"

Dayne ignorierte die Frage. Er lehnte den Kopf an die Kopfstütze und schlug die Hände vor sein Gesicht.

„Wohin?" Die Stimme klang durch den Lautsprecher am Ende der Limousine.

Dayne drückte einen Knopf und nannte dem Fahrer eine Straße in der Nähe von Randis Haus. Sie wohnte ungefähr eine halbe Stunde entfernt. Wenn er sie doch nur dazu bringen könnte, sich gegen die Autotür zu lehnen und ein bisschen zu schlafen.

Stattdessen legte sie ihren Kopf auf seine Schulter. „Du hast mir nicht geantwortet."

„Randi ... du bist betrunken." Er schob sie ein Stück weg. „Leg dich schlafen."

„Ich vermisse es, dich zu küssen, Dayne. Du und ich ..." Sie lächelte, wobei sie ein wenig schwankte. „Du und ich, das war das Beste."

Dayne war sich sicher, dass sie ihr Verhalten am nächsten Morgen sehr bereuen würde. Doch er musste irgendwie die nächste halbe Stunde überstehen. Er machte sich keine Sorgen, dass er irgendwie in Versuchung geraten könnte, schließlich hatte er keinerlei Interesse an Randi Wells. Doch sie wirkte fest entschlossen. Er sah sie an und hoffte, dass sie verstehen konnte, was er jetzt sagte. „Rutsch rüber, Randi. Du wirst dich morgen für dein Verhalten heute Abend hassen."

„Aber du bist der Einzige, der sich um mich Sorgen macht."

Dayne ließ die Bemerkung unkommentiert stehen. Er starrte durch die getönte Autoscheibe und fragte sich, ob sie vielleicht sogar recht hatte. Vielleicht war er wirklich der Einzige, der sich um sie sorgte. In den Zeitschriften stand, dass ihr Ex-Mann zu einer jüngeren Schauspielkollegin gezogen war und ihre Kinder eine Menge Zeit mit ihrem Kindermädchen verbrachten. Ihr Vater war bereits gestorben, mit ihrer Mutter sprach sie nicht mehr.

Wer machte sich also echte Sorgen um Randi Wells? Wer sorgte sich wirklich um eine Menge der Prominenten in Hollywoods Elite? Zehn Millionen Fans würden alles für eine Nacht mit Randi Wells geben. Doch wer interessierte sich wirklich für ihre Probleme?

Ein Schauer durchfuhr Dayne. Im Stillen dankte er Gott, dass er Katy in sein Leben geführt hatte. Katy und Bob Asher und die Baxters. Ansonsten wäre er vielleicht sogar bereit gewesen, eine Nacht mit seiner Freundin zu verbringen, seiner Kollegin. Und er wäre heute genauso verloren und einsam wie sie.

Nachdem sie ein paar Minuten gefahren waren, bemerkte Dayne die Autos hinter ihrer Limousine. Die Paparazzi folgten ihnen, blieben gefährlich nahe an ihrer Stoßstange und scherten ein und aus, um sie in dem dichten Verkehr nicht aus den Augen zu verlieren.

Dayne spürte, wie sein Herz sank. Er hätte damit rechnen sollen, dass die Paparazzi sie verfolgten. Und warum auch nicht? Ein Foto von ihm, wie er Randi mitten in der Nacht in ihr Haus begleitete, würde in einigen Wochen vermutlich auf jedem Titelblatt der Klatschmagazine zu sehen sein.

Randi war eingeschlafen. Er stupste sie an. „Hey … du bist zu Hause. Wach auf."

Sie streckte sich langsam und blinzelte ein paarmal. Einen Moment lang sah sie verwirrt aus, doch dann erkannte sie ihn scheinbar, denn ein träges Lächeln hob ihre Mundwinkel. „Mmmmm, komm her." Sie hob ihre Arme und wollte sie um seinen Hals legen, doch er bekam ihre Handgelenke zu fassen.

„Nein, Randi." Er durchsuchte ihre kleine Handtasche und fand ihren Schlüsselbund. Dann öffnete er die Autotür und stieg aus. „Es ist Zeit, nach Hause zu gehen."

„Du kommst mit mir nach Hause?" Sie schwang ihre Beine aus dem Auto und setzte die Füße auf die Erde. So blieb sie einige Momente regungslos sitzen.

„Randi!"

„Okay, okay." Sie streckte ihre Hände nach ihm aus.

Er griff danach und zog sie auf die Füße. Er konnte hören, wie sich hinter ihm Autotüren öffneten, und spürte, dass die Paparazzi angerannt kamen. „Geht weg!", schrie er. „Macht eure Fotos. Und erzählt mir nicht, dass ihr nie versucht habt, einer Bekannten zu helfen."

„Einer Bekannten, Matthews?" Es war derselbe Fotograf, der bereits im Nachtclub abfällige Bemerkungen gemacht hatte.

Dayne zögerte und ballte die Fäuste. Er konnte die Genugtuung schon spüren, die ihn überkommen würde, wenn er diese Faust direkt in das Gesicht des Paparazzis schleudern würde.

„Jetzt mach schon, Dayne." Der Kerl wusste offensichtlich, was in Dayne vorging. „Die Kamera ist direkt auf dich gerichtet. Streng dich an. Lass es richtig krachen."

Dayne verengte die Augen und sah zur Seite. Ein Kampf würde nichts beweisen. Er würde die Schlagzeilen nur noch schlimmer machen: „Dayne Matthews schlägt Kameramann nieder, während er Randi Wells in ihr Haus begleitet." Nein, das wollte er nicht gedruckt sehen. Er starrte auf die Haustür und ging weiter.

Sein Fahrer wartete beim Auto. „Wie lange, Sir?"

„Nicht lange."

„Ja." Einer der Paparazzi lachte dreckig. „Fünfzehn, zwanzig Minuten höchstens."

Daynes Wut flackerte erneut auf. Ihre Bemerkungen machten ihn wütend und krank zugleich. Er ging schneller, sodass Randi sich anstrengen musste, um bei dem Tempo mithalten zu können.

„Wow ... ein Wettrennen!" Sie lachte immer noch, doch ihre Augen waren weit aufgerissen und etwas ängstlich. „Lass mich nicht fallen."

Sie erreichten die Haustür und er fand den richtigen Schlüssel. Während der ganzen Zeit spürte er, dass die Paparazzi nur wenige Schritte hinter ihnen waren. Welches Recht hatten sie, sich so zu verhalten? Sie befanden sich unerlaubterweise auf einem Privatgrundstück und verfolgten ihn. Er könnte die Polizei anrufen und sie melden. Doch was würde das bewirken? Im Handumdrehen wären sie zurück.

Dayne öffnete die Tür und half Randi, hineinzugehen. So schnell er konnte, schlug er die Tür hinter sich zu. *Geht doch endlich,* dachte er. *Schreibt eure Geschichten.* Er war schon einige Male hier gewesen, doch jetzt konnte er es nicht abwarten, ihr Haus wieder zu verlassen.

Sie klammerte sich an seine Taille, als sie durch die Eingangshalle zu ihrem Schlafzimmer gingen. Im Vorbeigehen schaltete er die Lichter an.

„Du liebst mich doch, oder?" Sie blinzelte zu ihm hinauf. Die Lichter waren heller als die Beleuchtung im Nachtclub oder in der Limousine.

„Natürlich, Randi." Er verlangsamte seine Schritte nicht. „Genau so wollte ich meine Nacht verbringen."

Als er endlich in ihrem Zimmer war, ließ er sie auf die Bettkante sinken. Er suchte gerade nach einem Lichtschalter, als sie begann, ihr Shirt auszuziehen.

„Nein!" Er hielt die Hände hoch. Sie konnte selbst zusehen, wie sie ins Bett kam. „Gute Nacht, Randi."

Sie ließ ihr Shirt wieder los und streckte ihre Hand nach ihm aus. „Hilf mir. Ich brauche dich."

Ihre Stimme war weinerlich. Obwohl er keinerlei Versuchung verspürte, merkte er, wie der Heilige Geist ihn drängte, das Haus zu verlassen. Er trat ein paar Schritte zurück. „Wir sprechen uns später."

Sie rief ihm noch immer etwas hinterher, als er durch die Eingangshalle und die Haustür eilte. Er blieb überrascht stehen. Die Paparazzi waren verschwunden. „Natürlich", murmelte er. „Wer will schon ein Foto von einem Mann machen, der sein Wort hält?"

Auf der Fahrt zu seinem Haus in Malibu versuchte er mehrmals, Katy anzurufen. Sie musste wissen, was an diesem Abend passiert war. Was wäre, wenn irgendein Paparazzi seine Neuigkeiten im Internet oder im Fernsehen verbreitete? Katy könnte vielleicht gerade durch die Programme zappen, sich wünschen, dass er bei ihr wäre, und dann die Bilder von ihm und Randi sehen.

„Komm schon, Katy … geh ans Telefon."

Schließlich versuchte er es bei einem der anderen Schauspieler, einem, mit dem er bereits ein paarmal gedreht hatte.

„Ja?" Er klang zerstreut.

„Hey, ich suche nach Katy."

„Katy? Ja, sie hat eine nächtliche Reitstunde beim guten alten Rick." Der andere lachte.

„Hör zu, das ist nicht lustig." Dayne hasste es, dass er so weit weg war. Was auch immer am Set vor sich ging, er brauchte Katy. Jetzt. „Wo ist sie?"

„War nur ein Scherz, Matthews." Die Stimme wurde ernst. „Ich glaube, sie ist mit dem Direktor zum Essen ausgegangen. Nur die beiden."

Dayne dankte seinem Kollegen und klappte das Handy zu. Sein Herz raste, als er die Augen schloss. Katy war mit Stephen ausgegangen? Allein? Er fuhr sich mit den Fingern durchs Haar und öffnete die Augen wieder. Er hatte keinerlei Grund, ihr zu misstrauen, keinen Anlass anzunehmen, etwas sei nicht in Ordnung.

Doch alles, woran er denken konnte, war etwas, das Katy an einem Abend in der letzten Woche gesagt hatte. Sie hatten über die Aufnahmen gesprochen, die sie in Los Angeles gemacht hatten, und Katy hatte gelächelt. „Stephen ist unglaublich. Manchmal würde ich am liebsten in seinen Kopf kriechen, um die Dinge so zu sehen, wie er sie sieht."

War das der Grund, warum sie noch am selben Abend mit ihm ausging, an dem Dayne nach Los Angeles geflogen war? Er verbot sich diesen Gedanken und starrte auf den Fußboden des Autos. Nichts war außer Kontrolle, nichts, was man nicht mit ein bisschen gemeinsamer Zeit wieder in Ordnung bringen konnte. Doch in einem war er sich sicher: Einer Reality-Show Zugang zu den Dreharbeiten zu gewähren, hatte andere Konsequenzen, als er und Katy sich das vorgestellt hatten.

Die Paparazzi verfolgten Dayne und Katy nicht mehr quer durch die Stadt, weil sie das nicht länger mussten. Das wenigstens funktionierte wie geplant. Und sie hatten gewusst, dass das Hauptaugenmerk der Reality-Show auf ihrer Ehe liegen würde. Doch Dayne waren die Schlagzeilen nicht entgangen, die von Katy und ihm als dem perfekten Paar mit der perfekten Ehe schwärmten. Er dachte an die Fotos von ihm und Randi, die vielleicht gerade in diesem Moment per E-Mail verschickt wurden.

Das Problem bei der Sache, Amerikas Traumpaar Nummer eins zu sein, war nicht zu erkennen gewesen, als sie der Reality-Show zugestimmt hatten. Doch jetzt sah Dayne genau, was die Paparazzi vorhatten. Die Zeitschriften jubelten sie nur aus einem einzigen Grund hoch. Um sie anschließend abstürzen zu sehen.

Kapitel 18

Jenny Flanigan setzte sich neben Jim und blätterte durch ihr Programmheft. Die Probenwochen waren wie im Flug vergangen. Heute war die Premiere für *Godspell.*

„Es war eine gute Idee, dieses Musical zu nehmen." Jim lehnte sich zu ihr hinüber. „Bailey und Connor scheinen Gott ein Stück nähergekommen zu sein."

„Vielleicht bereitet er sie für etwas vor." Sie sah ihren Mann an. „Katy sagte, dass es vorbei ist. Das Theater wird definitiv verkauft."

Jim hätte jeden Grund, sich über das Ende des christlichen Kindertheaters zu freuen. Ohne die Theatergruppe gab es nichts mehr, das die Flanigans noch in Bloomington hielt, keinen Grund mehr, warum er nicht den Problemen seines Trainerjobs an der Highschool entfliehen und diesen Sommer eines der vielen Angebote für einen Trainerjob in der NFL annehmen sollte. Doch sein Gesichtsausdruck zeigte nichts als Bestürzung. „Ich weiß nicht, was diese Kinder ohne das Theater machen sollen."

„Ich habe darüber nachgedacht, selbst eine Gruppe zu beginnen und an der Universität oder sonst irgendwo Räume zu mieten." Jenny spürte die inzwischen schon vertraute Enttäuschung. „Doch Bethany Allen, die Koordinatorin, sagte, dass sie schon alles versucht hätte."

Das Gespräch verstummte. Jenny beobachtete die Menschen, die in den Raum strömten und ihre Plätze suchten. Die meisten Gesichter waren ihr vertraut. Es waren Familien, die seit Beginn des christlichen Kindertheaters dabei gewesen waren, und Unterstützer wie die Baxters. Jenny drehte sich auf ihrem Platz um und sah, wie John und seine Freundin Elaine hereinkamen. Hinter ihnen drängten sich vier von Johns Kindern mit ihren Ehepartnern und Kindern.

Ashley ging neben Kari – beide waren unübersehbar schwanger. Ashley sah sich im Zuschauerraum um und entdeckte Jenny. Die beiden tauschten ein Lächeln.

Jenny wandte sich wieder der Bühne zu. Bailey war heute Abend ziemlich nervös. Sie hatte einige Solos zu singen und eine Szene zu spielen, in der die Frau, die sie darstellte, beim Ehebruch erwischt wurde. Cody wollte mit seinem eigenen Auto direkt von der Arbeit kommen. Sein Nebenjob im Sportcenter brachte nicht sehr viel ein, weshalb Jim ihm einen weiteren Job im Kraftraum der Schule vermittelt hatte. So konnte er ein wenig Geld ansparen, bis er die Stadt verließ, um zur Armee zu gehen.

Die Aufregung und Nervosität war im ganzen Theater zu spüren und Jenny genoss jeden Moment davon. Sie schaute zu der Loge hinauf, in der normalerweise Katy an einem Premierenabend saß. Es war so traurig, dass sie und Dayne heute Abend nicht hier sein konnten. Katy wäre beeindruckt gewesen von dem Ergebnis von Rhondas und Chads Arbeit. Jenny hatte bei drei Kostümproben in der vergangenen Woche zugeschaut, von der jede besser als die vorherige gewesen war. Die Kraft der Gleichnisse war in jeder Szene zu spüren gewesen. Am Ende der letzten Probe hatte Jenny bemerkt, dass einige der anwesenden Eltern sich während der Kreuzigungsszene die Augen gewischt hatten.

Sie stieß Jim in die Seite. „Die Jungs sind ziemlich aufgeregt."

Jim sah die Reihe entlang und betrachtete ihre vier jüngeren Söhne, die sich in frisch gebügelte Hemden und ihre besten Sonntagshosen gezwängt hatten. Er lachte und schüttelte den Kopf. „Sie sind viel kultivierter, als ich es in ihrem Alter war."

„Ich mag es, dass sie sich in einem Theater genauso wohlfühlen wie auf einem Fußballfeld."

„Einem Footballfeld, meinst du doch wohl." Jim grinste sie an.

Es war ein ständiges Necken zwischen ihnen, ob ihre drei aus Haiti adoptierten Söhne wirklich irgendwann einmal so begeistert vom Football sein würden, wie sie es momentan vom Fußball waren. Jenny hatte keine Zweifel. Mit einem so begabten Footballtrainer als Vater würden die Jungs irgendwann unweigerlich von dem Gitternetzspielfeld angezogen werden. Das war Bestimmung.

Eine Bewegung erregte ihre Aufmerksamkeit, sodass sie aufschaute. Dotty Young, Marissas Mutter, kam auf sie zu. Jenny spürte, wie eine Welle der Besorgnis über ihr zusammenschlug. Sie hatte nicht mehr mit Dotty geredet, seitdem Marissa ihr von der Schwangerschaft erzählt hatte. Soweit Jenny informiert war, wusste Dotty nicht, dass jemand außerhalb ihrer eigenen Familie über die Situation ihrer Tochter im Bilde war.

Jenny behielt ihr Lächeln bei. „Das ist schrecklich“, flüsterte sie Jim zu. „Was um alles in der Welt soll ich jetzt sagen?“

Jim hatte keine Zeit mehr, ihr zu antworten.

„Hallo!“ Dotty blieb an ihrer Sitzreihe stehen und quetschte sich an Jim vorbei.

Jenny stand auf und umarmte sie. „Es ist schön, dich zu sehen!“

„Ich dachte mir schon, dass ich dich hier finden werde. Premierenabend und das alles.“ Dotty sah fröhlich und unbeschwert aus, als ob sie keinerlei Sorgen hätte.

Jennys Argwohn wuchs. Entweder hatte Marissa ihrer Mutter doch noch nicht die Wahrheit gesagt oder die Frau war eine sehr überzeugende Schauspielerin. Bevor sie etwas sagen konnte, entdeckte sie Marissa etwas weiter hinten im Theater. Das Mädchen trug ein schlabberiges Sweatshirt. Sie sah aus, als hätte sie ein wenig zugenommen, doch sie schaffte es, ihre Schwangerschaft gut zu verbergen.

Jenny blinzelte und konzentrierte sich wieder auf Dotty. Sie musste alles klarstellen, musste Dotty wissen lassen, dass sie bereits von Marissas Problemen wusste. Jenny beugte sich vor, sodass niemand der Umstehenden sie hören konnte. „Ich bin mir sicher, dass Marissa mit dir gesprochen hat wegen …“

„Der Aufführung?“ Dotty wedelte dramatisch mit ihren Händen. „Oh ja. Marissa würde um nichts in der Welt Baileys Premierenabend verpassen wollen.“

Ein unangenehmes Schweigen breitete sich aus. Jenny spürte, wie Jim sie mit dem Ellbogen anstupste. „Und … wie geht es euch in der Familie?“

„Wunderbar.“ Dotty hob die Hände. „Keinerlei Probleme. Marissa hatte im letzten Zeugnis einen sehr guten Notendurchschnitt. Wir hoffen, dass sie ein Stipendium an der Universität von Michigan bekommt. Ihr Vater und ich haben beide dort studiert, wie du vielleicht weißt.“

„Das stimmt.“ Jenny hätte am liebsten geschrien. Meinte die Frau das ernst? Sah sie nicht, was mit ihrer eigenen Tochter geschah? „Ist Marissa noch mit ihrem Freund zusammen, mit dem Studenten vom College?“ Ein weiterer Ellbogenstoß von Jim. Jenny lachte leise. „Ich frage nur so …“

Dotty zögerte. „Wir mochten ihn nicht besonders und er ist auch nicht mehr mit Marissa zusammen. Aber das ist schon okay. Marissa hat im Moment viel zu viel um die Ohren, als dass sie jetzt einen Freund gebrauchen könnte."

„Genau." Jim antwortete, bevor Jenny etwas sagen konnte. „Das hat Bailey uns auch erzählt."

Jenny fand ihre Entschlossenheit wieder. Jims Warnungen bezogen sich darauf, dass hier nicht der richtige Ort oder Zeitpunkt war, und er hatte recht. Doch sie konnte nicht so tun, als sei alles in Ordnung. Jenny berührte Dottys Ellbogen. Ihr Tonfall wurde ernst. „Wir müssen uns unterhalten, okay? Passt es bei dir morgen Vormittag?"

Dottys Gesichtsausdruck veränderte sich und sie blinzelte zweimal. „Ist etwas nicht in Ordnung?"

„Ja. Aber wir können jetzt nicht darüber reden." Jenny zwang sich zu einem traurigen Lächeln. „Wann kann ich dich morgen anrufen?"

„Ähm …" Dotty biss sich auf die Unterlippe. In ihren Augen flackerte Besorgnis auf. „Sagen wir gegen zehn?"

„Perfekt." Sie plauderten noch ein wenig weiter, dann verabschiedete sich Dotty und ging davon, um sich neben ihre Tochter in eine der hinteren Reihen zu setzen.

„Unglaublich." Jenny sah ihr hinterher. „Diese Frau hat keinen blassen Schimmer über Marissa."

„Hat Marissa gelogen?"

„Offensichtlich." Sie ließ sich wieder auf ihren Sitz sinken. „Ich muss es ihr morgen früh sagen. Ich habe Marissa gewarnt, dass ich das tun würde."

„Das musst du auch … Ich kann einfach nicht glauben, dass sie Bailey angelogen hat."

„Ja, gleich am nächsten Tag nach unserem Gespräch. Sie rief Bailey an und sagte, sie habe mit ihrer Mutter gesprochen, so wie ich es ihr nahegelegt hatte."

Die Musik setzte ein und die Lichter im Zuschauerraum erloschen. Cody hastete den Gang hinunter und drängelte sich bis zu dem Sitz am Ende der Reihe durch, den sie für ihn reserviert hatten. Er lächelte Jenny und Jim zu und tat so, als würde er sich den Schweiß von der Stirn wischen. Er hatte es gerade noch rechtzeitig geschafft.

Die Interpretation des christlichen Kindertheaters von *Godspell* war ein eindeutiges und klares Glaubensbekenntnis. Es begann mit einer herzzerreißenden Darbietung von „Prepare Ye the Way of the Lord" von einem der älteren Jungen, der Johannes den Täufer spielte. Die Botschaft war unverkennbar. Irgendetwas Großes würde passieren; irgendjemand Bedeutendes würde demnächst in ihr Leben treten.

Das Tempo der Musik änderte sich, als die Bühne sich mit Kindern füllte – alle in Straßenkleidung, so wie sie aussehen würden, wenn Johannes der Täufer heute auf einmal in ihrem Aufenthaltsraum im Untergeschoss erscheinen würde. Bailey stand ziemlich weit vorne, Connor dicht neben ihr. Beide hatten bei diesem Lied, vermutlich wegen ihrer tänzerischen Fähigkeiten, viel zu tun.

Jenny warf einen raschen Blick auf Cody. Als er Bailey beobachtete, füllte eine leuchtende Traurigkeit seine Augen – etwas, das Jenny noch nie zuvor bei ihm gesehen hatte. Sehnsucht vielleicht oder Bedauern. Sie war sich nicht sicher, doch sie konnte nicht übersehen, wie viel er für sie empfand. Jeder konnte das erkennen.

Eine von Baileys Szenen kam direkt nach dem ersten Lied. Sie machte ihre Sache großartig. Sie und Jenny hatten in der vergangenen Woche jeden Abend gemeinsam gebetet und Bailey hatte jedes Mal die gleiche Bitte geäußert. Dass sie mit ihrer Rolle die Herzen der Menschen berühren könnte, die sich die Aufführung ansahen.

Jetzt, als Bailey vor ihren Anklägern zusammensank, als sie Jesus – der von Tim Reed gespielt wurde – erlaubte, ihr die Hand zu reichen und ihr aufzuhelfen, konnte Jenny nur ahnen, was Marissa Young gerade fühlen musste. Wie sehr sie die Hand des Erlösers brauchte. Wie wunderbar es wäre, wenn er ihr aufhelfen und sie von den Problemen fortführen würde, in die sie hineingestolpert war. Und plötzlich fragte sich Jenny, ob all die Gebete, die sie gesprochen hatten, nicht für eine große Zuschauerschar, sondern vielleicht nur für eine einzige Person gewesen waren. Für das verängstigte, schwangere Mädchen in einer der hintersten Sitzreihen.

* * *

Wie bei jeder Aufführung des christlichen Kindertheaters hatte John Baxter für seine ganze Familie Karten für den Premierenabend gekauft. Das war mittlerweile schon eine Tradition geworden, etwas, worauf sich alle freuten. John liebte jedes Detail an der Aufführung von *God-*

spell. Er genoss es, dass Elaine neben ihm saß. Er war fasziniert davon, wie die Kinder auf der Bühne es schafften, einige Gleichnisse voller Humor und andere voller Gefühle darzustellen.

Als die Lichter zur Pause wieder angingen, schaute er auf seine Familie, die sich über drei Reihen ausgebreitet hatte. Die Spannungen zwischen Ashley und Brooke schienen sich zumindest ein wenig abgemildert zu haben. Sie saßen nicht in der gleichen Reihe, doch sie waren wenigstens beide gekommen. Das war immerhin schon mal ein Anfang. Brooke hatte ihm versprochen, dass sie Ashley nicht auf ihre Schwangerschaft ansprechen würde, ungeachtet dessen, was sie persönlich dachte. Jetzt noch eine Abtreibung vorzuschlagen, kam nicht einmal mehr Brooke in den Sinn. Das Baby war schon zu groß, als dass Ashley noch etwas anderes hätte tun können, als es bis zum Schluss auszutragen.

„Keiner wollte mir zuhören", hatte Brooke gestern Abend zu John gesagt. „Also sage ich nichts mehr. Doch wenn dieses Baby geboren wird und die Familie nicht damit zurechtkommt, dass es bald nach der Geburt stirbt, dann vergiss nicht, dass ich diejenige war, die helfen wollte."

John musste Brooke in einem Punkt zustimmen: Ashley hätte endlich wieder zu Dr. McDaniel gehen sollen, um weitere Untersuchungen vornehmen zu lassen. Ihr Baby sollte in zwei Monaten zur Welt kommen und sie und Landon hatten keine Ahnung, was sie erwartete. Sie beteten immer noch für ein Wunder und hofften darauf. John betete ebenfalls. Er hatte bei Hayleys Unfall gelernt, dass bei Gott alle Dinge möglich waren. Doch wenn Gott dieses Mal einen anderen Plan hatte, dann musste Ashley darauf vorbereitet sein. Er schob diese Gedanken jetzt beiseite.

„Du denkst über Ashley nach." Elaine lächelte ihn an. „Nicht wahr?"

„Ja." Er schaute sie an und musste das Verlangen unterdrücken, sie zu küssen. Was auch immer geschehen würde – er wusste, dass seine Gefühle für Elaine stärker wurden. Er freute sich auf lange Spaziergänge und noch längere Tage und Nächte auf ihrer Veranda, ihrem aktuellen Lieblingsplatz. „Sie muss unbedingt zu ihrer Ärztin gehen."

„Ja, das stimmt."

John wandte sich um, damit er zu Ashley sehen konnte, die lächelnd mit Landon, Kari und Ryan sprach. Einer von ihnen hatte offenbar etwas Lustiges gesagt, denn Ashley warf den Kopf zurück und lachte laut.

Elaine atmete tief ein. „Allerdings muss ich auch zugeben, dass es scheinbar gut für sie war, nicht noch weitere Einzelheiten zu erfahren." Sie kniff gedankenverloren die Augen zu. „Ist es wirklich schlimm, wenn sie erst kurz vor der Geburt herausfinden, was auf sie zukommt?"

John dachte über diesen Vorschlag nach. Wenn Ashleys und Landons Baby Anenzephalie hatte, dann mussten sie einen Kaiserschnitt terminieren und sich auf den Tod ihrer Tochter vorbereiten. Er studierte Ashley, die so glücklich und voller Vertrauen schien, dass alles sich so entwickeln würde, wie sie es sich erhoffte. Er schüttelte den Kopf. „Ich glaube, es würde nichts ausmachen. Solange sie innerhalb des nächsten Monats zur Ärztin gehen."

„Gut." Elaine lächelte. „Vielleicht schenkt ihnen Gott doch noch ein Wunder. Sie sieht so entspannt und schön aus."

„Und das Baby ist viel aktiver, als Devin und Cole es waren." John lehnte sich in seinem Sitz zurück. „Das sagt Ashley zumindest."

Die Lichter gingen wieder aus. Der zweite Akt begann. Als er ungefähr zur Hälfte vorüber war und zwischen zwei Szenen kurz umgebaut wurde, spürte John ein Klopfen auf seiner Schulter. Er wandte sich um und sah in Coles Gesicht, das nur wenige Zentimeter von seinem eigenen entfernt war.

„Opa, beim nächsten Mal wollen ich und Maddie beim Vorsingen mitmachen." Er flüsterte ein bisschen zu laut. „Okay?"

„Okay." Er tätschelte Coles Hand. „Das musst du mit deiner Mama besprechen."

John wandte seine Aufmerksamkeit wieder der Bühne zu, doch sein Herz schmerzte, als er an Cole und Maddie und die anderen Kinder dachte, die beim christlichen Kindertheater mitmachen wollten. Laut Ashley war das Theater in großen Schwierigkeiten. Vielleicht mussten sie sogar aufhören. Wenn das geschah, würden seine Enkelkinder vielleicht nie das Wunder erfahren, Teil einer so wunderbaren Gruppe sein zu dürfen.

Der Schluss der Aufführung war noch bewegender, als John es erwartet hatte. Tim Reed spielte seine Rolle als Jesus großartig. Als er nach dem Abendmahl von seinen Freuden wegging, sah er sehr bewegt aus wegen dem, was jetzt geschehen würde. Als die Kreuzigung nachgestellt wurde, hörte John leises Schluchzen von einigen seiner Kinder und Enkelkinder. Auch Elaine wischte sich über die Augen.

Zu wissen, dass Jesus für ihre Sünden gestorben war, war eine Wahrheit, mit der sie alle lebten, manchmal viel zu leichtfertig. Doch zu sehen, wie Jesus starb, auch wenn es nur durch ein Schauspiel war, ließ es viel realer werden. Die Aufführung endete mit einer großartigen Auferstehungsszene, in der der Sieg von Jesus unwiderruflich und deutlich wurde.

John blinzelte seine eigenen Tränen zurück, als er zusah, wie der gespielte Jesus freudestrahlend seine Freunde traf, ihre Hände schüttelte und die umarmte, die sich um ihn drängten.

Es würde noch einiges auf die Baxters zukommen. Er musste bald entscheiden, wie und wann sich seine Beziehung zu Elaine weiterentwickeln sollte, außerdem erwarteten sie die Geburt seiner beiden neusten Enkelkinder. Das Kindertheater würde vielleicht seine Tore schließen und Bloomington verlassen müssen, und um Katy und Dayne bahnte sich ein Drama an. Die Zeitschriften suchten geradezu nach dem ersten Riss in ihrer glücklichen Ehe.

Bei alledem war jedoch das eine entscheidend: Die Prüfungen, die sie bald oder in den kommenden Jahren erleben würden, waren nur der Anfang. Die eigentliche Geschichte – die Hoffnung, die sie alle hatten – war das, was sie gerade auf der Bühne gesehen hatten. Nicht die Verzweiflung der Kreuzigung oder einer anderen Prüfung, der sie sich würden stellen müssen.

Sondern die Realität der Auferstehung.

Kapitel 19

Alles um sie herum war so vertraut wie alte Freunde, die sich zu einem letzten Abschied versammeln, und Katy konnte nicht aufhören zu weinen.

Zum ersten Mal seit einer gefühlten Ewigkeit saß sie neben Dayne, ohne dass eine einzige Kamera auf sie gerichtet war. Die Lichter waren aus, während die Aufführung zum Ende kam; die letzte Aufführung von *Godspell*. Die letzte Aufführung des christlichen Kindertheaters in Bloomington, Indiana.

Es war ein wunderbares Gefühl, von den Dreharbeiten weg zu sein, selbst wenn es nur für ein paar Tage war. Eine Woche war seit ihrem Abendessen mit dem Direktor und Daynes Abstecher nach Los Angeles vergangen. Sie hatten über das gesprochen, was geschehen war, wie die Kameras die Szenen eingefangen hatten, die unweigerlich einen falschen Eindruck vermitteln mussten. Nicht nur der Welt, die sie beäugte, sondern auch ihnen selbst. Doch kein noch so ausführliches Gespräch hatte den leisen Zweifel ausräumen können, der in der Zeit, in der sie getrennt gewesen waren, entstanden war.

Der Reitunterricht war seit Anfang dieser Woche vorbei, sodass Rick Katy nicht länger auf dem Reitplatz anschmachten konnte. Trotzdem war die Arbeit hart und ermüdend. Katy und Dayne hatten immer noch keine gemeinsamen Szenen gedreht.

Stephen sagte Katy immer wieder, wie wunderbar sie war und wie perfekt die Kamera sie einfing, doch sie hatte keine Ahnung, wie sie das schaffte. Denn alles, woran sie denken konnte, war die schrecklich reale Kluft, die sich zwischen ihr und Dayne auftat. Sie hatte das Gefühl, als würde von allen Seiten an ihrer Ehe gezerrt und als sei sie außerstande, daran etwas zu ändern. Dayne und sie hatten vor einigen Tagen über Stephens Angebot gesprochen, dass Katy in seinem neuen Film mitspielen könnte, wenn *But Then Again No* fertig war.

Dayne hatte sie angestarrt, als sei sie verrückt geworden. „Machst du Witze?“

„Natürlich nicht.“ Der Ärger quälte sie wie kleine Nadelstiche. „Was willst du damit sagen, Dayne?“ Sie war in seinem Wohnwagen, in dem die Luft sehr stickig war. „Glaubst du, sie haben mir die Rolle neben dir nur aus *Gefälligkeit* angeboten?"

„Natürlich nicht." Er warf seine Hände in die Luft und drehte sich um, sodass er ihr den Rücken zukehrte. „Aber ich versuche gerade, uns aus Hollywood *herauszuholen* …" Er ließ ein sarkastisches Lachen hören. „… nicht eine neue Karriere für meine Frau zu starten."

„Es ist ja nicht so, dass ich auf eine Karriere aus bin." Sie machte zwei Schritte, bis sie ihn erreichte. „Sieh mich an, Dayne."

Er wandte sich um und seine Augen loderten. „Doch genau das passiert gerade." Er schüttelte den Kopf, doch diesmal klang sein Lachen bitter. „Ich kann nicht glauben, dass du dich davon blenden lässt."

„Ich lasse mich nicht blenden." Ihre Stimme war laut geworden, doch das kümmerte sie nicht. „Das christliche Kindertheater wird schließen, was soll ich also tun? In unserem Haus am See herumsitzen und auf dich warten, während du einen Film in – wo ist es? Mexiko? – mit Randi Wells drehst?"

Er hob abwehrend die Hände. „Ich steige morgen aus, Katy. Wenn es das ist, was dich glücklich macht, dann höre ich sofort auf."

„Ich bitte dich nicht, aus dem Film auszusteigen. Es ist nur …" Sie knirschte mit den Zähnen. „Warum sollte ich nicht einen anderen Film machen, während du es auch tust?"

„Aus diesem einen Grund." Sein Gesicht war rot angelaufen und er war so wütend, wie sie ihn noch nie gesehen hatte. „Dieses Filmgeschäft wird uns mit Haut und Haaren verschlingen und uns auf den Müll werfen, sodass wir beide uns hassen. Ich habe das schon so oft gesehen. Mach dir doch nichts vor. Es kann wirklich passieren." Er stürmte an ihr vorbei zur Tür des Wohnwagens. Als er die Tür erreichte, wandte er sich um und sah sie an, wobei sein Ärger von einer Sekunde zur nächsten verrauchte. An seine Stelle trat eine Angst, die Katy noch nie zuvor in seinen Augen gesehen hatte. „Es passiert bereits." Er zögerte. Doch bevor sie antworten konnte, ging er hinaus.

Obwohl es seitdem verschiedene Gelegenheiten gegeben hätte, war das Thema zwischen ihnen nicht wieder zur Sprache gekommen. Und da der Konflikt ungelöst war, war die Spannung zwischen ihnen geblieben. Dennoch hatten sie es geschafft, ein Abendessen im Baxter-Haus zu überstehen und ein Picknick am See mit Karis und Ashleys Familien.

Katy tupfte mit einem Taschentuch erst über ihr eines Auge, dann über das andere. Das alles war einfach zu viel für sie: Die Spannung zwischen Dayne und ihr und dann auch noch das hier – die Endgültigkeit, die sie umgab.

Die letzte Szene in *Godspell* war fast vorbei und Katys Herz war voller Emotionen. Hier, in diesem Theater, in dem sie Dayne Matthews zum ersten Mal gesehen hatte, musste sie nun den Kindern und ihren Eltern sagen, dass es vorbei war; die ganze wunderbare gemeinsame Erfahrung würde vorbei sein. Doch ihre Tränen flossen nicht nur wegen der Kinder des Kindertheaters – sie flossen ebenso wegen ihrer Ehe, ihrer Beziehung zu Dayne.

Es war ein Fehler gewesen, der Reality-Show zuzustimmen. Das wusste sie jetzt. Doch es gab keinen Weg zurück, keine Möglichkeit, die Dinge zu verändern, die so kompliziert und angespannt geworden waren. Ihre Schultern bebten unter ihrem Schluchzen. Sie spürte, dass Dayne sie beobachtete. Warum nur nahm er nicht ihre Hand? War er so verärgert, so wütend darüber, dass sie den Wunsch verspürte, einen weiteren Film zu drehen? Wenn dem so war, würde sie den Vorschlag ablehnen. Sie würde zu Hause bleiben und die Wände anstarren, wenn das der einzige Weg war, zurück zu dem zu finden, was sie vorher gehabt hatten.

Auf der Bühne hatten sich weinende Kinder um einen Sarg versammelt. Sie machten das wie professionelle Schauspieler. Dann brach plötzlich der Sarg auseinander, sodass jeder Zuschauer erkennen konnte, dass nichts drinnen lag. Der Sarg war leer.

Ein Keuchen kam aus den Kehlen der Schauspieler, als in diesem Moment Tim Reed den Gang zur Bühne hinuntergerannt kam. Er hielt seine Hände hoch. Die Kinder, die wenige Augenblicke zuvor noch geweint hatten, begannen zu lachen und jubelten laut über die Güte Gottes.

Gott … das brauchen wir heute hier. Bitte gib mir die Kraft, das zu sagen, was gesagt werden muss. Doch noch mehr als das – bitte bring das wieder in Ordnung, was zwischen mir und Dayne schiefgelaufen ist. Katy wischte sich mit dem Handrücken über ihre Wangen und suchte in ihrer Handtasche nach einem weiteren Taschentuch. Währenddessen versiegten ihre Tränen plötzlich. In fünfzehn Minuten würde sie etwas verkünden müssen, das sie niemals hatte sagen wollen.

Und warum nur nahm Dayne nicht ihre Hand?

Die Aufführung endete und die Lichter gingen an. Alle Zuschauer sprangen auf und applaudierten den Kindern, Rhonda und Chad lautstark.

Katy sah sich um. Die Erinnerungen überrollten sie. Die Menschen in der Zuschauermenge hatten so viele Aufführungen mit ihr erlebt, so viele Besprechungen und Premierenabende. So viele letzte Aufführungen, so wie diese hier.

Das hier will ich, Herr … keinen weiteren Film. Nicht die Spannungen zwischen Dayne und mir. Wie konnte alles nur so schiefgehen? Sie hoffte auf eine Antwort, wünschte sich verzweifelt, dass der Herr ihr erscheinen und ihr sagen würde, was zu tun war. Sollte Dayne aus seinem Vertrag aussteigen? Würden die nächsten Monate die Liebe zerstören, für die sie so hart gearbeitet und gekämpft hatten?

Während der nächsten Stunde verteilten Rhonda und Chad verschiedene Auszeichnungen an die Schauspieler. Die größte Ehrung – der Rose-Pokal – ging an Tim Reed. Dieser Pokal ging stets an den Schauspieler, dem es während der Aufführungen am besten gelungen war, das Wesen von Jesus deutlich zu machen.

„In diesem Fall“, erklärte Rhonda, „hat Tim nicht nur das Wesen von Jesus widergespiegelt; er hat ihn dargestellt. Tim hat alles umgesetzt, was wir von ihm verlangt haben, und hat jedes Mal noch etwas mehr hinzugefügt.“

Die Kinder – die sowieso schon sehr aufgeregt waren – sprangen auf, um Tim zu bejubeln.

Dem Gewinner des Rose-Pokals war es gestattet, ein paar Worte zu sagen. Tim hielt seine Rede kurz und knapp. „Ohne das christliche Kindertheater – er sah Katy direkt an – wäre ich irgendein verlorener Teenager, der sich fragen würde, was er als Nächstes anstellen könnte. Das christliche Kindertheater hat mir eine Möglichkeit gegeben, meine Talente und Gaben für Gott einzusetzen und zugleich ihm die Ehre zu geben.“ Sein Lächeln galt allein ihr. „Wenn es nach mir ginge, würde ich niemals zu alt für das Kindertheater.“

Katy hatte das Gefühl, keine Luft mehr zu bekommen. Wusste er, was jetzt kommen würde? Oder verspürte er nur Wehmut angesichts der Tatsache, dass er nach den Richtlinien des christlichen Kindertheaters nur noch ein Jahr lang mitmachen durfte?

Am Ende der Preisverleihung überreichten die Kinder Rhonda und Chad einen Gutschein für ein Abendessen und Eintrittskarten für ein Musical in Indianapolis. So traurig die Situation auch war, konnte Katy doch nicht anders, als ihre Freundin anzulächeln und ihr im Stillen alles Glück der Welt zu wünschen. Chad würde im Herbst nach Cleveland zurückkehren, wenn die Sommerlager des christlichen Kindertheaters vorüber waren.

Rhonda hatte sich am gestrigen Abend nach der Aufführung mit Katy unterhalten. „Ich gehe mit ihm." Sie strahlte und ihre Augen waren voller Liebe und einer Hoffnung, die Katy schon einmal irgendwo gesehen hatte. „Ich wohne bei der Bezirkskoordinatorin dort in Cleveland und Chad und ich leiten die Aufführungen des nächsten Jahres zusammen."

Katy kannte die Antwort schon, also war es mehr eine Feststellung als eine Frage, als sie sagte: „Du liebst ihn."

„Das tue ich." Sie lächelte und senkte dann ihre Stimme. „Er ist derjenige, für den ich mein Leben lang gebetet habe. Das spüre ich."

Katy umarmte ihre Freundin. Ganz egal, in welchen Schwierigkeiten sich ihre eigene Beziehung gerade befand, freute sie sich sehr für Rhonda. „Ich bin so glücklich. Du verdienst es."

Rhonda fragte sie nach dem Film. „Ich meine, es muss doch toll sein, mit Dayne verheiratet zu sein und gemeinsam mit ihm am Set zu arbeiten." Ihre Augen leuchteten, doch eher, weil sie Chad anschaute, der sich am anderen Ende des Raumes befand. „Ist das die schönste Zeit deines Lebens?"

Es war nicht der richtige Augenblick für tiefe Gespräche und Bekenntnisse. Katy lächelte und verbarg ihr zerbrochenes Herz. „Es ist großartig."

Eines der Kinder rief nach Rhonda und sie verabschiedete sich hastig von Katy.

Jetzt – als sie Rhonda und Chad gemeinsam auf der Bühne sah – freute sich Katy im Stillen für ihre Freundin. Sie hatte nicht nur die Liebe ihres Lebens gefunden; sie hatte eine ganz normale Liebe gefunden. Eine alltägliche Liebe. Die wunderbare Art von Liebe, die keinerlei Aufmerksamkeit der Medien erregte. Eine Liebe, von der niemand sich wünschte, dass sie zerbrach. Chad nahm Rhondas Hand. Als sie zu ihren Plätzen zurückkehrten, jubelten die Kinder erneut.

Bethany betrat die Bühne und hatte schon jetzt Tränen in den Augen.

Jetzt ist es so weit, dachte Katy. Neben ihr schob Dayne endlich seine Finger in ihre Hand. Er küsste sie auf die Stirn und drückte ihre Hand. Dann flüsterte er: „Du schaffst das."

Sie sah ihm in die Augen. *Was schaffen?,* wollte sie fragen. Den Familien zu sagen, dass es vorbei war mit dem christlichen Kindertheater in Bloomington? Oder eine Filmkarriere ohne ihn in Angriff zu nehmen? Irgendwie hatte sie das Gefühl, dass hinter seinen Worten eine tiefere Bedeutung steckte.

„Die meisten von euch haben gemerkt, dass Katy und Dayne heute Nachmittag unter uns sind." Bethany schaute in ihre Richtung.

Katy schaffte ein gequältes Lächeln, ebenso wie Dayne.

Die Kinder jubelten noch lauter, riefen laut ihre Namen und klatschten und grinsten sie beide an.

Als sich der Lärm langsam beruhigte, fuhr Bethany fort. Ihre Stimme klang bedrückt. „Katy hat einige Neuigkeiten. Sie wollte es euch persönlich sagen."

Katy ließ Daynes Hand los und stand auf. Plötzlich kam ihr der Gedanke, dass vermutlich die Hälfte der Anwesenden davon ausging, dass ihre Neuigkeiten etwas damit zu tun hatten, dass sie zurückkäme, um die nächste Aufführung zu leiten. Wie wenig sie doch wussten. Sie holte tief Luft und ging zu Bethany auf die Bühne.

Sie umarmten einander, wobei Bethany flüsterte: „Es tut mir so leid. Ich wünschte, es gäbe eine andere Möglichkeit." Sie reichte Katy das Mikrofon.

„Ich weiß." Katy lächelte die Frau an, von der sie so viel gelernt hatte, die Frau, ohne die das christliche Kindertheater niemals in diese Stadt gekommen wäre. Sie sah, wie Bethany in den Zuschauerraum ging. Dann, zum ersten Mal, seitdem die Entscheidung endgültig geworden war, blickte sie in die Gesichter von ungefähr dreihundert Freunden, Menschen, die für sie wie eine Familie geworden waren, seitdem sie nach Bloomington gekommen war. „Zuerst einmal ein großes Kompliment und meine Glückwünsche an Rhonda und Chad und alle Beteiligten. *Godspell* war fantastisch."

Die Kinder brachen erneut in lauten Applaus aus. Katy unterbrach sie nicht. Nachher würde es für die Kinder des christlichen Kindertheaters nur noch wenig Gelegenheit zum Jubeln geben. Sie vermied es, Dayne anzuschauen. *Ein Problem nach dem anderen, Gott ... Sonst schaffe ich es nicht.* Ihre Knie waren butterweich, als sie das Mikrofon ein wenig fester umfasste.

Als die Begeisterung sich beruhigt hatte, ließ Katy ihren Blick über die Zuschauermenge schweifen. „Ich fürchte, ich habe keine guten Neuigkeiten."

Ein leises Raunen ging durch die Menge, doch dann wurde es sehr still unter den Kindern und ihren Familien.

Katy hatte auf dem Flug von Santa Fe nach Bloomington lange geprobt, was sie sagen würde. Die einzige Möglichkeit, die ihr sinnvoll erschienen war, war, es schnell zu sagen, so direkt und unmissverständlich wie möglich.

Sie sah zu Rhonda. „Seit einiger Zeit schon haben die Besitzer des Theaters darüber nachgedacht, das Gebäude zu verkaufen. Offensichtlich gibt es jetzt ernsthaftes Interesse von einigen Immobilienmaklern, die hier ... die hier Wohnblocks errichten wollen."

Schock trat in die Gesichter einiger Zuhörer. Ein erschrockenes Keuchen lief durch die Reihen.

Katy sah Tim Reed in die Augen. Sie erkannte darin Sorge und Wut und vielleicht sogar das Gefühl, betrogen worden zu sein. Seine Verärgerung war jedoch nicht gegen sie gerichtet, sondern gegen die Personen, die das Theater unter ihren Füßen hinweg verkaufen wollten. Sie hielt seinem Blick stand. „Wir haben erfahren, dass die Besitzer des Theaters ihre Entscheidung bereits getroffen haben. Morgen werden sie ein ‚Zu verkaufen'-Schild anbringen."

Der gesamte Raum reagierte. Einige schlugen sich die Hände vor den Mund, andere vergruben ihr Gesicht in ihren Händen. Bailey und einige der älteren Mädchen, die in der ersten Reihe saßen, legten sich die Arme um die Schultern. Sie hatten Tränen in den Augen.

Katy wandte ihre Aufmerksamkeit Bethany zu und ein trauriges Lächeln trat auf ihre Lippen. „Bethany und die anderen Mitglieder des Leitungsteams haben alles in ihrer Macht Stehende getan, um ein neues Theater für euch zu finden. Alles, was verfügbar wäre, stünde uns nur für eine Abendaufführung oder vielleicht ein Wochenende zur Verfügung ..." Ihre Stimme brach.

Alles an der Szene, die hier gerade ablief, war schrecklich falsch. Jetzt war der Moment, wo eigentlich jemand schreien müsste: „Cut!" und sie sich zusammensetzen und überlegen müssten, wie sie der Szene ein anderes Ende verpassen könnten. Die Art Ende, das die Menschen zum Bleiben veranlasste, um sich die Aufführung noch einmal anzuschauen. Doch hier ging gerade keine Theateraufführung und auch kein Film über die Bühne; es war die bittere Realität. Nachdem sie so viel ihres Lebens und ihrer Seele in die Kinder und die Familie, die vor ihr saßen, investiert hatte, hatte Katy jetzt keine andere Wahl, als ihnen zu sagen, dass es vorbei war.

Tränen ließen ihre Sicht verschwimmen, als sie zu Boden sah. Für einen Moment senkte sie das Mikrofon. Sie versuchte immer noch, ihre Kraft neu zu sammeln, sich zu überlegen, was sie als Nächstes sagen sollte, als sie Schritte hörte und Dayne neben sich spürte. Er legte seinen Arm um ihre Schultern und stützte sie. Diese Geste berührte sie zutiefst. Er empfand immer noch etwas für sie. Ganz egal, welche Spannungen durch den Film zwischen ihnen entstanden waren, konnte sie niemals seine Gefühle für sie anzweifeln.

Doch hier saßen ihre Kinder. Die Verantwortung lag bei ihr, die Familien hatten sich auf sie verlassen. Sie war die Einzige, die diese Nachricht überbringen konnte. Also lehnte sie sich gegen Dayne und hob das Mikrofon wieder hoch.

Jeder im Zuschauerraum erstarrte und wartete mit Sorge auf das, was jetzt kam.

„Ohne ein Theater können wir das christliche Kindertheater in Bloomington nicht weiterführen." Katy fragte sich, ob die anderen ihr rasendes Herz über die Lautsprecheranlage hören konnten. Sie hatte ihren Kindern beigebracht, die Zuschauer nicht bewusst wahrzunehmen, und ihnen beigebracht, wie sie über ihre Köpfe hinweg schauen konnten, ohne die einzelnen Personen zu sehen. Sie nutzte diese Technik jetzt, als sie weitersprach. „Und so mussten wir eine Entscheidung treffen, die wir niemals treffen wollten. Nach den Sommerlagern wird das christliche Kindertheater hier in Bloomington geschlossen." Sie machte eine kurze Pause. „Rhonda wird nach Cleveland gehen, um beim dortigen Kindertheater mitzuarbeiten."

Tränen liefen über ihre Wangen. Sie erlaubte sich, sich noch einmal auf die Gesichter zu konzentrieren. Wieder fiel ihr Blick auf Tim Reed. „Es tut mir so leid." Ihre Worte waren ein gequältes Flüstern. „Es tut mir so unendlich leid."

Sie ließ das Mikrofon erschöpft sinken und senkte den Kopf. Sooft sie auch über diese Rede nachgedacht hatte, hatte sie sich nicht einmal überlegt, wie ihre Zuhörer reagieren würden. Und jetzt fragte sie sich, ob sie still das Theater verlassen oder lautstarken Protest erheben würden.

Sie vergrub ihr Gesicht an Daynes Brust und sank gegen ihn. Wie konnte alles vorbei sein? Und wie kam es, dass Dayne und sie es geschehen ließen? Es musste doch etwas geben, was sie für ihre Ehe und für die Kinder, die vor ihnen saßen, tun konnten. *Sie gehen einfach,* sagte sie sich. *Sie geben mir die Schuld, dass ich nicht mehr für das Kindertheater gekämpft habe, dass ich mich in Richtung Hollywood davongemacht habe. Und jetzt wissen sie nicht, was sie sagen sollen.*

Ihre Gedanken wirbelten wild durcheinander, als sie plötzlich eine Hand auf ihrer Schulter spürte. Dann noch eine und noch eine. Sie öffnete ihre Augen und befreite sich aus Daynes Umarmung. Ruhig und mit tränenüberströmten Gesichtern waren die Männer und Frauen und Kinder der Theaterfamilien auf die Bühne gekommen und umringten sie und Dayne.

Sie würden sie niemals verlassen, weder jetzt noch in Zukunft. Katy spürte die Tränen in ihrem Herzen und konnte nichts tun, um sie zurückzuhalten. Und immer noch kamen ihre Freunde zu ihr.

Als die Bühne voll war, stellten sie sich davor auf, und als alle nach vorne gekommen waren, als alle sich an den Händen gefasst oder Katy und Dayne umarmt hatten, begann Tim Reed zu beten. „Gott, wir sollten eigentlich nicht so überrascht sein. Nichts Wertvolles geschieht ohne eine Auseinandersetzung." Seine Stimme war klar und fest, doch als Katy ihn anschaute, sah sie, dass seine Wangen ebenso nass waren wie die der meisten anderen Kinder. „Wir haben harte Zeiten durchlitten und werden auch das überstehen." Seine Stimme klang jetzt angespannt. „Wir brauchen ein Theater, Gott. Bitte … zeige uns einen Ort, an dem wir üben und spielen können. Wir brauchen das christliche Kindertheater hier in dieser Stadt."

Einige der anderen Kinder beteten nun ebenfalls. Eines der Mädchen sprach unterbrochen von Schluchzern. „Ich war das Kind, auf dem in der Schule alle herumgehackt haben. Ich hatte bereits beschlossen, dass ich es nicht wert war, weiterzuleben." Sie holte ein paarmal tief Luft. „Ich wollte allem ein Ende machen." Sie schniefte. „Ich hatte schon einen Plan … und dann lud mich jemand … hierher ein."

Katys Augen standen weit offen. Ihr Herz litt mit dem Mädchen mit. Sie hatte gewusst, dass das Kindertheater für diese junge Schauspielerin sehr wichtig war, doch keiner von ihnen hatte geahnt, dass Gott die Theatergruppe gebraucht hatte, um ihr Leben zu retten.

Ein Kind nach dem anderen betete und flehte Gott um eine weitere Chance an, um eine Idee, wie sie das Theater weiterführen könnten.

Als schließlich nur noch leises Schniefen und unterdrückte Schluchzer zu hören waren, begannen einige der Kinder zu singen. „Bleibend ist deine Treu, o Gott, mein Vater, du kennst nicht Schatten noch wechselt dein Licht …“

Und hierin lag der Sieg; Katy konnte es tief in ihrem Herzen spüren. Sie konnten das Theater abreißen und sie daran hindern, ihre Aufführungen zu machen, doch keiner konnte ihnen die Hoffnung nehmen, die sie in Christus hatten, die Verbindung, die sie teilten.

Dayne umfasste Katy fester und stimmte mit ein.

Auch andere fielen in das Lied ein und klammerten sich dickköpfig an den Glauben an einen Gott, der für alle ihre Bedürfnisse sorgen würde, einen Gott, dessen Erbarmen jeden Morgen neu war – jeden einzelnen Morgen.

Ganz egal, wie dunkel die Nacht war, die vor ihnen lag.

Kapitel 20

Der Sommer kam früh nach Bloomington und wich auch nicht mehr. Ashley badete in dem warmen Wetter und genoss das Gefühl, dass alles um sie herum neu wurde. Der blaue Himmel und das frisch gemähte Gras und das Leben, das mutig und lebendig blühte, wo auch immer sie hinschaute. Sogar im Spiegel. Sie trug dieses Baby tiefer als die beiden vorherigen. Ungeachtet des leisen Schattens des Zweifels war ihr Kind unaufhörlich aktiv. Ashley war sensibler bei diesem Kind, achtete mehr darauf, wann es schlief und wann es aktiv war.

Manchmal saßen sie und Landon nebeneinander auf dem Sofa, lange nachdem die Jungen im Bett waren, während eine warme Brise durch das offene Fenster hereinwehte. Sie legten abwechselnd ihre Hände auf Ashleys gerundeten Bauch und waren sich sehr sicher, dass ihre ungeborene Tochter den Druckpunkt finden und mit aller Kraft, die sie hatte, dagegentreten würde.

Sie hatten einen Namen ausgesucht und bezeichneten sie nicht länger als Baby oder als ihr kleines Mädchen. Sie hatten sie Sarah Marie genannt. Sarah war der Name von Landons Mutter und Marie der zweite Vorname von Ashleys Mutter. Wenn die beiden Kusinen geboren waren, würden ihre Name sehr viel von ihrer Familiengeschichte und dem Erbe widerspiegeln, das ihnen dabei helfen würde, zu dem zu werden, was sie werden sollten.

Besonders Landon war glücklich, dass seine erstgeborene Tochter den Namen seiner Mutter tragen würde. Seine Eltern waren nach Phoenix umgezogen, doch sie kamen zweimal im Jahr nach Bloomington, um ihre Kinder zu besuchen.

„Meine Mutter hat mir beigebracht, wie ich richtig lieben kann", hatte Landon zu Ashley gesagt, als sie eines Tages entspannt durch die Nachbarschaft spaziert waren. „Einen Namen meiner Mutter und einen deiner Mutter auszuwählen ist die perfekte Art, um die Liebe zu ehren, die uns bis zu diesem Tag gebracht hat."

Ashley lächelte und wiederholte den Namen ihres Babys wieder und wieder in ihren Gedanken. *Sarah*. Die Bedeutung des Namens war Prinzessin, was fast noch passender war. Denn Landon hatte von Anfang an gesagt, dass er bereits eine Prinzessin habe, seitdem er sie geheiratet hatte. Zwei Prinzessinnen zu haben wäre ein kostbares Geschenk von Gott.

Angesichts des Sommers, der überall in Bloomington in der Luft lag, konnte Ashley nicht oft genug draußen sein. Landon würde bald von seinem Arbeitstag in der Feuerwehrstation nach Hause kommen, deshalb hatte sie Devin bereits in seinen Kinderwagen gesetzt. Sechs Blocks von ihrem Haus entfernt lag ein kleiner Park und sie hatten begonnen, jeden Abend dorthin zu gehen. Cole würde wie immer vorausrennen und nur ab und zu innehalten, um einen Wurm zu untersuchen oder sich ein Vogelnest genauer anzusehen.

Durch den Park lief ein kleiner Bach. Sie verbrachten normalerweise die erste halbe Stunde damit, Devin auf seiner Lieblingsschaukel anzuschubsen, während Cole nach kleinen Fröschen suchte.

„Babyfrösche sind das Beste am Juni", hatte er mehr als einmal gesagt. Er hatte dabei seine Arme so weit wie möglich ausgebreitet. „In ein paar Monaten sind sie schon groß! Doch im Juni kann man sie gut fangen und in ein Glas setzen."

Schon einige Male hatte Cole sein Lieblingsglas mitgebracht und ein Paar Babyfrösche gefangen, die er in ihren eigenen Gartenteich brachte. „Nur um sicherzugehen, dass wir eine Menge Frösche hier haben. Sie fressen die Fliegen, wie du weißt." Er war wieder ein sorgloses Kind, jetzt, wo die Baseballsaison fast vorüber war. Er hatte den Sport in letzter Zeit nicht mehr erwähnt, wofür Ashley dankbar war. Das war es, was den Sommer ausmachte – endlose Tage voller unglaublicher und fantastischer Expeditionen durch Gestrüpp und Bäche und am Ufer des Sees entlang, immer auf der Suche nach Schlangen und Fröschen und kleinen Vögeln.

Cole hegte immer noch die Hoffnung, dass das Baby, das in Ashleys Bauch wuchs, nicht eine Sarah war, sondern ein Steve. Ab und zu kam er mit lachenden Augen von draußen hereingestürmt, legte seine schmutzige Hand auf Ashleys Bauch und beugte sich dicht hinunter. „Hi, Steve! Beeil dich und werde schnell groß, damit du mit nach draußen kommen kannst."

In den vergangenen Monaten hatte er sein verschmitztes Augenzwinkern perfektioniert. Wenn er seine einseitige Unterhaltung mit „Steve" beendet hatte, zwinkerte er Ashley zu, grinste von einem Ohr zum anderen und rannte zurück nach draußen. Devin war inzwischen viel aktiver, sodass Ashley viele Nachmittage im Garten verbrachte, seine Hand hielt und ihm half, mit Coles Tempo mitzuhalten.

Heute war der zweite Montag im Juni und Ashley hatte sich einen anderen Weg für ihren allabendlichen Spaziergang überlegt. Landon trat ein paar Minuten früher als erwartet durch die Tür und ihre Augen trafen sich. Ihr stockte der Atem, so wie es immer geschah, wenn Landon hereinkam. Sie konnte es immer noch kaum glauben, dass sie beinahe von ihm weggegangen wäre, ihn beinahe ignoriert hätte.

„Hi." Sie lächelte. „Wie war die Arbeit?" Sie schob ihre Finger durch die Gürtelschlaufen seiner Uniformhose.

Seine Augen waren voll von Licht und Liebe und einer Tiefe, die sie bei keinem anderen Mann gesehen hatte. Er nahm ihr Gesicht zwischen seine Hände und grub seine Finger in ihre Haare. „Hat dir schon mal jemand gesagt – ein Lächeln umspielte seinen Mund –, dass du wunderschöne Haare hast?"

Ashley warf ihm einen Blick zu, der halb Necken, halb unendliche, grenzenlose Liebe war. Sie trat einen Schritt näher, bis ihre Wange die seine berührte. „Heute noch nicht. Bis jetzt noch nicht."

Die Bemerkung über ihre Haare brachte Ashley jedes Mal zum Lächeln. Es war etwas, das die liebe alte Irvel wieder und wieder und wieder zu Ashley gesagt hatte, als sie im Sunset Hills Pflegeheim gearbeitet hatte. Die Frau hatte an Alzheimer gelitten und jedes Mal, wenn sie Ashley gesehen hatte, war sie von ihren Haaren fasziniert gewesen. Landon hatte das bemerkt, als er Ashley einmal bei der Arbeit besucht hatte. Seitdem benutzte er Irvels Kommentar ab und zu.

„Mmmm." Landon schmiegte sein Gesicht an ihres. „Du riechst gut."

„Du auch." Ashley schlang ihre Hände um seinen Nacken und lehnte sich ein wenig zurück, damit sie seine Augen sehen konnte. „Ich mag es, wenn du genauso riechst wie zu dem Moment, als du das Haus verlassen hast." Sie zog die Nase kraus. „Die Sache mit dem Rauch macht mich immer etwas nervös."

Er lachte. „Keine Feuer. Wir haben heute nur die Ausrüstung gewaschen und sortiert und die Station aufgeräumt. Das war alles."

Sie wiegte sich mit ihm, wobei sie die Musik ihrer gemeinsamen Jahre in ihrer Seele hörte. „Wie mein Tag." Sie genoss das Gefühl seines Herzschlags. „Ich habe Hühnchensalat für heute Abend gemacht."

„Schon wieder?“ Landon berührte leicht ihre Schulter. In seinen Augen stand das vertraute Necken. Er hob die Augenbrauen. „Nicht dass ich mich beschweren würde. Ich liebe Hühnchensalat.“ Er grinste. „Auch wenn ich keine Wahl habe.“

„Was soll ich sagen?“ Sie kicherte. „Das ist das Einzige, was noch gut schmeckt. Wenigstens habe ich keinen Heißhunger auf Sauerkraut wie Kari.“

Im Nebenzimmer half Cole Devin mit seinen Schuhen. Als er ins Wohnzimmer stürmte, war ihm sein Bruder dicht auf den Fersen. „Hat Mama es dir schon gesagt?“

Landon streckte die Arme aus, zog Cole in eine Umarmung und wirbelte ihn herum. „Hey, wie war dein Tag?“

„Großartig.“ Er zwinkerte Ashley zu. „Mama will zum Supermarkt gehen, um Schokolade-Nuss-Eis zu kaufen.“

„Stimmt das?“ Landon sah Ashley an. „Mit sauren Gurken?“

Ashley lachte, als sie den Kinderwagen zur Haustür schob. „Ehrlich gesagt hat Katy mir erzählt, dass heute die neuen Magazine herauskommen. Ich interessiere mich eher für die Zeitungen als für das Eis.“

Cole deutete auf sich selbst. „Ich und Devin interessieren uns mehr für das Eis.“

„In Anbetracht eines weiteren Abendessens mit Hühnchensalat bin ich auch eher vom Eis begeistert.“ Landon wuschelte durch Coles blonde Haare. Er lächelte Ashley zu und nickte in Richtung ihres Schlafzimmers. „Ich ziehe mich schnell um.“

Zehn Minuten später waren sie auf dem Weg. Landon schob Devins Kinderwagen. „Habe ich in letzter Zeit erwähnt, dass ich es liebe, hier zu wohnen?“

Ashley legte den Kopf zurück. Die Sonne wärmte sie bis ins Innerste. „Es ist wunderschön, nicht wahr?“

„Der schönste Juni, an den ich mich erinnern kann.“

Cole war vorausgerannt, doch er blieb stehen und sein Gesicht war ernst. „Maddie sagt, dass der Juli und der August richtig heiß werden sollen.“

„Gut.“ Ashley war es egal, wie heiß es war. Sie fühlte sich besser als je zuvor. Wenn die Temperaturen die dreißig Grad überschritten, würden sie einfach zum See gehen. „Vielleicht können wir eines dieser aufblasbaren Boote kaufen und unsere Nachmittage auf dem Wasser verbringen.“

„Oder bei den Flanigans!“ Coles Augen leuchteten auf. „Ricky hat gesagt, dass wir jeden Tag kommen können, wenn wir wollen.“

„Da hast du es.“ Ashley lächelte ihren ältesten Sohn an. „Wir werden den besten Sommer unseres Lebens haben.“

„Ja!“ Cole sprang wieder voraus und kletterte auf einen Baumstamm, der an der Straßenseite lag. Er balancierte darauf, als sie weitergingen.

Landon holte tief Luft und wandte sich zu ihr um. Er sah entspannt und glücklich aus, doch sein Gesichtsausdruck verriet ihr, dass ihn etwas beschäftigte. „Jetzt erzähl mir von den Zeitungen.“

Sie sah geradeaus und erinnerte sich an ihr letztes Gespräch mit Katy. „Die Fotos vom Monatsanfang sind heute vielleicht in den Magazinen. Katy macht sich große Sorgen deswegen.“

„Oh.“ Ein Licht erlosch in Landons Augen. „Von dem Wochenende, an dem sie getrennt waren?“

„Richtig. Sie ist mit ihrem Direktor essen gegangen und Dayne war in LA zu geschäftlichen Terminen.“

„Das stimmt … und schlussendlich hat er Randi Wells nach Hause gebracht.“ Landon seufzte. „Ja, ich glaube, das kann richtig hässlich werden.“

„Es wäre ja nicht so schlimm, wenn Katy nicht das Gefühl hätte, dass es Spannungen zwischen ihnen gibt. Sie haben keine Zeit für sich. Kaum drehen sie sich um, richtet schon jemand eine Kamera auf sie.“ Ashley spürte, wie sich ihr Bauch anspannte. Schnell legte sie ihre Hand darauf und ging langsamer. Sie atmete scharf durch ihre zusammengepressten Zähne ein. „Ooooh.“

„Süße …“ In Landons Augen trat Sorge. „Was ist los?“

Ihr Bauch war hart und angespannt. Sie blieb stehen. „Es ist okay. Vorwehen.“ Sie wartete ein paar Augenblicke, bis sich ihre Muskeln entspannten. Dann holte sie tief Luft und ging weiter. „Ich hatte einige heute Nachmittag.“ Sie wollte nicht, dass Landon sich ängstigte, also lächelte sie. „Nichts, worum man sich Sorgen machen müsste.“

Cole blieb weiter vorne stehen. Er klopfte gegen einen Baum und beugte sich hinunter. „Rote Ameisen! Der ganze Baum ist übersät von roten Ameisen.“

„Bleib nicht dort stehen, Kumpel.“ Landon bedeutete ihm, dass er weitergehen sollte. „Sonst krabbeln sie in einer Minute dein Bein hoch.“

„Huch!" Cole wischte sich seine Schuhe und die Knöchel ab. „Zwei waren schon auf mir!" Er tanzte von dem Baum weg und ging weiter, wobei er in der Mitte des Bürgersteiges blieb.

Landon wandte seine Aufmerksamkeit wieder Ashley zu. „Bist du dir sicher, dass es nur Vorwehen sind?"

„Sehr sicher." Ashley verfiel in das gleiche entspannte Tempo wie zuvor. „Ich bin erst im siebten Monat."

Landon schwieg. Sie überquerten eine stark befahrene Straße und gingen dann auf den Supermarkt zu. Kurz bevor sie ihn erreicht hatten, legte Landon seinen Arm um sie. „Ich liebe es, wie du mit der Situation umgehst."

Wenn es nach Ashley ginge, würden sie bis zu Sarahs Geburt so weitermachen, ohne das Problem auch nur zu erwähnen. So könnten sie und Landon ihre Tage damit verbringen, von Sarahs Leben zu träumen und von den Plänen, die Gott vielleicht für sie hatte. Sie würden sich darüber unterhalten, wie sie Sarah herumtragen würden, bis sie einschlief, und dass sie vor dem Zubettgehen immer am aktivsten war. Doch hin und wieder mussten sie über die Möglichkeit sprechen, dass es anders kommen könnte. Ashley war immerhin im siebten Monat schwanger. Und bis jetzt hatte sie keine weitere Untersuchung vornehmen lassen.

Sie verlangsamte ihr Schritttempo und sah ihm tief in die Augen, bis ins Innerste seines Herzens. „Ich würde es nicht schaffen, wenn du nicht dabei wärst."

„Die Bibel sagt uns, dass wir uns um morgen keine Sorgen machen sollen." Landons Lächeln war so warm und echt wie die Sonne. Doch in seiner Stimme lag eine Warnung. „Soweit es geht, haben wir das befolgt, denke ich."

Ashley zögerte. „Aber …"

Sein Lächeln wurde etwas schwächer. „Aber ich denke, es wäre an der Zeit, dass du noch einmal zu Dr. McDaniel gehst."

„Ich weiß." Ashley weigerte sich, ihrer Angst nachzugeben. „Ich mache für Ende des Monats einen Termin aus."

Landon drückte ihre Schulter sanft. „Das wäre sicher gut. Wir haben dann immer noch genug Zeit, bevor sie geboren wird."

„Das stimmt." Plötzlich fühlte sich Ashleys Mund sehr trocken an. Sie wollte über etwas anderes reden, über alles andere, nur nicht über das, was ein weiterer Ultraschall vielleicht beweisen würde. „Ihr geht es bestimmt gut. Sie ist viel aktiver als Cole, falls der Verlauf dieser Schwangerschaft ein Hinweis auf irgendetwas ist."

„Ich wäre nicht überrascht."

Ashley fühlte, wie sich die dunklen Wolken der Angst wieder ein wenig hoben. Ohne Landon hätte sie die vergangenen Monate nicht durchstehen können. Er hatte jeden ihrer Wünsche berücksichtigt, hatte gemeinsam mit ihr geträumt und mit ihr über die kleine Sarah gesprochen, als ob keiner von ihnen einen Grund hätte, besorgt zu sein. Sie hatten gemeinsam für ein Wunder gebetet, doch niemals verzweifelt und mit panischen Worten, so wie es der Fall war, wenn man an einem Krankenbett betete. Eher voller Hoffnung und in der Gewissheit, dass irgendetwas Wunderbares bei der Geburt ihrer Tochter geschehen würde.

Sie betraten den Supermarkt und Ashley ging direkt zu den Zeitschriftenständern bei den Kassen. Noch bevor sie eine Zeitschrift herausgreifen konnte, sprang ihr der Ärger, über den sich Katy Sorgen gemacht hatte, von den ersten drei Titelbildern direkt ins Gesicht. Ein Magazin zeigte ein zweigeteiltes Foto. Auf der rechten Seite war Dayne zu sehen, der sein Gesicht zu Randi neigte, wobei sich ihre Nasen berührten. Es war schwierig, Daynes ganzes Gesicht zu erkennen, doch Randi lächelte kokett, ihre Augen waren mit verführerischem Blick direkt auf ihn gerichtet. Auf der anderen Seite der Fotomontage sah es so aus, als läge Katy in den Armen ihres Direktors. Ihre Lippen berührten sich, offenbar kurz vor einem intensiven Kuss. Die fette Schlagzeile über den beiden Bilder fragte: „Ärger im Paradies?"

„Oh nein." Ashley griff nach der Zeitschrift. Doch daneben lag eine weitere und daneben noch zwei. Alle Magazine zeigten dieselben unscharfen Bilder mit ähnlich düsteren Schlagzeilen. Sie zeigte Landon eines der Magazine. „Das ist schrecklich!"

Landon sah eher traurig als schockiert aus. Er wusste, dass weder Katy noch Dayne daran dachten, eine Affäre zu beginnen. Er gab Ashley das Magazin zurück. „Was wird das für Auswirkungen für sie haben?"

Ein drängendes Gefühl stieg in Ashley auf. „Es wird sie verletzen; das wird passieren."

„Aber es ist doch nichts passiert. Ich meine, nicht wirklich."

Landon schaute sich nicht regelmäßig die Schlagzeilen der Klatschpresse an. Er verbrachte nicht so viel Zeit in Supermärkten wie sie. Ashley knirschte mit den Zähnen. „So funktioniert es doch jedes Mal. Sie konzentrieren sich auf ein Paar und schreiben darüber, wie die beiden zueinanderfinden könnten und wie toll es wäre, wenn sie ein Liebespaar würden. Dann kämpfen sie darum, die Ersten zu sein, die verkünden können: Ja! Sie sind tatsächlich zusammen! Hurra!" Sie hielt ihre Stimme gesenkt, doch sie redete sich in Rage. „Sie geben dem Pärchen keinen Monat Zeit, bevor die Schlagzeilen erste Andeutungen machen, dass entweder die unterschiedlichen Arbeitszeiten des Paares oder Unterschiede im Charakter oder Familienschwierigkeiten eventuell ein Problem für die beiden sein könnten."

„Wirklich?" Landon verzog das Gesicht. „Das ist verrückt."

„Ich weiß, aber die Leute kaufen es. Sie sind richtig gierig danach." Ashley nickte in Richtung des Zeitschriftenregals und spürte, wie ihre Wut wieder anschwoll. „Sie brauchen nicht lange, bis sie von ersten Andeutungen, dass es ein Problem geben könnte, dazu kommen, tatsächlich eines zu finden. Irgendwas. Einer der beiden hat ein Alkoholproblem oder ist viel zu sehr mit seiner Karriere beschäftigt. Und wenn es kein Problem gibt, dann erfinden sie eines." Wieder hob sie die Zeitschrift hoch. „Wie das hier. Und dann … das kann eine Beziehung zerstören."

Landon sah sehr besorgt aus. „Aber Katy ist nicht so und Dayne auch nicht. Sie werden nicht zulassen, dass dieser Schwachsinn ihre Ehe zerstört."

„Wie können sie es verhindern?" Sie musste unbedingt Katy anrufen. Hastig zog sie ihr Handy aus ihrer Handtasche. „Aus ihrer momentanen Situation heraus fühlt es sich vielleicht so an, als würde die ganze Welt versuchen, sie auseinanderzubringen."

„Willst du sie anrufen?"

„Ja." Ashley hob einen Finger. „Ich bin gleich zurück." Sie ging rasch nach draußen, wo der Handyempfang besser war, und wählte Katys Nummer. Kein Wunder, dass Katy so gedankenverloren gewirkt hatte, als sie zu Hause gewesen waren. Sie hatte sich wegen der Fotos Sorgen gemacht. Jetzt fügte sich ein Puzzleteil in das nächste. Dayne und Katy waren noch keine drei Monate verheiratet und bereits in ernsthaften Schwierigkeiten.

Lieber Gott, schenk mir die richtigen Worte. Das ist viel zu ernst, als dass ich es ignorieren könnte. Die beiden mussten unbedingt die Reality-Show abbrechen, den Film beenden und sich dann ein Jahr Auszeit nehmen. Beide. Kein Mensch konnte einer solchen Prüfung standhalten.

Nach dem vierten Klingeln sprang Katys Mailbox an. Ashley war nicht überrascht. Katy hatte ihr gesagt, dass sie jeden Tag von morgens bis abends beschäftigt war.

Ihre Ansage lief ab, dann der Piepton. Ashley holte tief Luft. „Katy, ich bin's, Ashley. Ich habe die Zeitungen gesehen." Sie zögerte. Das, was sie sagen wollte, war zu viel für eine Nachricht auf der Mailbox. „Ich mache mir große Sorgen um dich, liebe Freundin. Vielleicht solltet ihr beide, du und Dayne, die Reality-Show absagen, bevor ihr den Preis dafür zahlen müsst. Ruf mich an, okay?"

Sie ging zu Landon und den Jungen zurück und warf ihm einen nervösen Blick zu. „Ich habe ihr auf die Mailbox gesprochen."

„Ich weiß nicht." Landon sah wieder zu dem Zeitschriftenregal hinüber. „Es wird eine Zeit lang sehr heftig sein, doch ich glaube, ihre Ehe ist stabil genug."

Ashley fuhr sich mit den Fingern durch die Haare. „Es passieren seltsame Sachen in diesem Business." Sie wandte sich von den Zeitschriften ab. „Ich hoffe nur, dass sie zurückruft."

Drei Stunden später, nachdem sie mit ihren Eisbechern und einer Tüte voller Zeitschriften nach Hause gekommen waren, nachdem sie ein weiteres Abendessen mit Hühnchensalat gegessen und die Hälfte vom Eis verputzt hatten, versuchte Katy zurückzurufen. Doch da waren Ashley und Landon gerade dabei, Devin zu baden. Ashley sah erst, dass sie einen Anruf verpasst hatte, als sie zu Bett ging. Sie hörte ihre Mailbox ab, doch die Nachricht war nur kurz.

Katy klang, als ob sie weinte. „Danke, dass du dir Sorgen machst, Ashley ... Wir können aus der Show nicht aussteigen, und was mich und Dayne betrifft ... Es läuft nicht gut. Wir reden später."

Als Ashley ihr Handy ausschaltete, verkrampfte sich ihr Bauch wie am frühen Abend. Der Druck schnürte ihr die Luft ab. Für ungefähr fünfzehn Sekunden vergaß sie Dayne und Katy. Nachdem der Krampf nachgelassen hatte, wurde sie wieder ruhiger. Vorwehen waren ganz normal und nur ein weiteres Anzeichen dafür, dass diese Schwangerschaft wie jede andere verlief, ohne jegliche Komplikationen.

Was mehr war, als man über Katys und Daynes Ehe sagen konnte. Ashley schloss die Augen und betete für ihren Bruder und seine Frau, für die Liebe, um die sie so hart gerungen hatten, und die Ehe, die sie so verzweifelt zu schützen versuchten. Dann nahm sie sich vor, am nächsten Morgen bei Dayne anzurufen und mit ihm zu beten. Was auch immer sie tun könnte, sie würde es tun, um den Schaden abzumildern, den die Paparazzi verursacht hatten. Bevor es wirklich zu spät war.

Kapitel 21

Im gleichen Moment, in dem er den Speisesaal betrat, wusste Dayne, dass irgendetwas furchtbar falsch lief. Das Studio hatte eine große Ranch für die Aufnahmen gemietet. Die Mahlzeiten wurden in einem Nebengebäude in einem Raum mit zwanzig Tischen ausgegeben.

Die meisten hatten bereits zu Mittag gegessen. Katy drehte gerade eine Innenszene mit der Schauspielerin, die ihre Mutter verkörperte. Wenn es sehr gut lief, würde sie in einer Stunde fertig sein. Nur ein halbes Dutzend Komparsen und Mitarbeiter saßen an zwei Tischen. Als Dayne mit einigen anderen Schauspielern eintrat, verstummten alle an den beiden Tischen. Zwei der Männer flüsterten einander etwas zu. Der andere Tisch leerte sich rasch.

Dayne ging weiter, doch als er an den Tischen vorbeiging, entdeckte er einige Zeitschriften, die über die beiden Tische verteilt lagen. „Na toll", murmelte er.

„Sie sind in letzter Zeit wirklich unbarmherzig." Der Schauspieler neben ihm war bereits älter, ein erfahrener Kollege. Er klopfte Dayne freundschaftlich auf den Arm. „Sie werden irgendwann genug von euch kriegen."

„So fühlt es sich nicht gerade an." Dayne nahm sich ein Truthahnsandwich und einen Apfel und ging zu dem Tisch, an dem noch vor einer Minute die Komparsen gesessen hatten. Er hatte sich noch nicht gesetzt, als er das Titelblatt des nächstliegenden Magazins genauer erkannte. „Was?" Er ließ sich auf die Bank fallen und zog den Stapel näher. Ein wütendes Grollen kam aus seiner Kehle. „Ich wusste es."

Auf dem Titelbild waren ein Foto von ihm und Randi sowie eines, das Katy und Stephen zeigte. Die kleinere Schlagzeile über Katys Foto sagte: „Uuups! Falsche Romanze beim Filmdreh!"

Er ließ für einen Moment seinen Kopf hängen. Sein Schauspielkollege unterhielt sich an der Essensausgabe, wofür Dayne dankbar war. Er brauchte jetzt kein Publikum. Sein Herz raste wie eine wild gewordene Flipperkugel, doch er musste sich ansehen, was in den Magazinen stand. Er schaute wieder auf das Titelbild und blätterte die Zeitschrift rasch durch. Und natürlich war er dort zu sehen – auf einem halben

Dutzend Fotos mit Randi Wells. Ein Foto, wie sie beide Arm in Arm den Nachtclub verließen, eines, auf dem sich ihre Nasen berührten, und ein weiteres, bei dem er ihr ins Auto half. Das schlimmste Foto war das größte, eine Aufnahme von Randi, die sich an ihn schmiegte, während er mit ihren Schlüsseln ihre Haustür aufschloss.

Unter den Fotos und der Schlagzeile, die fragte: „Zweiter Versuch zum Glück?“, stand ein kurzer Artikel, in dem erwähnt wurde, dass Randi im Gespräch für die Hauptrolle in Daynes nächstem Film war – das Projekt, das in diesem Herbst in Mexiko gedreht werden sollte. „Die ganze Welt liebt die Funken, die zwischen den beiden auf der Leinwand knistern. Jetzt, wo Randi wieder Single und Daynes Ehe ein Scherbenhaufen ist, werden diese beiden Stars bei ihrem zweiten Versuch vielleicht endlich die große Liebe finden.“

Wut raste durch Daynes Adern und fraß ihn auf. Diese Schmierfinken hatten nicht die geringste Ahnung, was wirkliche Liebe war. Er sollte seinen Anwalt anrufen und eine Verfügung gegen diesen Schmutz fordern. Es war egal, dass dieses Magazin zu der gleichen Mediengruppe gehörte wie die Firma, die *For Real* produzierte. Es hatte in der Vergangenheit verschiedene Prominente gegeben, die gegen Magazine geklagt und gewonnen hatten. Nicht dass sie das aufhalten würde. Es war nicht ungewöhnlich, dass die Zeitschriften zu saftigen Strafzahlungen verurteilt wurden und trotzdem nicht aufhörten, die Prominenten in den Schmutz zu ziehen. Klatsch war lukrativ.

Er überflog die nächsten Seiten und las die Aussage einer „Quelle aus dem Umfeld von Katy Hart“, dass sie von Anfang an von ihrem Direktor fasziniert gewesen sei. „Es gibt Gerüchte, dass er Katy auch für seinen neuen Film haben will. Es gibt nicht wenige, die glauben, dass nicht nur Katys schauspielerisches Talent der Grund dafür ist.“

Dayne schob das Magazin zur Seite und sah sich die anderen an, die auf dem Tisch verteilt waren. Die Neuigkeiten waren in jeder Zeitschrift die gleichen – kaum anders formuliert und mit Schlagzeilen, die sich nur in wenigen Worten unterschieden. Es war unerheblich, wen die Paparazzi ins Visier nahmen; die Botschaft war eindeutig. Katys und Daynes junge Ehe war bereits ein Scherbenhaufen. Wahnsinn.

Sein Appetit war verflogen. Seine Wut war zu groß, um etwas anderem noch Raum zu geben. Kurzerhand nahm er seinen Pappteller und warf ihn in den Müll. Dann verließ er, ohne sich noch einmal zu seinem Freund umzudrehen, den Speisesaal durch eine Nebentür. Er stürmte über das Gelände, bis er den Reitplatz und das große Feld hinter der Ranch ungefähr halb überquert hatte.

In einer halben Stunde sollte Dayne eine Szene drehen, doch das konnte warten. Jetzt gerade brauchte er Weite und Aussicht, damit er nicht wutentbrannt in das Büro des Direktors stürmte und kündigte. Er blieb mit dem Rücken zur Ranch stehen und stemmte die Hände in die Hüften. Es war erstaunlich, dass ihm kein Kamerateam nach hier draußen gefolgt war. Immerhin war das der Tag, an dem die Zeitschriften veröffentlicht wurden, vollgepackt mit dem größten Müll über seine Ehe. Sicher war die aufmerksame Öffentlichkeit sehr an Daynes Reaktion darauf interessiert.

Die heiße Sonne brannte auf seine Schulter, doch das störte ihn nicht. In ungefähr einer Stunde hätte Katy ihre Szene abgedreht – und was war dann? Seitdem sie aus Bloomington zurückgekehrt waren, waren sie sich ständig uneinig. Er hatte die Gerüchte ignoriert, dass Katy zu vertraut mit dem Reitlehrer Rick gewesen sei, während er in Los Angeles gewesen war. Als sie darüber gesprochen hatten, war ihre Reaktion abwehrend gewesen.

„Jetzt mach mal halblang." Sie hatte ihre Augen verdreht und dann in Richtung Reitplatz gezeigt. „Ich habe getan, was ich konnte, um genug Abstand zwischen mir und dem Kerl zu schaffen. Ich habe ihn behandelt, als wäre er zwölf."

Ganz offensichtlich waren die Zeitschriften darauf aus, Ärger zu erfinden. Doch er und Katy konnten die Artikel nicht einfach ignorieren. Wie in jeder Ehe mussten sie dringend miteinander reden. Das Problem war, dass – wann immer sie über die Artikel in den Zeitschriften sprachen – stets der leise Verdacht im Raum stand, sie könnten sie möglicherweise ernst nehmen.

Es war eine ausweglose Situation.

Und die meiste Zeit hatten sie überhaupt keine Gelegenheit, miteinander zu reden. Katy war ständig beschäftigt, gab Interviews an alle möglichen Zeitschriften und produzierte Radiowerbung für den Film. Und als ob das nicht genug wäre, hatten sie ihre Entscheidungen ja auch schon getroffen. Da Dayne in Mexiko drehen würde, würde Katy die Rolle in Stephens nächstem Film übernehmen, der in England gedreht werden sollte. Was bedeutete, dass sie kaum Zeit miteinander haben würden, nachdem ihr gemeinsamer Film beendet war, weil sie wenig später zu ihren nächsten Projekten aufbrechen und für mehr als zwei Monate getrennt sein würden.

Dayne rieb sich über den Nasenrücken und starrte so weit in den Himmel, wie er konnte. Ein paar Habichte zogen elegante Kreise vor dem strahlenden Blau. Was machte er hier in New Mexico? Er sollte zu Hause in Bloomington sein. Er hatte niemals vorgehabt, eine Schauspielerin zu heiraten. Wenn das das Leben wäre, das er sich wünschte, dann hätte er bei einer der unzähligen Frauen bleiben können, mit denen er in den letzten zehn Jahren ausgegangen war. Katy war anders; das war es gewesen, was sie so attraktiv gemacht hatte. Sie war ehrlich und authentisch und hatte einen tiefen Glauben.

Er ging einige Schritte in jede Richtung und zog dann sein Handy aus der Hosentasche. Er öffnete es und wählte die Nummer seines Vaters. Fünf Sekunden vergingen, dann zehn. Er starrte auf das Handy und versuchte, das Empfangssignal in dem gleißenden Sonnenlicht zu erkennen. *Komm schon … geh ran. Bitte, Gott …* Doch nach zwanzig Sekunden piepste es ein paarmal, bevor eine Nachricht erschien. Kein Handyempfang.

Sein Vater hätte jetzt gewusst, was er ihm sagen könnte. Er hätte etwas Kluges oder einen Ratschlag parat gehabt. Bis zu dem Tag, an dem Elizabeth gestorben war, hatte er eine glückliche Ehe gehabt. Dayne verschränkte seine Arme und starrte auf den Boden zu seinen Füßen. War er eifersüchtig auf Katy? Er dachte eine halbe Minute lang über diese Frage nach. Nein, er war nicht eifersüchtig. Sie konnte gerne eine Filmkarriere machen, wenn sie das wollte.

Dayne schob die Hände in die Hosentaschen und schaute hinüber zu dem hohen Gatter, das die Ranch von der dahinterliegenden Straße abgrenzte. Ein Teil von ihm wollte weiterlaufen, zur Straße gehen und irgendeinen Weg aus diesem Wahnsinn heraus finden. Er schloss seine Augen und seufzte. Doch er musste zurückgehen, bevor Stephen einen Suchtrupp nach ihm aussandte. Wenn er zurückkam, musste er sein übliches Verhalten zeigen, sein entspanntes Grinsen. Dabei war alles, was er tun wollte, Katy zu finden und mit ihr davonzulaufen, um ihr Leben zu rennen, ihr gemeinsames Leben, das er nach wie vor mit ihr teilen wollte. Ja, während der nächsten paar Stunden würde er schauspielerische Höchstleistung bringen müssen.

Die klare Luft füllte seine Lunge und beruhigte ihn. Vielleicht könnte er Katy kurz sprechen, bevor er weiterdrehen musste, und ihr sagen, dass er sie liebte. Ganz egal, was die Paparazzi versuchten, ihnen anzutun. Wenn er sich beeilte, würde er sie vielleicht finden, bevor das Team der Reality-Show wieder eine Kamera auf sein Gesicht richtete. Er wandte sich um und ging ein paar Schritte zurück zum Drehort, als er jemanden schreien hörte: „Mach an! Film seine Reaktion!"

Das *For-Real*-Kamerateam stand am Rande des Ranchgeländes und richtete eine Videokamera direkt auf ihn. Obwohl sein Herz in Stücke brach und wieder Wut in ihm aufstieg, tat Dayne das Einzige, was er tun konnte. Er lächelte.

* * *

Die Stunden wurden zu Tagen und die Tage zu zwei verhetzten und quälenden Wochen. Es war der letzte Montag im Juni, der Tag, an dem die intimen Szenen zwischen Katy und Dayne gedreht werden sollten. Die Liebesszenen.

Dayne war in seinem Wohnwagen, ging auf und ab und starrte unaufhörlich durch die getönten Scheiben, weil er nach Katy Ausschau hielt. Was dauerte bei ihr so lange? Warum freute sie sich nicht ungeduldig darauf, ihn zu sehen? Hatte sie nicht auch das Gefühl, dass alles aus dem Ruder lief? Konnte sie nicht erkennen, dass die Geschichten in den Zeitschriften das Werk von *For Real* waren?

Es klopfte an der Tür. Dayne spürte, wie er die Luft ausatmete, die er unwillkürlich angehalten hatte. Mit großen Schritten ging er zur Tür und öffnete sie. „Katy, ich …" Er stoppte.

„Oh, entschuldige … tut mir leid, Dayne." Es war einer der anderen Schauspieler. „Katy bat mich, dir zu sagen, dass sie es nicht schafft. Sie ist noch in der Maske." Der Mann zuckte mit den Schultern und ließ seinen Blick für einen Moment nach unten wandern. Als er wieder aufschaute, spannte sich sein Körper an. Keine Frage, er fühlte sich sehr unbehaglich als Überbringer der schlechten Nachrichten. „Sie sagte mir, dass ich dir ausrichten solle, dass sie dich in einer Stunde am Set trifft."

„Danke." Dayne zwang sich, gelassen zu wirken, zuversichtlich, unbekümmert. So wie es von Dayne Matthews erwartet wurde. Er lächelte. „Sag ihr, ich sehe sie dann dort."

Doch sobald er die Tür hinter sich geschlossen hatte, lehnte er sich erschöpft dagegen. Sie würde nicht kommen. Was auch immer das Problem zwischen ihnen war – es war ein großes Problem und wurde immer größer.

Er musste keine Spekulationen darüber anstellen, was ihn vor seiner Wohnwagentür erwarten würde. Das Team von *For Real* war ihm auf den Fersen, um ihre Story einzufangen. *Seht her,* riefen sie mit ihrer Arbeit. *Amerikas goldenes Paar hat Probleme! Der Stress eines gemeinsamen Films bringt sie auseinander! Schaltet alle ein und seht es selbst!*

Dayne richtete sich auf, taumelte zurück und rammte seine Faust hart in die Wohnwagentür, wobei er die erste Schicht Holz zertrümmerte. Seine Knöchel begannen zu bluten, doch er kümmerte sich nicht darum. Hastig atmend trat er zurück, wütend auf sich selbst und noch wütender auf das Kamerateam da draußen.

Wie hatte er dieser Reality-Show nur zustimmen können? Das Problem lag natürlich nicht bei Katy. Ihre Unbedarftheit, was das Filmgeschäft betraf, hatte ihn davon überzeugt, dass es eine gute Idee war, ein Kamerateam beim Drehen dabeizuhaben. Wenn sie den ganzen Tag Interviews gaben und den Paparazzi die Erlaubnis, sie unaufhörlich zu fotografieren, mussten sie nicht vor der Presse davonlaufen. Sogar nachdem alles so schrecklich schiefgelaufen war mit der Presse, konnte Dayne verstehen, was sich Katy dabei gedacht hatte. Wie hätte sie es auch anders wissen sollen?

Doch was war seine Entschuldigung? Er hätte an jenem Morgen in ihren Flitterwochen etwas sagen sollen, an dem er den Anruf seines Agenten entgegengenommen hatte. An manchen Abenden ging er zu Bett und träumte davon, wie anders sein Leben wäre, wenn er nur Nein gesagt hätte. Nein, sie würden sich nicht für irgendwelche Kameraleute in Position werfen, weil ihre Geschichte ganz einfach nicht sensationell genug war. Dayne und Katy waren bereits verheiratet. Jeder gute Journalist wusste, dass es dann, wenn der Konflikt entschärft war, Zeit war, die Geschichte abzuschließen.

Es sei denn, man konnte einen neuen Konflikt finden.

Wie hatte er das nur übersehen können? Wie hatte er ihre Ehe aufs Spiel setzen können, nur um eventuell der Hetzjagd der Paparazzi zu entgehen?

Er ließ sich auf den nächstbesten Stuhl fallen, stützte die Ellbogen auf den Tisch und vergrub das Gesicht in den Händen. Sein Bein schmerzte, das Bein, das er beinahe bei seinem Autounfall verloren hatte. Er rieb es und presste die Kiefer aufeinander. Dieser Unfall hätte ihn beinahe umgebracht. Natürlich war er danach offen gewesen für einen Vorschlag, der einen weiteren Unfall vielleicht verhindern konnte. Wieder dachte er an Katys Reaktion auf den ersten Schwung Titelgeschichten vor zwei Wochen.

Nachdem er einige Minuten allein auf dem Feld hinter der Ranch verbracht hatte, hatte er Katy im Speisesaal gefunden, wo sie von einigen Mitarbeitern der Produktionsfirma umgeben war. Die Zeitschriften waren auf ihrem Tisch gestapelt gewesen.

Sein Herz schlug ihm bis zum Hals, als er ihr bedeutete, für einen Moment zu ihm zu kommen. Sie tat das und folgte ihm durch die Seitentür zu einer ruhigen Stelle. Das Team von *For Real* war irgendwo in der Nähe, doch für ein paar kostbare Augenblicke waren sie allein.

Dayne nahm ihre Hände. „Es tut mir so leid." Seine Finger zitterten und er schluckte hart, als er versuchte, seine Stimme wiederzufinden. „Es ist nichts zwischen Randi und mir passiert. Ich will, dass du das weißt."

„Ich vertraue dir." Katy lächelte, doch ihr Lächeln erreichte ihre Augen nicht. „Ich wünschte nur, es wäre irgendjemand anderes in dem Club gewesen, der sie nach Hause hätte fahren können." Sie legte ihren Kopf schief. „Weißt du?"

„Das habe ich versucht." Er wollte die jungen Schauspielerinnen nicht erwähnen, die ihn belästigt hatten. „Ich wollte nur weg von dort … Ich wusste nicht, was ich sonst mit ihr hätte tun sollen. Sie war viel zu betrunken, um zu laufen."

Katy zog ihre Hände aus Daynes Griff und verschränkte ihre Arme. „Das habe ich gesehen an der Art und Weise, wie sie sich an dich gelehnt hat."

Ein frustrierter Seufzer kam aus seinem Mund. „Siehst du …" Er wandte sich um und schaute sie dann schnell wieder an. „Ich wusste, dass du wütend bist." Er hatte die Fotos von ihr nicht erwähnen wollen, doch jetzt tat er es, ohne weiter darüber nachzudenken. „Es war ja nicht so, dass du an dem Wochenende früh zu Bett gegangen wärst." Er winkte in Richtung Ranch und versuchte, seine Stimme leise zu halten. „Jeder am Set redet darüber, ob zwischen dir und Stephen etwas läuft."

„Das ist lächerlich.“ Zum ersten Mal, seitdem sie nach draußen gegangen waren, wurde Katy ärgerlich. „Stephen küsst jeden auf diese Art. Er wollte nur über seinen neuen Film reden. Nichts weiter.“

„Für Otto Normalverbraucher, der durch den Supermarkt schlendert, sieht es aber eindeutig nach mehr aus.“ Er warf verzweifelt die Hände in die Luft. Nichts funktionierte. „Beide Fotos von uns sehen nach mehr aus. Das ist der Grund, warum es mir so leidtut.“

Katys Körper spannte sich an, so wie es in den letzten Jahren häufig gewesen war, wenn sie sich verabschieden mussten. Den Blick, der in ihre Augen trat, hatte er seitdem nicht mehr gesehen. Er wusste nicht, was sie jetzt fühlte. „Vergiss es einfach.“ Sie sah an ihm vorbei. „Ich habe eine Besprechung. Ich muss zurück.“

Am liebsten hätte er sie angeschrien. Welche Besprechung konnte wichtiger sein, als das hier auszuräumen? „Ist alles wieder in Ordnung? Zwischen dir und mir?“

„Sicher.“ Sie zuckte mit den Achseln. Kälte trat in ihre Augen. „Wir sind wie jedes andere Hollywoodpärchen, Dayne. Ich mache mein Ding und du deines, während die Presse jeden Moment für die ganze Welt festhält.“ Sie schaffte ein weiteres halbherziges Lächeln. „Ich nehme an, dass wir beide wussten, worauf wir uns an jenem Abend eingelassen haben.“

Und mit dieser Bemerkung verschwand Katy. Dieser Kommentar war direkt gegen ihn gerichtet, nicht gegen sie selbst. Dayne wusste, dass sie kein schlechtes Gewissen hatte, weil sie mit dem Direktor ihres Films essen gegangen war. Jedes Mal, wenn sie über die Fotos von jenem Abend gesprochen hatten, war ihre Einstellung die gleiche gewesen. Sie war unschuldig, alles war rein geschäftlich gewesen. Und er war leichtsinnig gewesen, weil er zugelassen hatte, dass eine harmlose Besprechung zu einer nächtlichen Autofahrt mit Randi geführt hatte, die der ganzen Welt den Eindruck vermittelte, seine Ehe würde ihm überhaupt nichts bedeuten.

„Ich weiß, dass du kein Playboy bist“, hatte sie zu ihm gesagt, „doch deine Fans wissen das nicht.“

Die Zeitschriften, die in der vergangenen Woche erschienen waren, hatten die Situation nicht gerade verbessert. Es hatte keine weiteren Fotos von Katy und Stephen gegeben, doch die Paparazzi hatten Berge von nicht veröffentlichten Bildern von Dayne und Randi gefunden.

Die Schlagzeilen klangen weiterhin alarmierend. Konnte es wirklich halten? Konnte der aktuell angesagteste Schauspieler tatsächlich ein unbekanntes Kleinstadtmädchen heiraten und eine Ehe führen, die Bestand hatte? Oder würde Dayne der Versuchung der glamourösen Frauen nicht widerstehen können, die ihn schon immer umschwärmt hatten?

Katy war in dieser zweiten Woche in der Presse etwas anders dargestellt worden. In den Schlagzeilen standen Kommentare wie: „Katy Hart zeigt der Kamera die kalte Schulter“ oder „Katy stellt ihre Rolle als Daynes Frau in Frage“. Die Artikel ließen sie beschämt und zerbrochen erscheinen, als ob sie nicht mehr mit Dayne reden und nur leise ihre Wunden lecken würde, die daher rührten, dass ihr Ehemann ein Rendezvous mit Randi Wells gehabt hatte.

Die Erinnerungen an die letzten Wochen verschwanden. Dayne ließ seine Hände sinken und starrte aus dem Fenster seines Wohnwagens. Er konnte nichts daran ändern, wie die Geschichten in den Zeitschriften dargestellt wurden, doch er konnte etwas für seine Frau tun. Er konnte eine Unterbrechung der Dreharbeiten einfordern und sie mit nach Bloomington nehmen. Er würde mit ihr um den Lake Monroe wandern und neben ihr auf der Terrasse ihres Hauses sitzen. Seine Liebe zu ihr war in jener Welt entstanden, nicht in dieser hier. Vielleicht würde alles anders werden, wenn sie nur für eine Woche dort sein könnten. Er würde ihre Hand halten und mit ihr beten und ihr versprechen, dass er in Zukunft vorsichtiger wäre.

Doch zuerst musste sie bereit sein, sich mit ihm zu treffen.

In den letzten beiden Wochen war sie abends lange im Wohnzimmer ihrer gemieteten Suite aufgeblieben. Morgens hatte er sie zusammengerollt auf der ausgezogenen Couch gefunden. So schlimm war die Situation geworden. An diesem Morgen war sie bereits fort gewesen, als er aus der Dusche gekommen war. Sooft er die Situation auch analysierte, er konnte es nicht verstehen. Sie kannte ihn besser als jeder andere Mensch. Sie konnte nicht wirklich an seiner Treue zweifeln.

Was war also dann das Problem?

Er verbannte seine Wut zurück in die hintersten Winkel seines Herzens und betrachtete seine Fingerknöchel. Es musste irgendetwas anderes sein. Wenn sie doch nur dreißig Minuten für sich allein fänden, um es herauszufinden, um es aufzuarbeiten.

Dayne ging zu seinem Wandschrank, nahm ein Jeanshemd heraus und zog es über sein weißes T-Shirt. Er war jeden Morgen eine Stunde lang im Fitnessraum gewesen, um seinen Frust abzureagieren. Und jede Minute seines Trainings hatte er mit Gott gerungen, um Weisheit gebetet und zu verstehen versucht, wie alles, das so wunderbar gewesen war, sich in etwas so Schreckliches hatte verwandeln können.

Doch jetzt mussten sie erst einmal einen Film machen.

Er knöpfte das Hemd halb zu und sah in den Spiegel. Die abgetragene Jeans und die Stiefel ließen ihn aussehen, als gehörte er auf eine Ranch. Als er den Wohnwagen verließ, blieb er kurz an der Tür stehen und ließ seine Finger über das zersplitterte Holz gleiten. *Es tut mir leid, Gott. Ich habe keine Antworten mehr. Bitte zeig uns den richtigen Weg.*

Dayne zögerte und wartete auf eine Antwort. Doch es kam keine. Er holte tief Luft und trat aus seinem Wohnwagen.

Zunächst musste er für eine halbe Stunde in die Maske und dann einen der Cutter treffen. Als es endlich Zeit war, die Szene zu drehen, verließ er das Nebengebäude und trat auf den Reitplatz. Von seinem Platz aus konnte er Katy sehen, die neben Stephen und drei seiner Assistenten stand. Sie nickte gerade und lächelte.

In diesem Moment fragte er sich unwillkürlich, ob nicht mehr dahinter steckte als nur ihre Wut auf ihn und ihre Zweifel. Vielleicht hatte die Tatsache, dass sie einen Film drehte, dass sie auf einmal der Mittelpunkt des Interesses war, sie verändert. Dayne schauderte, als ihn ein seltsames Gefühl überkam. Katy war viel zu echt, als dass ihr so etwas passieren könnte. Sein Mund war trocken. Als er zum Drehort hinüberging, versicherte er sich das wieder und wieder.

Doch seine Zweifel blieben.

Einer der Assistenten des Direktors entdeckte ihn zuerst. „Dayne!" Der Mann winkte ihn herüber. „Wir müssen dich gleich aufs Pferd setzen."

„Richtig." Er lächelte, denn da sie seinen Namen gehört hatten, waren ihm die *For-Real*-Mitarbeiter sofort wieder auf den Fersen. Der unbekümmerte Dayne Matthews, der nicht zu bemerken schien, dass die Welt um ihn herum auseinanderbrach. Das war alles, was er ihnen heute zeigen wollte.

Die Szenen, die sie heute drehen wollten, enthielten die emotionalen Momente des Films. Die erste war vielleicht die entscheidendste

Szene überhaupt. Nach mehr als einem Jahrzehnt der Trennung hatte der Charakter, den Katy spielte, Daynes Charakter wiedergefunden – wobei er das nicht wusste. Zu diesem Zeitpunkt des Films würden die Zuschauer Katy und Dayne bereits kennen und verstehen, dass Katys Suche nach Dayne sie bis an diesen Punkt geführt hatte. Sie würden wissen, dass dies der Höhepunkt von Katys Suche war und, für Dayne, ein unerwarteter, schockierender Besuch von einer verflossenen Liebe, von der er gedacht hatte, dass er sie niemals wiedersehen würde.

Einer der Produktionsassistenten half Katy gerade auf den Fahrersitz eines silbern schimmernden Sedans. Ihm gegenüber stand ein weiterer Assistent, der Daynes Pferd fertig gesattelt am Zügel hielt. Dayne war ab und zu auf dem Pferd eines Freundes ausgeritten, als er noch in Malibu gelebt hatte, doch die Arbeit mit Rick hatte ihm geholfen, seine Reitkünste zu verbessern. Er hatte keine Probleme mit dem Aufsteigen und dem richtigen Sitz.

„Okay, Dayne, lass ihn ein paarmal herumtrotten, damit er etwas in Schwung kommt."

Dayne schnalzte zweimal mit der Zunge, woraufhin das Pferd sofort reagierte. Wie seltsam es sein würde, Katy vor den Kameras auf ihn zukommen zu sehen, während sie anscheinend keinerlei Interesse daran hatte, im wahren Leben auf ihn zuzukommen. Er war sich nicht sicher, welche Emotionen der Direktor heute bekommen würde. Sie sprachen ja kaum einmal miteinander. Dennoch schlug sein Herz schneller, als er daran dachte, dass er Katy endlich gegenüberstehen würde. Selbst wenn das alles nur gespielt war.

„Auf geht's, bitte Ruhe am Set!" Stephen übernahm das Kommando.

Alle schwiegen und beobachteten die Szene, die auf dem Reitplatz ihren Anfang nahm.

„Auto starten … und … losfahren!"

Katy lenkte den Sedan in das Blickfeld der Kameras und parkte in der Parkbucht, die dem Reitplatz am nächsten war. Sie stieg aus. Dayne spürte, dass sie ihn beobachtete, fühlte ihre Augen auf sich ruhen wie damals, als er im Bloomingtoner Theater unerwartet zur Abschlussaufführung erschienen war – vor einer Ewigkeit. Er brachte sein Pferd zum Stehen und sah sie an.

Dayne hatte die Hälfte seines Lebens damit verbracht, Filme zu drehen. Er wusste, dass er jetzt und hier nur den Charakter verkörpern sollte, dass er das Leben so darstellen musste, wie der Mann es empfand, den er in dem Film spielte. Der Zuschauer sollte zuerst eine zögernde Erinnerung, dann einen Schock und schließlich eine traurige Sehnsucht wahrnehmen, die die Jahre nicht hatten auslöschen können.

Diese Gefühle waren vorhanden, jedes einzelne davon. Doch sein Charakter war vergessen. Seine Augen schauten tief in Katys Augen und er blinzelte. Er musste sich nicht vorstellen, wie es sich anfühlen würde, zum ersten Mal seit vielen Jahren die einzige Frau wiederzusehen, die er je geliebt hatte. Genau das geschah hier.

Katy kam näher, wobei ihr Blick niemals von ihm wich. Sie erreichte die Umzäunung des Reitplatzes und trat durch das Tor. Als sie eintrat, glitt er von dem Pferd herab. In dieser Szene wurden Tränen erwartet. Kein dramatisches Schluchzen oder Jammern, noch nicht einmal Weinen. Nur feuchte Augen und einige wenige Tränen auf ihren Wangen. Katy ging ein paar Schritte auf ihn zu und blieb stehen. Und plötzlich stand sie nicht mitten in einer Filmszene vor ihm, mit fünfzig Menschen, die sie beobachteten.

Plötzlich stand Katy auf einer einfachen Bühne in Bloomington und beglückwünschte die Schauspieler und die Mitarbeiter von *Charlie Brown*, während er in der letzten Reihe saß und wusste, dass er niemals zuvor eine Frau gesehen hatte, die so wunderschön und echt war. Sie saß neben ihm auf einer Bank der Pepperdine Universität, während er sich mit jeder Stunde ein wenig mehr in sie verliebte. Und sie rannte mit ihm durch den strömenden Regen, um einem überraschenden Gewitter zu entkommen. An jenem Abend hatte er mit ihr in der Dunkelheit geredet, hatte ihr von seinem Kind erzählt und dass dieses Kind ohne sein Wissen abgetrieben worden war. Sie hatte seine Hand gehalten und versuchte, sich nicht in ihn zu verlieben.

Sie lag unter einem staubigen alten Weihnachtsbaum auf der Bühne des Bloomingtoner Theaters und war schockiert, als er plötzlich hereinkam und ihr beim Aufstehen half. Sie weinte, als sie den Ring hielt, den er ihr mitgebracht hatte, und er wusste – mit absoluter Gewissheit –, dass sie irgendwie alle Unterschiede in ihren Lebensstilen überwinden würden. Und sie stand vor ihm in dem schönsten Hochzeitskleid, das er je gesehen hatte, und er gab ihr sein Hochzeitsversprechen, während die Ozeanbrise durch ihre Haare wehte.

Diese Bilder rasten durch seinen Kopf, als er die Zügel des Pferdes fallen ließ und langsam auf sie zuging. Sie tat das Gleiche. Er konnte bis in die Tiefen ihrer Seele schauen. Ihr Gesichtsausdruck verriet ihm, dass sie ebenfalls nicht schauspielerte. Sie ließen einfach die Welt glauben, was sie wollte, und sagten einander, dass ihnen alles unendlich leidtat. Daynes Augen schrien stumm diese Botschaft, ebenso wie die ihren.

Kein Visagist rannte mit Glycerintropfen herbei, für keinen von ihnen. Denn die Gefühle, die sie spürten, waren echt und tief und größer als alles, was sie selbst mit der besten Schauspielkunst hätten zeigen können. Als sie einander erreichten, als Dayne Katy in seine Arme zog und sie festhielt, wusste er das eine: Sie hatten bezüglich der Reality-Show zwar noch nicht einmal das Schlimmste überstanden und die Zeitschriften würden weiterhin versuchen, noch mehr aus den Spannungen der letzten zwei Wochen herauszuholen, doch die Gefühle, die sie hier spürten, waren mehr als gespielt.

Denn die Tränen auf ihren Wangen waren echt.

Kapitel 22

Soweit Jenny das einschätzen konnte, gab es momentan an allen Fronten Ärger. Marissa und ihre Mutter sprachen nicht mehr miteinander und zeigten auch Jenny und Bailey die kalte Schulter. Jenny war sich nicht einmal sicher, ob das junge Mädchen entschieden hatte, ob sie ihr Baby behalten wollte oder nicht. Katy und Dayne kämpften um ihre Ehe, und das christliche Kindertheater würde aufhören müssen.

Doch dank des Sommers schien es, als ob sie das alles irgendwie schaffen würden. Wenn es im Himmel eine vorherrschende Jahreszeit geben würde, so glaubte Jenny Flanigan, dass das der Sommer sein musste. Die langen Tage und warmen Nächte fühlten sich endlos an, ganz egal, wie hektisch der Rest des Jahres war. Im Sommer schien alles Leben das Tempo zu verlangsamen, um den Geruch des tiefgrünen Grases zu genießen, um den Glühwürmchen beim Tanzen in der Abendluft zuzuschauen oder um dem gemächlichen Klatschen der Wellen gegen das Ufer des Sees zu lauschen.

Sommer bedeutete Grillabende und ruhige Gespräche im schwindenden Licht eines Sonnenuntergangs um neun Uhr abends. Sommer bedeutete kurze Hosen und Flip-Flops und Nachmittage am Lake Monroe. Ungeachtet der Sorgen in Jennys Herzen wärmte die Sonne ihren Körper, entspannte sie und gab ihr das Gefühl, Gott ganz nahe zu sein.

All diese Gedanken wanderten durch Jennys Kopf, während Jim ihr Boot vom Pier löste und hinaus auf den See lenkte. Heute stand weder Fußball noch Baseball oder Football auf dem Programm. Cody war bei ihnen. In den nächsten paar Stunden würden die Kinder auf dem Schlauchboot durchs Wasser rasen und die Mutigeren würden Wasserski oder Waterboarding ausprobieren. Ihr Boot war mit allem ausgestattet, was sie brauchten, und die strahlende Sonne versprach, dass der ganze Spaß bis in die Dunkelheit dauern konnte.

Sie streckte ihre Beine aus und rieb ihre bloßen Füße an Jims Füßen. „Das ist ein perfekter Tag."

„Tage wie dieser machen mich froh, dass wir nicht nach Denver oder

Green Bay umziehen müssen." Er grinste sie an. „Nicht, dass ich darüber nachdenken würde."

Wieder strömte Erleichterung in ihr Herz. Sie hatten dieses Gespräch bereits Anfang des Monats geführt. Die Manager von fünf NFL-Mannschaften hatten Jim um Vorstellungsgespräche gebeten. Doch dieses Mal war Jims Entscheidung eindeutig gewesen. Es waren keine Überredungskünste oder Argumente von ihr nötig gewesen.

„Bailey kommt im Herbst ins letzte Schuljahr", hatte er ihr an dem Abend gesagt, an dem er seinen Entschluss gefasst hatte. „Egal, ob das Kindertheater weiterbesteht oder nicht, sollte sie das hier machen können."

Jenny hatte das Gefühl gehabt, zum ersten Mal nach Tagen des Luftanhaltens wieder tief durchatmen zu können. „Danke, Jim." Sie hatte ihre Arme um seine Taille geschlungen und ihn umarmt. „Ich weiß, dass das nicht einfach für dich ist."

„Einen Trainerjob wird es immer geben." Er hatte sie angelächelt. „Die Kinder werden nicht immer bei uns sein."

Also hatten sie keinen Stress, mussten keinen Makler anrufen, um das Haus zum Verkauf anzubieten. Doch da das christliche Kindertheater in ihrer Stadt seine Pforten für immer schließen würde, war dies möglicherweise ihr letztes Jahr in Bloomington. Jenny wandte ihr Gesicht der Sonne zu und schloss die Augen. Sie würde jede Minute davon genießen. Und vielleicht – wenn Jim den Eindruck hatte, dass Gott ihn zurück in einen Trainerjob im Profisport führte – würde sich ein Job in Indianapolis finden, sodass sie trotzdem bleiben konnten.

Sie spürte eine feuchte Hand auf ihrer Schulter. „Mama, darf ich zuerst in das Schlauchboot?"

Ihre Augen öffneten sich und schauten in das ernste Gesicht ihres Jüngsten, Ricky. „Den ersten drei gehört die erste Runde im Schlauchboot." Sie zuckte mit den Schultern. „So sind die Regeln."

„Aber ich war nur deshalb der Letzte, weil ich zurückgelaufen bin, um Papas Sonnenbrille zu holen." Er jammerte noch nicht, doch er war nahe davor. „Bitte, Mama … Bitte!"

Connor war einer der drei Ersten im Boot gewesen. Er saß Jenny gegenüber, und als er seinen Bruder sah – mit der Schwimmweste, die sich um seinen Nacken blähte –, lächelte Connor. „Nimm meinen Platz, Kumpel. Ist schon okay." Er stieß Bailey, die neben ihm saß, mit dem Ellbogen an. „Ich fahre lieber mit Bailey. Sie kreischt immer so schön, wenn sie ins Wasser plumpst."

Cody saß auf Baileys anderer Seite. Er beugte sich vor, damit er um sie herumschauen konnte, und klatschte Connor ab. „Wir versuchen, sie rauszuwerfen!"

„Großartig." Bailey tat, als wäre sie beleidigt. „Danke, Jungs."

Jenny genoss die Szene und bemerkte, wie Baileys Augen aufleuchteten, als sie sich Cody zuwandte, wie sie ihr Kinn senkte und sie fröhlicher lachte als sonst. Sie hatte sich bisher klug verhalten, doch seit einigen Wochen hatte Jenny das Gefühl, dass ihre Tochter sich wieder in Cody verliebte.

Natürlich standen Codys Pläne längst fest. Er würde früher als gewöhnlich ins Ausbildungslager der Armee aufbrechen, am 9. Juli. Das war in weniger als zwei Wochen. Was auch immer die Zukunft für Bailey und Cody bereithielt, sie würde mit Sicherheit einiges an Liebeskummer enthalten.

Am vergangenen Abend hatte Jenny gerade an einem Artikel gearbeitet, als Bailey zu ihr gekommen war.

„Ich mache mir Sorgen." Sie hatte sich auf den Stuhl neben Jenny fallen lassen. Ihre Augen waren von Sorgen umschattet gewesen, was ungewöhnlich für sie war. Bailey war schon immer ein wenig ernster als Connor gewesen. Doch normalerweise äußerte sich diese Ernsthaftigkeit in ihrer Reife und ihrer Entschlossenheit, nicht in Angst.

Jenny hatte ihre Tastatur zur Seite geschoben und sie angesehen. „Worüber denn?"

„Cody." Sie biss sich auf die Lippe. „Er hat mir gesagt, dass er schon vor Ende des Jahres in den Irak geschickt werden könnte."

„Das stimmt." Jenny und Jim hatten über diese Möglichkeit gesprochen. Der Präsident schickte gerade weitere Truppen dorthin, um zu versuchen, die Mission bald zu beenden. Cody würde mit großer Wahrscheinlichkeit bald im Einsatz sein.

Bailey faltete ihre Hände. Für einen Moment schien sie zu überwältigt zu sein, um zu reden. Dann schluckte sie schwer und schaute Jenny an. „Dieser letzte Soldat, der starb, als die Straßenmine explodierte, war nur zwei Jahre älter als ich, Mama. Ich habe mein Jahrbuch durchgesehen. Wir haben im gleichen Semester einen Kurs über Leiterschaft belegt."

„Es ist ganz nah an Zuhause." Jenny legte ihre Hand auf Baileys Knie. „Hast du gehört, wie es dem anderen Jungen von der Clear Creek Highschool geht? Der sein Bein verloren hat?"

„Er ist neulich in die Schule gekommen und hat mit den Trainern gesprochen." Bailey zog die Schultern hoch. „Ich glaube, er will zur Indiana Universität, um Lehrer zu werden." Sie kniff die Augen zusammen. „Er hat Papa erzählt, dass er kein Mitleid haben will. Er hat die Entscheidung getroffen, für die Vereinigten Staaten zu kämpfen, und damit das Risiko auf sich genommen. Jetzt will er versuchen, das Beste daraus zu machen."

Jenny schwieg für einen Moment. „Genauso empfindet Cody auch."

„Ich weiß." Baileys Lächeln war sorgenvoll. „Es ist nur ... jedes Mal, wenn ich ihn mir in einer Uniform vorstelle, überkommt mich das Gefühl, dass er einen Kampf kämpfen wird, von dem ich nicht sicher weiß, ob er ihn gewinnen kann. Das lässt mich nachts nicht schlafen."

„Ich habe einmal einen weisen Spruch gehört." Jenny strich ihrer Tochter über die hellbraunen Haare. „Wann immer du nicht schlafen kannst, ist das Gottes Art, dir zu zeigen, dass du beten sollst. Dass es jemanden gibt, der deine Gebete braucht."

Bailey nickte langsam. „Das gefällt mir."

„Wenn du dir also Sorgen um Cody machst und deshalb nicht schlafen kannst, nutze diese Zeit, um für ihn zu beten." Jenny hätte am liebsten tiefer gebohrt, nachgefragt, ob Baileys Gefühle für Cody stärker geworden waren. Doch sie wollte Bailey die Gesprächsführung überlassen.

Bailey stand auf und ein sorgenvoller Seufzer kam über ihre Lippen. „Ich mache mir immer noch Sorgen. Und vermutlich hält das an, bis ich den Anruf bekomme, dass er wohlbehalten nach Hause zurückgekehrt ist."

„Das kann Jahre dauern."

„Ich weiß." Ihre Augen funkelten. „Wir werden einander schreiben."

Jenny hob eine Augenbraue. „Wirklich?"

„Nur als Freunde." Baileys Antwort kam schnell. „Er meinte, das würde ihm das Gefühl geben, wieder zu Hause zu sein. Wenn auch nur für ein paar Minuten."

Jenny blinzelte und die Erinnerung an dieses Gespräch verblasste.

Jim stoppte das Boot und wies Connor an, zu überprüfen, ob der

Knoten des Schlauchbootes festgezurrt und das Seil sicher an der hinteren Vorrichtung befestigt war.

Jenny hisste die orangefarbene Flagge, die den anderen Booten signalisierte, dass Schwimmer im Wasser waren. „Okay … ihr könnt springen!“

Es war eine Familientradition, dass die Kinder immer, wenn Jim den Motor abgestellt hatte, über die Reling sprangen und sich im Wasser abkühlten. Justin und Shawn begannen ein Wettspritzen, an dem sich die anderen sofort beteiligten. Doch nach ein paar Minuten kletterten alle zurück ins Boot – außer Ricky, BJ und Justin, die die Ehre der ersten Runde im Schlauchboot hatten.

Als die letzten der Kinder zurück ins Boot kletterten, bemerkte Jenny etwas, das sie weder überraschte noch alarmierte. Cody stand am Ende des Bootes und half erst Connor und dann Bailey aus dem Wasser. Doch als Bailey heraufkletterte, hielt sie Codys Hand ein bisschen länger als nötig fest.

Jenny spürte einen Stich in ihrem Herzen. Der heutige Tag fühlte sich vielleicht endlos und sorglos an – schließlich lag der ganze Nachmittag noch vor ihnen, den sie auf dem Wasser genießen konnten. Doch nur allzu bald würden sie sich von dem jungen Mann verabschieden müssen, der ein Teil ihrer Familie geworden war. Sein Weggang würde für sie alle hart werden, aber für Bailey würde es einer ihrer schmerzhaftesten Abschiede.

Sie konnten nur dafür beten, dass es ein Abschied für kurze Zeit würde und Cody einer der Soldaten sein würde, die unversehrt nach Hause zurückkehrten.

* * *

Bailey wollte nicht unnötig die Aufmerksamkeit ihrer Eltern auf sich lenken, doch das Gefühl von Codys Hand in ihrer ließ Hitze und wohlige Schauer über ihren Körper rinnen, wie sie es noch nie erlebt hatte. Er half ihr zurück ins Boot und ließ dann – fast widerstrebend – ihre Finger los. Doch ihre Augen ließen nicht voneinander ab.

Die Wahrheit – die sie noch nicht einmal vor sich selbst hatte zugeben wollen – war, dass sie sich in Cody verliebt hatte. Obwohl sie jetzt keinen Freund haben wollte und obwohl sie aus den Erfahrungen ihrer

Freundinnen die Erkenntnis gewonnen hatte, dass eine feste Beziehung in ihrem Alter häufig zu Liebeskummer führte, hatte sie sich in ihn verliebt.

Bailey griff nach einem Handtuch und schlang es sich um die Taille. Sie setzte sich neben ihre Mutter. Cody saß gegenüber. Er unterhielt sich mit Connor, doch sie bemerkte, dass er ein- oder zweimal verstohlen zu ihr hinübersah. Seitdem er mit dem Trinken aufgehört hatte, hatte er eine Menge Zeit in ihrem Fitnessraum verbracht, was deutlich zu sehen war. Er sah gesund aus, stark und sonnengebräunt. Bailey erinnerte sich, warum sie für ihn geschwärmt hatte, als sie gerade in die Highschool gekommen war.

In letzter Zeit waren sie häufig gemeinsam Fahrrad gefahren und hatten Spaziergänge zu dem Froschteich am Ende der Straße gemacht. Manchmal kamen ihre Brüder mit, doch das war in Ordnung. Sie und Cody hatten einander keine Gefühle gestanden. Sie hatten bis heute noch nicht einmal Händchen gehalten, und auch heute war es ja nur deshalb dazu gekommen, weil er ihr ins Boot geholfen hatte.

Bailey telefonierte immer noch ab und zu mit Tim Reed, doch das Einzige, was ihn beschäftigte, war das College und wo er angenommen würde und wie er entscheiden sollte, welches College die richtige Wahl war. Bailey spürte, dass es ihn aus Bloomington fortzog und dass er die Tatsache akzeptiert hatte – so wie sie alle es akzeptieren mussten –, dass das Kindertheater seine Pforten schloss. Alle Mitwirkenden dieser Gruppe mussten jetzt ihren eigenen Weg gehen.

Seitdem das Verkaufsschild vor dem Theater aufgestellt worden war, hatten sie und Tim sich zweimal mit einigen anderen Theaterkindern und deren Eltern getroffen, um darüber nachzudenken, was man tun könnte, um die Theatergruppe weiterzuführen. Doch sie waren zu keiner Lösung gekommen. Bethany Allen, die Bezirkskoordinatorin des christlichen Kindertheaters, hatte wirklich alles versucht. Außer dem Stadttheater war keine Räumlichkeit groß genug für ihre Aufführungen, die dreimal im Jahr stattfanden.

Letzte Woche hatte in der Zeitung gestanden, dass ein Bieterwettstreit um das Gebäude entbrannt war. Die Stadt erwartete, dass das Theater gegen Ende des Sommers verkauft sein würde, sodass sich die Baupläne in sechs oder acht Monaten realisieren ließen. Bailey hatte sich deshalb bereits die Augen ausgeweint, doch im Moment schienen sowohl der Kampf um das Kindertheater als auch das Wunderbare, das sie dort erlebt hatte, ganz weit weg zu sein.

Sie fing Codys Blick auf und grinste. Dann schaute sie hinaus aufs Wasser. Sie hatten über Codys Traum gesprochen, nach seiner Militärzeit aufs College zu gehen, und seinem Traum, sich irgendwann in Bloomington niederzulassen.

„Vielleicht werde ich Trainer wie dein Vater“, hatte er zu ihr gesagt.

Manchmal hatte Bailey den Eindruck, dass er damit noch etwas anderes sagen wollte, noch mehr vielleicht. Vielleicht, dass sie ein Teil seiner Hoffnungen für die Zukunft war. Er würde aus dem Kampfeinsatz zurückkehren und seinen Abschluss als Trainer machen und dann könnten sie beide heiraten. Es war möglich – wenn es Gottes Plan war.

Doch diese Gedanken erzählte sie niemandem, noch nicht einmal ihrer Mutter.

„Okay …“ Ihr Vater warf einen Blick über die Schulter und sah zu ihren Brüdern in dem Schlauchboot hinter dem großen Motorboot. „… alle bereit?“

Alle drei signalisierten ihm, dass sie bereit waren.

Ihr Vater ließ den Motor aufheulen und begann in großen Schlangenlinien über den See zu fahren. Dieser Teil des Sees war leer, sodass er größere Kurven als sonst fuhr und das Schlauchboot über die Bugwelle zog, bis das Wasser hoch aufspritzte. Die Jungen lachten und konnten sich kaum festhalten. In einer der Kurven berührte Baileys Fuß den von Cody.

Er lächelte sie an, doch er rückte zur Seite, um etwas Abstand zwischen ihnen zu schaffen.

Bailey war dankbar dafür. Sein Verhalten ihr gegenüber war anders, als es bisher Mädchen gegenüber gewesen war. Selbst wenn er nicht die gleichen Gefühle für sie entwickelt hatte wie sie für ihn, respektierte er sie. Und das gab ihr das Gefühl, etwas ganz Besonderes zu sein.

Sie und Cody und Connor waren die Nächsten im Schlauchboot und ihr Vater erhöhte seine Geschwindigkeit noch. Sie saß in der Mitte, sodass sie verschont blieb, als das Schlauchboot auf eine große Welle traf. Anstatt dass sie aus dem Boot geschleudert wurde, katapultierte die Wucht des Wassers Cody und Connor hinaus. Die drei lachten so laut, dass sie kaum noch Luft bekamen.

Es fühlte sich an, als würde der Tag niemals enden. Cody fuhr Wakeboard. Das hatte er früher auch schon gemacht, doch jetzt war er kräftiger, und als er über die Welle sprang, griff er das Board und wirbelte es herum, bevor er wieder auf dem Wasser landete.

Die Jungen versammelten sich im Heck des Bootes, äußerten lautstark ihre Bewunderung und forderten weitere Kunststücke.

Bailey lächelte ihre Mutter an. „Er ist gut."

„Sehr gut." Etwas in ihren Augen sagte ihr, dass sie verstand, was Bailey fühlte, und dass sie damit einverstanden war, wenn es so blieb wie jetzt. Träume waren frei und sie waren ein Teil dessen, was die Faszination des Sommers ausmachte.

Als die Sonne zu sinken begann, lenkte ihr Vater das Boot zum Ufer. Alle halfen dabei, das Boot ins Trockene zu schieben. Dann holte ihr Vater die Angeln aus dem Kofferraum seines Autos. „Es geht nichts über ein bisschen Nachtangeln." Er lächelte und gab jedem der Jungen eine Angel.

Als er zu Bailey trat, schüttelte sie den Kopf. „Cody und ich gehen eine Runde spazieren." Sie warf Cody ein verschwörerisches Lächeln zu und stupste ihn mit dem Ellbogen an. „Nicht wahr?"

Cody sah ihren Vater mit einem Unschuldsblick an. „Oh, ja, richtig … ich glaube, wir gehen spazieren."

Ihre Mutter lud gerade die nassen Handtücher in den Kofferraum, doch jetzt kam sie näher. „Was ist los?"

„Bailey und Cody gehen ein bisschen spazieren." Ihr Vater sah sie mit einem Blick an, der besagte, dass das für ihn okay war.

„Bleibt nicht zu lange." Die Stimme ihrer Mutter blieb freundlich. „Wir fahren in zwanzig Minuten."

Bailey rief ihren Brüdern zu: „Fangt etwas Großes!", als Cody und sie den Weg hinuntergingen, der den See umrundete.

Sie waren außer Hörweite ihrer Familie, als Cody auflachte. „Du hättest mich wenigstens warnen sollen."

„Wovor?" Sie liebte es, wie sie sich gerade fühlte. Nach dem Tag in der Sonne war sie völlig entspannt. Nur noch vereinzelt kreuzten Boote auf dem See. Ein Kichern stieg in ihr hoch. „Sie wissen, dass wir nur Freunde sind, Cody. Es ist ja nicht so, als ob das ein Geheimnis wäre."

„Stimmt." Er klang zweifelnd. „Es ist nur … sie wollen nicht, dass … du weißt schon."

„Was sollte passieren?" Sie wandte sich um und ging ein paar Schritte rückwärts. „Du verlässt uns bald." Sie breitete ihre Arme aus und rannte ein paar Meter vor ihm. „Nicht dass du dich in den nächsten zehn Tagen noch in mich verlieben würdest."

„Bailey ..." Er blieb stehen, sein Herz raste. Sein Tonfall signalisierte ihr, dass er nicht wusste, was er davon halten sollte ... was auch immer sie gerade tat.

Sie sah ihn an, wobei sie noch mehr lachte. „Was?"

„Komm wieder zurück."

„Nein." Sie wandte sich um und rannte weiter. „Fang mich!"

Zuerst hörte sie ihn vor sich hin schimpfen, doch dann murmelte er etwas davon, dass ihr das noch leidtun würde, und lief los in ihre Richtung.

Sie rannte, so schnell sie konnte, genoss das Wettrennen, den warmen Wind, der in ihr Gesicht wehte, und den Geruch von Gras und Moos und dumpfer Erde. Cody holte sie natürlich ein. Er war viel schneller als sie. Nach weiteren fünf Metern spürte sie seine beiden Hände an ihrer Taille – doch nur für eine Sekunde.

Sie blieb stehen und lachte so sehr, dass sie kaum atmen konnte. Nach ein paar weiteren Schritten beugte sie sich vor und stützte die Ellbogen auf ihre Knie. „Ich dachte nicht ... dass du mich fängst."

Cody war kaum außer Atem. „Also bitte." Er schien sorgfältig darauf zu achten, dass etwas Abstand zwischen ihnen blieb. Lässig lehnte er sich gegen den nächsten Baum und stemmte einen Fuß gegen den Stamm. Für eine Weile sah er sie nur an, wobei ein leises Lächeln um seinen Mund umspielte.

Sie erwartete, dass er fragen würde, was sie mit der Bemerkung über das Verliebtsein gemeint hatte, doch das tat er nicht. Stattdessen nickte er in Richtung Weg. „Kannst du weitergehen?"

Noch immer schwang ein Lachen in ihrer Stimme mit. „Okay ... bis du mich wieder jagen willst." Sie grinste ihn an. „Vielleicht lasse ich dich noch mal gewinnen."

„Oh ... okay." Der Sarkasmus in seiner Stimme war lustig und leicht, so wie alles an diesem frühen Abend.

Sie gingen weiter, wobei sich ihre Arme und Ellbogen ab und zu leicht berührten.

Cody lenkte das Gespräch als Erster auf ein ernsthafteres Thema. „Ich bin jetzt bereit zu gehen ... glaube ich."

Bailey trat gegen einen Stein. „Wie kann man für einen Krieg bereit sein?"

„Ich weiß es nicht. Ich meinte das auch gar nicht so sehr in Bezug auf den Krieg, sondern mehr die Verpflichtung, das Opfer." Er schaute sie an. „Du weißt schon, die Zeit und das alles."

„Ja." Sie wollte ihn nicht anschauen, wollte nicht darüber nachdenken, dass er in zehn Tagen aufbrechen würde, dass er seine Haare abrasieren und sich in einem Ausbildungslager der Armee melden würde. Sie hob ihr Kinn und starrte in den sich langsam verdunkelnden Himmel. Sollte sie etwas sagen? Sollte sie ihm einen Hinweis auf das geben, was in ihrem Herzen war?

Cody schob die Hände in die Taschen seiner Shorts. „Ich hätte das alles nicht ohne deine Eltern geschafft. Vor allem deinen Vater." Seine Wangen wurden rot. „Er ist der beste Mensch, den ich je getroffen habe."

Sag es ihm, dachte sie. „Weißt du, was ich glaube?"

„Was?" Sein Tempo wurde langsamer.

„Ich glaube – wenn du älter bist und mit der Armee fertig – dann wirst du ihm ziemlich ähnlich sein."

Ein verlegenes Lachen kam von Cody. „Ja?"

„Ja." Sie kickte ein paar kleinere Steine in seine Richtung.

Cody trat einen Schritt zur Seite und kickte die Steine zurück zu ihr. Er wollte etwas sagen, doch er hielt inne. Stattdessen kam ein langer Seufzer über seine Lippen, als er sie anblickte. „Ich muss dir etwas sagen."

Baileys Herz überschlug sich. Die Dunkelheit legte sich über den Weg und es war fast Zeit, dass sie zu ihrer Familie zurückgehen mussten. Was würde jetzt kommen? Ihre Stimme brach. „Okay."

„Ich habe niemals …" Codys Kiefermuskeln spannten sich an, als er für einen Moment zur Seite schaute. Was auch immer er ihr sagen wollte – es war nicht einfach für ihn. „Bailey, ich wollte niemals mehr für dich sein als eine Art großer Bruder." Er sah niedergeschlagen aus. „Verstehst du das?"

Sie war sich nicht sicher, ob sie das tat. Ein ängstliches Lachen kam von ihr. „Was meinst du damit?"

Die Muskeln spannten sich erneut an. Er sah sich verzweifelt um, als ob er hoffte, dass die passenden Worte irgendwo in der Luft hingen.

„Ich habe das Gefühl, dass sich zwischen uns … als ob du dir vielleicht Hoffnungen machst …"

Allmählich verstand sie ihn. Er gab ihr einen Korb, die schlimmste Abfuhr ihres Lebens. Sie machte einen Schritt zurück, doch sie lächelte. Sie hob ihre Hände. „Ich?" Sie lachte und hoffte, dass es nicht zu gezwungen klang. „Cody, du bist wie ein großer Bruder." Ein weiteres Lachen. „Nicht mehr. Versprochen."

Er sah sie aufmerksam an. „Wirklich?"

„Auf jeden Fall." Bailey bedeutete ihm, dass sie weitergehen sollten, woraufhin er ihr folgte. Sie stieß ihn mit dem Ellbogen in die Seite. „Ich kann nicht fassen, dass du geglaubt hast, dass ich …" Sie überspielte ihre Verletztheit und sagte das Einzige, was sie sagen konnte, um ihr Gesicht zu wahren.

„Naja, gut …" Er lachte, doch er schien immer noch ein wenig nervös zu sein. „Ich wollte nur sichergehen … ich meine, du weißt schon … bevor ich weggehe."

„Natürlich." Ihr Herz war verletzt, doch sie konnte ihn das nicht sehen lassen. Wie verrückt war sie denn, dass sie geglaubt hatte, ein Typ wie Cody – der mit so vielen Mädchen ausgegangen war – würde sich für ein so unschuldiges Mädchen wie sie interessieren? „Du bist mein Bruder und mein bester Freund in einem." Tränen stiegen in ihre Augen. Sie konnte nicht zulassen, dass er sie weinen sah. Also wirbelte sie herum und begann den Weg zurückzurennen, den sie gekommen waren. „Du kannst mich nicht ein zweites Mal fangen!"

Sie rannte, doch die Tränen ließen ihre Sicht verschwimmen. *Gott, warum habe ich überhaupt etwas gesagt? Jetzt habe ich mich gründlich blamiert. Er denkt wahrscheinlich, dass ich total albern bin.* Sie hörte ihn hinter sich rufen und merkte, dass er versuchte, sie zu fangen, doch nicht mit der gleichen Geschwindigkeit wie vorher. Ihre Sicht war immer noch verschwommen, sodass sie die Baumwurzel nicht sah, die direkt vor ihr über den Weg ragte. Ihr Fuß verfing sich darin und ihr Knöchel verdrehte sich schmerzhaft. Sie fiel auf die Seite, halb in das Gestrüpp, das den Weg säumte.

„Bailey!" Cody erreichte sie und kauerte sich neben sie. „Bist du okay?"

„Mein Knöchel." Der Schmerz, der durch ihren Fuß und ihr Bein hinaufraste, war unerträglich. „Ich habe ihn verdreht."

„Warte." Er kletterte über ihr unversehrtes Bein und kniete sich ins Gras. Vorsichtig nahm er den verletzten Fuß in die Hand. „Kannst du ihn bewegen?"

Er schmerzte heftig, doch nicht so heftig wie ihr verletzter Stolz. Bailey lag mit dem Rücken auf dem staubigen Weg, hob ihren Arm und legte ihn über ihre Augen. Sie stöhnte. Wenn sie ein Loch graben und darin hätte versinken können, hätte sie das auf der Stelle getan.

„Hey." Cody ließ ihren Fuß sanft auf den Boden gleiten. Er kauerte sich dicht neben ihr Gesicht. „Bailey, sieh mich an."

Sie wollte das nicht. Doch sie war hilflos. Sie konnte noch nicht einmal ohne seine Hilfe aufstehen. Mit langsamen Bewegungen ließ sie ihren Arm sinken und blinzelte ihn an. „Sah es wenigstens elegant aus?"

„Nun ja …" Seine Augen funkelten nur ein bisschen. „Du *bist* definitiv eine Tänzerin." Er wies auf den Weg. „Und diese Drehung war, naja, du weißt schon – ziemlich einzigartig."

„Wunderbar." Bailey presste die Augen zu. Vielleicht würde ihr verstauchter Knöchel dafür sorgen, dass er ihr Gespräch von eben vergaß.

„Hey, mach die Augen auf." Codys Tonfall wurde ernst.

Sie zwinkerte und stemmte sich auf den Ellbogen hoch. Einige Kieselsteine bohrten sich in ihre Unterarme. „Ich glaube, ich kann aufstehen."

„Warte." Sein Gesicht war nur wenige Zentimeter von ihrem entfernt. Für ein paar Sekunden sah es aus, als wollte er sie küssen. Die Nervosität von eben war zurück. „Du weißt, was ich vorhin zu sagen versucht habe … oder?"

Bailey wollte ihm nicht antworten. Also zog sie nur die Augenbrauen in die Höhe und versuchte ein schmerzverzerrtes Grinsen. Ihr Knöchel tobte. Sie versuchte ihn zu bewegen und stöhnte. „Hilf mir beim Aufstehen, großer Bruder."

Cody schob seinen Arm durch ihren und half ihr langsam auf. „Er ist etwas angeschwollen."

„Ich kann ihn bewegen." Sie humpelte ein paar Schritte. „Er ist nur verstaucht."

Zusammen gingen sie langsam zurück. Als sie ihre Familie erreichten, konnte Bailey bereits allein laufen und humpelte nur noch leicht. Ihre Eltern sahen sie besorgt an, doch bevor sie eine Frage stellen konnte, hob sie ihre Hand. „Es geht mir gut. Nur eine Verstauchung."

Cody lächelte den Rest der Familie an. „Ich habe ihr gesagt, dass es als Tanzeinlage einmalig ausgesehen hätte."

Alle zögerten, bis Connor anfing zu lachen.

Als endlich alle im Auto saßen, war jeder am Lachen. Bailey war froh darüber. Ihr Sturz hatte die Aufmerksamkeit von ihrem Spaziergang mit Cody abgelenkt. Und sie konnte die Tränen, die sich seit Codys Bemerkung in ihrem Herzen gesammelt hatten, endlich ungehindert in ihre Augen steigen lassen. Ihre Familie würde nicht fragen. Es war dunkel im Auto. Außerdem lachte die Hälfte ihrer Brüder so laut über ihre Abenteuer beim Angeln, dass sie ebenfalls Tränen in den Augen hatten.

Bailey rieb sich das Schienbein. Ihr Knöchel wäre in ein paar Tagen wieder in Ordnung, doch ihr Herz würde noch wochenlang schmerzen. Wenigstens wusste sie jetzt die Wahrheit. Cody würde niemals mehr in ihr sehen als eine kleine Schwester. Was sie zwischen ihnen beiden gespürt hatte, war nicht der Beginn einer großen Liebe oder zumindest eines Flirts gewesen. Sondern nichts als ihre überdrehte Einbildung.

Kapitel 23

Ashleys Ultraschall sollte erst am späten Vormittag stattfinden, doch Landon war früher wach als gewöhnlich. Es war der letzte Tag im Juni. Bisher hatte er sich genauso verhalten, wie Ashley es sich gewünscht hatte. Er hatte diese Schwangerschaft ebenso genossen, wie er ihre letzte genossen hatte. Vielleicht sogar noch mehr.

Ihr kleines Mädchen war sehr aktiv. Landon und Ashley waren sich einig, dass sie ein überschäumendes Temperament hatte. Ashley sang gerne für sie, Lieder, die ihre Mutter für Cole gesungen hatte, als er ein Baby gewesen war. „Das alt rauhe Kreuz“ und „Er ist der Erlöser, Jesus, Gottes Sohn“. Dann kuschelten sich Cole und Devin jedes Mal an sie und Cole legte seine Hand auf Ashleys Bauch.

„Sie bewegt sich jetzt nur langsam.“ Coles Augen wurden immer größer. „Sie mag es, wenn du singst, Mama.“

Die letzten Wochen waren angefüllt gewesen von einem wunderbaren Moment nach dem nächsten. Nur ein paar dunkle Wolken hingen drohend am Horizont. Zum einen war da die Tatsache, dass Ashley und Brooke nur das Nötigste miteinander sprachen, wenn sie sich bei Familientreffen sahen. Und zum anderen … ja, bezüglich dieser zweiten Angelegenheit würden sie heute die Wahrheit erfahren. Bei dem Ultraschall.

John hatte Landon gesagt, dass ein Ultraschall bei Anenzephalie nur sehr selten eine Fehldiagnose lieferte. Sie hofften alle, dass der Test falsch gewesen war oder dass Gott ihnen ein Wunder schenken würde, doch die Antworten, die sie heute bekommen würden, könnten auch das Schlimmste bestätigen.

Landon goss sich ein Glas Orangensaft ein und lehnte sich mit dem Rücken zum Fenster gegen die Küchentheke. Ashley schlief noch. Gestern Abend war sie angespannter gewesen, als sie es seit dem ersten Ultraschall gewesen war. Sie hatte ihre Hand auf ihren Bauch gelegt und dann, wenn Sarah sie trat, gelächelt und ihren Bauch gestreichelt und auf die einzige Art mit ihrer Tochter kommuniziert, die möglich war.

„Nervös?“ Er hatte sich auf seiner Seite des Bettes ausgestreckt und sie beobachtet. „Wegen morgen?“

„Es gibt kein Morgen.“ Ashley hatte gelächelt, doch ihre Augen waren dunkel und traurig gewesen. „Solange wir den Moment genießen, ist morgen eine Million Stunden weg.“

Landon trank die Hälfte seines Orangensaftes. Jetzt war es nur noch drei Stunden weg. Danach würden sie dem Thema nicht länger ausweichen können, nicht mehr auf das Beste hoffen oder die Wahrheit ignorieren können.

Er hatte gestern Abend mit Ashley kurz darüber geredet. Nur damit ihr klar war, was der heutige Tag bedeuten könnte.

„Wir haben für die Ergebnisse dieses nächsten Tests gebetet.“ Landon hatte seine Finger sanft durch ihre Haare gleiten lassen. Seine Worte waren sehr vorsichtig gewesen, bedacht. „Was auch immer sie auch bedeuten, wir werden sie ernst nehmen.“ Er hielt inne. „Nicht wahr?“

Sie sah ihn an und ihre Augen baten ihn, nicht weiter darüber zu reden, nicht bevor der Test nur noch ein paar Minuten entfernt war. „Ja, Landon. Wir werden die Diagnose glauben. Wie auch immer sie lauten wird.“

Landon hatte sich dessen vergewissern wollen. Denn wenn die Untersuchung die erste Diagnose bestätigen, wenn Dr. McDaniel immer noch diese tödliche Missbildung bei ihrer Tochter sehen würde, wäre es Zeit, sich einen Plan zu überlegen. Zeit, ihren Verlust zu akzeptieren und sich darauf vorzubereiten. Wenn nicht, dann würde der heutige Tag ein großer Tag des Jubelns und des Feierns. Doch dass sie den heutigen Testergebnissen Glauben schenkten, war wichtig. Gott zu vertrauen, dass er ein Wunder tun konnte, war eine Sache. Doch wenn sie heute wieder schlechte Nachrichten erhalten und dann immer noch wegschauen würden, dann wäre das kein Glaube.

Sondern Verleugnung.

Und so könnte Landon nicht leben, egal wie hart die Wahrheit sein würde.

Er wollte gerade nach Devin schauen, als das Telefon klingelte. Verwundert blickte er auf die Zeitanzeige auf der Mikrowelle. Kurz nach sieben. Zu früh für die meisten Menschen. Er hob den Hörer vor dem nächsten Klingeln ab, damit Ashley es nicht tun musste.

„Hallo?“

„Landon, hier ist Brooke.“ Ihre Stimme klang erstickt. Als ob sie geweint hätte. „Ich musste vor der Arbeit noch mal anrufen. Ich habe dich doch nicht geweckt – oder doch?“

„Nein, nein.“ Für einen Augenblick fragte sich Landon, ob mit Brooke oder Peter oder einem ihrer Mädchen etwas nicht in Ordnung war. „Was ist los?“

„Ich bin seit drei Uhr heute Morgen wach. Ich konnte einfach nicht schlafen.“ Sie schniefte. „Diese ganze Geschichte mit Ashley und mir macht mich völlig fertig. Ich hasse es.“

Sein Herz wurde schwer. „Ash hasst es auch.“ Er versuchte, die richtigen Worte zu finden. „Sie tut alles, was sie kann, um ihr Baby zu beschützen. Um sich selbst zu schützen. Ich glaube, so sieht sie es.“

„Was genau das Problem ist.“ Brooke klang aufgebracht. „Euer Ultraschall heute Morgen wird bestätigen, was Dr. McDaniel euch beim ersten Mal gesagt hat. Und weil Ashley diese Möglichkeit nicht einmal erwogen hat, wird der heutige Tag sie zerstören, Landon. Das ist es. Ich habe keine Ahnung, wie sie damit zurechtkommen soll.“

Landon spürte, wie seine Ablehnung wuchs. Brooke war Kinderärztin, doch auch sie wusste nicht alles. „Ihre Schwangerschaft ist völlig normal verlaufen. Das Baby bewegt sich und tritt und schläft.“ Er wollte dieses Gespräch mit Brooke jetzt nicht führen. Nicht, solange er noch Hoffnung hatte. „Ashley sieht wunderbar aus; sie fühlt sich wunderbar. Ich glaube, es ist völlig normal, dass sie hofft, dass alles gut wird. In sehr seltenen Fällen kann auch ein Ultraschall falsch sein. Das habe ich gelesen.“

„Nicht in der sechzehnten Schwangerschaftswoche.“ Brooke stieß ihren Atem laut aus. „Das passiert wirklich nicht. Ich habe nirgendwo einen Fall von Anenzephalie gefunden, wo bei einem Ultraschall in der sechzehnten Woche eine Fehldiagnose gestellt wurde.“

Ein Knoten formte sich in Landons Magen. „Vielleicht war das Ultraschallgerät kaputt.“ Er versuchte, normal und freundlich zu klingen. Doch dieser Anruf erschütterte ihn bis ins Innerste. „Wie ich schon gesagt habe, ist ihre Schwangerschaft perfekt verlaufen.“

„So ist das immer bei Babys mit Anenzephalie.“ Sie stöhnte. „Hör zu, ich will dir deinen Morgen nicht verderben. Das ist nicht der Grund, warum ich angerufen habe.“

„Und warum dann?“ Landons Tonfall war scharf, was er sofort bedauerte. „Was wäre, wenn Ashley den Anruf angenommen hätte?“

„Sie hätte ihn nicht entgegengenommen, nicht, wenn meine Nummer im Display steht." Brooke schniefte wieder. „Ich habe angerufen, damit du mir zuhörst. Damit du in der Lage bist, Ashley später zu helfen, wenn sie die Bestätigung bekommt. Bitte … glaub mir. Heute wird ein harter Tag für meine Schwester." Ihre Stimme brach und sie zögerte. „Ich liebe sie, Landon. Ich mache mir große Sorgen, wie es ihr gehen wird, wenn sie endlich die Wahrheit akzeptiert."

Die verschiedensten Gefühle überfielen ihn. Brooke meinte es nur gut, auch wenn er diese Erinnerung an die möglicherweise schlechten Nachrichten nur wenige Stunden vor Ashleys Untersuchung nicht hören wollte.

Landon richtete sich auf und schloss die Augen. „Danke, Brooke. Ich weiß, dass du sie liebst." Er blinzelte und drehte sich um, sodass er aus dem Fenster sehen konnte. Der Himmel war wolkenlos und die Sonne wärmte bereits den Beginn eines neuen Tages. Er zwinkerte in das helle Licht. „Was auch immer heute Morgen passiert – Gott wird uns durchtragen."

Noch einmal dankte er ihr, dass sie angerufen hatte, dann beendete er das Gespräch. London wäre zu gerne wieder an den Punkt zurückgekehrt, an dem er gewesen war, bevor das Telefon geklingelt hatte. Er wollte einfach nur seinen Saft trinken und sich an die wunderbaren Momente erinnern, die er und Ashley in den vergangenen Wochen mit ihrem ungeborenen Baby gehabt hatten, und glauben, dass die Ergebnisse des heutigen Tages so oder so ausfallen könnten.

Doch alles, woran er denken konnte, als er sein Glas abstellte und sich auf den Weg in ihr Schlafzimmer machte, war ein Feuer, das er und seine Kollegen bekämpft hatten, als er in New York City gelebt hatte. Es war ein Warenhaus gewesen, das in Flammen gestanden hatte und völlig vom Feuer eingeschlossen gewesen war, und er und eine Gruppe anderer Feuerwehrmänner hatten hoch aufs Dach gemusst. Einer der Hauptmänner hatte ihn ermahnt, bevor er nach oben gerannt war: „Bleibt am Rand. Lass die Männer auf keinen Fall in die Mitte des Daches."

Landon hatte versucht, seine Kollegen zu warnen, doch einige von ihnen hatten nicht zugehört. Männer, die an diesem Nachmittag ihr Leben verloren hatten. Immer noch fragte sich Landon, ob er in jener Situation geistesgegenwärtiger hätte reagieren müssen. Ob er etwas hätte tun können, um die Männer zu retten, etwas, um ihnen die Gefahren des Feuers deutlich zu machen.

Die Erinnerung verblasste und ein Schauer lief über Landons Rücken. Brooke hatte nicht angerufen, weil sie alles besser zu wissen meinte oder weil sie sich in etwas einmischen wollte, was sie nichts anging. Ihr Anruf war eine Warnung gewesen, dass es Ashley zerstören könnte, wenn sie ohne seine Hilfe diese niederschmetternde Diagnose erhielt.

Aus diesem Grund war es richtig gewesen, dass Brooke angerufen hatte. Landon würde an diesem Morgen bereit sein, Ashley zu unterstützen, ganz egal, welche Nachrichten sie hören würden. Es machte nichts, dass er sich ebenso verzweifelt an die Hoffnung auf eine gute Nachricht klammerte wie seine Frau: Er würde stark sein für Ashley und vorbereitet in die Untersuchung gehen, wenn er Brookes Ratschlag berücksichtigte. Das Schlimmste zu erwarten.

* * *

Ashley hörte, dass das Telefon klingelte, und bemerkte im gleichen Moment, dass Landon aufgestanden war. *Er wird den Anruf annehmen,* sagte sie sich. Sie reckte ihre Arme und spürte das Gewicht ihres Babys.

„Guten Morgen, Sarah." Sie ließ ihre Finger über ihren Bauch gleiten. Da war eine Bewegung in ihrem Inneren. Ashley beobachtete, wie sich ihr ungeborenes Baby von einer Seite zur anderen bewegte. „Du bist viel aktiver als deine Brüder, mein Kleines." Sie tätschelte die harte Seite ihres Bauches, wo ihre Tochter jetzt lag, und lachte leise.

Neulich hatte Cole gesehen, wie Sarah sich so gedreht hatte, und seine Augen waren kugelrund geworden. „Mama, das sieht aus wie ein Alien im Film oder so."

„Es sieht lustig aus", hatte sie zugegeben. „Doch es bedeutet nur, dass Sarah jetzt bald so weit ist, dass sie zu uns auf die Welt kommen kann."

Cole zog seine Nase kraus. „Habe ich das auch gemacht, als ich in deinem Bauch war?"

„Ja. Aber nicht so oft wie Sarah." Sie kitzelte seinen Bauch. „Du warst viel schläfriger."

„War halt ziemlich langweilig da drin." Cole klopfte auf ihren runden Bauch. „Weißt du was, Mama?"

„Was?"

„Ich gewöhne mich langsam an den Gedanken, eine Schwester zu bekommen.“ Er zuckte mit den Achseln. „Mädchen brauchen große Brüder, die sie beschützen. Und vielleicht geht sie irgendwann zum ersten Mal in den Kindergarten und ich kann sie begleiten. Damit keiner von den Vorschuljungs auf die Idee kommt, sie Kindergartenbaby zu nennen.“ Er streckte die Brust raus. „Ich wäre ein guter Beschützer.“

„Ja, Coley.“ Sie küsste ihn auf den Kopf. „Du wärst ein sehr guter Beschützer.“

Er grinste sie an und rannte los, um Devin zu suchen.

Das waren die Momente, die sie am meisten an ihrer Schwangerschaft genoss: dass Cole inzwischen alt genug war, um Fragen über das Wunder des Lebens zu stellen, und die stillen Momente, die Landon und sie mit ihrer ungeborenen Tochter teilten.

Ashley drehte sich um und hörte aus dem Nebenzimmer Devins sanfte kleine Stimme. „Mami … Mami …“

Sie lächelte und wuchtete sich aus dem Bett. Das war in diesen Tagen ein ziemlicher Kampf. Manchmal fragte sie sich, ob der Geburtstermin tatsächlich stimmen konnte oder ob die kleine Sarah nicht früher zur Welt kommen würde. Sie konnte sich nicht erinnern, dass sie zu diesem Zeitpunkt der Schwangerschaft bei ihren Söhnen bereits so dick gewesen war. Sie presste ihre Hand in ihren Rücken und ging zu Devin hinüber.

Er stand in seiner Wiege, den Schnuller im Mund und das Kuscheltuch in der Hand. Sein blondes Haar stand in einer klassischen Bettfrisur nach allen Seiten ab. Er hielt den Schnuller mit den Zähnen fest und sang noch einmal, eine süße Melodie mit einem einfachen Text. „Ma-ami … Ma-ami … Ma-ami!“ Dann lächelte er und lachte.

„Komm, mein süßer Junge.“ Sie ging ein wenig in die Knie, als sie ihn auf den Arm nahm. Sie konnte ihn nur noch auf der Hüfte tragen, doch das schien ihn nicht zu stören. Devin hatte so ein sonniges Gemüt. Er war nicht halb so lebhaft und ausgelassen wie Cole – zumindest jetzt noch nicht.

Er legte seinen Kopf auf ihre Schulter und patschte auf ihren Bauch. „Hallo, Baby.“

„Das ist sehr lieb von dir, Devin.“ Freude erfüllte und wärmte Ashley, ungeachtet der Kühle im Haus. Sie hatte es nicht eilig, mit dem Tag zu beginnen. Da sie noch drei Stunden bis zu ihrer Untersuchung hatte, ließ sie sich in den Schaukelstuhl sinken. Sie flüsterte in Devins Ohr: „Möchtest du ein bisschen mit Mami schaukeln?"

„Mmmm-hmmm." Er legte seinen Kopf an ihre Schulter. Dann begann er zu summen.

Wenn Devin summte, wusste Ashley genau, was als Nächstes erwartet wurde. „Möchtest du, dass Mami singt?"

Devin nickte und presste seinen Kopf enger an sie. Dann zog er sein Kuscheltuch an sein Gesicht und schnuffelte darin.

Ashley summte ebenfalls ein wenig, denn das tat sie immer, wenn Devin sich ein Lied wünschte. Dann holte sie tief Luft und strich Devins Schlafanzugpullover glatt. „Jesus liebt mich! Das weiß ich, denn die Bibel sagt mir das ..."

Als sie die Zeile erreichte, in der davon die Rede war, dass Jesus stark ist, grunzte Devin dreimal begeistert. Dann hob er den Kopf, sah direkt in ihre Augen und kicherte. Cole war genauso. Er liebte den Teil „Er ist stark" ebenfalls am meisten.

Sie konnte hören, dass Landon am anderen Ende des Flurs Cole weckte. Er hatte heute einen Buchstabiertest in der Ferienschule – eine Wiederholung von allen Wörtern, die sie in diesem Jahr gelernt hatten. Die Ferienschule dauerte drei Wochen lang und ging jeden Tag von acht Uhr morgens bis mittags. Eine Menge Freunde von Cole gingen dorthin und wegen Ashleys Schwangerschaft hatten sie entschieden, ihn in diesem Jahr ebenfalls teilnehmen zu lassen.

Doch Ferienschule bedeutete nicht, dass Cole weniger nervös wegen des Tests war. Gestern Abend hatten sie alle dafür gebetet, dass er ruhig bleiben und sich an alle Worte erinnern könnte, an denen er seit September gearbeitet hatte. Sie hatten ihm Stichproben von seinem Übungszettel gegeben, doch von zweihundert Wörtern hatten sie nur ungefähr zehn geschafft.

Nachdem sie gebetet hatten, hatte Landon einen Weg gefunden, um Coles Aufmerksamkeit von dem Test abzulenken. „Mama hat morgen ebenfalls einen wichtigen Test." Er hatte auf der Kante von Coles Bett gesessen. „Also werden wir für deinen Buchstabiertest beten und du betest für Mamas Test morgen in der Arztpraxis."

Einen Herzschlag lang hatte Cole besorgt ausgesehen. „Ist mit Mama etwas nicht in Ordnung?" Er hatte von Landon zu Ashley aufgesehen.

Rasch hatte sie ihm geantwortet. „Nein, Coley. Mama geht es gut. Dieser Test ist wegen Baby Sarah."

„Oh." Cole war sofort beruhigt gewesen. Für ihn gab es keinen Grund, sich Sorgen zu machen. In seiner kindlichen Welt hatten Babys niemals irgendwelche Probleme.

Jetzt hörte sie, wie er in seinem Zimmer aufgeregt über den Buchstabiertest sprach. „Versuch es mit *Einstellung*, Papa. Ich schreibe *Einstellung* manchmal falsch."

„Okay, buchstabier mir *Einstellung*." Ein Lächeln lag in Landons Stimme.

„E-i-n-s-t-e-l-l-u-n-g." Cole ratterte die Buchstaben ohne Probleme herunter. „Einstellung."

„Weißt du, was ich glaube, Kumpel?"

„Was denn?"

„Ich glaube, du machst dir wegen nichts und wieder nichts Sorgen." Landon lachte. „Also dann, raus aus dem Bett und unter die Dusche. Wir müssen in vierzig Minuten aufbrechen."

Ashley lehnte sich in dem Schaukelstuhl zurück und erlaubte dem Glücksgefühl, sich in ihrem ganzen Körper auszubreiten. Devins warme kleine Brust gegen ihrer eigenen. Ihr Ehemann, so liebevoll und hingegeben, der Cole liebte, als wäre er sein eigenes Fleisch und Blut. Eine kleine Tochter, die bald geboren werden sollte, die von ihren beiden großen Brüdern jeden Tag ihres Lebens beschützt werden würde. Alles das – und sie hatte sich nie gesünder und besser gefühlt. Diese Schwangerschaft ließ sie wirklich von innen heraus strahlen.

Sie begann noch einmal, das Lied zu singen. „Jesus loves me! This I know …"

Und diesmal traf sie die Botschaft des Liedes mitten ins Herz. Jesus liebte sie; das war der Grund, warum das Leben so wundervoll war. Es gab keinen Grund zu denken, dass sich das alles in ein paar Stunden in der Arztpraxis ändern würde.

An diesen Gedanken klammerte sich Ashley, als sie Devin anzog und Frühstück für ihre Familie machte. Sie aßen zusammen, wobei Cole sie mit Geschichten vom Haustiertag unterhielt und dass im letzten Jahr Bobby Weinstein und sein Vater ihre Boa Constrictor sowie eine lebende Maus mitgebracht hatten, die sie an die Schlange verfüttert hatten. Zwei der Mädchen und einer der Jungen hatten in den Flur gebracht werden müssen, weil sie geschrien hatten, dass doch jemand die Maus retten müsse.

Die Geschichte war eine wunderbare Ablenkung und Ashley genoss sie, so wie sie jeden Moment an diesem Morgen genoss. Um acht fuhr Landon Cole zur Ferienschule. Die nächste Stunde verging wie im Flug. Auf dem Weg zur Ärztin brachten sie Devin bei Kari vorbei.

Als sie wieder hinaus zum Auto gehen wollten, hielt Kari sie für einen Moment auf. Ihre Augen trafen sich ein paar Sekunden lang und Kari zog ihre Schwester in eine innige Umarmung. „Ich bete für euch."

Ashley löste sich aus der Umarmung, bevor ihre Schwester es tat. Sie lächelte und nickte. „Danke." Die Fassade der Zuversicht, die sie so lange aufrechterhalten hatte, begann zu wanken. Es gab keine Möglichkeit mehr, sich vor den Tatsachen zu verstecken. Sie war auf dem Weg, um herauszufinden, ob ihr Baby immer noch eine Missbildung hatte, die zum Tod führen würde. Ihr Lächeln erlosch, als sie sich noch einmal in die Arme ihrer Schwester warf. „Bete unaufhörlich, Kari. Bitte."

Dann ging sie schnell die Stufen hinunter und stieg ins Auto, damit Devin, der sie beobachtete, sie nicht weinen sah.

Landon zögerte, bevor er aus der Einfahrt fuhr. „Ashley … alles in Ordnung?"

Ihre Hände waren plötzlich kalt und klamm und ihr war übel. Sie wandte ihre Augen Landon zu. „Ich habe furchtbare Angst."

Er beugte sich zu ihr hinüber und umarmte sie. „Gott weiß, was jetzt auf uns zukommt. Er würde uns nichts zumuten, was wir nicht auch bewältigen können."

Mit seiner Kraft, wollte Ashley sagen. Doch was war, wenn die Untersuchungsergebnisse so schrecklich waren, dass sie sich nicht mehr daran erinnerte, wie sie Gottes Kraft finden konnte? Was, wenn sie kollabierte oder keine Luft mehr bekam?

Sie faltete ihre Hände und zwang sich, ruhig zu bleiben. „Mir geht es gut." Sie schaute hinunter auf ihren Bauch. Als sie das tat, trat Sarah gegen ihre Hand. Ungeachtet ihrer Ängste musste Ashley lächeln. *Alles ist okay. Alles muss okay sein.*

Die Fahrt zu Dr. McDaniels Praxis und die zehn Minuten, die sie im Wartezimmer verbrachten, verschwammen. Im Handumdrehen hatte Ashley ein Baumwollhemd an und wartete auf die Ärztin. Sie schaute auf die Uhr. Am anderen Ende der Stadt begann Cole vielleicht gerade jetzt seinen Buchstabiertest. *Hilf ihm, Gott … Hilf ihm, dass er sich erinnern kann.*

„Gott ist mit uns, Ash." Landon stand neben ihr. Seine Hand lag auf ihrer Schulter. „Ich kann ihn hier spüren." Er hielt inne. „Es ist okay."

Ein Teil von ihr wollte schreien: Was, wenn es nicht okay ist? Doch sie lächelte ihn an. „Ich habe gerade für Cole gebetet."

Landon wollte gerade etwas über Coles Buchstabiertest sagen, als Dr. McDaniel hereinkam. Von dem Moment an, als sie eintrat, sah die Frau ernst und düster aus. „Ashley, Landon … es ist schön, Sie zu sehen."

Zum ersten Mal verspürte Ashley ein leises Schuldgefühl. Sie hatte drei Untersuchungstermine abgesagt und die Anrufe der Ärztin nicht erwidert. Niemand sollte sie dazu zwingen, zum Arzt zu gehen. Nicht, wenn sie diese Schwangerschaft so sehr genoss.

„Es tut uns leid, dass wir so lange gebraucht haben, bis wir wiedergekommen sind." Landon musste sich ebenfalls unbehaglich fühlen. Er zögerte, als ob er nach der richtigen Rechtfertigung suchte. Doch stattdessen ließ er seine Entschuldigung einfach so stehen.

Dr. McDaniel schob ihre Hände in die Taschen und lächelte, doch ihr Gesichtsausdruck blieb ernst. „Das ist schon in Ordnung. Ich verstehe das." Sie wandte sich dem Ultraschallgerät zu und drückte ein paar Tasten. „Ich bin froh, dass Sie jetzt gekommen sind." Sie richtete den Bildschirm aus und griff nach der Geltube auf dem Tisch. „Wie fühlen Sie sich, Ashley?"

„Perfekt." Ashleys Antwort kam so schnell über ihre Lippen, als ob sie mit diesen Worten etwaige Zweifel am Gesundheitszustand ihres Babys entkräften könnte. „Das Baby bewegt sich sehr viel. Ich kenne ganz genau ihre Schlafgewohnheiten und den Zeitpunkt, wann sie aktiver ist."

Dr. McDaniel hatte ihnen den Rücken zugekehrt, doch sie nickte. „Ich habe das bei meinen Schwangerschaften immer geliebt."

Ashley spürte, wie sie sich entspannte. Die Frau konnte nicht das absolut Schlimmste erwarten. Nicht, wenn sie so ungezwungen mit ihnen plauderte. Landon stand noch immer mit der Hand auf ihrer Schulter neben ihr, doch sie war sich nicht sicher, was sie als Nächstes tun sollte. „Soll ich mich hinlegen?"

„Noch nicht." Dr. McDaniel wandte sich ihnen zu und lehnte sich an den Tisch. Sie schien die Geltube in ihren Händen zu wärmen. „Sind Sie bereit für diese Untersuchung?"

Und da war er – der Zweifel, der offensichtlich immer da gewesen war.

Ashleys Mund wurde trocken und sie konnte keine Worte finden. Statt zu antworten griff sie nach oben und bedeckte Landons Hand mit ihrer eigenen.

Landon verstand ihr wortloses Zeichen. „Wir sind so bereit, wie man bereit sein kann." Seine Stimme klang erstickt, war voller Emotionen. „Wir verstehen, dass wir die Diagnose, die wir heute bekommen, akzeptieren müssen."

„Ich hatte gehofft, dass Sie das so sagen." Dr. McDaniel wandte ihre Aufmerksamkeit Ashley zu. „Ich habe für Sie gebetet, so wie Sie mich gebeten hatten. Doch manchmal müssen wir tiefer nach dem Wunder suchen." Sie berührte Ashleys andere Schulter. „Verstehen Sie?"

Ashley wollte nichts verstehen. Sie sah zur Tür und überlegte für eine Minute, ob sie davonlaufen sollte. Sie könnte durch den Eingangsbereich bis zum Auto laufen und dann konnten sie Devin abholen und mit ihm in den Park gehen. Auf diese Weise wäre ihr Baby in Sicherheit vor irgendwelchen Untersuchungsergebnissen oder schrecklichen Diagnosen.

Doch das war nicht möglich, denn es würde nichts an der Tatsache ändern, dass sie diese Untersuchung machen lassen musste. Deshalb war sie hier. Damit sie und Landon einen Weg finden konnten, mit den Ergebnissen zu leben.

Ashley stieß ihren Atem aus und schaute zu Dr. McDaniel. „Ich verstehe."

„Also dann." Sie klopfte auf die Untersuchungsliege. „Strecken Sie sich hier aus, damit wir einen Blick in Ihren Bauch werfen können."

Ashley legte sich auf das dünne Papierlaken. Sie fragte sich, ob Dr. McDaniel in der Lage war, den Herzschlag ihres Babys über das rasende Klopfen ihres eigenen Herzens hinweg zu hören. Jeder harte, schnelle Schlag schien eine Botschaft zu enthalten. *Bitte, Gott … bitte, Gott … bitte, Gott …*

Landon blieb an ihrer Seite, die Hand wieder auf ihrer Schulter.

Bitte, Gott … bitte, Gott … bitte, Gott …

Die Ärztin schob Ashleys Hemd zur Seite und verrieb das kalte Gel auf ihrem Bauch.

Ashley schloss ihre Augen. *Es ist okay, Sarah … Es ist nur eine Untersuchung. Keine Angst, mein kleines Mädchen. Hab keine Angst.* Das Gewicht ihres Babys machte es Ashley schwer zu atmen, also spitzte sie ihre Lippen und zwang sich, tief Luft zu holen. Alles, damit ihre Lunge genug Platz hatte für den Sauerstoff.

Sie hörte, dass Landon schneller atmete als zuvor, doch keiner von ihnen wagte ein Wort zu sagen.

Dr. McDaniel verteilte das Gel auf Ashleys Bauch und presste das Gerät gegen ihre Haut. Sofort tönte Sarahs Herzschlag durch den Raum.

Bitte, Gott … bitte, Gott … bitte, Gott …

Jetzt war normalerweise Sarahs aktive Zeit. Der heutige Tag bildete da keine Ausnahme. Sie trat gegen das Ultraschallgerät und Ashley war sich nicht sicher, ob sie lachen oder weinen sollte. *Seht ihr*, wollte sie sagen, *mein kleines Mädchen ist immer so aktiv.*

Ashley öffnete die Augen, denn selbst wenn die Untersuchungsergebnisse niederschmetternd waren, wäre sie nicht in der Lage, das zu erkennen. Und das war ihre Chance, das Baby zu sehen, für das sie gesungen und mit dem sie geredet hatte. Der Bildschirm zeigte die Beine des Babys. Sie sahen lang aus, wie die Beine einer Tänzerin. Ja, vielleicht würde Sarah eine Tänzerin werden.

Sie legte ihre Hand auf Landons Hand und drückte sie sanft.

Er tat das Gleiche und sie wusste, dass er dasselbe dachte wie sie. „Sie ist wunderschön."

Ashley nickte. Ihre Augen waren wie gebannt auf den Bildschirm gerichtet.

„Definitiv ein Mädchen." Dr. McDaniel hielt ihre Stimme sachlich.

Das Bild änderte sich. Jetzt waren die Arme und Hände ihrer Tochter zu sehen. Niedliche Hände, Hände, die eines Tages vielleicht einen Pinsel oder ein Stethoskop oder einen Basketball halten würden. Die Hände ihres kleinen Mädchens. Tränen traten in Ashleys Augen, denn es war ein unglaubliches Gefühl, ihre Tochter plötzlich zu sehen.

Wieder bewegte die Ärztin das Gerät, sodass jetzt Sarahs Profil deutlich erkennbar ins Bild rückte. Eine süße Nase und hohe Wagenknochen, ein Gesicht, das Ashley küssen und waschen würde, ein Gesicht, das auf ihren Familienfotos zu sehen wäre, die die Wände ihres Hauses schmücken würden, wenn sie älter wurde. Ein Gesicht, das sich für den Abschlussball schminken lassen würde, ein Gesicht, das von weichem Haar umgeben sein würde, das die gleiche Farbe hatte wie das von Cole und Devin.

Sarah, Baby, ich kann dich sehen! Du bist perfekt, Liebling. Hab keine Angst, mein kleines Mädchen. Ich beschütze dich.

Die Ärztin untersuchte den Kopf des Babys. Sie machte verschiedene Messungen, tippte etwas in den Computer, hielt das Bild einen Moment an und ließ es dann weiterwandern. Noch mehr Messungen, weiteres Tippen.

Ashley schloss wieder ihre Augen und hielt den Atem an. *Bitte, Gott … bitte, Gott … bitte, Gott …*

Dr. McDaniel sagte etwas über Sarahs Kopf, über eine geöffnete Stelle am Übergang vom Nacken zum Schädel.

Verwirrt öffnete Ashley die Augen. Alles sah doch wunderbar aus, oder nicht?

Die Ärztin hielt das Bild an. „Ashley und Landon, ich möchte Sie beide bitten, sich das hier genauer anzusehen."

Ashley fühlte, dass Landon nickte, und tat dasselbe. Während der ganzen Zeit klopfte ihr Herz die Botschaft: *Bitte, Gott …* Sie schluckte und zwang sich, Luft zu holen. Alles wurde gut. Das hatte Landon ihr gesagt … Das hatte sie der kleinen Sarah gesagt. Alles würde gut –

„Der Neuralrohrdefekt ist unverkennbar in diesem Bereich hier." Dr. McDaniel drückte auf eine Taste, sodass das Bild wieder lebendig wurde. Sie bewegte die Maus und zeigte auf eine unscharfe Stelle neben dem Rücken und dem Kopf von Sarah. „Können Sie das erkennen?"

In genau diesem Moment spürte Ashley, dass sich ihr Baby wieder bewegte. Sarahs Hand kam ins Bild und sie schob sich den Daumen in den Mund. Ashley wollte die Ärztin anschreien. Wie konnte ihre Tochter eine Missbildung des Gehirns haben, wenn sie in der Lage war, am Daumen zu nuckeln? Jeder wusste doch, dass das ein Zeichen für ein gesundes Baby war, oder nicht?

„Sie … sie lutscht am Daumen." In Landons Stimme schwang noch Hoffnung mit. „Könnte sie das tun? Wenn sie einen Neuralrohrdefekt hat?"

„Ja." Dr. McDaniels Stimme war freundlich, aber bestimmt. „Im Mutterleib verhalten sich Babys mit Anenzephalie sehr ähnlich wie gesunde, normale Babys." Sie deutete wieder auf das Bild auf dem Computer. „Doch was wir hier sehen, ist ein klassischer Neuralrohrdefekt." Sie hielt das Bild wieder an und wandte sich um, damit sie sie anschauen konnte. „Ihr Baby hat Anenzephalie. Daran besteht kein Zweifel."

Ihre Worte waren wie unzählige Pfeile, die direkt auf Ashleys Herz abzielten. Sie hob ihre freie Hand zum Gesicht und bedeckte ihre Augen. Was hatte sie Landon gestern Abend gesagt? Dass sie die Untersuchungsergebnisse akzeptieren würde. Doch was war mit dem Wunder? Was war mit ihren Gebeten und ihren Träumen für dieses kleine Mädchen?

Sie spürte einen Tropfen Feuchtigkeit auf ihrer Wange und dann auf ihrem Handrücken, auf der Hand, mit der sie ihre Augen bedeckte. Sie ließ ihren Arm sinken und schaute zu Landon. Er rieb sich den Nasenrücken. Sein Gesicht war schmerzverzerrt. Und er weinte.

Jetzt schrie ihr Herzschlag keine Botschaft mehr. Ashley konnte ihn noch nicht einmal mehr hören oder fühlen. Es war, als ob in einem Sekundenbruchteil ein Teil von ihr mit der Diagnose gestorben wäre. Wenn ihr Baby nicht leben würde, würde sie vielleicht auch nicht mehr leben. Und diese Möglichkeit machte sie wütend.

„Es tut mir leid." Dr. McDaniel räusperte sich. „Es tut mir so unendlich leid." Sie schaltete das Gerät aus und reichte Ashley ein paar Papiertücher, damit sie sich das Gel vom Bauch wischen konnte. „Ich gebe Ihnen ein paar Minuten Zeit. Dann möchte ich Sie gerne in meinem Büro sprechen."

Es war ein Alptraum; es musste einer sein. Wie konnte das geschehen? Hatte sie etwas falsch gemacht? Brooke hatte einmal gesagt, dass Anenzephalie eintreten konnte, wenn eine Frau nicht genügend Folsäure zu sich nahm. War das also das Problem? Hatte sie vergessen, die Tabletten zu nehmen, die das Leben ihrer Tochter gerettet hätten?

Ashley wischte ihren Bauch ab. Ein Gefühl der Taubheit überkam sie, als ob sie diese Szene bei jemand anderem beobachten würde. Sie schloss ihr Hemd. Landon half ihr, sich aufzusetzen.

„Baby … es tut mir so leid." Er schlang seine Arme um sie und presste sein Gesicht gegen ihres. „Ich kann es nicht glauben."

Ashley legte ihre Hand auf seinen Rücken und fühlte, wie er zitterte, wie die Schluchzer ihn durchschüttelten. Doch immer noch fühlte sich das alles an wie ein seltsamer Traum.

Bis Ashley sich angezogen hatte und sie auf dem Weg zu Dr. McDaniels Büro waren, hatte Landon sich wieder beruhigt. Er hielt ihre Hand und sprach mit der Ärztin über die Vorteile eines Kaiserschnittes gegenüber einer normalen Geburt und dass sie Vorbereitungen für den Tod ihres Babys treffen müssten – was auch immer das für sie bedeutete.

Das einzige Thema, bei dem Ashley aufmerksam wurde, betraf die Art der Geburt. „Wenn ich einen Kaiserschnitt machen lasse, hat das Baby dann eine bessere Überlebenschance?"

Dr. McDaniel sah so bestürzt aus, als ob auch sie weinen wollte. „Eine bessere Chance, dass Ihr Baby *länger* leben kann, Ashley. Es gibt nichts, was wir tun können, um das Leben Ihres Babys zu retten."

„Länger … mehrere Jahre länger?" Ihre Wut wurde immer stärker. Sie würde Sarah nicht kampflos aufgeben, nicht ohne alle Möglichkeiten auszuloten, um ihrer Tochter die bestmögliche Überlebenschance zu geben.

„Nein." Frustration trat auf das Gesicht der Ärztin. Sie sah aus, als wollte sie etwas darüber sagen, dass Ashley früher hätte kommen oder die Wahrheit eher hätte akzeptieren sollen und dass ihnen das jetzt bei dieser Qual geholfen hätte. Doch stattdessen studierte sie Ashleys Unterlagen und schüttelte ihren Kopf. „Ein Kaiserschnitt hilft Ihrem Baby, ein wenig länger zu leben. Ein paar Stunden, höchstens vielleicht einen Tag."

„Gut." Ashley setzte sich auf. „Dann lassen Sie uns den Termin für den Kaiserschnitt festlegen."

Dr. McDaniel blickte in ihren Computer. „Der errechnete Geburtstermin liegt in der dritten Augustwoche. Ich würde Sie gerne früher entbinden. Dann haben wir keine Probleme mit den Wehen. Wehen können für ein Baby mit Anenzephalie sehr hart sein." Sie machte eine Pause. „Wie wäre es mit Mittwoch, dem 9. August?"

„In Ordnung." Ashley konnte es nicht erwarten, endlich aus dem Büro zu kommen. Jede Minute hier war eine Verschwendung, eine Minute, die ihr und Landon und Cole und Devin und Sarah als der Familie geraubt wurde, die sie heute waren. Heute, wo Sarah immer noch aktiv und lebendig war.

Das Gespräch ging weiter, doch Ashley hörte nicht mehr zu. Landon hörte zu. Das war genug.

Sie waren fast schon beim Auto, als die Wahrheit sie mit einem Schlag überfiel. Ashley blieb stehen und wandte sich Landon zu. Ihr war schwindelig und sie bekam keine Luft. Schwarze Punkte kreisten vor ihren Augen. Sie konnte das nicht tun, konnte keinen Schritt weitergehen.

Landon musste geahnt haben, dass sie gleich bewusstlos würde, denn er legte seinen Arm um sie und half ihr zu einigen Bäumen in der Mitte des Parkplatzes.

Zwischen den Bäumen stand eine Bank, auf die Landon sie vorsichtig gleiten ließ. „Wir schaffen das, Ash. Das verspreche ich dir." Er streichelte ihr Haar und küsste ihr Gesicht.

Hier, wo das Sonnenlicht durch die Bäume fiel und die frische Luft ihre Lunge füllte, ließ Ashley die Wahrheit in ihr Bewusstsein sinken. Und als das geschah, kamen die Tränen – in Strömen. Sie konnte das Datum nicht vergessen – Mittwoch, 9. August. Wenn dies eine normale Schwangerschaft wäre, würde sie die Tage und Stunden zählen und ungeduldig auf ihr Entbindungsdatum warten. Ihr blieb nur ein bisschen mehr als ein Monat.

„Landon … ich brauche mehr Zeit."

„Ich weiß, Süße."

Dies würde kein Countdown zum neuen Leben ihres Babys, und das erfüllte sie mit Angst und Wut und Entrüstung. Es würde ein Countdown zum Tod ihres Babys. Schluchzer schüttelten sie, erschütterten sie bis ins Innerste. Sie legte ihre Hände um Landons Gesicht. „Warum?" Sie spürte, wie ihr Gesicht zu einer Maske der Trauer erstarrte. „Wie konnte Gott das geschehen lassen?"

Sie hoffte, dass Landon eine Antwort hätte. Er hatte immer eine Antwort. Als sie vor ihm weggelaufen war, damals, vor vielen Jahren, als die Fragen, mit denen sie zu kämpfen gehabt hatte, viel zu groß für sie gewesen waren, hatte er sie beruhigt und ihr die Wahrheit gesagt. Er hatte ihr eine Antwort nach der anderen gegeben. Doch heute vernahm sie nur das entfernte Geräusch des Straßenverkehrs und die Brise, die in den Bäumen über ihnen raschelte. Die Frage hing unbeantwortet zwischen ihnen in der Luft. Warum ließ Gott das zu? Warum schenkte er ihnen ein kleines Mädchen, das fast sofort nach seiner Geburt sterben würde? Und Ashley verstand das Schweigen zwischen ihnen. Denn zum ersten Mal hatte sogar Landon keine Antwort.

Kapitel 24

Landon übernahm die Führung. Er überbrachte Kari die Neuigkeiten, als er Devin abholte, während Ashley im Auto sitzen blieb.

Kari schlug sich die Hände vor den Mund. Tränen traten in ihre Augen. „Nein … Landon, nein. Das kann nicht sein."

Landon hatte es eilig, wieder aufzubrechen. „Wir brauchen jetzt ein wenig Zeit." Hastig umarmte er Kari, hob Devin auf seine Hüfte und griff nach der Wickeltasche, die auf dem Fußboden neben der Tür stand. Er fühlte sich elend und war nicht in der Lage, jetzt Smalltalk zu machen.

„Landon, es tut mir so leid." Karis Hand fuhr über ihren eigenen runden Bauch und sie schüttelte den Kopf. „Sag Ashley, dass ich für euch bete."

Landon nickte, doch am liebsten hätte er gesagt, dass sie sich keine Mühe machen sollte. Es war zu spät für Gebete. Sein Glaube – der Glaube, der stark geblieben war, selbst als er Ashley beinahe verloren hätte und während der quälenden Zeit am Ground Zero – schien plötzlich zu wanken. Seine Knie zitterten, als er in der Tür stehen blieb. „Danke, Kari. Wir bleiben in Kontakt."

Als sich Ashley an diesem Nachmittag mit Devin auf das Sofa kuschelte, um einen Spongebob-Film zu schauen, während sie darauf warteten, dass Cole nach Hause kam, machte Landon den einzigen Anruf, zu dem er noch die Kraft hatte. Den Anruf bei Ashleys Vater.

„Das Baby hat Anenzephalie." Landon saß am Küchentisch und massierte mit seiner freien Hand seine Schläfen. „Die Diagnose ist endgültig."

„Ich habe mit Kari gesprochen." John klang ebenfalls erschöpft und niedergeschlagen. „Ich werde es den anderen sagen."

„Danke." Landons Brust schmerzte vor Trauer. „Bitte sie doch wenn möglich darum, uns ein paar Tage Ruhe zu geben. Ich denke, das werden wir brauchen. Wir müssen es auch noch Cole sagen."

John erklärte sich dazu bereit. Bevor sie das Gespräch beendeten, zögerte er. „Gott hat immer noch die Kontrolle."

Ein langer Seufzer kam über Landons Lippen. „Mein Verstand weiß das. Aber … ich weiß nicht. Ich kämpfe ziemlich mit dieser Sache."

Stille füllte die Telefonverbindung. „Ich will ehrlich zu dir sein, Landon." Johns Stimme klang von Kummer erstickt. „Ich kämpfe auch."

Landon hatte den Anruf gerade beendet, als er hörte, wie Cole durch die Haustür hereinstürmte. Ihr Nachbar hatte zwei Kinder, die mit Cole zur Schule gingen, und sie hatten schon zu Beginn des Jahres verabredet, dass sie sich wochenweise damit abwechseln würden, die Kinder abzuholen. Landon war froh, dass er in dieser Woche nicht an der Reihe war.

Coles Rucksack flog zu Boden. „Ich habe mit Auszeichnung bestanden! Ich habe es wirklich geschafft!"

Ashley wollte Cole nichts von dem Zustand des Babys erzählen, jedenfalls jetzt noch nicht. Landon machte ihr keine Vorwürfe. Was machte es schon, wenn sie ein paar Tage länger so taten, als sei alles in Ordnung?

Landon stand mühsam auf und ging ins Wohnzimmer.

Cole tanzte vor Ashley auf und ab und grinste breit. „Papa!" Er rannte zu ihm und schwenkte ein Blatt Papier in der Luft. „Einhundert Prozent! Kannst du das glauben? Ich hatte nur eines von fünfzig Wörtern falsch!"

Landon lächelte und breitete seine Arme aus. Jetzt war nicht der richtige Zeitpunkt, um ihn wegen der Prozentrechnung zu belehren. „Komm her." Er wirbelte ihn ein paarmal herum und stellte ihn wieder auf die Füße. „Ich wusste, dass du es schaffen würdest!" Seine Traurigkeit hatte keine Chance in dem strahlenden Licht von Coles Lächeln.

„Ihr habt bestimmt für mich gebetet." Er studierte seinen Test und zeigte auf ein Wort ungefähr auf der Hälfte der Seite. „Siehst du? Ich habe sogar *Einstellung* richtig!" Er schaute von Landon zu Ashley. „Habt ihr? Habt ihr für mich gebetet?"

„Ja, Coley." Ashley setzte Devin auf den Boden. Er zog sich an der Kante des Tisches hoch und tapste ein paar Schritte näher. Sie klopfte auf den Platz neben sich. „Zeig mir mal die ganzen Wörter."

Der Nachmittag verging wie im Flug angesichts von Coles Begeisterung. In dem Jubel über seinen gelungenen Buchstabiertest schien er völlig vergessen zu haben, dass Ashley zu einer Untersuchung bei der Ärztin gewesen war. Zweimal wechselte Landon einen fragenden Blick mit Ashley, weil er überlegte, ob es nicht an der Zeit wäre.

Doch ihr Blick sagte jedes Mal das Gleiche. Warum sollten sie es Cole jetzt sagen? Stattdessen verbrachte Ashley jeden möglichen Moment an diesem Nachmittag mit den Jungen und hielt im Garten Devins Hand, während Cole nach seinem Lieblingsfrosch suchte. Als sich der Tag dem Abend zuneigte, begann Landon sich Sorgen zu machen. Leugnete sie immer noch, sogar jetzt noch, die Tatsachen, obwohl die Diagnose eindeutig war? Wenn das so war, wusste er nicht, wie er den nächsten Monat schaffen sollte.

Nach dem Abendessen gingen sie in den Park. Erst dort, als Cole herumtollte und Devin in seinem Kinderwagen schlief, bemerkte Landon, wie still Ashley war. Er schaute sie an. Zum ersten Mal seit ihrem Zusammenbruch auf dem Parkplatz sah er Tränen in ihren Augen. Er legte seinen Arm um ihre Schultern, als ihn eine Woge der Erleichterung überrollte. Sie leugnete nichts. Sie versuchte nur, jeden Moment des Glücks zu genießen in der kurzen Zeit, die ihnen noch mit ihrer Tochter blieb.

An diesem Abend und auch während des nächsten Tages widerstand Ashley jeder von Landons vorsichtigen Andeutungen, dass sie es Cole sagen müssten. Stattdessen sangen sie und Cole für Sarah und staunten über ihre Bewegungen.

Erst am Freitagabend, nachdem sie den Jungen vorgelesen und sie alle gemeinsam gebetet hatten, nachdem die Lichter in den Kinderzimmern gelöscht und die Türen geschlossen waren, wandte sich Ashley um und sank in Landons Arme.

Er wusste, dass sie weinte – nicht weil sie schluchzte oder fassungslos war, sondern weil ihre heißen Tränen sein T-Shirt durchnässten. „Süße …“

„Du hast recht.“ Sie wischte über ihre Nase und sah ihn an. „Wenn wir noch länger warten, ist es … ist es, als würden wir ihn anlügen.“

Das war genau das, was Landon fühlte. Cole war acht Jahre alt. Er würde Zeit brauchen, um sich auf den Verlust seiner kleinen Schwester vorzubereiten, genau wie sie Zeit dafür brauchten. Landon hielt sie fest und wiegte sie sanft. „Möchtest du es ihm sagen?“

„Nein.“ Sie griff nach seinem T-Shirt und klammerte sich daran. „Ich kann es nicht, Landon. Ich will nicht sehen, wie sein Herz bricht.“

„Shhh.“ Er beruhigte sie, verstand sie. „Ich werde morgen früh mit ihm zum Angeln gehen. Dann kann ich es ihm sagen.“

„Okay." Sie holte ein paarmal Luft und hielt sich weiter an ihm fest. „Warum wir? Warum?"

Landon hasste es, sie so zu sehen, hasste es, dass er nichts tun konnte, damit sie die Hoffnung wieder spürte, die sie vor ein paar Tagen noch gehabt hatte. Aber er war dennoch dankbar. Ashley brauchte Zeit zum Trauern. Das brauchten sie beide. Denn jeder Tag brachte sie dem Unausweichlichen etwas näher. Sie mussten immer noch über das Unfassbare reden – über die Beerdigung ihrer Tochter.

Doch das konnte warten.

Jetzt war alles, woran sie denken konnten, die Frage, wie sie Cole diese Nachricht überbringen sollten.

* * *

Landon trat kurz vor Sonnenaufgang in Coles Zimmer. „Hey ... aufwachen." Er setzte sich auf die Bettkante seines Sohnes und streichelte über seinen Rücken. „Wach auf, Schlafmütze."

Cole öffnete seine Augen und sah sich verwirrt um. „Ich dachte ... ich dachte, heute ist Samstag."

„Ist es auch." Landon lächelte. „Ich habe eine Überraschung für dich."

„Wirklich?" Cole setzte sich halb auf. „Jetzt und hier?"

„Ja." Landon wies in das Zimmer. Am Türrahmen lehnten zwei Angeln. „Du und ich, wir gehen angeln!"

„Wirklich!" Cole sprang aus dem Bett, als ob ihm jemand ein Glas kaltes Wasser ins Gesicht geschüttet hätte. „Noch bevor die Fische aufgewacht sind?"

„Genau." Während der letzten Jahre war das ihre bevorzugte Zeit zum Angeln geworden. Bei Sonnenaufgang, wenn die Fische erst allmählich aufwachten. „Auf geht's. Ich habe dir Rühreier gemacht."

„Wow, Papa ... du wirst es nicht glauben." Cole rannte zu seinem Kleiderschrank und zog seine Lieblingsangelhose heraus, Shorts mit einer Menge Taschen für das Angelzubehör. „Ich habe geträumt, dass wir angeln gehen und den größten Fisch des ganzen Sommers fangen!" Ein schiefes Grinsen trat auf sein Gesicht. „Und jetzt gehen wir wirklich angeln. Ich glaube, das wird ein Angelausflug, an den wir uns noch lange erinnern."

Landon liebte die Begeisterung des Jungen. Ein nervöser Knoten formte sich in seinem Magen. Egal, ob sie etwas fangen würden oder nicht – es würde auf jeden Fall ein Angelausflug, an den sie sich erinnern würden. Vielleicht für immer. Er wartete, während Cole in ein rotes T-Shirt schlüpfte und sich die Socken von gestern überzog. Als er seine Schuhe angezogen und zugebunden hatte, stand er auf und breitete die Arme aus. „Und, war das eine neue Rekordzeit?"

„Perfekt. Deine Eier sind bestimmt noch heiß."

Da Ashley und Devin noch schliefen, schwiegen Landon und Cole beim Frühstück und luden dann die Angeln und die rote Kühlbox in das Auto. Landon hatte ein paar Schinkensandwiches und einige Wasserflaschen für später eingepackt. Außerdem enthielt die Kühlbox eine kleine Box mit Würmern, die zu dieser Tageszeit der beste Köder waren.

Während der Fahrt zum See plapperte Cole unaufhörlich und erzählte, dass Jimmy Jones beim Buchstabiertest durchgefallen war. „Weil er geschummelt hat, Papa. Ist das nicht schrecklich?" Er baumelte mit den Füßen, die nicht ganz den Fußboden von Landons Auto erreichten. Seine Aufregung war spürbar. „Er hat auf Mary Jos Zettel geguckt und dabei hat ihn der Lehrer erwischt. Er musste zum Direktor und solche Sachen."

Landon hielt seinen Blick geradeaus auf die Straße gerichtet. „Du warst bestimmt froh, dass du gelernt hast."

„Ja, aber selbst wenn ich das nicht getan hätte, hätte ich nicht geschummelt. Niemals." Cole tippte mit den Fingern auf seine Knie. „Weißt du warum?"

„Warum?" Landon schenkte Cole nicht seine volle Aufmerksamkeit. Er versuchte sich darüber klar zu werden, wie er ihm die Nachricht überbringen sollte und ob er danach immer noch derselbe sein würde.

„Weil Gott das nicht mag." Cole zuckte mit den Achseln. „Du kannst nicht beten, dass Gott dir hilft, und dann während dem Test schummeln. Vielleicht beantwortet Gott dann keines von deinen Gebeten mehr."

„Hmmmm." Landon sah ihn an. „Ich glaube nicht, dass Gott so arbeitet." Diese Klarstellung war wichtig. Besonders angesichts dessen, was bald kommen würde.

„Wirklich?"

„Ja, wirklich. Wenn Jimmy Jones seinen Eltern die Wahrheit gesteht und wenn er Jesus sagt, dass es ihm leidtut, dass er geschummelt hat, dann wird Gott ihm vergeben. Er kann trotzdem noch für das beten, was er möchte."

„Und wird Gott ihn erhören?"

Landon kniff die Augen zusammen und starrte geradeaus. Er musste etwas sagen, das ein wenig zu der Unterhaltung hinführte, die bald folgen würde. „Gott erhört unsere Gebete nicht deswegen, weil wir gut genug sind. Manchmal beantwortet er sie auch nicht so, wie wir es uns wünschen ..." Die Gefühle überrollten ihn und brachten ihn aus der Fassung. Er schluckte und versuchte, seine Stimme wiederzufinden. „Und manchmal verstehen wir nicht, warum das so ist."

„Oh." Coles Begeisterung sank. „Du meinst ... ich könnte für meinen Buchstabiertest beten und er geht trotzdem schief?"

„Ja. Vielleicht hast du nicht genug gelernt oder warst abgelenkt." Landon presste seinen Kiefer zusammen. Der nächste Satz war genauso für ihn bestimmt wie für Cole. „Doch ganz egal, wie der Test ausgeht, kannst du dir sicher sein, dass Gott bei dir ist. Es ist nur so ... dass Gebete nicht immer so beantwortet werden, wie wir es uns wünschen." Er warf Cole einen raschen Blick zu. „Verstehst du das?"

Cole verzog das Gesicht. „Ein bisschen." Er schwieg für eine Minute. Dann überholten sie einen anderen Pick-up, der mit Angelzubehör beladen war. Sofort besserte sich Coles Laune. „Wir werden sie schlagen, gell, Papa? Wir suchen uns einen Platz, bevor sie kommen, und das heißt, dass wir die größeren Fische fangen."

„Vielleicht, Kumpel. Wir werden sehen."

Sie fanden einen Parkplatz und trugen die Kühlbox hinunter zu ihrem Lieblingsplatz am Ufer.

Cole reckte seinen Hals in jede Richtung. „Ich glaube, wir sind die Ersten."

Landon verkniff sich die Bemerkung, dass bereits zehn oder zwölf Fischerboote über den See kreuzten. Diese Fischer waren möglicherweise schon seit Stunden bei der Arbeit. Stattdessen tätschelte er Coles Kopf. „Du könntest recht haben."

Sie nahmen eine Dose mit Würmern aus der Kühlbox und zogen die Plastikhülle ab.

„Ich mag die fetten." Cole grub mit seinem Finger durch die Erde, bis er einen Wurm fand, der ihm gefiel. „Hier. Dieser hier ist perfekt." Er zwinkerte Landon zu. „Ich würde sagen, kranke und kleine Würmer sind für die Vögel. Fette Würmer sind die besten."

„Fett und eklig." Landon spießte einen sich schlängelnden Wurm auf den Haken. Zusammen gingen sie zum Wasser. Landon hatte zwar Stühle im Auto, doch er und Cole benutzten sie nur selten. Wenn sie sich setzen wollten, konnten sie die Kühlbox benutzen. Doch jetzt würden sie erst einmal am Ufer stehen und prüfen, ob die Fische Interesse hatten.

„Sieh mal, Papa!" Cole ging seit seiner Kindergartenzeit mit Landon zum Angeln. Er warf die Angelrute zurück und schleuderte sie mit dem gleichen Geschick wie ein Erwachsener auf den See hinaus. Er grinste Landon an. „Das ist weiter als letztes Jahr, oder?"

Landon lachte. „Vielleicht drei Meter weiter." Sogar an einem Tag wie dem heutigen, der von so großen Sorgen geprägt war, brachte Cole ihn zum Lachen. Dieser Junge war so ehrgeizig. Wenn sie die Klippen des Jugendsports unbeschadet umschiffen konnten, dann, so sagte Landon sein Gefühl, würde Cole ein sehr guter Sportler. Der Wettkampf lag ihm einfach im Blut – sogar wenn sein einziger Gegner er selbst war.

„Ich weiß nicht." Cole studierte seinen Schwimmer. „Vielleicht sechs Meter weiter."

Wieder musste Landon lachen. „Okay, sechs Meter."

Wie so oft, wenn sie mit dem Angeln begannen, verebbte ihr Gespräch allmählich. Landon warf ebenfalls seine Angel aus. In der nächsten halben Stunde zogen sie ab und zu ein wenig die Schnur ein, dann noch ein wenig, bis sie sie schließlich komplett einholten, den Haken überprüften und ihn wieder auswarfen. Cole war schon ein richtiger Profi. Landon hoffte, dass der Junge bald etwas fangen würde. Bevor die Stimmung verdorben wurde.

Landon holte seinen Köder ein und ging zurück zur Kühlbox. Sein Wurm war weg und Coles Köder vielleicht auch schon. Er wollte gerade vorschlagen, dass sie eine kleine Pause machen und etwas Wasser trinken sollten, als er bemerkte, dass etwas an Coles Angelschnur zog.

„Ich habe einen!" Cole stemmte die Beine in den Boden und umklammerte die Angelrute fest. Der Saum seiner Hose wurde feucht, als er ein paar Schritte näher zum Wasser ging. „Es ist ein großer, ich kann es spüren!"

Das hoffte Landon. Er lehnte seine Angel gegen die Kühlbox und rannte zu Cole. „Da kommt er!"

In diesem Moment erschien ein Fisch an der Oberfläche. Er hüpfte heftig hin und her und kämpfte gegen den Haken. Landon stellte sich hinter seinen Sohn und half ihm, die Schnur zu sichern. „Lass ihn nicht los."

„Er ist riesig, Papa! Superriesig!"

Der Fisch kam näher und näher, peitschte und kämpfte mit aller Kraft. Schließlich war die Angelschnur so kurz, dass Cole den Fang aus dem Wasser holen konnte.

Landon stieß einen lauten Schrei aus. „Cole … du hast es geschafft! Der größte Fisch seit Langem!"

„Es ist ein Barsch, richtig, Papa? Es ist doch ein Barsch?"

„Ein Fünf-Kilo-Barsch, so wie es aussieht."

Allein wäre Cole in seinem Kampf mit dem Fisch bestimmt ins Wasser gestürzt, doch er hielt sich an Landons Armen fest, bis der Fisch zu ihren Füßen auf dem Boden lag. „Sieh dir diesen Kerl an." Cole beugte sich hinunter und starrte den Fisch an. „Wir sollten ihn messen."

„Zuerst sollten wir ihn vom Haken nehmen." Landon lief zu der Kiste, in der sie das Angelzubehör aufbewahrten, und zog eine Fangkette heraus. Er rannte zurück und kauerte sich vor den Barsch. „Willst du den Haken rausholen?"

„Natürlich." Cole beugte sich hinunter, nahm den Fisch beim Maul und entfernte den Haken wie ein Experte.

Danach schob Landon eine der Fangketten in das Maul des Fisches und um seine Kiemen. „Hier. Wir haben ihn."

Cole stand auf und reckte die Fäuste in die Luft. „Er ist perfekt!" Er beugte sich wieder hinunter und sah sich den Fisch aufmerksam an. „Mehr als fünf Kilo; meinst du nicht auch?"

Landon hob die Fangkette hoch. Der Fisch kämpfte dagegen an. „Sechs Kilo, vielleicht sogar sechseinhalb."

„Hurra!" Cole nahm die Kette und legte sie über seine Schulter. „Ich setze ihn ins Wasser." Er warf den gefangenen Fisch wieder ins Wasser und rammte die Spitze, die am anderen Ende der Kette befestigt war, tief in den sandigen Uferboden. „Hier." Er stand auf und klopfte sich den Sand von den Händen. „Das sollte reichen, um ihn festzuhalten."

„Lass uns etwas trinken."

„Gute Idee." Cole rannte die Böschung hinauf zur Kühlbox. „So ein Fang macht einen ganz schön durstig."

Sie teilten sich eine Flasche Wasser und unterhielten sich darüber, was Ashley wohl sagen würde, wenn sie den Fisch sah. „Sie wird sagen, dass das der beste Fang ist in diesem Sommer, nicht wahr?"

„Wir haben nichts gefangen, was mit dem hier zu vergleichen wäre." Landon freute sich über Coles Fisch, doch er war sich nicht sicher, wie er das Gespräch auf das Baby lenken sollte. „Wie wäre es, wenn wir noch einen Versuch starten? Damit ich auch einen fangen kann?"

„Ja! Oder vielleicht fange ich noch einen, den du dann haben kannst!"

Sie präparierten ihre Köder. Das Ufer war an dieser Stelle des Sees dicht mit hohem Gras bewachsen. Es war der beste Platz, um Barsche nahe der Oberfläche zu fangen, deshalb kehrten sie zu ihrem Lieblingsplatz zurück. Nach einer Weile kam Cole ein bisschen näher. Er legte seinen Arm um Landons Beine und lehnte sich gegen ihn. „Danke, Papa. Dass du mich mit zum Angeln nimmst."

Landons Herz schmolz. Er legte seinen Arm um Coles schmale Schultern. „Das ist das Beste am Sommer."

„Ja."

Für eine ganze Weile blieben sie so stehen, bis Landon schließlich keine Minute länger warten konnte. Cole musste die Wahrheit erfahren. Dann könnten sie sich mit dem auseinandersetzen, was auch immer dann kommen würde. „Hey …" Landon ließ seine Angel langsam sinken. „Lass uns eine kleine Pause machen, okay?"

Cole gähnte. „Okay." Er zog seine Schnur ein und sicherte den Haken. Nachdem er die Angel gegen den nächsten Baum gelehnt hatte, schaute er nach seinem Fisch. „Ich glaube, er vertreibt alle anderen Barsche. Vielleicht war er der Anführer."

„Vielleicht."

Cole stolperte zur Kühlbox zurück und setzte sich auf die eine Ecke.

Landon nahm auf der anderen Platz und gab ihm diesmal eine eigene Wasserflasche. „Hast du Hunger?"

„Noch nicht." Er rieb über seinen flachen Bauch. „Die Eier machen mich immer noch satt."

Landon nickte. Der Knoten in seinem Magen war zurück und er hob seine Augen zum Himmel. *Du hast uns kein Wunder geschenkt, Gott … doch schenke mir jetzt die richtigen Worte für Cole. Bitte …* Als dieses stumme Gebet sein Herz erfüllte, realisierte Landon, dass sein Glaube nicht mehr derselbe war wie zuvor. Doch wenigstens war sein Glaube noch da. Dafür war er dankbar. Er würde ihn brauchen, um das durchzustehen, was jetzt auf ihn zukam.

„Cole … erinnerst du dich, dass an dem Tag, an dem du den Buchstabiertest hattest, Mama auch einen Test gemacht hat?“

Cole zog ein Bein an und umarmte es. Er legte den Kopf schief. „Oh ja. Das habe ich völlig vergessen. Aber bei dem Test ging es nicht um Mama; es war wegen Baby Sarah, oder?“

„Mhhh-mhhh.“ Landons Herz raste in doppelter Geschwindigkeit. Er fuhr mit der Zunge über seine Lippen. „Nun ja … also, der Test ist nicht so gut gelaufen.“

Ein neugieriger Ausdruck trat auf Coles Gesicht. Er ließ sein Bein sinken und drehte sich um, damit er Landon besser sehen konnte. „Was meinst du damit?“

Wenn es einen Ausweg gegeben hätte, sodass er die nächsten Worte hätte nicht aussprechen müssen, hätte Landon ihn gewählt. Doch so holte er tief Luft. Dann, sehr langsam, ließ er die Worte los. „Baby Sarah ist krank. Richtig schlimm krank.“

Cole stand auf und seine Arme baumelten an seinen Seiten herab. „Aber sie ist doch noch nicht mal geboren.“ Er zwinkerte zweimal. „Wie kann sie dann krank sein?“

Das war das Schwierigste. Landon fuhr sich mit den Fingern durch die Haare. „Sie ist nicht so krank, wie wir krank sind, mit einer Erkältung oder Halsschmerzen oder so. In Mamas Bauch ist ihr Kopf nicht richtig gewachsen. Das ist ein sehr ernstes Problem.“ Er sah Cole tief in die Augen. „Wir haben erfahren, dass sie nicht sehr lange leben wird.“

Tod war etwas, das Cole verstand. Er hatte erlebt, wie seine Oma an Krebs erkrankt und daran gestorben war. Jetzt füllten sich seine großen blauen Augen mit Tränen. „Wie lange?“

„Vielleicht nur ein paar Stunden oder einen Tag oder zwei.“

„Du meinst …“ Seine Lippen und sein Kinn zitterten, als er sich die Augen rieb. Er versuchte tapfer zu bleiben, doch es funktionierte nicht. „Du meinst, sie wird gleich sterben, wenn sie geboren ist?“

„Ja.“ Landon sehnte sich danach, Cole in seine Arme zu ziehen, doch er wollte zuerst sichergehen, dass sein Sohn ihn richtig verstand. „Ihr Leben wird sehr, sehr kurz sein.“

„Also …" Eine Träne rollte über seine Wange und er wischte sie mit der Faust weg. Diese Berührung hinterließ einen Schmutzstreifen unter seinem Auge. „Sie wird nicht reden oder laufen können … oder zum Kindergarten gehen?"

„Nein, Kumpel."

„Das ist nicht fair." Ärger flackerte in Coles Augen auf. Ihm war anzusehen, dass er mit aller Kraft darum kämpfte, nicht völlig zusammenzubrechen. „Jedes Baby sollte die Chance haben, groß zu werden. Außerdem kann Gott sie doch gesund machen, oder?"

Das war sie, die Frage, die Landon gefürchtet hatte. „Ja. Gott könnte das tun, doch bisher hat er es noch nicht getan. Und …" Jetzt standen auch in seinen eigenen Augen Tränen. „Die Ärztin möchte, dass wir uns darauf vorbereiten, dass Baby Sarah sehr bald sterben wird."

Der Ausdruck in Coles Gesicht veränderte sich. Sein Ärger und seine Unsicherheit wurden von Angst und dann von einem plötzlichen Wutanfall verdrängt. „Nein, Papa! Nein! Sie darf nicht sterben!" Er wirbelte herum und rannte bis zum Wasser. Dort lag ein großer Fels. Cole sank darauf und schlug die Hände vors Gesicht. „Nein! Es ist mein Fehler!"

Landon hatte erwartet, dass Cole mit dieser Nachricht zu kämpfen hatte, doch diese letzten gemurmelten Worte trieben ihn von der Kühlbox zum Ufer. „Cole … komm her."

Er schüttelte heftig den Kopf. „Ich habe das getan; es ist alles mein Fehler!"

„Das ist das Verrückteste, was du je gesagt hast. Komm her." Landon stellte sich vor seinen Sohn und legte ihm die Hände auf die Schultern. „Sieh mich an, Cole."

Als Cole seine Hände sinken ließ, waren die Angst und Trauer in seinem Gesicht fast mehr, als Landon ertragen konnte. Schluchzer überwältigten Cole und schüttelten seine Schultern. „Ich … ich hatte versprochen, für die Untersuchung zu beten, erinnerst du dich?"

Plötzlich ahnte Landon, worauf Cole hinauswollte.

Doch bevor er etwas sagen konnte, sprang Cole auf seine Füße und richtete seine großen, angsterfüllten Augen direkt auf ihn. „Ich hatte versprochen zu beten. Wir haben einen Deal gemacht. Du und Mama, ihr würdet für meinen Buchstabiertest beten und ich für ihre Untersuchung. Aber ich habe nicht gebetet, Papa. Ich habe es vergessen. Also ist das mein Fehler."

Landon zog Cole an sich und hielt ihn fest. „Gott würde niemals so handeln. Niemals."

Cole schluchzte zu heftig, um etwas sagen zu können.

„Erinnerst du dich an das, was wir auf dem Weg hierher besprochen haben?" Landon legte seine Hände auf Coles Schultern und trat einen Schritt zurück. Er wartete, bis der Junge ihn ansah. „Erinnerst du dich, dass ich dir gesagt habe, dass Gott unsere Gebete nicht immer so beantwortet, wie wir es uns wünschen?"

„Ja, aber … ich hatte euch doch versprochen, dass ich beten würde."

„Wir haben gebetet. Mama und ich haben die ganze Zeit gebetet, seitdem wir erfahren haben, dass sie schwanger ist."

Cole war verblüfft. In einem neuerlichen Gefühlsumschwung schien er die Möglichkeit zu verwerfen, dass Sarah aufgrund seines Verhaltens krank geworden war, und befasste sich mit etwas, das noch schwieriger zu verstehen war. „Ihr habt gebetet … und es hat nicht funktioniert?"

Landon kauerte sich hin, sodass er Cole direkt in die Augen sehen konnte. „Es hat funktioniert, Cole. Baby Sarah hätte schon vor langer Zeit sterben können. Sogar noch bevor wir wussten, dass es sie gab." Er war sich nicht sicher, woher diese Worte kamen, doch er hörte nicht auf, darüber nachzudenken. „Überleg doch mal, wie viel Freude wir hatten, als wir für sie gesungen und dabei gespürt haben, wie sie tritt und sich in Mamas Bauch bewegt."

„Aber ihr habt Gott gebeten, sie gesund zu machen." Coles Miene wurde weicher, sah verwundert aus. „Ihr wolltet nicht, dass es ihr nur für kurze Zeit gut geht."

„Nein, aber denk mal darüber nach. Jeder Mensch wird eines Tages sterben. Jeder Einzelne von uns. Ich und Mama und sogar du. Das Leben hier – Landon wies zum Ufer und zu dem See und den Häusern, die in der Ferne lagen –, es ist nur für eine kurze Weile, Cole. Für uns alle." Er rieb mit seinen Knöcheln über die Wangen seines Sohnes. „Unser Zuhause ist im Himmel, wo wir alle für ewig zusammen sein werden."

Zum ersten Mal, seitdem Cole verstanden hatte, was mit Sarah los war, schien ihn ein Gefühl des Friedens zu überkommen, das sich mit seiner Trauer und seiner Angst vermischte. „Wo Oma Baxter lebt?"

„Richtig."

„Also wird Sarah leben – Cole senkte den Kopf, als ob er die Teile ineinanderfügen wollte –, doch sie wird im Himmel leben."

„Ganz genau."

Cole nickte. Er schwieg für eine Weile und starrte auf den See hinaus. Als er etwas sagte, erstickten Tränen seine Stimme. „Ich werde diese kleine Schwester vermissen."

„Ich werde sie auch vermissen."

Sie klammerten sich eine lange Zeit aneinander. Und während die Minuten verstrichen, dachte Landon darüber nach, dass etwas sehr Bemerkenswertes passiert war. Er hatte nicht gewusst, wie er Cole die Situation erklären sollte, dass Sarah sterben würde, obwohl sie für ihre Heilung gebetet hatten. Doch anstatt dass seine Aussagen Cole verwirrt hätten, hatte er die Situation besser verstanden als er oder Ashley. Wenn das nicht der Beweis für Gottes Treue und Gnade war, dann gab es keinen. Denn ihr kleines Mädchen würde tatsächlich leben. Sie würde im Himmel leben und rennen und reden und singen und mit Oma Baxter darauf warten, dass sie alle eines Tages zusammen waren.

Jetzt mussten sie nur noch herausfinden, wie sie es schaffen sollten, ihr bis dahin „Auf Wiedersehen" zu sagen.

Bevor sie aufbrachen, ging Cole zum Ufer und beugte sich zu seinem großen Fisch hinunter. Er fingerte an dem Verschluss herum, der den Barsch an die Kette fesselte. Dann, mit einem plötzlichen Sprung, schwamm der Barsch davon. Cole sah ihm hinterher. Ein trauriges Lächeln hob seine Mundwinkel.

„Kumpel …" Landon ging zu ihm. Seine Stimme war ruhig. „Was hast du gemacht?"

Cole wandte sich um. „Ich habe ihn freigelassen."

„Warum?" Keiner von ihnen mochte den Geschmack von Barsch besonders gern, doch der Fisch war mit Sicherheit der größte Fang der Saison gewesen. Normalerweise wäre Cole vor Stolz geplatzt und hätte es kaum abwarten können, Ashley diese Trophäe zu zeigen.

Der unschuldige Ausdruck auf Coles Gesicht war so süß und schlicht wie sein Glaube. Er zuckte mit den Achseln und seine Augen glitzerten. „Ich wollte nicht, dass er sterben muss."

Landon nickte und tätschelte Coles Schulter. Sie sammelten ihre Sachen in einvernehmlichem Schweigen ein, wobei sie über Leben und Tod nachdachten. Und über den Himmel.

Seinetwegen würden sie den Verlust der kleinen Sarah irgendwie überstehen.

Aber trotzdem würden sie all ihren Glauben brauchen, um das zu schaffen.

Kapitel 25

Die übliche Spannung lag zwischen ihnen in der Luft, als Katy und Dayne von ihrem Auto zu der Stelle am Lake Monroe gingen, wo die Baxters sich üblicherweise trafen. Nachdem Katy dem Direktor erklärt hatte, wie wichtig der 4. Juli für Daynes Familie war und dass sie unbedingt eine Auszeit brauchten, hatte er in eine Drehpause eingewilligt. Katy hatte ihm für seinen nächsten Film eine Zusage erteilt, deshalb hatte er sehr großes Interesse daran, ihre Wünsche zu erfüllen und sie bei Laune zu halten.

Katy hatte gehofft, dass die Entfremdung zwischen Dayne und ihr mit der Zeit verschwinden würde, doch sie waren seit Sonntagnachmittag zu Hause und bisher hatte sich nichts ergeben außer einer schweren Stille.

Dayne beschattete seine Augen, sodass er bis zur Bank blicken konnte. „Ashley ist hier."

„Das ist gut." Katy hatte gehofft, ihre Schwägerin zu treffen. Inzwischen wusste jeder in der Familie über die traurige Gewissheit Bescheid, doch Katy hatte bisher noch nicht mit ihr geredet. Sie war sich nicht sicher, was sie sagen sollte, wenn sie mit Ashley sprach, doch sie wollte nicht die Gelegenheit verpassen, Zeit mit ihr zu verbringen. Vor allem, da sie und Dayne am nächsten Nachmittag zurück am Drehort sein mussten.

Nachdem sie ein Stück den Hügel hinuntergestapft waren, blieb Dayne plötzlich stehen und sah sie an. Er trug eine Tasche mit Essen und einige Klappstühle. „Ich weiß, dass zwischen uns nicht alles in Ordnung ist." Er sah aus, als würde er sie am liebsten in den Arm nehmen, doch er hielt sich zurück. „Ich wünschte, ich könnte einmal blinzeln und alles wäre wieder okay." Seine Körperhaltung zeigte deutlich den Kampf, in dem er sich befand. Er nickte zu der Stelle, wo sich der Rest seiner Familie bereits versammelt hatte, um den Tag gemeinsam zu verbringen. „Doch um ihretwillen lass uns heute so tun, als wäre alles in Ordnung. Okay?"

Seine Bitte verletzte Katy tief. Wäre es für ihn nicht genauso einfach gewesen, ihr zu sagen, dass jetzt der richtige Zeitpunkt war, um die

Dinge in Ordnung zu bringen? Sie in die Arme zu nehmen, zu küssen und sie zu bitten, in ihrer Ehe noch einmal von vorne zu beginnen?

Katy starrte ihren Ehemann an. „Gut." Ärger verhärtete ihr Herz und ließ sie frösteln, obwohl eine warme Brise vom Wasser herüberwehte. „Ich bin eine ziemlich gute Schauspielerin."

„Katy ..."

Sie starrte den Hügel hinunter und warf dann ein gezwungenes Lächeln in seine Richtung. „Komm schon, Dayne. Wir wollen doch nicht, dass jemand glaubt, wir würden uns streiten."

Er seufzte tief und beeilte sich, mit ihr Schritt zu halten. „So habe ich das nicht gemeint. Es ist nur ... sie haben im Moment wirklich schon genug Sorgen."

„Was auch immer."

Dayne wollte gerade noch etwas sagen, als John Baxter sich umdrehte und sie an seinen Tisch winkte. „Hierher, Leute ... Hier ist noch eine Menge Platz."

Katy lächelte und ging zu ihm hinüber. „Hallo." Sie lehnte sich vor und küsste John auf die Wange. „Sieht so aus, als wären alle gekommen."

„Ihr zwei brauchtet unbedingt eine Pause." John sah zuerst Dayne, dann Katy aufmerksam an. „Wie geht es euch ... wirklich?"

Für einen Augenblick wäre Katys Fassade beinahe zusammengebrochen. Am liebsten wäre sie auf die Picknickbank gesunken und hätte zugegeben, dass alles furchtbar war. Die Gerüchteküche am Set brodelte. Angeblich rief Randi Dayne jeden Tag an und wartete ungeduldig darauf, dass sie wieder einen Film mit ihm drehen konnte. Sie bettelte um seine Freundschaft, hieß es, während sie versuchte, ihr Leben als alleinerziehende Mutter auf die Reihe zu kriegen. Die schmutzigen Behauptungen wanderten über den Set und in alle Zeitschriften. Die einzige Zeit, in der Katy sich wirklich mit Dayne verbunden fühlte, war, wenn sie ihre gemeinsamen Szenen drehten – was jedoch immer noch nicht mehr als einen Kuss beinhaltete. Aber Daynes Bitte hallte noch in ihrem Herzen wider und so hob sie ihr Kinn. „Es ist gut, einmal von dort weg zu sein."

„Ja." Dayne sah erleichtert aus und schien ihr ein stummes Dankeschön zuzuwerfen. „Es ist momentan ziemlich hektisch am Set."

„Wie läuft es mit der Reality-Show?"

Katy hätte beinahe gelacht, doch sie merkte, dass John wirklich noch nichts wusste. Die Show würde erst zu Beginn des nächsten Jahres ausgestrahlt. Momentan waren die Zeitschriften die einzige Möglichkeit, dass jemand erfuhr, wie schlimm es am Set lief. Doch die hatte John Baxter vermutlich noch nie in seinem Leben gelesen.

„Es läuft nicht so, wie wir es uns vorgestellt hatten." Dayne setzte sich neben seinen Vater auf den Tisch und stemmte seine Füße auf die Bank. Sie schauten beide auf das Wasser hinaus. „Sie wollen mehr als das, was sie während der Dreharbeiten filmen können." Er runzelte die Stirn. „Sie suchen immer nach einem Konflikt."

Katy packte die Tasche mit dem Essen aus, verfolgte jedoch aufmerksam die Unterhaltung zwischen John und Dayne.

John schwieg für ein paar Sekunden. Dann wandte er sich Dayne zu. „Ich habe im Supermarkt ein paar von den Zeitschriften gesehen." Sein Blick enthielt eine vorsichtige Warnung. „Ich weiß, dass du Katy liebst, mein Sohn ... aber sei vorsichtig."

Katy hätte diese Warnung am liebsten wiederholt. Sah Dayne nicht, welchen Schaden eine Frau wie Randi Wells ihrer Ehe zufügen konnte? Sie fokussierte sich völlig auf Dayne und er war zu nett, um das zu bemerken. Wie konnte er jeden Tag mit ihr reden und Katy noch nicht einmal etwas davon erzählen? Sie hatte über die anderen Schauspieler und sogar die Assistenten des Direktors von den Anrufen erfahren. „Oh", hatte mehrfach jemand wie zufällig gesagt. „Dayne telefoniert schon wieder mit Randi Wells."

Doch niemals, nicht einmal, war diese Information von ihrem Mann gekommen. Was also sollte Katy glauben? Wenn zwischen ihm und Randi nichts lief, was hatte er denn dann zu verbergen? Er musste doch wissen, wie sie sich bei dem Gedanken an Randi fühlte, wie leicht es war zu glauben, dass die Klatschmagazine recht hatten, wenn sie behaupteten, dass Dayne über eine Affäre nachdachte.

Katy setzte sich neben Dayne, gerade als Kari und Luke den Hügel herunter und auf sie zukamen. Erst jetzt bemerkte Katy Ashley und Landon. Sie hatten ihren Picknicktisch mit ihren Söhnen ein Stück entfernt von dem der übrigen Familie aufgebaut.

Dayne musste das im gleichen Moment gesehen haben. „Wie geht es Ashley?"

„Sie hat sich sehr zurückgezogen." John sah aufgewühlter aus als bisher. „Außerdem steht da immer noch der Streit zwischen ihr und Brooke im Raum. Sie gehen sich aus dem Weg."

Kari und Luke begrüßten alle und setzten sich zu den anderen an den Tisch. Ihre Gespräche waren ruhig und voller leiser Enttäuschung. Ashley und Brooke sprachen immer noch nicht miteinander und Kari hatte Schuldgefühle, weil sie im Gegensatz zu Ashley und Landon ein gesundes Baby erwartete.

An diesem Punkt zwang Katy sich, nicht mehr zuzuhören. Das Leid um sie herum war mehr, als sie ertragen oder verarbeiten konnte. Sie richtete ihre Gedanken auf die Zukunft und überlegte, auf welche Konflikte sie zusteuerte, wenn sie einen weiteren Film drehte. Dayne würde mit seinem Film mit Randi beschäftigt sein, also wäre das vermutlich kein Problem. Es machte doch keinen Sinn, dass sie allein in dem großen Haus am See saß und darauf wartete, den neusten Klatsch über ihren Mann aus den Zeitschriften zu erfahren.

Katy ließ sich von dem Anblick des blauen Sees und der Weite des Himmels gefangen nehmen. War es nicht erst gestern gewesen, dass alles so wunderbar in Ordnung zu sein schien? Ashley und Landon waren zwei der glücklichsten Menschen gewesen, die sie je getroffen hatte, und John nicht von Sorgen und Kummer gezeichnet. Es schien erst wenige Augenblicke her zu sein, dass Dayne sie im vergangenen Jahr zu dieser Stelle gebracht und ihr neuer Verlobungsring im Sonnenlicht gefunkelt hatte.

Es konnte doch nicht alles so schnell so schlimm werden. Sie atmete langsam durch ihre Nase ein. Es gab nur eine logische Erklärung dafür, dass sich die Dinge so zum Negativen entwickelt hatten. Vielleicht war nichts davon Wirklichkeit gewesen. Vielleicht waren die Baxters wie jede andere Familie auch: Sie setzten eine schöne Fassade auf und versuchten, nach außen heile Welt zu spielen, während ihre Konflikte in Wirklichkeit so tief waren wie bei jedem anderen auch. Und was Dayne betraf … vielleicht gab es Happy-Ends tatsächlich nicht im wahren Leben, sondern nur im Film. Wo vorgetäuschtes Glück nicht nur erwartet, sondern auch bejubelt wurde.

* * *

Kari war sehr dankbar, dass Ashley zu dem Picknick gekommen war, aber dennoch war die Situation für sie alle schrecklich.

Kari hatte ihre Schwester am vergangenen Abend angerufen und gebeten zu kommen. „Du wirst dich besser fühlen, wenn du mal rauskommst.“ Sie hatte versucht, ihren Tonfall unbekümmert zu halten. „Außerdem kannst du nicht einfach ein Baxter-Picknick verpassen. Es wäre ohne dich nicht dasselbe.“

„Brooke wird da sein“, hatte Ashley geantwortet. „Sie wartet vermutlich nur auf eine Gelegenheit, um mir unter die Nase zu reiben, dass sie recht hatte.“

„Ashley!“ Kari konnte nicht glauben, dass ihre Schwester eine so boshafte Bemerkung gemacht hatte. „Das glaubst du nicht im Ernst.“

Ashley zögerte. „Nein …“, sagte sie mit einem frustrierten Seufzer. „Doch es fühlt sich so an. Sie hat ein Dutzend Mal versucht, es mir zu sagen, und ich wollte nicht zuhören. Jetzt hat sie recht und ich lag falsch.“

„Was hätte es denn geändert?“ Kari hasste den Konflikt in ihrer Familie. Wenn Gott sie als Friedensstifterin gebrauchen wollte, war sie mehr als bereit dafür. „Sogar wenn du ihr geglaubt hättest, hättest du keine Abtreibung machen lassen. Und du hättest diese schönen Monate nicht gehabt, in denen alles wunderbar zu sein schien.“

„Das stimmt. Aber sie hatte trotzdem recht. Und das hasse ich, Kari. Ich hasse es einfach. Ich wollte so unbedingt, dass Gott dieses Baby heilt.“ Ihre Stimme brach. „Was ist passiert, dass Gott nicht größer ist als die medizinischen Erkenntnisse? Größer als eine Diagnose?“

Kari wollte ihrer Schwester versichern, dass Gott tatsächlich größer war, egal, wie ihre Situation war. Doch jetzt war nicht der richtige Zeitpunkt dafür. Sie ließ ein paar Sekunden verstreichen. „Komm einfach morgen. Bitte, Ash. Wir alle wollen, dass du dabei bist.“

Ashley hatte nichts versprechen wollen, doch sie und Landon und die Jungen waren trotzdem gekommen. Kari vermutete, dass ihre Anwesenheit mehr mit Landon zu tun hatte als mit ihrem gestrigen Anruf. Doch das war im Prinzip egal. Hauptsache sie waren hier. Wenn es ihr jetzt nur noch gelänge, ihre Schwestern zum Reden zu bringen.

Bevor Ashley eingetroffen war, hatte sich Kari zu Brooke an den Tisch auf der anderen Seite des Picknickplatzes gesetzt. „Hey … kann ich mich setzen?“

„Sicher." Brookes Tonfall und Gesichtsausdruck waren distanziert, doch das half nicht, ihren Schmerz zu verbergen. Sie war nicht diejenige Baxter-Schwester, die am emotionalsten reagierte, doch wenn sie etwas fühlte, war sie noch nie in der Lage gewesen, es zu verbergen. Der heutige Tag bildete da keine Ausnahme. Sie hielt ihre Aufmerksamkeit auf Maddie und Hayley gerichtet, die beide in ihren Schwimmwesten am Ufer planschten. „Ich wünschte, Erin wäre hier."

„Ich auch." Kari wollte sich nicht sofort in ein Gespräch über Ashley stürzen. Brooke sollte wissen, dass Kari aufrichtig an ihr interessiert war und nicht nur daran, Frieden zu stiften. „Ich habe gestern mit ihr gesprochen." Sie hatte den Anruf sofort gemacht, nachdem sie mit Ashley telefoniert hatte. Manchmal fragte sie sich, was wäre, wenn Gott nicht ihr die Aufgabe zugedacht hätte, die Kontakte untereinander zu pflegen, die Schwester zu sein, die nie zu beschäftigt war, um einen Anruf entgegenzunehmen und alle auf dem Laufenden zu halten.

Brooke schaute sie an. „Kommt sie im August?"

„Ja. Sie will hier sein, wenn Ashleys Baby geboren wird. Sie hat Flugtickets für das Wochenende davor."

Ein Lächeln ließ Brookes Augen sanft leuchten. Sie berührte Karis Bauch. „Bis dahin ist dieses Kleine vielleicht schon da."

„Ich kann es nicht erwarten." Sie streckte den Rücken und stöhnte. „Dieses Kleine hier trampelt genau zwischen meinen Rippen herum. Manchmal kann ich kaum atmen."

„Genauso war es bei Maddie." Brooke lachte. „Ich habe das Gefühl, als sei das schon eine Ewigkeit her."

Kari sah zu den Mädchen hinüber. Cole machte mit Maddie ein Wettrennen durch den Sand. In diesem Moment stoppten die beiden und gesellten sich zu Hayley und Jessie, die im Gras saßen. Die Cousins und Cousinen verstanden sich alle gut – was für eine Erleichterung angesichts der vielen anderen Probleme. Sie konzentrierte sich auf Brookes Jüngste. „Ich kann es immer noch nicht fassen, wie gut sich Hayley entwickelt."

„Ich auch nicht." Brooke kniff die Augen zusammen. „Ich hatte schon befürchtet, dass sie ihr Leben lang Probleme mit dem Lernen haben würde, doch das kann ich nicht sagen. Sie sollte eigentlich nicht hier sein und mit Sicherheit nicht reden und laufen und mit ihren

Cousins spielen. Es gibt bei diesem kleinen Mädchen keine Grenzen. Nur Gott weiß, wie sie so weit gekommen ist."

Kari wollte fragen, warum Brooke bei Ashleys Baby nicht das Gleiche gedacht hatte, doch eine solche Frage würde die Spannung nur noch verschärfen. Stattdessen wartete sie ein paar Augenblicke. „Ashley weiß nicht so genau, was sie zu dir sagen soll, wie sie dir begegnen soll, jetzt, wo sie weiß, dass du recht hattest … was ihr Baby betrifft."

„Das ist lächerlich." Brookes Stimme verriet, wie sehr die ganze Situation sie verletzte. „Ich bin immer für sie da gewesen. Sie glaubt, dass ich ihr Gegner sei, doch das bin ich nicht." Sie legte ihre Hand auf ihre Brust. „Ich bin Ärztin und ich weiß einfach, wie unmöglich ein falscher Ultraschall bei einer Anenzephalie-Diagnose ist. Und das macht mich irgendwie zum Bösewicht."

„Es ist nicht das." Kari wählte ihre Worte sorgfältig. „Ich glaube, es geht eher um deinen ursprünglichen Vorschlag. Um die Abtreibung."

„Siehst du …" Brooke sah Kari an. „Auch das macht mich nicht zum Bösewicht. Eine Abtreibung ist der übliche Weg, wie man mit Anenzephalie umgeht, denn sie erspart den Familien die unerträgliche Trauer, eine Geburt erleben zu müssen, die von einem fast umgehend eintretenden Tod überschattet wird." Ihr Tonfall war voller Traurigkeit. „Hast du eine Vorstellung, wie hart das für sie sein wird? Es könnte sie für immer verändern."

Kari dachte darüber nach. Sie hatte in den vergangenen Tagen viel im Internet über Neuralrohrdefekte gelesen. Das Baby könnte mit einem entstellten Gesicht geboren werden, die Stirn und die Augen verformt wegen der fehlenden Schädelteile. Alle Informationen bestätigten, dass Brooke wegen des befürchteten Traumas recht hatte. Die Erfahrung würde katastrophal. Ashley würde ihre Tochter begrüßen und sich gleichzeitig mit herzzerreißenden Schmerzen von ihr verabschieden müssen.

„Aber Brooke …", Kari sah ihre Schwester leidenschaftlich an, „das ganze Leben verändert uns. Wir erleben die Geburt eines Kindes und das verändert uns für immer. Der Tod einer Mutter …" Sie lächelte, obwohl Tränen in ihre Augen traten. „… und wir sind nicht mehr dieselben Menschen. Wir können vor den Dingen in unserem Leben, die uns verändern, nicht weglaufen. Vielleicht müssen wir sie bereitwillig annehmen."

Brookes Miene verschloss sich. Sie nickte und schenkte Kari ein reserviertes Lächeln. „Danke. Ich werde darüber nachdenken." Sie stand auf. „Ich habe den Mädchen versprochen, dass ich eine Sandburg mit ihnen baue." Mit diesen Worten ging sie ein paar Schritte, lächelte dann noch einmal und joggte zum Strand.

Kari war sich nicht sicher, ob die Unterhaltung etwas gebracht hatte, doch es war das Beste gewesen, was sie hatte tun können. Doch auch jetzt, als sie am Picknicktisch saß mit Luke, ihrem Vater, Katy und Dayne, schien nichts in Ordnung zu sein. Sie konnte die Spannung zwischen Dayne und seiner Frau spüren, doch sie hatte nicht den Eindruck, dass es ihre Aufgabe war, sie danach zu fragen. Die Zeitschriften erzählten ja ihre Geschichte. Es gab Probleme – die meisten zusammengebastelt, sicherlich, aber es waren Probleme. Kari betete für die beiden. Sie war sich nicht sicher, was sie sonst tun konnte.

Ihr Vater hatte sich in ein Gespräch mit Dayne vertieft und am anderen Ende des Tisches schien Katy in ihrer eigenen Gedankenwelt verloren zu sein.

„Siehst du es auch?" Luke lehnte sich dicht zu Kari. Reagan lieferte sich mit Tommy und Malin eine Rauferei. Ab und zu winkte Tommy ihnen zu und schrie, dass er nach großem Wasser suchen wollte. Luke winkte und lächelte, doch er wirkte genauso abgelenkt wie alle anderen auch.

„Was?" Kari konnte keine bequeme Sitzposition finden. Sie stützte die Hände auf den Tisch hinter sich und versuchte, sich zurückzulehnen.

„Ashley. Sie leidet so sehr, dass es mich fast umbringt." Lukes Stimme war so leise, dass die anderen ihn nicht hören konnten. „Ich weiß einfach nicht, was ich tun kann."

„Hmmm." Kari genoss es, mit Luke zusammen zu sein, und freute sich, dass er und seine Familie wieder in ihre Nähe gezogen waren. Seine eigene Ehe ging immer noch durch schwierige Zeiten, doch wenigstens war er inzwischen bereit, über seine Schwierigkeiten zu sprechen. Kari starrte über den Picknickplatz. Ashley saß an einem ähnlichen Tisch für sich allein. Landon und die Jungen arbeiteten ein paar Meter entfernt an einer Sandburg, nicht weit weg von der, die Brooke mit ihren Mädchen baute.

„Ich meine, schau sie dir doch nur an." Luke klang äußerst frustriert.

„Ich hasse es, sie so zu sehen." Er beugte sich vor und stützte die Ellbogen auf seine Knie. „Ich habe vorhin versucht, mit ihr zu reden, doch sie hat mir nur einsilbige Antworten gegeben. Es ist, als ob niemand zu ihr durchdringen könnte."

„Was würde Mama machen?"

Luke legte den Kopf schräg und überlegte eine Minute lang. „Sie würde sich neben sie setzen und ihre Hand halten. Oder sie umarmen."

„Richtig." Kari lächelte bei der Erinnerung. „Mama wusste, dass man manchmal keine Worte braucht."

Er stand auf und holte tief Luft. „Dann mache ich das."

Als Luke ihren Tisch verließ und zu Ashley ging, spürte Kari einen ersten Hoffnungsschimmer in ihrem Herzen. Ja, es waren harte Zeiten. Doch sie würden ihren Weg durch alle Schwierigkeiten finden und das würden sie mit Liebe und Glaube schaffen und manchmal – wenn man keine Worte brauchte – mit einer Umarmung. Denn so machte das ein Baxter.

* * *

Bei jedem Schritt erinnerte sich Luke an Zeiten in seinem Leben, in denen Ashley ihm geholfen hatte. Als er klein war und von seinem Dreirad gefallen war, war Ashley ins Haus gerannt, hatte einen Waschlappen geholt und ihm vorsichtig die Steine von seinen zerschrammten Knien abgewischt. Und als er älter war, kurz bevor sie nach Paris aufbrach, war sie mit ihm spazieren gegangen und hatte ihm ans Herz gelegt, die Schule zu beenden und niemals aufzuhören, an seinen Träumen festzuhalten.

Doch die eindrücklichste Erinnerung war die an jenen Tag, an dem sie neben ihm auf dem Gelände der Indiana Universität auf der Bank gesessen hatte. Damals, nachdem Luke einige der schlechtesten Entscheidungen seines Lebens getroffen hatte, hatte Ashley ihm die Wahrheit über Reagan erzählt. Dass sie ein Baby bekommen hatte und dass es von ihm war. Von Luke.

Zu jener Zeit hatte Luke mit einer etwas exzentrischen jungen Frau zusammengelebt, die er bei einer Vorlesung kennengelernt hatte. Er hatte seine Glaubensüberzeugungen über Bord geworfen und war bereit gewesen, ein Leben zu führen, das in völligem Gegensatz zu dem stand, was seine Eltern ihn gelehrt hatten zu glauben. Und auf jener Bank, mitten im Gewimmel der anderen Studenten, hatte Ashley ihm auf den Kopf zugesagt, wie falsch er sich verhielt.

Weil sie ihn liebte.

Diese Erinnerungen huschten in wenigen Sekunden durch seinen Kopf. Als er Ashley erreichte, hoffte er, dass jetzt – wo sie seine Unterstützung brauchte – er wissen würde, wie er ihr helfen könnte. Mama hätte keine Diskussionen über Lösungen für die Probleme, mit denen sich Ashley auseinandersetzen musste, geführt. Sie wäre einfach nur da gewesen. Hätte die gleiche Luft geatmet. Und das wäre genug gewesen.

Luke trat zu Ashley. Diesmal fragte er nicht, wie es ihr ging oder ob sie reden wollte. Er ließ sich einfach auf dem Platz neben ihr nieder und setzte sich dicht genug, dass sich ihre Schultern berührten. Zusammen starrten sie geradeaus auf den See und auf die Kinder, die ihre Sandburgen bauten.

Zehn Minuten vergingen, bevor Ashley sich zu ihm umdrehte. „Danke."

„Wofür?" Er grinste und versuchte an den Punkt anzuknüpfen, an dem die Freundschaft, die sie seit Kindheitstagen teilten, sie beide immer noch tief verband.

„Dass du da bist." Sie sah wieder auf das Wasser hinaus. „Dass du einfach da bist."

Lukes Herz fühlte sich leichter an, als es den ganzen Tag der Fall gewesen war. Das war es, wonach er gesucht hatte: Eine Chance, Ashley zu erreichen und sie wissen zu lassen, dass sie geliebt wurde. Ganz egal, wie dunkel die kommenden Tage aussahen. Wenn er an ihrer Stelle gewesen wäre, würde er auch nicht wollen, dass seine Familie mit Trauermiene und vielen Entschuldigungen ankam. Er würde einfach nur die Gewissheit haben wollen, dass irgendwann in ferner Zukunft, wenn die Trauer vorbei war und es in Ordnung war, wieder zu lachen, seine Familie immer noch für ihn da sein würde.

So wie sie alle für Ashley da sein würden. Sogar Brooke.

Nach einigen Minuten begann Ashley über frühere Picknicks zu sprechen, die sie am 4. Juli hier erlebt hatten. Es dauerte nicht lange, bis sie beide lächelten, weil sie an das vergangene Jahr dachten, als Landon eine Wette verloren hatte und mit seiner Kleidung in den See hatte springen müssen. Sie sprachen auch über ein Picknick vor vielen

Jahren, als Ashley und Luke in ihrer Garage ein Kanu gebaut hatten, um es am 4. Juli zu testen.

„Ich glaube, es hat immerhin zehn Sekunden durchgehalten, bevor es sank." Luke lachte. „Es war das schlechteste Ruderboot, das die Welt je gesehen hat."

„Aber sicher." Sie lachte zwar noch nicht, aber ihr Tonfall war leichter als vorher. „Du warst von meinen verrückten Ideen immer begeistert."

„Was sollte ich denn machen? Du warst die großartige Ashley Baxter und ich nur der kleine Bruder. Ich hätte auch eine Rakete gebaut und versucht, sie auf den Mond zu schießen, wenn du mich darum gebeten hättest."

Wieder schwiegen sie für ein paar Minuten.

„Hey, Ash … nach all den Jahren, in denen du mich um etwas gebeten hast ..."

„Ja?" Eine Zärtlichkeit lag auf ihrem Gesicht, eine Verletzlichkeit.

„Darf ich dich jetzt um etwas bitten?"

Sie legte ihre Hand auf sein Knie und lächelte. „Natürlich, kleiner Bruder. Willst du, dass ich eine Sandburg mit dir baue? Dass sie aussieht wie ein Kanu oder wie eine Rakete, die zum Mond gerichtet ist?"

„Nein." Er sah tief in ihre Augen, durch ihre Angst hindurch bis zu der Stelle, an der ihre Trauer grenzenlos war. „Dürfen wir alle dabei sein? Wenn dein Baby geboren wird?"

Sie zögerte, und dann füllten sich ihre Augen mit Tränen. „Oh, Luke …" Sie schlang die Arme um ihn und hielt ihn für eine lange Zeit fest. Schließlich gab sie ihm die Antwort, auf die er wartete. „Ja … ja, ihr dürft alle dabei sein."

„Ich liebe dich, Ashley." Er streichelte ihren Rücken und hoffte, dass sie dadurch neue Kraft bekam. „Du schaffst das."

„Ich weiß." Sie schniefte.

Sie blieben lange so sitzen. Ein Bruder und eine Schwester, die in ihrem Leben schon einige Stürme gemeinsam durchgestanden hatten. Diesmal hatte keiner von ihnen die Möglichkeit, etwas an dem zu ändern, was auf sie zukam, doch Luke würde das tun, was er tun konnte. Er würde da sein. Und sie würden sich gemeinsam von der kleinen Sarah verabschieden.

Kapitel 26

Codys letzten zehn Tage gingen so schnell vorüber, wie Bailey befürchtet hatte. Nach ihrem Gespräch am See ließ sie ihre Zukunftsträume nicht länger zu. Stattdessen verbrachten Cody und sie die Tage wie gute Freunde – sie fuhren mit dem Boot und spielten bis spät in die Nacht hinein Football und Tischtennis.

Doch jetzt war Sonntagmorgen und unten war Cody damit beschäftigt, seine Sachen zu packen. Bailey wusch ihr Gesicht und schlüpfte in ein T-Shirt und Shorts. Sie machte sich große Sorgen, was auf Cody zukommen würde, doch sie fragte sich nicht länger, ob er zu ihr zurückkommen würde. Er hatte nicht solche Gefühle für sie und das war okay. Bailey hatte diese Tatsache jetzt begriffen und überspielte ihre Gefühle für ihn.

Solange Cody nur lebend zurückkam.

Bailey eilte nach unten. Ihre Mutter hatte ein Pfannkuchen-Frühstück vorbereitet, doch Bailey hatte keinen Appetit und konnte nicht mehr als ein paar Bissen essen. Wie gerne wollte sie noch ein paar Minuten allein mit Cody verbringen. Aber sie war sich nicht sicher, ob das gelingen würde. Sie brauchten mehr Zeit, eine weitere Woche oder wenigstens einen Tag. Sie hatte ihm noch so viel zu sagen.

Bailey dachte immer noch darüber nach, als Cody sein Frühstück beendete, seinen Teller abräumte, ihn in die Spülmaschine stellte und sich dann zu ihr umwandte. Er nickte in Richtung Hintertür. „Wollen wir ein paar Schritte gehen?"

Bailey hatte Angst, dass sie jeden Moment in Tränen ausbrechen würde, doch sie behielt die Fassung. „Gerne."

Die Jungen – die in einem Alter waren, wo alles, was Bailey tat, normalerweise lautes Gelächter hervorrief – blieben unnatürlich ruhig. *Sie verstehen mich,* dachte sie. Heute war ihr letzter Tag mit Cody. Daran war nichts zum Lachen.

Cody öffnete die Tür und sie folgte ihm nach draußen. Er deutete zu dem Weg, der seitlich am Haus vorbeiführte, vorbei an den Gärten von zwei ihrer Nachbarn und in ein kleines Wäldchen.

Er sagte nichts, bis sie beinahe die Bäume erreicht hatten. „Du denkst schon wieder über das Schlimmste nach." Er schob die Hände in die Hosentaschen und warf ihr ein schiefes Grinsen zu. „Oder nicht?"

Sie hätte am liebsten gelacht, doch sie fand nicht die Kraft dazu. Ihre Knie zitterten, als sie weiterging. „Ich versuche, es nicht zu tun."

„Mir wird nichts passieren, Bailey. Das habe ich dir doch gesagt." Sein Tonfall war leicht und unbekümmert, so wie er es oft war. „Gott geht mit mir, und außerdem habe ich ja deine Briefe, auf die ich mich freuen kann."

„Ja." Sie zwang ihre Tränen zurück. Cody würde nicht wollen, dass sie weinte. Nicht jetzt.

„Was?" Cody ging ein paar Schritte voraus, drehte sich um und kam wieder auf sie zu, damit er ihr ins Gesicht sehen konnte. „Die unerschütterliche Bailey Flanigan hat Zweifel?" Er verzog das Gesicht zu einer lustigen Grimasse.

„Nicht wirklich." Sie lachte, obwohl sie das eigentlich nicht wollte. „Ich weiß, dass Gott bei dir sein wird, und natürlich werde ich dir schreiben. Das habe ich doch versprochen." Sie spürte, wie ihr Lächeln zusammenfiel. „Es ist nur so, dass …"

„Ich weiß." Er wandte sich wieder um und ging neben ihr her. „Du weißt nicht, wie du ohne meine umwerfend charmante Gegenwart auskommen sollst, mit der ich dir ständig auf die Nerven gehe."

Bailey mochte es, dass er es schaffte, dass die Situation nicht zu traurig wurde. Sie wollte jetzt kein dramatisches Gespräch. Sie hatten genug davon gehabt in den Nächten, die zu diesem Moment geführt hatten; Gespräche über den Krieg und ob er nötig war, und über den Zorn gegenüber seiner Mutter, die nie für ihn da gewesen war. Doch hier, so kurz vor dem Abschied, wollte sie lieber diesen Cody – der sie zum Lachen bringen konnte. Sie stupste gegen seinen Fuß. „Ja, Cody … ich werde nicht wissen, was ich mit mir selbst anfangen soll."

„Du wirst schon eine Beschäftigung finden. Tim Reed ist in diesem Sommer hier, nicht wahr?" Er hob sein Kinn. „Du verdienst einen Typen wie ihn."

Bailey lachte, doch nur weil sie nicht wusste, was sie sonst sagen sollte. Tim Reed war viel zu beschäftigt für sie, auch wenn er der großartigste Junge war, den es gab. Und was Cody betraf, so hatte er ja seine Gefühle klar benannt. Er sah in ihr eine Schwester. Doch manchmal – in Momenten wie diesem – fragte sie sich, ob er womöglich sich selbst und ihr gegenüber nicht ehrlich war. Denn alles in ihr sagte ihr, dass er andere Gefühle für sie hatte. Doch vielleicht kam das nur deshalb, weil er heute abreisen würde.

Sie gingen noch zehn Minuten weiter, sprachen über die Pfannkuchen ihrer Mutter und dass er vor seinem ersten Heimaturlaub vermutlich keine so leckere Mahlzeit mehr bekommen würde. Nach einer Weile blieb er stehen und sah sie an. Sie hatte das gleiche Gefühl, das sie an jenem Tag auf dem Weg am See gehabt hatte. Dass er sie vielleicht, wenn er für einen Moment schwach würde, tatsächlich küssen würde.

„Ich werde dich vermissen, Bailey." Das war sein erster Versuch heute Morgen, etwas Ernstes zu sagen.

Sie wollte keine dramatische Abschiedsszene, doch sie hatten keine Wahl. Das war der Grund, warum sie sich nach etwas Zeit mit ihm allein gesehnt hatte. So konnte sie ihm auf ihre Art und Weise auf Wiedersehen sagen, ohne dass ihr jeder dabei zusah. Sie legte ihre Arme um ihn.

Cody hatte sehr sorgfältig darauf geachtet, körperlichen Kontakt zwischen ihnen zu vermeiden. Obwohl sie ihn dabei beobachtet hatte, wie er seine Freunde ohne nachzudenken umarmte, war dies erst das dritte Mal, dass er sie umarmte.

Und das tat er jetzt. Er legte seine Arme um ihre Schultern und hielt sie lange fest. Als er sie endlich losließ, küsste er sie auf die Wange. „Bleib so, wie du bist, okay?"

Bailey gestattete sich, in seinen Augen zu versinken. Es war vielleicht keine Liebe, doch das, was sie fühlte, kam dem gefährlich nahe. „Du weißt doch, dass ich mich nicht ändere."

Das Gefühl seines Kusses auf ihrer Wange wanderte über ihre Arme und Beine. Sie wünschte sich so sehr, dass er sie wieder küsste, doch sie wusste, dass er das nicht tun würde. Er hatte ihr bereits gesagt, was er empfand, und daran würde er sich halten. Da war sie sich sicher.

„Und lach dir bloß keinen Freund an." Er ließ ihre Schultern los und nahm stattdessen ihre Hand. „Du bist viel zu beschäftigt mit der Schule und deinen Bibelgruppen, um noch Zeit für so etwas zu haben."

„Oh, wirklich?" Bailey grinste ihn an.

„Ja." Cody setzte sich wieder in Bewegung, wobei er immer noch ihre Hand hielt. „Mein braves Mädchen hat keine Zeit für Jungs."

Er neckte sie und ließ nach ein paar Schritten ihre Hand los. Sie schwiegen, bis sie das kleine Wäldchen verließen. „Ich möchte, dass du etwas weißt." Er schaute sie an und wurde langsamer.

„Was?" Als sie seinen Tonfall hörte, wusste sie, dass das, was jetzt kommen würde, kein Scherz mehr war.

„Wenn irgendjemand meinen Entschluss, zum Militär zu gehen, ändern könnte, dann wärst du das. Mit dir zusammen zu sein, war in letzter Zeit so …" Er schaute an den Bäumen vorbei in das silberne Licht der Sonne. „Es war anders als alles andere in meinem Leben, anders als jede Freundschaft, die ich je hatte."

Da war es wieder. *Freundschaft*. Bailey versuchte, sich von dem Wort nicht entmutigen zu lassen. Sie lächelte ihn an. „Ich fühle mich geehrt."

„Ich meine es ernst. Du und deine Familie, ihr seid diejenigen, die ich am meisten vermissen werde." Er schaute auf seine Uhr. „Komm, Bailey. Dein Knöchel ist wieder in Ordnung, oder?"

„Ja." Sie liebte es, dass ihre gemeinsame Zeit mit dem Lachen und der Leichtigkeit endete, die den Großteil der letzten Wochen geprägt hatten.

„Okay, dann machen wir ein Wettrennen zurück zum Haus."

Sie ließ ihm keine Zeit, ein Startsignal zu geben. Stattdessen raste sie los, so schnell sie konnte, als ob sie dadurch, dass sie rannte wie der Wind, dem schmerzvollen Abschied entfliehen könnte. Er gab nicht sein Letztes, denn er blieb ein paar Schritte hinter ihr zurück und es klang nicht einmal so, als sei er außer Atem.

Am Schluss, als sie als Erste die Hintertür berührte, zuckte Cody mit den Achseln. „Siehst du? Ich wusste schon immer, dass du besser bist als ich." Er meinte das nur im Spaß; das musste einfach so sein. Doch in seinen Augen stand eine Tiefe, die den ganzen Morgen nicht dort gewesen war.

Bailey konnte nicht aufhören, an diesen Blick zu denken, als sie das Haus betraten und das Abschiednehmen begann. Cody verabschiedete sich von den Jungen. Sie versammelten sich um ihn, umarmten ihn und klatschten ihn ab.

„Fang die bösen Jungs, Cody!" Ricky salutierte vor ihm, bevor er losrannte, um Codys Armeesack zu holen.

Shawn, BJ und Justin machten nicht viele Worte. Sogar Connor – normalerweise der Mittelpunkt in jedem Augenblick, der für die

Flanigans wichtig war – umarmte Cody nur und murmelte ein leises Tschüss.

Ihre Eltern waren die Nächsten.

Bailey hatte gedacht, dass sie diesen Augenblick problemlos überstehen würde, doch dieser Gedanke verflüchtigte sich, als ihre Mutter in den Raum kam, Codys Kissen unter dem Arm und Tränen in den Augen. „Du hättest das hier fast vergessen."

Ihr Vater hatte aus einiger Entfernung zugesehen, doch jetzt trat er neben ihre Mutter und zog Cody in eine lange Umarmung.

Bailey spürte, wie die ersten Tränen über ihre Wangen rollten.

„Du wirst immer wie ein Sohn für mich sein", hörte sie ihren Vater flüstern. „Pass auf dich auf."

Als er zurücktrat, hörte man von draußen eine Autohupe. Cody wurde erwartet.

Bailey verschränkte ihre Arme und zwang sich, stark zu bleiben. Doch ihre Tränen flossen trotzdem. Sie wippte auf ihren Zehen und versuchte zu realisieren, dass sie Cody in einigen Minuten tatsächlich nicht mehr sehen würden – für ein Jahr oder länger. Vielleicht sogar für immer.

Gott, beschütze ihn. Halte ihn in deinen Armen. Sie schniefte, woraufhin Ricky ihre Tränen bemerkte. Er legte seinen Arm um ihre Taille.

Ihre Mutter umarmte Cody als Nächste. Die Tränen hatten ihre Stimme schon erstickt, also packte sie seine Schultern, als sie zurücktrat. „Komm zurück, okay?" Das war alles, was sie flüstern konnte

Während dieser ganzen Zeit vermied Cody es, Bailey anzusehen, sodass sie nicht sicher wusste, was er jetzt dachte. Das alles musste auch für ihn sehr schwer sein, doch bisher schien er stark zu bleiben.

Bevor sie ihn zur Tür begleiteten, streckte ihr Vater seine Hände aus. „Kommt alle her. Stellt euch in einen Kreis. Lasst uns für Cody beten."

In diesem Moment erkannte Bailey die Wahrheit. Cody war nicht so stark, wie er es zu sein vorgab. Sein Gesicht war schmerzlich verzogen und seine Augen waren geschlossen, um die Trauer zu verbergen.

Ihr Vater war der Einzige, der etwas sagen konnte, also betete er für sie. „Lieber Herr, wir übergeben Cody in deine Obhut. Du hast ihn aus einem bestimmten Grund hierhergebracht und du nimmst ihn jetzt aus unserer Mitte aus einem noch wichtigeren Grund. Bitte lass ihn wissen, wie alle Soldaten, die unserem Land dienen, dass sein Opfer an Zeit und Kraft und Dienstbereitschaft nicht vergeblich ist. Lass ihn wissen, dass Menschen auf der ganzen Welt in seiner und in der Schuld der anderen Soldaten stehen." Seine Stimme war schwer vor Trauer. „Wir bitten dich, dass du deine Engel um ihn stellst und ihn bewahrst. Und wir beten, dass er deine Liebe spürt und auch unsere Liebe bei jedem Schritt der Reise, die vor ihm liegt. Ich danke dir für Cody, Herr. Wir werden die Zeit nie vergessen, die er mit uns verbracht hat, und wir beten dafür, dass er uns in Zukunft oft besuchen wird. In Jesu Namen. Amen."

Cody schien seine Fassung wiedergefunden zu haben. Als sich die Gruppe zur Haustür begab, legte er seinen Arm um die Schultern von Baileys Vater. „Vielen Dank für alles." Er blieb stehen und sah ihrem Vater in die Augen. „Ich weiß nicht, was ich sagen soll."

„Tu einfach das Gleiche für jemanden, den der Herr eines Tages in dein Leben führt." Ihr Vater klopfte ihm auf die Schulter. „Und jetzt geh und erledige deinen Job."

Zuletzt, bevor Cody durch die Haustür trat, ging er zu Bailey. Er umarmte sie noch einmal, und diesmal schien er sich regelrecht an ihr festzuklammern. Die Gefühle, die seine Umarmung in ihr hervorrief, waren mehr, als sie verstehen konnte, mehr als sie beschreiben konnte.

Er trat einen Schritt zurück und sah ihr in die Augen. „Tschüss, Bailey ..."

„Tschüss." Sie hob eine Hand und sah zu, wie er seine Sachen griff und die Auffahrt zu dem wartenden Auto hinunterlief. Zwei Männer saßen vorne. Der Fahrer öffnete den Kofferraum und bedeutete Cody, seine Tasche hineinzuwerfen. Cody folgte seiner Aufforderung und setzte sich dann auf den Rücksitz. Er warf einen letzten Blick in Richtung der Flanigans, winkte ein letztes Mal. Und in diesem Moment, in dem sein Blick das letzte Mal Baileys Blick begegnete und als dann das Auto, in dem er saß, die Auffahrt hinunterfuhr, nach rechts abbog und hinter dem Hügel verschwand, verstand Bailey ihre seltsamen und überwältigenden Gefühle. Ihr Herz brach, weil Cody Coleman gegangen war und nichts zwischen ihnen jemals wieder so sein würde wie zuvor.

* * *

Cody blickte zurück zum Haus der Flanigans, bis es aus seinem Sichtfeld verschwunden war.

„Alles okay, Coleman?“ Der Typ am Steuer stieß ein lautes Lachen aus. „Old Buck hier neben mir hatte einen Nervenzusammenbruch, als er sich verabschiedet hat.“

Cody würde nichts zugeben. Er gähnte. „Mir geht's gut. Hey, Jungs, ich mach die Augen ein bisschen zu, bis wir am Flughafen sind.“

„Okay.“ Der Fahrer lachte wieder. „Wir lassen dich in Ruhe.“

Am liebsten hätte Cody den Typen angeschrien, dass er aufhören sollte, sich lustig zu machen, doch er konnte es nicht. Sie würden zu dritt im Flugzeug sitzen und auch das Ausbildungslager in Washington State gemeinsam absolvieren. Er konnte genauso gut versuchen, einigermaßen mit ihnen auszukommen.

Außerdem vermutete der Typ wahrscheinlich sowieso, dass Cody nicht wirklich müde war. Er brauchte eine Ausrede, um die Augen schließen zu können, damit die anderen seine Tränen nicht sahen. Die Flanigans waren die erste wirkliche Familie, die er gehabt hatte, also hätte er sich vielleicht doch nicht verpflichten sollen. Vielleicht hätte er auf Jims Rat hören und sich an einem öffentlichen College einschreiben sollen. Er hätte noch ein paar Jahre Football spielen und bei ihnen wohnen können.

Eine Minute lang überlegte Cody, den Fahrer zu bitten, wieder umzudrehen und ihn aussteigen zu lassen. Er wollte keinen Abstecher zur Armee oder zum Ausbildungslager oder irgendetwas anderem, das ihn von der Liebe wegzog, die er hier gefunden hatte.

Er atmete tief durch und hielt die Luft an. Was dachte er da nur? Er hatte wieder und wieder darüber nachgedacht und war jedes Mal zu dem gleichen Gedanken zurückgekehrt. Er hatte sich in der Highschool völlig danebenbenommen, indem er unaufhörlich getrunken und ein Mädchen nach dem anderen vernascht hatte. Das hier war seine Chance, ein Mann zu werden, etwas Wertvolles zu tun und sich auf diesem Weg eine Collegeausbildung zu verdienen. Für sein Land zu kämpfen schien der richtige Weg zu sein. Auch wenn es ihn fast umbrachte, dass er gehen musste.

Außerdem, wenn er ehrlich zu sich selbst war, war es nicht die ganze Familie Flanigan, die zu verlassen ihm schwerfiel.

Es war Bailey.

Cody war es unendlich schwergefallen und er hatte es gehasst, sie zu belügen, doch er hatte gespürt, dass sie dabei war, sich in ihn zu verlieben. Und das Letzte, was er in den Tagen vor seinem Abschied noch hatte erleben wollen, war, dass sie die Wahrheit erkannte. Dass er sich schon lange in sie verliebt hatte. Er dachte unaufhörlich an sie, träumte davon, wie es sein könnte, wenn er einer der guten Jungs wäre, einer wie Tim Reed oder die anderen beim christlichen Kindertheater, die nie mit Problemen wie Alkohol oder Sex oder etwas anderem zu kämpfen hatten, was über eine schlechte Note in Chemie hinausging.

Einen solchen Typen hatte Bailey verdient und er hatte keinen Zweifel daran, dass sie sich eines Tages in einen solchen Jungen verlieben würde. Ihre Gefühle für ihn waren keine Liebe – es war eine Schwärmerei. Eine Schwärmerei, die aus dem gemeinsamen Lachen resultierte und den Gesprächen bis tief in die Nacht. Bailey war gut für ihn; das hatte er festgestellt, nachdem er dem Tod knapp entronnen war. Doch er war nicht gut für sie – er mit seiner hässlichen Vergangenheit und der endlosen Liste mit Schwierigkeiten.

Ab und zu hatte er einen Blick von Jenny oder Jim aufgefangen, bei dem er ihre Gedanken fast hatte lesen können. *Sei der Kumpel unserer Tochter,* schienen sie ihm zu signalisieren, *aber lass nicht zu, dass es jemals mehr wird.* Sie sahen ihn eher als ein Projekt – nicht als einen jungen Mann, der gut genug war, mit ihrer eigenen Tochter auszugehen. Doch alles, was er sehen konnte, war Bailey. Die letzten zehn Tage waren ziemlich schwierig für ihn gewesen. Er hatte sie davon überzeugt, dass seine Gefühle für sie eher die eines Bruders waren, eines guten Kumpels. Nicht mehr. Und er gratulierte sich selbst zu seinem Erfolg. Doch die Lüge hatte nichts an seinen Gefühlen geändert. Wenn überhaupt, waren sie nur noch stärker geworden, während sein letzter Tag näher gerückt war. Ab und zu hatte er sich dabei ertappt, dass er von der Zukunft träumte, davon, wie er in einigen Jahren Karriere in der Armee gemacht hätte, vielleicht Offizier wäre. Er hätte etwas aus sich gemacht und würde dann zurückkehren und Bailey sagen, was er für sie empfand. Was er für sie empfand seit jener ersten Nacht, in der sie an seiner Schulter geweint hatte wegen der Probleme mit Bryan Smythe.

In seinen Tagträumen fühlte Bailey das Gleiche und sie heirateten und hatten eine Familie wie die ihre, voller Kinder und Liebe und Lachen.

Doch gerade jetzt, wo ihm das Ausbildungslager bevorstand und jede Meile ihn weiter von den Flanigans entfernte, fühlten sich seine Träume nicht romantisch und ermutigend an oder auch nur ein bisschen danach, dass sie möglicherweise wahr werden könnten. Sie fühlten sich unmöglich an.

Doch unmöglich oder nicht – wenn es in den kommenden Monaten einen Gedanken geben würde, der ihn durchtragen würde, dann wäre es dieser: Der Gedanke daran, wie er sich fühlte, wenn er Bailey Flanigan im Arm hielt.

Kapitel 27

Es würde nicht mehr lange dauern. Landon wurde diese Tatsache mit jeder Stunde, die verstrich, deutlicher bewusst. Heute war der vierte Sonntag im Juli und Ashley hatte wie so oft in letzter Zeit gerne zu Hause bleiben wollen. Das Abendessens-Geschirr hatten sie vor einer Stunde abgeräumt. Jetzt spielte leise Countrymusik im Hintergrund.

Manchmal sahen sie sich gemeinsam einen Film an, doch meistens wollte Ashley Kniffel oder Scrabble oder Dame spielen. Sie konnte Landon im Handumdrehen besiegen, doch mit Cole lieferte sie sich harte Kämpfe.

Heute Abend spielten sie Montagsmaler. Sie saßen alle am Küchentisch und sahen Cole zu. Er war hochkonzentriert. Seine Zunge spielte um seine Lippen, während er versuchte für sie zu zeichnen. Es war kein wirkliches, ernst gemeintes Spiel, da Devin noch nicht richtig mitgezählt werden konnte und sie eigentlich vier Personen brauchten, um zwei Teams zu bilden. Sie spielten ihre eigene Variante. Derjenige, der malte, und derjenige, der innerhalb der gesetzten Zeit das Bild erriet, wurden beide drei Felder vorgerückt. Wenn niemand das Bild erriet, spielten sie die nächste Runde.

„Kommt schon." Cole drehte seinen Bleistift um und fuhr mit dem Radiergummi über sein Bild. „Seht ihr es denn nicht? Es ist genau hier."

Das Bild zeigte zwei rundliche Objekte mit Flecken darauf.

„Kartoffeln!" Ashley sprang von ihrem Platz hoch und war sich offenbar sicher, dass sie die richtige Antwort gefunden hatte.

Cole schlug sich gegen die Stirn. „Ugh!"

„Keine Kartoffeln?" Ashley ließ sich verblüfft auf ihren Stuhl zurückfallen. „Schweizer Käse?"

„Also bitte, Mama. Ist das das Beste, was du zu bieten hast?"

„Wenigstens versucht sie es." Landon stützte seine Ellbogen auf den Tisch und studierte das Bild. „Ich weiß es nicht … Planeten?"

Der Sand in der Sanduhr lief durch. Cole klopfte ein paarmal mit dem Bleistift auf das Bild. „Stöckelschuhe. Sie sind genau hier, das ist doch sommerklar."

Cole befasste sich gerade mit Metaphern und Redewendungen. Doch häufig sagte er sie nicht richtig. Landon wollte ihn nicht korrigieren. *Sommerklar* war genauso gut wie *sonnenklar* oder vielleicht sogar besser.

Devin tapste um den Tisch herum, den Schnuller im Mund. Er sah schläfrig aus. Als ihm das Spiel zu langweilig wurde, setzte er sich auf den Fußboden, wo Ashley ihm einige Duplosteine hingelegt hatte.

Sie spielten bis acht Uhr abends. Dann erklärten sie Ashley zur Gewinnerin und räumten das Spiel zurück in die Schachtel.

„Lasst uns heute Abend hier unten vorlesen." Ashley stand auf und streckte sich. Ihr Gesicht war blass, ihr Bauch größer, als Landon es von Devins Schwangerschaft in Erinnerung hatte. Sie watschelte hinüber zum Sofa und ließ sich auf den mittleren Platz fallen. „Holst du uns bitte *Horton hört ein Hu!*, Landon?"

Sie hatten ein Bücherregal mit ihren Lieblingsbüchern für solche Gelegenheiten hier unten aufgestellt. Landon suchte das Buch heraus und gab es ihr. Er stellte sich hinter sie und massierte ihre Schultern. „Möchtest du eine Tasse Tee?"

„Mmmm. Das wäre perfekt."

Landon liebte es, sie zu verwöhnen. Sie hatte keine großen Ansprüche und beschwerte sich niemals. Doch er wusste, dass sie innerlich litt. Wie tief der Schmerz über den Verlust der kleinen Sarah für sie alle auch sein würde, für Ashley würde es am schlimmsten sein, denn sie war ihrem Baby am nächsten, spürte jede seiner Bewegungen und jeden Tritt und jeden Schlafrhythmus.

Er machte ihr einen Kamillentee und stellte die Tasse vorsichtig in die Mitte des Tisches, damit Devin sie nicht erreichen konnte. Die Jungen hatten sich schon an Ashley gekuschelt, jeder an einer Seite. Er setzte sich neben Cole und nickte Ashley zu.

„*Horton hört ein Hu!*" Sie lächelte die Jungen an. „‚Am fünfzehnten Mai, im Dschungel des Landes Nümpels, in der größten Hitze des Tages, in der großen Kühle des Tümpels …'"

Landon kannte das Buch auswendig. Ashley hatte es Cole mindestens hundert Mal vorgelesen, als er jünger gewesen war. Doch dann war das Buch für einige Jahre beiseitegelegt worden. Erst vor einigen Wochen hatte Landon es in Coles Zimmer gefunden, es abgestaubt und mit nach unten gebracht, wo sie es seitdem häufig gelesen hatten.

Ashley las weiter vor, wie Horton ein Geräusch hörte und feststellte, dass das Geräusch von einem Staubkorn kam und dass Horton der Einzige war, der überhaupt etwas hören konnte.

„Die Menschen in Hu-Heim waren zu klein, um gesehen zu werden, nicht wahr?“ Cole liebte es, Fragen zu stellen.

„Ja, Cole. Das stimmt.“ Ashley legte ihren Arm um ihn und las weiter.

Landon beobachtete sie und war überrascht. Vor dieser Schwangerschaft war Ashley häufig schnell genervt gewesen von Coles Unterbrechungen. Doch jetzt schien ihre Geduld grenzenlos zu sein. Landon fragte sich, ob das an der kleinen Sarah lag. Jeder Tag fühlte sich kostbarer an, weil es sie gab.

Ein Konflikt bahnte sich in der Geschichte an, als die Brüder Wickersham sich zusammenschlossen, um das Staubkorn zu fangen und zu zerstören. Doch Horton blieb voller Hoffnung und war entschlossen, die Hus zu retten. Unaufhörlich sagte er jedem, der zuhörte, dass eine Person immer eine Person war, auch wenn sie noch so klein war.

Devin pflückte seinen Schnuller aus seinem Mund und zeigte auf das Bild von den Hus. „Baby!“

Er sprach jeden Tag ein bisschen besser. Sein Ausruf war passender, als er überhaupt ahnen konnte.

Cole beugte sich um Ashley herum und tätschelte Devins Hand. „Das stimmt, Devin. Die Hus sind wie Babys. Zu klein, um gesehen zu werden, aber sie sind trotzdem Personen. So wie du und ich.“

Ashley tauschte einen Blick mit Landon, der ihre Dankbarkeit für Cole ausdrückte, dessen mitfühlendes Herz das Beste widerspiegelte, was sie beide ihn gelehrt hatten. Sie holte tief Luft und beendete die Geschichte. Als sie das Buch geschlossen hatte, stand keiner von ihnen auf.

Cole legte seine Finger auf Ashleys Bauch und streichelte ihn. Er lehnte sich vor. „Hallo, Baby Sarah. Was machst du da drinnen?“

Ashley hatte nichts darüber gesagt, ob sich das Baby an diesem Abend bewegt hatte.

Landon legte seine Hand auf ihre Schulter. „Ist sie wach?“

„Ein bisschen.“ Ashley legte ihre Hände an beide Seiten ihres Bauches und lächelte nach ein paar Sekunden. „Ich habe etwas gespürt. Vielleicht hat sie Coles Stimme gehört.“

„Kleine Sarah, hat dir die Geschichte von Horton gefallen?“ Cole benutzte seine Singsang-Stimme und sprach mit ihr wie damals mit Devin, als sie ihn aus dem Krankenhaus nach Hause gebracht hatten.

Landon versuchte, nicht an das Offensichtliche zu denken. Dass die Gespräche zwischen Cole und dieser besonderen Tochter sich vermutlich auf Momente wie diesen beschränken würden.

„Weißt du, was ich glaube, Sarah?“ Cole legte seine flache Hand auf Ashleys Bauch. „Ich glaube, dass du wie die Hus bist. Und vielleicht, wenn wir dich sehr, sehr vorsichtig behandeln, wirst du sehr lange leben. Wie ich.“

Ashley lächelte immer noch, doch ihre Augen waren feucht.

Cole setzte sich ein wenig höher und beobachtete Ashleys Bauch, als würde er auf eine Antwort warten.

Dann, als ob das Baby jedem Wort lauschte und neugierig auf weitere war, bewegte sich Ashleys Bauch.

Cole schnappte nach Luft. „Sie kuschelt sich an mich, Mama.“ In seinen Augen standen Erschrecken und Staunen. Er lehnte sich wieder vor. „Hallo, Baby Sarah. Ich bin dein großer Bruder Cole. Ich liebe dich, Baby.“

Devin sah neugierig zu. Er hatte sich den Schnuller wieder in den Mund gestopft und war zufrieden, sich an Ashley kuscheln zu können.

Landon legte seine Hand neben Coles. Es war genau, wie Cole sagte. Die kleine Sarah presste sich gegen ihre Hände, als ob sie versuchte, den Stimmen näher zu kommen.

Nach einer Weile hörte sie auf, sich zu bewegen. Cole wandte sich zu Landon um. „Ist es zu spät für Gott, sie gesund zu machen?“

„Nein.“ Landons Tonfall war vorsichtig. Cole fragte oft solche Fragen und Landon wollte ihn nicht entmutigen. Kinder verarbeiteten solche Krisensituationen anders als Erwachsene. Wenn Cole neugierig war, wollten sie ihm die Freiheit zugestehen, das zu sagen, was er sich überlegte.

„Wirklich? Also ist es noch nicht zu spät?“ Coles Augen leuchteten auf.

Landon überlegte fieberhaft, wie er seine Antwort ein wenig ausführen könnte. „Es ist noch nicht zu spät, doch im Moment sieht es so aus, als ob das nicht Gottes Plan für Sarah wäre. Vielleicht möchte er, dass sie stattdessen im Himmel weiterlebt. So wie wir es damals am See besprochen haben.“

„Ja." Seine Schultern sackten ein wenig zusammen, doch er weinte nicht. „Das glaube ich auch."

Devins Augenlider wurden schwer und Landon bemerkte, dass auch Ashley müde war. „Okay, Jungs. Zeit zum Zähneputzen."

Cole stand auf und schlang seine Arme um Ashleys Hals. „Gute Nacht, Mama."

„Gute Nacht, Coley." Sie küsste ihn und er erwiderte den Kuss.

Dann beugte er sich hinunter und küsste ihren Bauch. „Gute Nacht, Sarah." Er tätschelte den Bauch. „Schlaf gut."

Landon nahm Devin in seine Arme und ging mit Cole an seiner Seite nach oben. Als die Zähne geputzt und die Gebete gesprochen waren, löschte Landon in beiden Zimmern das Licht und kam nach unten. Er fand Ashley am gleichen Platz wie zuvor, doch jetzt nippte sie an ihrem Tee.

„Alles in Ordnung, Liebling." Sie lächelte ihn an. „Danke."

„Hast du etwas von Kari gehört?" Landon ließ sich neben ihr nieder. „Das Letzte, was ich gehört habe, war, dass sie Wehen hatte."

„Das war heute Morgen. Ich muss sie anrufen, bevor ich ins Bett gehe. Kari hat immer sehr lange Wehen, aber man kann ja nie wissen."

Landon liebte solche Momente, die voller Intimität waren, in denen er dicht bei Ashley saß ohne irgendetwas, das sie ablenkte, außer ihren eigenen Gedanken. „Wie geht es dir?"

„Gut." Ihre Blicke begegneten sich. „Traurig."

„Hmmm." Er legte seinen Arm um ihre Schulter und lehnte seinen Kopf gegen ihren.

„Wir haben nur noch etwas mehr als zwei Wochen." Ashley seufzte. „Ich wünsche mir ständig, dass ich für ewig schwanger bleiben könnte, dass Sarah niemals geboren werden muss. Es geht ihr gut, solange sie in meinem Bauch ist."

Sie hatten bisher noch nicht über eine Trauerfeier oder Beerdigung gesprochen. Keiner von ihnen schaffte es, dieses Thema anzuschneiden. Doch Landon hatte schon einen Plan – falls Ashley nach Sarahs Geburt nicht in der Lage sein sollte, etwas zu entscheiden. Es gab auf dem Friedhof etliche freie Plätze nahe dem Grab von Elizabeth Baxter. Einige davon gehörten bereits John, sodass Landon sich sicher war, dass er eines davon für Sarah würde kaufen können. Vielleicht eines am Ende der Reihe unter den Bäumen, die den Friedhof begrenzten.

Landon schauderte. Es war falsch, vollkommen falsch, über Grabstätten nachzudenken, während man sich auf die Geburt eines Kindes vorbereitete. Allein bei der Vorstellung drehte sich ihm der Magen um.

„Was denkst du gerade?" Ashley wandte ihren Kopf und sah ihn aufmerksam an.

Er überlegte noch, was er antworten sollte, als das Telefon klingelte. „Warte einen Moment." Er eilte in die Küche und griff nach dem Telefon. „Hallo?"

„Landon, hier ist Ryan. Wir haben eine kleine Tochter. Anne Elizabeth." Tränen erstickten seine Stimme. „Sie ist wunderschön. Kari wollte, dass ich euch gleich anrufe."

So schmerzhaft der Weg auch sein würde, der vor ihnen lag, so spürte Landon doch nichts als jubelnde Freude für seinen Schwager. Er grinste, und als der Schrei eines gesunden Babys durch das Telefon klang, spürte er, wie Tränen in seiner Kehle aufstiegen. „Hey, mein Freund … herzliche Glückwünsche! Wie sind die Einzelheiten? Das wird Ashley wissen wollen."

„50 Zentimeter groß, 3085 Gramm. Um kurz nach sechs ist sie geboren worden. Sie kam früher, als wir dachten, aber sie ist perfekt."

Wieder schwappte eine Welle der Freude in Landons Herz. „Wir freuen uns sehr für euch." Er erhielt noch ein paar weitere Informationen, zum Beispiel dass Kari bereits am nächsten Morgen entlassen werden sollte. Falls sie also zu Besuch kommen wollten, sollten sie zum Haus von Kari und Ryan kommen, nicht zum Krankenhaus.

Nachdem sie zu Ende telefoniert hatten, kehrte Landon ins Wohnzimmer zurück. Es zerriss ihm das Herz, als er Ashley sah. Sie hatte sich die Hände vor das Gesicht geschlagen und ihre Schultern zuckten Er nahm wieder seinen Platz an ihrer Seite ein. „Ashley, Liebling?"

Sie ließ ihre Hände sinken und ungeachtet ihrer Tränen lachte sie leise. „Ich bin so glücklich für sie. Erzähl mir alles."

Landon gab alle Einzelheiten weiter, die er wusste. Dabei streichelte er ihre Haare und ließ sie weinen.

„Das klingt alles so wunderbar. Sie wäre … die perfekte Cousine für Sarah."

Jetzt verstand Landon ihre Tränen. Sie weinte nicht, weil sie eifersüchtig war oder weil die Situation, die ihnen bevorstand, so unfair war. Sie weinte für die kostbare kleine Anne Elizabeth, die niemals ihre

Kusine kennenlernen würde, niemals gemeinsam mit ihr im Park spielen oder den ersten gemeinsamen Schultag erleben würde. Sie würde niemals mit ihr tanzen gehen oder ihre beste Freundin werden.

„Ich hatte gehofft, dass sie sich besser verstehen als Schwestern." Ashley verbarg wieder ihr Gesicht und ließ ihre Tränen fließen.

„Ich weiß, Baby." Er dachte an die beiden Mädchen – das eine so gesund und perfekt, das Leben verheißungsvoll vor sich, das andere nur noch wenige Tage zu leben. „Ich weiß."

Ihr Verlust war überwältigend und grenzenlos und vielleicht war das das Schlimmste: Jedes Mal, wenn Landon und Ashley Anne anschauen würden, würden sie ihre eigene kostbare Tochter sehen. Wenn sie im Kinderzimmer spielte, würden sie Sarah an dem leeren Platz neben ihr sehen. Und an ihrem ersten Kindergartentag würden sie ihre Tochter auf dem Stuhl neben Anne sitzen sehen – ganz egal, wer in Wirklichkeit dort saß. Bei den Baxter-Familientreffen würde immer eine Leere neben Anne Elizabeth sein. Es war unvermeidlich.

Das Geschenk von Annes Leben würde gefeiert und bejubelt werden, sodass kein Raum bliebe für Trauer über das, was hätte sein können. Doch sie würde auch immer eine Erinnerung an das sein, was sie mit Sarah verlieren würden. Selbst wenn sie das nur sich selbst eingestanden.

* * *

Am nächsten Tag verbrachte Ashley eine Stunde bei Kari. Annie, wie sie sie nannten, war wunderschön. Ashley konnte nicht anders, als die Ähnlichkeit zu bemerken zwischen dem Profil des Babys und dem Profil, das sie auf dem Ultraschall ihrer eigenen Tochter gesehen hatten. Sie hielt das Baby im Arm und verzehrte sich nach der Chance, auch Sarah zu halten.

Doch genauso schnell schalt sie sich selbst. Wenn man ihr Sarah in den Arm legen würde, hätte sie fast keine Zeit mehr mit ihr. Also bestand kein Grund zur Eile, überhaupt keiner.

Die Männer ließen Ashley und Kari allein, damit sie das Baby bestaunen und umsorgen konnten. Und gemeinsam weinen, so wie sie es nach ein paar Minuten taten.

„Ashley, du bist so stark." Kari drückte Annie an die Brust und wiegte sie. „Ich kann nicht fassen, dass du gekommen bist."

„Natürlich.“ Ashley verdrängte den Ozean der Trauer, der sich in ihr sammelte. „Jedes Mal, wenn ich Annie sehe, werde ich an Sarah denken. Und das ist okay. Das ist etwas Gutes. Ein Segen von Gott.“

Ashley wusste nicht, wie sie es schaffte, während des Besuches so optimistisch zu bleiben. Erst als Landon und sie ins Auto stiegen, sie Devin in seinem Kindersitz festschnallten und Cole bei den Nachbarn abholten, spürte sie, wie die Dunkelheit über ihr zusammenschlug. Lange Zeit schwieg sie und starrte aus dem Fenster.

Landon ließ sie in Ruhe, schwieg ebenfalls und schaltete das Radio nicht an.

Bevor sie ihr eigenes Haus erreichten, schaute Ashley zu ihm hinüber. „Ich möchte, dass sie neben Mama beerdigt wird.“

„In Ordnung.“ Landon sah kurz zu ihr und dann wieder auf die Straße. „Ich rede mit deinem Vater.“

Ashley nickte und schwieg wieder. Es gab jetzt keine andere Möglichkeit mehr, als ihre Schwangerschaft als das zu sehen, was sie war – die letzten Wochen mit einer Tochter, die sie niemals kennenlernen würden, die großzuziehen sie niemals die Chance haben würden. Das, was bei ihrer Geburt feststand, war ihr Tod, also war Ashley froh, dass sie wenigstens einen Plan hatten.

Für den Rest des Nachmittags zog Ashley sich zurück. Kurz vor dem Abendessen ging sie nach draußen, wo Landon im Garten mit den Jungen spielte. Sie winkte ihm zu. Als er zu ihr joggte, biss sie sich auf die Lippen. „Wäre es in Ordnung, wenn ich kurz zum Friedhof fahre? Nur für eine halbe Stunde?“

Er zögerte. „Ich komme mit.“

„Nächstes Mal.“ Sie sah ihn bittend an. „Okay?“

Sein Gesichtsausdruck versicherte ihr, dass dieser Besuch anders war als der letzte, bei dem sie wütend aus dem Haus gestürmt war, ohne ihm zu sagen, wohin sie fahren wollte. Er trat einen Schritt zurück, seine Augen ruhig und entschlossen. „Sei vorsichtig.“

„Auf jeden Fall.“

Innerhalb weniger Minuten saß Ashley im Auto und lenkte es aus der Garage. Als sie die Straße erreicht hatte, öffnete sie das Fenster und ließ die frische Luft in ihr Gesicht wehen. Sie hatte ein paar Fragen auf dem Herzen, die sie Gott gerne stellen wollte, und sie war sich nicht sicher, ob es einen anderen Ort als den Friedhof gab, an dem sie ihm diese Fragen stellen konnte. Der Ort, an dem sich alles Leben auf das Wesentliche konzentrierte.

Auf dem Weg dorthin ruhte ihre eine Hand auf ihrem Baby. Sie ließ das Radio aus und sang eines der Lieblingslieder ihrer Mutter. „„Du großer Gott, wenn ich die Welt betrachte, die du geschaffen durch dein Allmachtswort …'"

Während sie immer lauter weitersang, zitterte Ashleys Stimme nicht. Sie war niemals eine große Sängerin gewesen, und während ihrer rebellischen Phase vor vielen Jahren, als sie sich von Gott abgewandt hatte, hatte sie überhaupt nicht mehr gesungen. Dafür hatte sie in Frankreich niemals einen Anlass gehabt oder nachdem sie allein und schwanger und als schwarzes Schaf der Familie zurückgekehrt war.

Sie könnte natürlich argumentieren, dass sie auch jetzt keinen Grund hatte zu singen, doch welche Wahl hatte sie? Jetzt waren die letzten Tage ihres Babys. Sie wollte, dass Sarah ihre Stimme hörte, dass sie hörte, wie Ashley Gott lobte, selbst in den dunkelsten Stunden ihres Lebens. Und sie wollte die Stelle, an der ihre Tochter beerdigt würde, mit eigenen Augen sehen, wollte sich vorstellen, wie es aussehen würde und wie nah es dem Grab ihrer Mutter wäre.

Sie sang, bis sie das Auto parkte, und als sie durch die Reihen der Grabsteine ging, summte sie weiter. Das hier war zwar ein Friedhof, doch sie wollte das Lied nicht sterben lassen. Sarah würde sich ängstigen, wenn sie mit Singen aufhörte, wenn sie spürte, dass Ashley angespannter war, verstört von der Realität des Todes, die sie umgab.

Als Ashley das Grab ihrer Mutter erreichte, blieb sie stehen und sah sich um. Ihrem Vater gehörten doch einige Grabstätten, oder? Hatte er ihnen das nicht erzählt, als sie ihre Mutter beerdigt hatten? Sie versuchte sich zu erinnern, welche Plätze er gekauft hatte. Mit Sicherheit den Platz neben ihrer Mutter, der eines Tages ihm gehören würde.

Ein Gedanke huschte durch ihren Kopf und brachte sie durcheinander.

Würde er wirklich? Er hatte in letzter Zeit den Großteil seiner Freizeit mit Elaine verbracht, und weder Ashley noch eines ihrer Geschwister wären überrascht, wenn er noch einmal heiraten würde. Doch was würde dann mit diesen Gräbern geschehen? Würde ihr Vater eines Tages neben Elaine oder neben ihrer Mutter beerdigt werden wollen? Sie spürte, wie sich ihr Magen verkrampfte, und sie zwang sich, den Gedanken aus ihrem Kopf zu verbannen. Grabstätten waren nicht für die Toten; sie waren für die Lebenden. Natürlich würde Papa eines Tages neben Mama beerdigt werden.

Ashley schob diese Vorstellung beiseite und ging ein paar Schritte näher zur Bank – der Bank, auf der sie sich niederließ, wenn sie von Zeit zu Zeit hierherkam, wenn sie Zeit brauchte, um über etwas nachzudenken, wenn sie sich an die Stimme und die Weisheit und die sanfte Berührung ihrer Mutter erinnern wollte. Jetzt schaute sie nicht zum Grab ihrer Mutter, sondern in die andere Richtung, wo sich das Gelände weit erstreckte. Wenn ihr Vater auch hiervon etwas besaß, wäre das der perfekte Platz für Sarah. Dann könnte Ashley auf der Bank sitzen und ihnen beiden nahe sein. Auch wenn sie wusste, dass sie nicht hier waren.

Ashley ließ sich auf die Bank sinken und seufzte. Sie war erschöpfter als vorher, ihr Körper bereitete sich auf die bevorstehende Geburt vor. Und zugleich bereitete sich ihr Herz auf das noch Unausweichlichere vor.

Den Tod ihrer Tochter.

Die Lehne der Bank drückte hart in ihren Rücken, doch sie lehnte sich trotzdem zurück. Wolken sammelten sich am Himmel. Es waren Unwetter vorhergesagt worden. Ashley legte ihre Hände auf ihren Bauch und die Fragen, die sie quälten, kamen eine nach der anderen an die Oberfläche.

„Die ganze Zeit habe ich für ein Wunder gebetet." Ashley kniff die Augen zusammen und starrte auf die Wolken, die sich am Himmel zusammenballten. „Ich verstehe, Herr … dass mein Baby nicht lange leben wird. Und ich weiß, dass ihre Organe mit großer Wahrscheinlichkeit nicht genutzt werden können, um das Leben eines anderen Babys zu retten. Dafür wird sie zu krank sein." Ihr geflüstertes Gebet klang nur ein bisschen wütend. „Dein Wort sagt mir, dass denen die Gott lieben, alle Dinge zum Guten geschehen."

Sie hatte nicht weinen wollen, doch plötzlich war die Ausweglosigkeit ihrer Situation mehr, als sie ertragen konnte. „Alle Dinge, Herr!" Ihr Flüstern wurde ein Schrei und sie ballte ihre Fäuste. „Doch wo ist in dieser Situation das Gute?" Sie war wütend, aber das störte sie nicht. Der Friedhof war leer, abgesehen von ihr und Gott und der kleinen Sarah. Der Gedanke an ihre Tochter ließ ihre Stimme ruhiger werden. Sie wollte ihr Baby nicht beunruhigen, auf gar keinen Fall.

„Was ich fragen will, Herr – wo ist das Wunder?" Tränen erstickten ihre Stimme, als sie sich die Kehle massierte. „Und warum dieses Baby?" Sie schaute auf den Grabstein ihrer Mutter. In diesem Moment schien sich eine leise Antwort in ihrer Seele zu formen.

Tochter, meine Verheißungen sind ewig und wahrhaftig … aber du musst mich im sanften Säuseln suchen.

Im sanften Säuseln? Ashley setzte sich aufrechter hin, überwältigt von der Zuversicht der stillen, feinen Stimme in ihrem Herzen. Sie hatte vor einigen Monaten irgendetwas über ein sanftes Säuseln gelesen. Irgendwo in 1. Könige. Sie machte sich eine innere Notiz, dass sie später nachschauen wollte. Würde das Wunder in Sarahs Leben irgendwie mit einem sanften Säuseln kommen?

Sie konnte sich nicht vorstellen, was das bedeuten sollte, doch wenigstens hatte sie das getan, weshalb sie gekommen war. Noch ein letztes Mal sah sie zum Grabstein ihrer Mutter, dann ging sie zu ihrem Auto zurück.

Auf dem Heimweg summte Ashley noch einmal das Lied. „‚Wie groß bist du! … Wie groß bist du! …'"

Sarah mochte es, wenn sie sang, also tat Ashley das so oft wie möglich. Und es war ein gutes Gefühl, Gott zu loben – auch wenn die Antworten nur langsam klarer wurden.

Als Ashley nach Hause kam, war Landon dabei, Hamburger zu braten. Sie legte ihre Arme um seine Taille. Fast hätte sie ihm sofort von dem sanften Säuseln erzählt, doch sie wollte zuerst noch einmal in ihre Bibel schauen. Sie musste die Geschichte erst für sich lesen.

„Ich habe es getan." Ihre Augen waren trocken, als sie ihn anschaute. „Ich habe Gott meine Fragen gestellt." Sie lehnte sich dichter an ihn und legte ihre Stirn an seine Brust.

Jetzt war es an Gott, ihr die Antwort zu zeigen.

So wie er es vielleicht schon getan hatte.

Kapitel 28

John konnte sich nicht erinnern, dass er sich schon jemals zuvor so niedergeschlagen gefühlt hatte. Er wollte stark sein. Er war der Patriarch, der Vater von erwachsenen Kindern, die auf ihn schauten auf der Suche nach Ermutigung und irgendeiner übermenschlichen Stärke. Doch der unausweichliche Verlust von Ashleys ungeborener Tochter lastete schwerer auf ihm, als er zugeben wollte.

Jetzt, zwei Tage vor dem festgesetzten Termin für Ashleys Kaiserschnitt, plante er zu Elaines Haus zu fahren, um sie zum Einkaufen abzuholen. Dieser Ausflug war ihre Idee gewesen.

„Ungeachtet dessen, was passieren wird, sollten wir die Geburt dieses Kindes genauso feiern wie jede andere Geburt auch." In Elaines Stimme hatten tiefe Gefühle mitgeklungen, was ungewöhnlich für sie war. „Wir haben keine Babyparty für Ashley gemacht. Doch ich möchte etwas ganz Besonderes kaufen, irgendwas in Rosa und ganz weich und niedlich und außergewöhnlich. Ihr Baby verdient eine solche Begrüßung, meinst du nicht auch?"

Ehrlich gesagt hatte John überhaupt nicht über so etwas nachgedacht, bis Erin aus Texas angereist war. Sie war gerade unten und bereitete mit ihren Töchtern das Frühstück zu. Sam war noch in Texas geblieben, da er so viel Arbeit hatte. Doch Erin hatte ein Geschenk mitgebracht. Eine rosa-weiß gemusterte, selbst gehäkelte Decke aus weicher Lammwolle. Erin hatte Tränen in den Augen gehabt, als sie die Decke aus dem Koffer genommen hatte. „Ich hoffe …" Sie hatte sich auf die Lippe gebissen und sichtlich mit ihren Gefühlen gekämpft. „Ich hoffe, sie lebt lange genug, um sie zu benutzen. Wenigstens einmal."

Jetzt, wo die Geburt in achtundvierzig Stunden bevorstand, war John felsenfest davon überzeugt, dass das richtig war. Natürlich mussten sie für Sarah ein Geschenk kaufen. Ihre Geburt war ein Grund zum Feiern und würde ein Ereignis sein, an das sie sich immer erinnern würden. Selbst wenn John schwer damit zu kämpfen hatte, seine Enttäuschung zu verbergen.

Er verabschiedete sich von Erin und fuhr zu Elaine, die bereits auf ihn wartete. Ihr Lächeln ließ ihre Augen ebenso strahlen wie ihr Gesicht. Als sie in sein Auto stieg, lehnte sie sich hinüber und küsste ihn. „Ich bin froh, dass wir das machen."

„Ich auch."

Während der Fahrt sprachen sie über Katy und Dayne. „Ich kann einfach dieses unbehagliche Gefühl nicht abschütteln, diese tiefe Mutlosigkeit in mir. Vielleicht ist es eher wegen Katy und Dayne als wegen Ashleys Baby."

„Sie müssen eine Menge Schmutz ertragen. So viel ist sicher." Elaine verschränkte ihre Arme und lehnte sich gegen die Beifahrertür, damit sie ihn ansehen konnte. „Seit wann sind sie zurück in der Stadt?"

„Seit Samstag. Der Direktor hat ihnen angesichts der Situation ein paar Tage freigegeben." Er hielt inne. „Sie kommen heute Abend zum Essen, genau wie die anderen."

„Sogar Brooke?"

„Sie sagte, sie würde es versuchen." John umklammerte das Lenkrad und schüttelte den Kopf. „Vielleicht ist es auch das, was mich so beschäftigt. Brooke und Ashley."

„Zusammengerechnet sind das eine Menge Gründe, niedergeschlagen zu sein." Sie griff nach seiner Hand. „Doch abgesehen von dem, was vor uns liegt, ist meiner Meinung nach die Situation mit Katy und Dayne das Beunruhigendste."

„Das glaube ich auch." Es war nur wenig Verkehr, so wie es John an einem Vormittag während der Arbeitswoche erwartet hatte. Er lenkte das Auto zum örtlichen Einkaufszentrum und fand einen freien Parkplatz direkt neben dem Eingang von Macy's. „Ich mache mir Sorgen um ihre Ehe."

„Und sie wollen danach wirklich noch weitere Filme machen?" Elaine nahm ihre Sonnenbrille ab und verstaute sie in ihrer Handtasche, dann stiegen sie aus und gingen zum Eingang.

„Verschiedene Filme auf verschiedenen Kontinenten." John blieb wie angewurzelt stehen, sobald sie drinnen waren. „Hast du eine Ahnung, wo die Babyabteilung ist?"

„Komm mit." Sie lächelte und schob ihren Arm durch seinen.

Sie gingen etliche Flure entlang, doch Elaine schien sich sehr sicher zu sein, wohin sie gehen mussten. Irgendwann lagen die rosa und hellblauen Farben einer großen Babyabteilung vor ihnen. Sie gingen in Richtung einer Ecke, die mit „Neugeborene" gekennzeichnet war.

Als sie sich durch die weichen rosafarbenen Kleider und die Erstausstattung wühlten, keimte eine leise Hoffnung in Johns Seele. Ashleys Baby würde in jedem dieser Kleidungsstücke wunderbar aussehen. Sie hatten bereits mehr als eine halbe Stunde gesucht, als John etwas entdeckte, das noch hübscher aussah als die anderen Sachen. Es war ein Kleid aus dem seidigsten hellrosafarbenen Baumwollstoff, den er jemals in den Fingern gehabt hatte. Es war mit weißem und rosafarbenem Satin abgesetzt, dazu gehörten ein passender Hut und kleine Schühchen. Das Beste war, dass es perfekt zu der Decke passte, die Erin für das Baby gemacht hatte.

Elaine befühlte das Kleid und begutachtete es sorgfältig von innen und von außen. „Es ist absolut umwerfend."

Ein Kloß bildete sich in Johns Kehle und er schluckte schwer, um seine Stimme wiederzufinden. „Dann ist es perfekt für die kleine Sarah."

„Ich habe noch das hier gefunden." Sie hielt einen silbernen Fotorahmen hoch. Über dem Foto war *Unsere kostbare kleine Tochter* eingraviert. Elaine blinzelte ihre Tränen zurück, doch ihr Lächeln blieb. „Ich dachte, das könnte ich ihnen schenken."

Das war etwas, worüber John auch noch nicht nachgedacht hatte. Fotos. Jemand musste im Kreißsaal dabei sein und die Momente mit der Kamera festhalten, damit Ashley und Landon etwas hatten, das sie an Sarah erinnerte. Etwas, das ihnen zeigte, dass ihr kurzes Leben eine große Bedeutung hatte. „Ja." Er räusperte sich, um seine Stimme wiederzufinden. „Das wird ihnen sehr gefallen."

Sie standen gerade an der Kasse an, um zu bezahlen und das Kleid und den Bilderrahmen als Geschenke einpacken zu lassen, damit sie es Ashley und Landon am Abend nach dem Abendessen direkt überreichen konnten, als Johns Handy klingelte. Er war abgelenkt, weil er gerade nach seiner Kreditkarte suchte, deshalb öffnete er das Handy mit einer Hand und klemmte es zwischen Ohr und Schulter. „Hallo … einen Moment bitte." Endlich fand er die Kreditkarte und reichte sie über den Tresen. Dann schob er das Handy zurecht. „Hallo? Hier Dr. Baxter."

„John, hier ist Landon." Die Stimme seines Schwiegersohnes klang panisch. John hielt sich das andere Ohr zu, um ihn besser verstehen zu können. „Ashley hat Wehen. Wir sind schon im Krankenhaus. Sie haben ihr etwas gegeben, um die Wehen zu stoppen, doch Dr.

McDaniel will das Baby in ein paar Stunden holen. Sobald jeder hier sein kann."

„Okay." John spürte, wie sich sein Herz überschlug. „Ich rufe die anderen an. Du brauchst dich um nichts zu kümmern, Landon. Sei einfach nur für Ashley da."

„Das werde ich." Er zögerte. „Und bete bitte, ja? Es gibt so vieles, das schiefgehen könnte."

„Ich bin gerade mit Elaine unterwegs. Wir werden beide beten. Und wir sind bald bei euch."

Er klappte das Handy zu und starrte Elaine an.

Die Kassiererin tippte die letzten Zahlen in die Kasse. Sie grinste sie an und sagte mit übertrieben fröhlicher Stimme: „Das klingt, als ob jemand Wehen hätte!"

John bemühte sich um ein Lächeln für die Frau. „Ja." Er schaute wieder Elaine an. „Meine Tochter."

Die Frau strahlte. Woher sollte sie auch wissen, dass die Freude über die Geburt dieses Babys nur von kurzer Dauer sein würde?

Mit seinen Augen bedeutete er Elaine, dass es Probleme gab. „Bleibst du hier, bis die Geschenke eingepackt sind? Ich muss die anderen anrufen."

Elaines Gesicht war angespannt vor Angst. John hatte ihr bereits erklärt, warum es nicht gut war, wenn das Baby früher geboren wurde, und welche Gefahr die Wehen für ein Baby mit Anenzephalie bedeuteten. Wenn die Ärztin es nicht schaffte, die Wehen zu stoppen, könnte das Baby schon bei der Geburt tot sein.

John eilte nach draußen und begann mit Kari, die anbot, Erin und Luke anzurufen. Danach rief John bei Dayne an, aber er erreichte ihn nicht. Schließlich wählte er Brookes Nummer.

„Hör mal, könntet ihr, Peter und du, eine Kamera mitbringen?" Er konnte selbst hören, wie drängend seine Stimme klang.

„Video oder Fotos?" Brooke schien genauso wie die anderen den verzweifelten Wunsch zu verspüren, irgendwie zu helfen. John fragte sich, ob heute ein Durchbruch in der Beziehung seiner beiden Töchter bevorstand.

„Beides, wenn ihr habt."

„Okay. Ich bin bei der Arbeit, aber ich rase gleich nach Hause. Ich weiß, wo Ashley ist. Wir sehen dich dort."

In diesem Moment stürmte Elaine durch die Tür, die beiden Geschenke in einer Tüte. „Ich habe einen Vorschlag: Ich passe im Wartezimmer auf die Kinder auf. Dann seid ihr nicht abgelenkt, wenn ihr Zeit mit Sarah verbringen wollt."

John hielt inne. Einen kurzen Moment lang konnte er nichts tun, als nur die Frau anzustarren, die ihm inzwischen so viel bedeutete. ‚Das würdest du tun?"

„Natürlich." Sie zog ihn in Richtung Auto. „Los, beeil dich. Wir fahren zu meinem Haus und holen mein Auto; dann fahren wir zu dir. Ich folge dir und Erin und den Kindern zum Krankenhaus."

John war überwältigt. Er war sich nicht sicher, ob er allein daran gedacht hätte, dass Erin und die Mädchen eine Mitfahrgelegenheit brauchten. Sein Verstand arbeitete zwar auf Hochtouren, doch seine Gedanken rasten im Kreis, wobei ihm nur einer klar war: Ashley würde ihre Tochter zur Welt bringen. Und sie würden vielleicht nur wenige Minuten haben, um sie zu begrüßen. Und dann einige Minuten, um sich von ihr zu verabschieden.

Elaine war ein Geschenk Gottes. Nach dem heutigen Tag war er sich sicher, dass er sich ein Leben ohne sie nicht mehr vorstellen konnte. Sein Handy klingelte wieder, als er gerade aus der Parkbucht fuhr.

„Papa, ich bin's, Luke. Ich bin noch im Büro, doch ich gehe jetzt. Ich hole Reagan und die Kinder. Wir sind in etwas mehr als einer Stunde beim Krankenhaus. Bitte … sorg dafür, dass sie so lange warten, wenn das möglich ist."

„Das mache ich. Fahr vorsichtig."

Pausenlos kamen weitere Anrufe an. Kari hatte Ryan nicht erreichen können, vermutlich weil er mit seinem Team beim Konditionstraining auf dem Football-Feld war.

„Das ist in Ordnung." John achtete darauf, dass seine Stimme ruhig blieb. Seine Familie brauchte ihn jetzt. Er hatte keine Zeit, mutlos und niedergeschlagen zu sein. „Ich fahre beim Football-Feld vorbei und schaue nach, ob er da ist. Mach du die Kinder fertig. Dann könnt ihr sofort aufbrechen, wenn Ryan nach Hause kommt."

„Danke, Papa." In Karis Stimme lag ein unterdrücktes Schluchzen. „Ich muss dabei sein. Ich muss es einfach."

Elaine nickte, als er sie über die Änderung ihres Planes informierte. „Das liegt auf dem Weg. Nimm mich mit. Wir können danach zu meinem Haus fahren." Sie hatte die Tüte mit den Geschenken neben ihre Füße gestellt. „Was ist mit Dayne?"

Dayne! John hatte ihn immer noch nicht erreicht. „Sie gehen fast nie an ihre Handys."

„Versuch es weiter." Elaine wies auf sein Handy in der Freisprechanlage. „Und wenn sie nicht auf deinen Anruf reagieren, kann ich sie immer noch suchen fahren."

Johns Herz raste und er zwang sich, nicht die Geschwindigkeitsbegrenzung zu überschreiten. Er hatte Daynes Nummer als Kurzwahl eingespeichert, also drückte er nur die 7 und auf *Wählen*. Am anderen Ende begann ein Telefon zu läuten.

Mach schon, Dayne … Nimm ab. Wir brauchen dich dort. Das Telefon klingelte weiter. Nach dem vierten Läuten ging Daynes Mailbox dran.

John hinterließ eine weitere drängende Nachricht. „Ashley hat Wehen. Es ist elf Uhr fünfzehn, Montagmorgen. Die Ärztin will das Baby per Kaiserschnitt so gegen ein Uhr holen. Bitte, Dayne … du und Katy, ihr müsst dort sein. Beeilt euch."

Er beendete den Anruf. Was um alles in der Welt machten Katy und Dayne nur? Sie waren seit Samstag zu Hause, doch keiner von ihnen hatte mit ihm oder jemand anderem aus der Familie gesprochen. Standen die Dinge noch schlimmer, als er befürchtete? Schlimmer, als es sogar die Klatschpresse vermutete?

John schob diese Gedanken beiseite. In diesem Moment brauchte Ashley seine Gebete. Ashley und ihre kleine Tochter. Er war Arzt, doch er konnte nichts tun, um ihnen zu helfen. Und vielleicht war die Tatsache, dass er nicht wirklich helfen konnte, der wahre Grund, warum er sich so niedergeschlagen fühlte. Während John zur Highschool raste, zum Football-Feld rannte, Ryan dort ausfindig machte und ihm die Neuigkeiten mitteilte, während er Elaine nach Hause fuhr und während seiner einsamen Heimfahrt zum Baxter-Haus, als Elaine hinter ihm herfuhr, tat er deshalb das Einzige, was er tun konnte. Das, was keine medizinische Ausbildung verlangte, aber mehr Glauben, als er in den letzten Wochen gehabt hatte.

Er betete.

* * *

Dayne stand draußen auf der Terrasse und blickte über den See, als er im Haus sein Handy klingeln hörte. Er machte keine Anstalten, den Anruf entgegenzunehmen. Katy war einkaufen gefahren, doch in dem Augenblick, in dem sein Handy verstummte, hörte er, wie sie zurückkehrte.

Der Anruf war unwichtig. Er könnte den Anrufer zurückrufen. Jetzt gerade wollte er mit niemand anderem reden als mit Katy. Seitdem sie nach Hause gekommen waren, hatte sie nicht viel zu sagen gehabt. Er hatte sie schon unzählige Male gefragt, warum sie so schweigsam war.

Jetzt konnte er hören, wie sie drinnen im Haus die Einkäufe wegräumte. *Gott … Katy und ich müssen herausfinden, was los ist, bevor wir alles verlieren.* Das könnte passieren; davon war er überzeugt. Irgendwann in den letzten Monaten hatte seine Frau begonnen, das zu glauben, was sie las. Oder was sie vielleicht am Set hörte.

Bevor sie an diesem Morgen zum Supermarkt gefahren war, hatte sie ihn gesucht und dann auf ihre Uhr geschaut. „Ich bin ungefähr eine Stunde weg. Falls du irgendwelche Anrufe zu erledigen hast."

Sie war weg gewesen, bevor er sie hatte aufhalten können. Er hatte sie auf dem Handy angerufen, aber sie hatte nicht abgenommen. Also hatte er das Einzige getan, was er wirklich tun wollte, seitdem die Probleme beim Filmdreh begonnen hatten. Er hatte seinen Freund Bob Asher angerufen.

In Mexico City war es noch früh, doch Bob hatte Zeit für ihn gehabt, so wie er es immer hatte. Nach ein wenig unverfänglichem Geplauder kam Bob direkt zur Sache. „Ich habe die Artikel im Internet gelesen. Deine Ehe steckt wirklich in Schwierigkeiten, mein Freund."

„So ist es." Zum ersten Mal konnte Dayne zugeben, was für jeden Beobachter offensichtlich war. Er und Katy hatten ernsthafte Probleme. Zu einem Zeitpunkt, zu dem andere Paare über die Benutzung des Badezimmers diskutierten, hatten er und Katy unabsichtlich der ganzen Welt erlaubt, ihre Ehe von allen Seiten zu durchleuchten.

Bob hatte eine halbe Stunde lang mit ihm geredet, und bevor sie das Gespräch beendet hatte, hatte er gebetet. „Ich sage dir eines …" In seiner Stimme hatte ein warnender Ton gelegen, der nicht häufig dort zu hören war. „Ganz egal, was es dich kostet, Dayne – deine Ehe ist wichtiger als alles andere."

Diese Worte gingen Dayne nicht aus dem Kopf.

Er war hinaus auf die Terrasse gegangen und hatte die Wolken betrachtet, die sich über dem gegenüberliegenden Ufer des Sees zusammenballten. Er würde hier warten, Gott um die richtigen Worte bitten, und wenn Katy nach Hause kam, würde er ihr sagen, dass er fertig war, dass er das Filmemachen an den Nagel hängen würde. Er würde auch auf eine einsame Insel ziehen und alles hinter sich lassen, wenn sie ihm nur endlich glauben würde. Und er musste außerdem über Randi Wells sprechen. Er hatte das Thema bisher nicht angesprochen, denn warum sollte Katy über Randis Probleme reden wollen?

Doch ihre Bemerkung, bevor sie gegangen war, verriet ihm, dass sie nicht nur über Randi nachdachte; sie begann, die Gerüchte zu glauben. Jedes Mal, wenn Dayne daran dachte, stieg Wut in ihm auf, doch seine Wut würde ihm jetzt nicht helfen. Türe zuzuschlagen oder Katy anzuschreien würde gar nichts bringen. Er musste Bobs Ratschlag befolgen, den Ratschlag der Bibel, wenn er und Katy den Weg zurückfinden wollten zu dem, was sie einmal gehabt hatten.

Katy war immer noch dabei, die Einkäufe wegzuräumen. Er konnte das Klackern ihrer Holzsandalen hören und spürte ihre Anspannung in ihren raschen Schritten. Sie kam zur Tür. „Du hast eine Nachricht." Ihr Tonfall sagte ihm, dass sie glaubte, die Nachricht käme von Randi.

Na schön. Dayne widerstand ein weiteres Mal der Versuchung, wütend zu werden. „Würdest du sie bitte für mich abhören?"

„Natürlich. Wie ist das Passwort?"

Er nannte es ihr. „Ich habe den Anruf ignoriert. Ich wollte mit niemand anderem reden als mit dir."

Katy warf ihm einen Blick zu, der besagte, dass sie ihm nur zu gerne glauben würde. Dann ging sie zurück ins Haus.

Einen Moment später riss sie die Terrassentür wieder auf. Ihr Gesicht war blass, ihre Lippen leicht geöffnet. „Dayne, Ashley bekommt ihr Baby." Sie schaute ins Haus zurück und dann wieder zu Dayne. „Dein Vater möchte, dass wir sofort ins Krankenhaus kommen."

„Geht es ihr gut?" Er war sofort auf den Füßen. Als ihnen bewusst wurde, dass seine Schwester jetzt ein Baby zur Welt bringen würde, das das Ende dieser Woche nicht erleben würde, verschwanden die lächerlichen Hollywood-Klatschgeschichten augenblicklich in der Bedeutungslosigkeit.

„Ich weiß es nicht, aber dein Vater klang sehr besorgt."

Er trat zu Katy, die noch in der Tür stand, und umfasste ihr Gesicht mit seinen Händen. „Alles, was passiert ist, tut mir so unendlich leid. Es ist nicht so, wie es aussieht; das solltest du wissen."

Die Zärtlichkeit, in die er sich zuerst verliebt hatte, trat in ihre Augen, zum ersten Mal seit Monaten. „Ich vermisse dich. Sogar wenn du hier bist, vermisse ich dich."

Dayne suchte ihren Blick und fühlte, wie er wieder von tiefer Liebe zu ihr erfüllt wurde. Was auch immer es kosten würde, sie mussten für ihre Ehe kämpfen. Besonders angesichts all der Termine, die ihnen in den nächsten Monaten bevorstanden. Ansonsten würde die Öffentlichkeit ihre Ehe nur zu gerne in Stücke zerreißen. „Ich liebe dich, Katy Matthews. Bitte … gib uns nicht auf."

Sie berührte seine Lippen mit ihrem Finger. „Jetzt komm. Wir können später darüber reden."

Und damit rannten sie durch das Haus und hinaus zum Geländewagen. Dayne hatte ein erstes Signal gesehen, dass Katy bereit war, ihren Weg zurück zum Anfang zu suchen, den Weg zurück zu den glücklichsten Tagen ihres Lebens. Zum ersten Mal, seitdem sie zu Hause waren, war die Spannung zwischen ihnen verflogen. Und das war nicht das Einzige.

Sie hielt seine Hand.

Kapitel 29

Ashley lag im Krankenhausbett, als sie die Geschichte in der Bibel fand. Sie hatte recht gehabt; sie stand in 1. Könige. Irgendwie würde sie Frieden finden, wenn sie diese Geschichte las, davon war sie überzeugt. Nicht so sehr wegen der genauen Einzelheiten, sondern wegen des sanften Säuselns.

Das Krankenzimmer roch nach Desinfektionsmitteln. Das Surren und regelmäßige Piepsen der Geräte, an die sie angeschlossen war, erinnerte sie unaufhörlich an das Ereignis, das bevorstand. Ihr Baby würde bald zur Welt kommen.

Dennoch wollte sie die Geschichte lesen. Sie glättete die aufgeschlagenen Seiten. Landon war mit den Jungen draußen in der Halle, versuchte sie abzulenken und wartete auf die anderen.

Sie sah auf die Seite und begann am Anfang zu lesen. Die Geschichte handelte vom Propheten Elia, der zu Beginn des 19. Kapitels in einer ausweglosen Situation war. Ein Vers am Anfang des Kapitels schilderte, wie Elia Gott anflehte: „Herr, ich kann nicht mehr! … Lass mich sterben."

Die Umstände waren natürlich ganz andere gewesen, doch war es nicht genau das, was Ashley selbst schon ein- oder zweimal gefühlt hatte? Als sie von Paris zurückgekommen war oder als sie befürchtete, sie könnte AIDS haben. Auch jetzt, mit der Diagnose, dass ihr Baby einen Neuralrohrdefekt hatte, hatte sich Ashley manchmal völlig verzweifelt gefühlt.

Endlich führte Elias Reise ihn zum Berg Gottes. Und dort kam schließlich das Wort des Herrn zu ihm. „Elia, was tust du hier?"

Elia antwortete, und daraufhin tat Gott etwas Seltsames, etwas, an das sich Ashley klammerte. Er sagte Elia, dass er auf dem Berg stehen bleiben solle, denn der Herr würde vorübergehen.

Elia tat, was ihm befohlen worden war, und wurde Zeuge von einigen großen und dramatischen Szenen voller Kraft. Zuerst zerstörte ein heftiger Sturm ganze Felsbrocken und zerschmetterte sie. „Doch der Herr war nicht in dem Sturm", berichtete die Bibel. Danach kam ein Erdbeben, doch auch darin war der Herr nicht. Dann kam ein Feuer, doch auch darin war der Herr nicht zu finden.

Als Elia vermutlich befürchtete, dass der Herr doch nicht an ihm vorübergehen würde, hörte er ein sanftes Säuseln. Elia musste nicht darauf antworten. Er wusste tief in seinem Herzen, dass Gott dort in dem sanften Säuseln war. Dieses Erlebnis stärkte Elia, sodass er anschließend bereit war, den Weg zurückzugehen, den er gekommen war, und Gottes Auftrag auszuführen.

Und das alles, weil er geduldig genug gewesen war, um den Herrn in dem sanften Säuseln zu vernehmen.

Ashley schloss die Bibel und legte sie auf den Nachttisch zurück. Was war also die Botschaft dieser Textstelle? Ein Teil schien offensichtlich zu sein. Sie hatte für ein dramatisches Wunder gebetet, einen Beweis, dass Gott hier war, sich um sie sorgte, sie liebte. Doch sie hatte um ein Erdbeben oder ein Feuer gebetet. Erst als sie selbst erkannt hatte, dass ihr Baby nicht lange leben würde, hatte sie die Kraft gefunden, Gott zu fragen, warum er ihre Gebete nicht beantwortet hatte.

Und da hatte er sie an das sanfte Säuseln erinnert.

Sie spürte, wie sich ihr Baby bewegte, und legte schützend ihre Hände über ihren Bauch. Sie hatte keine Angst. Dr. McDaniel hatte gesagt, dass sie es geschafft hatten, die Wehen zu stoppen. Ihr Baby würde die Geburt höchstwahrscheinlich überleben. Und obwohl die Geburt der Anfang vom Ende für Sarah sein würde, war sie ein Ereignis, auf das sich Ashley sehr freute, weil sie in wenigen Stunden ihre Tochter kennenlernen würde, das kleine Mädchen, das sie schon so sehr liebte.

Sie wollte gerade etwas Wasser trinken, als sie ein Klopfen an der Tür hörte.

Ihr Vater trat ein. Er hatte eine Tüte in der Hand. „Ashley … ich habe hier etwas für dich und Sarah."

Den Namen ihrer Tochter laut ausgesprochen zu hören, ließ Ashleys Herz schmerzen, doch zugleich machte das die ganze Situation viel realer als jemals zuvor. Sie würde eine Tochter bekommen, ein Kind, das sie festhalten und liebhaben konnte, solange Gott ihr die Möglichkeit dazu gab. So gesehen war gar kein so großer Unterschied zwischen Sarah und jedem anderen Baby.

Ihr Vater trat an ihr Bett und stellte die Tüte auf dem Fußboden ab. Er umarmte sie und musterte sie aufmerksam. „Haben sie die Wehen stoppen können?"

„Ja. Es geht mir gut … Sarah auch. Ihr Herzschlag ist perfekt." Wieder erschien es ihr so grausam, dass das Verhalten und die Gesundheit ihres Babys in ihrem Bauch so normal waren im Gegensatz zu dem, was ihr nach der Geburt bevorstand.

„Wie fühlst du dich?“ Er lehnte sich an das Bettgeländer und schaute ihr tief in die Augen, hinter ihr gelassenes Äußeres.

„Ich bin traurig. Aber abgesehen davon geht es mir gut.“

Ihr Vater presste die Lippen zu einer dünnen Linie zusammen. Erst schien es, als ob er noch mehr sagen wollte, etwas darüber, wie unfair die Situation doch war oder vielleicht dass er wünschte, er könnte irgendwie helfen, doch dann griff er nach unten und zog eine Geschenkbox hervor, die in schimmerndes silbernes Papier mit einer einzelnen rosafarbenen Schleife gewickelt war. Er gab ihr die Box. „Das ist für Sarah.“

Ashley nahm das Geschenk mit zitternden Fingern entgegen. „Ein Babygeschenk?“ Warum hatte sie darüber nicht vorher nachgedacht? In ihrer Entschlossenheit, jede Minute der Schwangerschaft zu genießen, hatte sie sich nichts überlegt, um die Geburt ihres Babys zu feiern.

„Ich kann es nicht fassen, dass du daran gedacht hast, Papa.“ Ashley zog die Schleife ab und legte sie auf den Nachttisch, dann wickelte sie sorgsam das Papier ab. Als sie den Deckel abnahm, fiel ihr Blick auf das niedlichste rosafarbene Babykleid, das sie jemals gesehen hatte. Sie ließ ihre Finger darüber gleiten. Tränen verschleierten ihre Sicht. „Sarah wird darin perfekt aussehen.“

„Ich muss dir etwas gestehen.“ Die Augen ihres Vaters waren ebenfalls feucht, doch er lächelte trotzdem. „Es war Elaines Idee.“

Es dauerte ein paar Sekunden, bis ihr diese Tatsache wirklich bewusst wurde. Elaine, mit der Ashley von Anfang an ihre Probleme gehabt hatte, die Frau, von der sie anfangs geglaubt hatte, sie würde sich den Weg in ihre Familie erzwingen. Ashleys Mutter hätte das Gleiche getan, wenn sie noch hier gewesen wäre. Einen so mitfühlenden Gedanken konnte nur eine Mutter haben. Doch statt ihrer war es Elaine, die sich an die kleine Sarah erinnert hatte. Elaine, die verstand, dass es in den Tagen, die vor ihnen lagen, nicht nur um den Tod ging, sondern auch um das Leben. Ein kostbares, neues Leben.

„Sag ihr …“ Ashley zwinkerte und zwei Tränen rannen über ihre Wangen. Sie wischte sie mit ihren Fingerspitzen fort. „Sag ihr vielen, vielen Dank von mir.“

Ihr Vater war ebenfalls zu Tränen gerührt. Er nickte und griff noch einmal in die Tüte. Ein kleineres Geschenk war auf die gleiche Art und Weise verpackt. „Das hier ist von ihr."

Ashley öffnete das Geschenk und ihre Hände zitterten, als sie den silbernen Bilderrahmen aus der Box nahm. Sie fuhr mit den Fingern über die Worte, die eingraviert waren. *Unsere kostbare kleine Tochter.*

Sogar nachdem sie ihrem Vater das Recht zugestanden hatte, sich mit Elaine zu befreunden, hatte sie niemals die Absicht gehabt, selbst eine Beziehung zu dieser Frau aufzubauen. Ashley hatte höflich sein wollen, sogar freundlich. Doch nur, weil sie das Unausweichliche akzeptierte. Nicht, weil sie selbst eine Beziehung zu Elaine wollte.

Denn eine Beziehung welcher Art auch immer würde ihr das Gefühl geben, dass sie ihre Mutter betrog, dessen war sich Ashley sicher gewesen.

Doch jetzt fühlte sie nicht mehr so. Elaine hatte das getan, was nur ihre Mutter auch getan hätte. Sie sah Sarahs Geburt als ein Ereignis, das seine eigene wichtige Bedeutung hatte, und dafür würde Ashley ihr immer dankbar sein. Sie drückte den Bilderrahmen an ihr Herz und schloss die Augen. „Ist sie hier?"

„Sie kommt später." Johns Stimme klang tränenerstickt. „Sie hat angeboten, auf die Kinder aufzupassen, wenn Sarah geboren ist, damit wir alle zusammen sein können."

Heiße Tränen strömten über Ashleys Gesicht. Das war schon ein Wunder. Etwas Gutes, das aus der Tragödie von Sarahs Missbildung entstand. Sie würde Elaine von jetzt an mit anderen Augen sehen. Ashley zweifelte nicht daran, dass sie Freunde werden würden. Elaine liebte Sarah. Das war alles, was zählte.

Wieder ging die Tür auf und Ashley öffnete ihre Augen. Landon trat ein. Er sah aufgewühlt und gequält aus. „Alle sind hier bis auf Luke und Reagan. Doch er hat angerufen. Sie sind in fünfzehn Minuten da." Er war außer Atem. „Katy und Dayne sind gerade gekommen. Elaine hat Malpapier und Stifte mitgebracht. Sie hat den Kindern vorgeschlagen, Bilder für Sarah zu malen."

Ihr Vater lächelte. „Ich lasse euch beide allein." Er umarmte sie noch einmal. „Wir warten draußen auf dem Gang. Wir alle." Er grinste Landon an. „Wie viele sind wir inzwischen? Zwanzig?"

„Einundzwanzig." Ein leises Lachen kam über Landons Lippen. „Wenn ich mich mitzähle."

Ihr Vater verließ das Zimmer. Landon trat an das Bett. Er sah das Geschenkpapier und hob fragend die Augenbrauen. „Was ist das?"

„Mein Vater ..." Ashley gab ein Geräusch von sich, das mehr Weinen als Lachen war. „Er hat ein Kleid für Sarah gekauft."

Sofort traten Schuldbewusstsein und Bedauern in Landons Augen. „Daran hätte ich denken sollen."

„Es ist in Ordnung. Keiner von uns hat daran gedacht." Wieder wischte sie ihre Wangen ab. Dann gab sie Landon das seidenweiche Kleidchen. „Ist das nicht wunderschön?"

„Ja." Landon sah aus, als hätte er einen Schlag in die Magengrube bekommen. „Dein Vater hat daran gedacht?"

„Ehrlich gesagt nein. Es war Elaine." Ashleys Herz floss über vor Dankbarkeit gegenüber dieser Frau. „Sie wollte nicht, dass wir vergessen, Sarahs Geburt zu feiern." Ashley blinzelte, damit sie wieder deutlich sehen konnte. „Das ist so lieb von ihr, nicht wahr?"

Landon nahm den Bilderrahmen in die Hand und dann, zum ersten Mal seit dem zweiten Ultraschall, brach er zusammen. Tränen füllten seine Augen, als er sich vorbeugte, um Ashley in die Arme zu nehmen. „Ich kann das nicht begreifen ... diese Liebe da draußen im Gang. Kein Baby kann in seinem Leben jemals mehr geliebt werden."

Die Tür öffnete sich einen Spalt breit. „Ashley? Ich bin's, Erin. Kann ich reinkommen?"

Erin! Sie war aus Texas gekommen und würde ebenfalls an Sarahs Leben Anteil haben. Ashley setzte sich ein wenig auf. „Aber natürlich!"

Landon trat zurück und lehnte sich gegen die Wand. „Willkommen zu Hause."

„Danke." Erin trug ein Geschenk unter dem Arm. Sie blickte von Landon zu Ashley. „Wie geht es dir, Ash?"

„Ich weiß es nicht genau." Ashley streckte ihre Arme aus. Alle ihre Schwestern hatten Töchter und alle liebten ihre Kinder sehr. Doch Erin – die so lange damit zu kämpfen gehabt hatte, dass sie selbst keine Kinder bekommen konnte – verstand vielleicht ein wenig besser als die anderen, was Ashley gerade durchmachte.

Erin umarmte sie lange. Dann gab sie Ashley das Geschenk. „Das habe ich für Sarah gemacht."

Um zu begreifen, was ihre Schwester gerade gesagt hatte, brauchte Ashley ein paar Augenblicke. Sie öffnete das Geschenk und sah eine weiche, rosa und weiß gemusterte Häkeldecke. „Du – sie schaute hoch zu Erin – hast das gemacht?“

„Ja.“ Erins Augen waren trocken. Auf ihrem Gesicht stand nichts als tiefe Liebe. „Ich wollte, dass du weißt, wie sehr wir uns darauf freuen, sie kennenzulernen.“

Ashley hielt die Decke in ihren Händen und berührte damit ihr Gesicht. Sie war weich und warm und kuschelig. Erin hatte vier kleine Töchter und einen Ehemann, der nicht oft zu Hause war. „Wann um alles in der Welt hast du die Zeit gefunden, das zu häkeln?“

„Ich habe nachts daran gearbeitet.“ Ihre Augen glänzten feucht. „Ich habe mich in eines der Kinderzimmer gesetzt und gebetet. Für alle unsere Kinder, eines nach dem anderen. Und besonders für Sarah.“ Ihr Kinn zitterte. „Sam nennt es meine Gebetsdecke.“

Ashley war überwältigt. Die Liebe ihrer Familie war wie ein sicheres Nest, das Gott selbst geschaffen hatte. Wie Landon gesagt hatte, würde die Liebe heute überwiegen – ganz egal, wie rasch der Abschied kam. Und plötzlich fragte sie sich, ob Brooke wohl hier war, Brooke, die sich so sicher gewesen war, dass eine Abtreibung die beste Lösung für Ashleys Baby wäre. Sie beide hatten in den letzten Monaten sehr wenig miteinander gesprochen. Ashley war sich nicht sicher, ob ihre Beziehung jemals so sein würde wie zuvor.

Sie ließ die Decke sinken und schaute zu Erin. „Ist Brooke auch draußen?“

„Ja.“ Erins Gesichtsausdruck veränderte sich. „Sie und Peter sind beide da.“

Ashley versuchte sich vorzustellen, wie sie sich unter die anderen mischten, und ihre Abwehrmauern bauten sich wieder auf. Was tat ihre Schwester? Verteidigte sie sich? Versuchte sie zu erklären, dass Sarahs Geburt und Tod unglaublich hart sein würden, und ließ sie jeden, der ihr zuhörte, wissen, dass Ashley und Landon verrückt waren, ihrer Familie so etwas zuzumuten?

„Sagt … sagt sie etwas Negatives, irgendwas über Sarah?“

„Nein.“ Erin streckte ihre Hand aus und griff nach Ashleys. „Sie und Peter sitzen für sich. Brooke möchte mit niemandem sprechen. Sie weint, seitdem sie hier angekommen ist.“

Ashley zögerte. Sie war sich nicht sicher, was sie davon halten sollte. Weinte sie, weil sie sich wegen ihrer Ansichten schuldig fühlte? Oder brach ihr Herz wegen der Entfremdung zwischen ihnen? Ashley würde später mit ihr sprechen müssen.

Wäre das hier ein Film, dann wäre Brooke schon ins Zimmer gestürmt, um sie zu sehen. Sie hätte sich entschuldigt und Ashley um Vergebung gebeten. Doch das hier war das echte Leben, und im wahren Leben taten Menschen Dinge, die andere verletzten. Und es war nicht immer die richtige Person, die den ersten Schritt in Richtung Heilung tat, denn das Leben war nicht gerecht. Doch das Leben war kurz – zu kurz, um sich darüber den Kopf zu zerbrechen, wer den ersten Schritt machen oder sich als Erster entschuldigen sollte.

Das hatte Ashley inzwischen gelernt.

Sie seufzte und drückte Erins Hand. „Tust du mir einen Gefallen?"

„Alles, was du willst."

„Sag Brooke, dass ich froh bin, dass sie hier ist." Sie spürte, dass Gott bei ihr war und ihr die richtigen Worte gab und auch die Kraft, diese Worte auszusprechen. „Sag ihr, dass es mir leidtut, dass wir nicht früher miteinander gesprochen haben."

Ihr Vater streckte seinen Kopf ins Zimmer. „Alle sind da. Luke und Reagan und die Kinder sind gerade aus dem Aufzug gestiegen."

„Danke, Papa."

Erin beugte sich hinunter und küsste Ashleys Wange. „Du bist unglaublich, weißt du das?"

„Nein. Diese Familie ist unglaublich." Sie schaute ihrer Schwester tief in die Augen. „Ich versuche nur mitzuhalten."

Mit dem Versprechen, mit Brooke zu reden, verließ Erin das Zimmer und Landon trat wieder neben das Bett. „Brooke vergeben?" Er legte seine Hände vorsichtig um ihr Gesicht. „Da ist dein Wunder, Ashley."

Sie nickte überwältigt.

Bevor Landon noch etwas sagen konnte, kam Dr. McDaniel herein. „Sieht so aus, als wären wir so weit." Sie hatte ein Lächeln auf den Lippen und wirkte fest entschlossen. „Lasst es uns in Angriff nehmen."

„Ich kann doch bleiben, nicht wahr?" Landon sah nervöser aus als den ganzen bisherigen Vormittag.

„Die ganze Zeit. Ich bereite alles vor und treffe Sie dann im Kreißsaal." Dr. McDaniel legte ihre Hand an den Türknauf, dann schaute sie noch einmal zu Ashley. „Die Kollegen kommen in ein paar Minuten, um Ihnen die PDA zu legen."

Als die Ärztin gegangen war, beugte sich Landon über Ashley und küsste sie auf den Mund. „Du bist die tapferste Frau, die ich kenne, Ashley Baxter Blake. Ich werde nicht von deiner Seite weichen."

Sie schlang ihre Arme um ihn und hielt ihn fest. „Ich bin nicht tapfer." Sie schniefte einige Male.

„Doch, das bist du." Er küsste sie erneut und stand auf, als zwei Krankenschwestern und der Anästhesist das Zimmer betraten. „Du schaffst das." Er trat zurück, um den anderen zu ermöglichen, ihre Arbeit zu tun. „Wir beide schaffen das."

Kapitel 30

Ein unaufhörlicher Strom von Menschen flutete in Ashleys Zimmer und wieder hinaus. Inmitten der eifrigen Geschäftigkeit musste sie sich auf die Seite legen und ihre Knie an die Brust ziehen. Die Betäubungsnadel schmerzte, aber nur für eine Minute. Sie legte ihre Hände auf ihren Bauch. „Alles in Ordnung, Sarah", flüsterte sie. „Es dauert nicht mehr lange, Baby. Mama wartet auf dich."

Bitte, Gott, lass sie leben. Gib uns diesen Tag …

Das Gebet kam so selbstverständlich wie das Atmen, sogar hier, wo Gott den größten Schmerz ihres Lebens zugelassen hatte. Eine Geschichte in der Bibel erzählte davon, dass die Freunde von Jesus bei ihm blieben, auch nachdem fast alle anderen geflohen waren. Was ist mit euch?, hatte Jesus sie gefragt. Doch seine Freunde hatten nur gesagt, dass es keinen anderen Ort gäbe, an den sie gehen könnten, denn Jesus war der Sohn Gottes.

Und so war es auch für Ashley. Sie würde nicht dem Gott den Rücken kehren, der ihr Landon und Cole und Devin geschenkt hatte, dem Gott, der ihr eine Familie gegeben hatte, deren Liebe keine Grenzen kannte. Der Herr allein hatte ihr vergeben und sie selbst dazu befähigt, anderen vergeben zu können. Und er hatte ihr Sarah geschenkt. Sie brauchte ihn mehr als jemals zuvor.

Landon hielt sein Versprechen. Sogar als sie das Gefühl hatte, dass ein Dutzend Menschen an ihr arbeiteten, sie in den Kreißsaal schoben und mit hastigen, kurz angebundenen Stimmen sprachen, war er stets an ihrer Seite. Seine Hand lag immer auf ihrer Schulter oder in ihrem Nacken.

„Die Entbindung wird nicht lange dauern", sagte Dr. McDaniel zu ihr.

Normalerweise, so erklärte die Ärztin, sei es dem Vater erlaubt, bei einem Kaiserschnitt zuzuschauen. Doch in diesem Fall – da sie sich nicht sicher waren, in welchem Zustand Sarah sein würde, wenn sie geboren war – wies sie Landon an, neben dem Kopf des Bettes stehen zu bleiben. Er nickte und ergriff Ashleys Hand. Die Operation begann.

Ashley spürte ein leichtes Ziehen und Zerren, doch keine Schmerzen.

Niemand hatte ihr gesagt, was sie zu diesem Zeitpunkt zu erwarten hatte, ob ihr Baby weinen würde oder ob der Geburtsfehler das Weinen unmöglich machte. Diese Einzelheiten hätten sie vielleicht erfahren, wenn sie häufiger zu Dr. McDaniel gegangen wären, doch Ashley hätte im Nachhinein nichts anders machen wollen. Es gab keinen Weg, sich richtig auf die Geburt eines Babys mit Anenzephalie vorzubereiten. Diese Straße konnten sie nur gemeinsam gehen, mit Gott, der ihnen voranging. Was auch immer als Nächstes geschehen würde.

Plötzlich wurde es um sie herum hektisch und Dr. McDaniel lächelte. „Oh, Ashley … Ihre Tochter ist wunderschön."

Als sie das letzte Wort gesagt hatte, durchbrach der Schrei eines Babys den Raum.

Ashley konnte sich nicht bewegen, geschweige denn etwas sagen. Sie hatte heute schon mehr geweint, als sie es seit Langem getan hatte, doch immer noch flossen Tränen. Tränenströme. Dieses wundervolle Geräusch kam von ihrer Tochter, von dem Baby, das sie schon so gut kannte. Solange Ashley lebte, würde sie sich an den Klang dieses Weinens erinnern; es hallte tief in ihr wider und schuf ein Band zwischen ihr und ihrem kleinen Mädchen, das nichts jemals würde zerstören können.

Landon beugte sich über sie und seine Tränen vermischten sich mit den ihren. Sie sagten nichts, denn es gab keine Worte für einen solchen Moment.

Wieder brach um sie herum hektische Betriebsamkeit aus. Ihr Baby wurde zum anderen Ende des Raumes getragen.

Dr. McDaniel war immer noch an Ashley zugange und nähte die Wunde wieder zu. Sie spähte über den Vorhang. „Ihr kleines Mädchen ist sehr stark." Tränen glitzerten in den Augen der Ärztin. „Sie werden sie waschen und dann können Sie sie halten. Es könnte ein paar Minuten dauern."

Ashley wollte keine Fragen stellen. Stattdessen hielt sie sich an dem Klang von Sarahs Weinen fest, sogar als ihr Baby aus dem Raum in ein Nebenzimmer gebracht wurde. Für einen Augenblick ergriff Panik von ihr Besitz. Sie stemmte sich hoch und sah die Ärztin an. „Wohin bringen sie sie?"

„Ihr Mann hat uns die neuen Kleider gegeben. Die Hebamme möchte Ihre Tochter anziehen, damit sie bereit ist, Sie kennenzulernen."

Diese Vorgehensweise war nicht normal, doch nachvollziehbar. Die Rückseite von Sarahs Kopf war nur von einer dünnen Schicht aus Haut und Haaren bedeckt. Es erforderte große Umsicht, sie anzuziehen. Die Minuten vergingen nur langsam. Am liebsten hätte Ashley den Vorhang von ihrem Bauch geschoben und wäre vom Operationstisch geklettert, um Sarah zu finden.

Doch Landon war hier und half ihr, die Wartezeit zu überstehen, flüsterte leise Gebete und sagte ihr wieder und wieder, dass sie das schaffen würde.

Endlich war Dr. McDaniel mit ihr fertig. Krankenschwestern traten an den Tisch und bedeckten sie mit sauberen, warmen Decken. Ashley wurde in den größten Kreißsaal gebracht, den sie jemals gesehen hatte.

„Wir vermuten, dass Sie ein paar Besucher haben werden." Die Krankenschwester lächelte.

„Ja. Es werden einige sein." Ashley war dankbar, dass sie bisher niemand voller Mitleid behandelte. Sie wollte kein Mitleid und keine Traurigkeit und Trauer. Sie wollte eine Feier.

Die Schwestern waren immer noch dabei, sie bequem zurechtzulegen, als Dr. McDaniel mit einem kleinen rosafarbenen Bündel auf dem Arm hereinkam. In diesem Moment war sie viel mehr Mutter als Ärztin. Sie gab Ashley das Baby. „Ich möchte Ihnen Ihre Tochter vorstellen."

Sobald Ashley das Baby im Arm hielt, begegneten sich ihre Augen. Ein leiser Seufzer füllte Ashleys Herz und Seele. „Landon … schau sie dir nur an!" Sie berührte die weiche Wange ihrer Tochter mit den Fingerspitzen. „Sie ist perfekt."

Und das war sie. Dr. McDaniel hatte sie gewarnt – in einem der Augenblicke, in denen Ashley kaum fähig gewesen war, die Einzelheiten zu begreifen –, dass ihre Tochter teilweise oder fast vollständig entstellt sein könnte. Doch das war keineswegs der Fall. Sarah trug das Kleid, das ihr Vater ausgesucht hatte, und der passende Hut bedeckte ihren Kopf. Ihre Augen waren geöffnet und ihre Hände bewegten sich anmutig neben ihrem Kinn. Es war unmöglich zu erkennen, dass mit ihr etwas nicht in Ordnung war, und einen Augenblick lang fragte sich Ashley, ob sie geheilt worden war, ob sie vielleicht doch keinen Neuralrohrdefekt hatte.

Sie hob ihre fragenden Augen zur Ärztin. „Sie … ist ihr Kopf …?"

„Ja, Ashley." Eine traurige Gewissheit legte sich auf das Gesicht der Ärztin. „Sie haben nicht viel Zeit."

Ashley nickte langsam und akzeptierte die Realität. Sie schaute wieder zu ihrer Tochter hinab. „Hi, Sarah …" Sie hielt sie so, dass sie einander ansehen konnten. „Erkennst du meine Stimme? Ich bin deine Mama."

Sarahs Augen schauten geradewegs in Ashleys. Die Augen, die sie niemals quer über den Abendbrottisch ansehen würden. Augen, die tiefblau waren, so wie ihre eigenen. Ashley prägte sich den Blick ihrer Augen ein, denn eines fernen Tages würde sie im Himmel wieder in diese Augen schauen. Und wenn das geschah, wollte sie, dass sie einander sofort wiedererkannten.

Landon lehnte sich vor, und zu dritt versanken sie in ihrer eigenen kleinen Welt. „Sie sieht aus wie du, Ashley. Genau wie du."

„Hier." Sie reichte ihm vorsichtig das Baby.

Er drückte sie an sich und flüsterte: „Hallo, Prinzessin … Dein Papa liebt dich, Sarah."

Noch zweimal reichten sie einander das Baby, staunten über ihre winzige Nase und ihre zierlichen Gesichtszüge, überwältigt von ihrer Aufmerksamkeit.

Dann war es an der Zeit, dass der Rest der Familie sie kennenlernte. So wie Landon es festgelegt hatte, ließ Dr. McDaniel zuerst Cole in den Raum. Als er eintrat, sah er klein und verängstigt aus. Seine Augen waren weit aufgerissen. Sofort richtete er seine Aufmerksamkeit auf das rosafarbene Bündel in Ashleys Armen.

„Ist sie das?" Er kam näher. Als er an ihre Seite trat, stellte er sich auf die Zehenspitzen.

„Ja, das ist deine Schwester Sarah." Landon trat zurück, damit Cole dichter herankommen konnte.

„Ist sie nicht süß?" Ashleys Herz schlug schneller als vorher. Sie wollte nicht, dass Cole vor dem Baby Angst hatte, aber er benahm sich gehemmt und unsicher.

„Sie sieht gar nicht krank aus." Seine Stimme klang verwirrt. „Ich dachte, du hättest gesagt, dass sie krank ist."

„Das ist sie auch." Landon legte seinen Arm um Coles Schulter. „Sie wird nicht sehr lange bei uns bleiben."

„Vielleicht hat die Ärztin nicht recht." Cole schaute zu Landon auf. „Darf ich sie halten?"

Ashley spürte, wie sie sich entspannte. Das hatte sie von Cole erwartet, diese starke Entschlossenheit. Wenn er sie halten wollte, dann würde die Zeit, die er mit Sarah verbrachte, so wie Ashley es sich erträumt hatte.

Cole setzte sich auf einen Stuhl neben dem Bett, dann hob Landon Sarah sorgsam aus Ashleys Armen.

„Sei bitte besonders vorsichtig, okay?" Landon legte das Baby zärtlich in Coles Arme. Die Krankenschwestern hatten sie so in die Decke gewickelt, dass ihr Kopf geschützt war, wenn man sie im Arm hielt. Landon beugte sein Gesicht hinunter, sodass er dicht bei Cole war, als sie Sarah anschauten.

„Sie ist so leicht." Cole grinste erst Landon an und dann Ashley. „Sie ist die leichteste kleinste Schwester der Welt."

„Devin war auch so leicht, als er klein war." Ashley rollte sich auf die Seite, damit sie alles sehen konnte. „Du kannst ihr etwas vorsingen, wenn du möchtest."

Cole dachte darüber nach. „Okay. Ich singe das, was du immer singst, Mama." Er schaute auf Sarah und summte ein paar Töne. Mit seiner sanftesten Stimme begann er zu singen: „Jesus liebt dich! Das weiß ich – er beugte sich hinunter und rieb seine Nasenspitze an ihrer –, denn die Bibel sagt mir das; die Kleinen gehören ganz zu ihm ..."

Ashley wagte es nicht zu blinzeln. Von den wenigen Erinnerungen, die sie an ihr Familienleben mit Sarah haben würden, würde dies eine der kostbarsten sein. Und als Cole die Zeile erreichte, in der es hieß: „Sie sind schwach, doch er ist stark", spürte Ashley, wie diese Wahrheit tief in ihr Herz sank. Sie hatte dieses Lied gesungen, seitdem sie herausgefunden hatte, dass sie schwanger war, sie hatte es Cole und Devin vorgesungen und gewusst, dass ihr ungeborenes Baby jedes Wort hören konnte.

Doch jetzt enthielt das Lied so viel mehr Bedeutung. Denn kein anderes Baby war so schwach wie ihre kleine Sarah, doch das war in Ordnung. Denn keiner war stärker als ihr Gott.

Cole sang das Lied noch einmal und gab das Baby dann zurück an Landon.

„Cole, würdest du die anderen hereinbitten?" Landon holte tief Luft. Als Cole gegangen war, sah er zu Ashley. „Ich hätte stundenlang so bleiben können, nur wir drei."

„Ich auch.“ Sie streckte ihre Hände aus und drückte Sarah an ihre Brust. „Aber ich möchte, dass sie alle kennenlernt, die sie so sehr lieben.“

Sie brauchten sich nicht gegenseitig daran zu erinnern, dass die Zeit knapp bemessen war. Das hatte die Ärztin ihnen bereits gesagt. Draußen auf dem Gang ertönten Schritte, und als sich die Tür öffnete, strömte die gesamte Baxter-Familie herein. Ihr Vater trat als Erster zu ihr.

„Schau sie dir nur an, Papa.“ Nur wenige Male hatte Ashley eine solche Freude, eine solche Liebe verspürt. Sie holte tief Luft und hielt ihre Tränen zurück. Jetzt war der Zeitpunkt, um Sarahs Leben zu feiern, und das wollte Ashley mit Lachen und Freude tun. „Ist sie nicht süß?“

Ihr Vater nahm das Baby. Für einen Moment sah sie in seinem Gesicht die gleichen Gefühle, die sie zuvor verspürt hatte. Doch er hatte vermutlich im Gang mit Dr. McDaniel gesprochen. Er kannte die Wahrheit, auch wenn der Anblick in seinen Armen ihm etwas anderes vorgaukelte. John hob das Baby hoch und küsste seine Wange. „Sie sieht so aus wie du, Ash. So, wie du als Baby ausgesehen hast.“

„Wirklich?“

„Die gleiche Nase, die gleichen Wangen …“

Etwas im Hintergrund erregte Ashleys Aufmerksamkeit, sodass sie aufschaute. Dort stand, mit einem Fotoapparat über der einen und einer Videokamera über der anderen Schulter, Brooke. Ihre Augen waren rot und geschwollen, doch sie lächelte Ashley an. „Dein Baby ist wunderschön.“ Sie bahnte sich ihren Weg durch die anderen hindurch. „Papa hat sich überlegt, dass es dir vielleicht gefallen würde, wenn ich ein paar Fotos mache.“

Und damit schmolz das Eis zwischen ihnen.

Brooke gab die Kameras an Peter weiter und kam näher. „Es tut mir leid, Ashley.“ Sie beugte sich hinunter und die beiden Schwestern umarmten sich. „Ich hatte unrecht.“ Brooke trat zurück und suchte Ashleys Blick. „Das hier hat mich verändert. Für immer.“

„Sie ist so kostbar, Brooke.“ Tränen des Glücks erstickten Ashleys Stimme. Liebe war der Hintergrund, vor dem sich heute alles abspielte, Liebe zerstörte Mauern und brachte am Ende den Sieg, so wie sie gebetet hatte. „Warte nur, bis du sie in den Armen hältst.“

Brooke sah ihren Vater an. „Darf ich?“

„Natürlich." Er reichte Sarah an Brooke weiter.

Eine ganze Zeit lang starrte Brooke nur auf das Baby, ihr Gesicht voller Staunen. „Hi, Sarah. Ich bin deine Tante Brooke und ich liebe dich. Ich liebe dich so sehr."

Ashley konnte ihre Tränen nicht länger zurückhalten. Sie ließ sie strömen, doch sie hörte nicht auf zu lächeln. Denn das war ein weiterer dieser Momente in Sarahs Leben, die sie niemals vergessen würde.

Jeder von ihnen bekam die Chance, Sarah im Arm zu halten. Einige flüsterten ihr leise etwas zu, andere summten und lächelten sie an, so wie sie es bei jedem Baby tun würden.

Nach ungefähr einer Stunde kam eine Krankenschwester und holte Sarah zu einer kurzen Untersuchung ab. Ashley fragte nicht, was sie untersuchen wollten. Das war unwichtig.

Doch als sie das Baby zurückbrachte, war der Gesichtsausdruck der Krankenschwester sehr ernst. „Sie haben nicht mehr lang. Eine Stunde noch, vielleicht zwei." Sie gab Sarah an Ashley weiter. „Es tut mir leid."

„Das braucht es nicht." Ashley tauchte tief in die Augen ihrer Tochter ein. „Sie ist das am meisten geliebte Baby, das jemals geboren wurde."

Die Krankenschwester lächelte und entschuldigte sich. Wieder richtete sich alle Liebe und Aufmerksamkeit auf Sarah.

Ashley beobachtete, als Sarah an Dayne und Katy, die sich an ihn lehnte, weitergereicht wurde. Sie war sich nicht sicher, doch sie hatte das Gefühl, als könnte das Leben ihrer Tochter für ihren Bruder und seine Frau einen Wendepunkt bedeuten. Hier – in einem Krankenhauszimmer, in dem es um Leben und Tod ging – wurden Hollywood und der ganze Klatsch und Tratsch auf einmal lächerlich unwichtig.

Als sie das Baby an Kari und Ryan weitergaben, bemerkte Ashley etwas, das sie ermutigend fand. Dayne legte seinen Arm um Katy. Wie ein Mann, der zu ertrinken drohte und der sich an ein Rettungsseil klammerte, hielt er sich an ihr fest. Sie flüsterten miteinander und Katy lächelte, wobei ihre Augen strahlten, wie sie es früher so oft getan hatten.

Vielleicht war das das Wunder von Sarahs Leben. Dass sie in der Lage war, Katy und Dayne wieder zueinander zurückzubringen, bevor sie sich zu weit von allem entfernten, was gut und richtig und wahrhaftig war.

Ashley sah zu, als Maddie und Hayley und Jessie abwechselnd mit

Sarah schäkerten. Cole war immer dabei, lief von einer Cousine zur nächsten und verkündete jedes Mal, wie niedlich Sarah sei. „Sie mag dich, Maddie. Siehst du? Sie lächelt dich an“, sagte er. Und als Hayley das Baby hielt, wobei Peter sie stützte, sagte er: „Dich mag sie auch, Hayley. Siehst du den Ausdruck auf ihrem Gesicht? Das heißt, dass sie dich mag.“

Ryan trug Devin auf der Hüfte. Er brachte das Kind zu Landon, als dieser wieder an der Reihe war, Sarah zu halten. Devin hatte seinen Schnuller im Mund, doch als er Sarah anstarrte, nahm er ihn heraus und deutete auf sie. „Baby!“

„Ja.“ Landon küsste Devins Wange. „Das ist deine kleine Schwester.“

Cole stellte sich wieder auf die Zehenspitzen und spähte zu Sarah. „Sie mag dich, Devin. Siehst du den Ausdruck in ihren Augen? Sie mag dich sehr.“

Jetzt erst bemerkte Ashley, dass sie weinte, doch die Tränen kamen tief aus ihrem Herzen und waren aus einer Freude geboren, die grenzenlos war.

Und während der ganzen Zeit, während jeder kostbaren Minute, hielt Brooke die Videokamera auf Sarah gerichtet. Nachdem sie gefilmt hatte, wie jeder Einzelne sie gehalten und mit ihr geflüstert und für sie gebetet hatte, wechselte sie die Kamera und machte Dutzende Fotos. Es stand außer Frage, dass sie eine Menge Erinnerungen an diese Stunden haben würden.

* * *

Als die zweite Stunde vergangen war, brachte Landon Sarah zurück zu Ashley. Sein Ausdruck war sehr ernst. „Ich glaube, es geht ihr nicht so gut.“

Ashley schaute ihre Tochter an und konnte den Unterschied erkennen. Sarahs Gesichtsfarbe war von einem frischen Rosa zu einem fahlen Grau gewechselt. Ihre Augen waren immer noch geöffnet, doch sie zwinkerte häufiger als vorher, so wie Devin zwinkerte, wenn er gegen den Schlaf ankämpfte. Doch Sarah kämpfte nicht gegen den Schlaf.

Sie kämpfte gegen den Tod.

Und Ashley wusste, dass auch das ein Wunder war. Denn sie spürte in sich die Kraft, Sarah dabei zu helfen, loszulassen. Sie schaute auf und sah in die Augen aller, die im Raum waren. Erst jetzt bemerkte sie, dass Elaine bisher noch nicht da gewesen war. „Papa, könntest du Elaine sagen, dass ich sie gerne sehen würde?“

Ihr Vater verließ das Zimmer und kehrte mit Elaine an seiner Seite zurück. Für Ashley ergaben sie zusammen ein Bild, das richtig war, mehr als sie es sich je hätte vorstellen können.

Ashley streckte ihre Hand aus. „Elaine …“

Die Frau trat an ihr Bett. Obwohl sie nicht Ashleys Mutter war und auch niemals ihren Platz würde einnehmen können, brachte sie noch eine weitere Liebe in diesen Tag, die nur eine Mutter bringen konnte. Elaine nahm ihre Hand und lächelte zuerst sie, dann Sarah an. „Dein Baby ist wunderschön, Ashley.“

„Vielen Dank.“ Ashley konnte nicht viel sagen. Ihre Gefühle überwältigten sie, sodass sie nichts mehr herausbrachte. Doch als ihr Blick den von Elaine traf, hoffte sie, dass Elaine verstand, was sie zu sagen versuchte, dass sie die Worte erahnte, die ihr Herz ausfüllten. Sie war so dankbar, dass Elaine ihren Vater geliebt hatte, als er die traurigste und einsamste Zeit seines Lebens hatte durchmachen müssen, und dankbar, dass sie zugelassen hatte, dass die Veränderungen langsam vor sich gingen, nach Gottes Zeitplan. Doch am dankbarsten war sie dafür, dass Elaine Sarah so sehr liebte, dass sie ihr ein Geschenk gekauft und verstanden hatte, dass Sarah ebenso wie jedes andere Baby ein Grund zum Feiern war.

Obwohl sie nicht die richtigen Worte finden konnte, war sich Ashley tief in ihrem Herzen sicher, dass Elaine zumindest etwas von dem erahnte, was sie sagen wollte. Als sie Sarah an Elaine weiterreichte, öffnete sich die Tür.

Ein Lieferant kam herein. „Ist hier die Baxter-Party?“

Ashley lächelte bei der Frage. *Die Baxter-Party.* „Ja.“ Sie lachte durch ihre Tränen. „Hier ist die Baxter-Party.“

„Ich habe mehr Blumen und Luftballons, als ich unterbringen kann.“ Er sah sich um. „Das wird niemals alles in diesen Raum passen, solange Sie alle hier drin sind.“

Die Anwesenden brachen in lautes Gelächter aus.

„Dann würde ich vorschlagen, dass Sie das hereinbringen, was noch passt.“ Landon nahm Sarah aus Elaines Armen. Er nickte dem Lieferanten zu. „Sie können den Rest draußen auf dem Gang lassen.“

Der Mann trug vier Bündel rosafarbene Luftballons, die mit Helium gefüllt waren, und drei Vasen übervoll mit rosafarbenen Rosen herein. Als er das geschafft hatte, wischte er sich über die Stirn und schaute Landon an. „Ich habe draußen noch eine Menge davon. Sieht so aus, als wären Glückwünsche angebracht."

„Ja." Landon grinste. „Das sind sie. Danke."

„Von wem kommt die Lieferung?" Ashley war die Frage jetzt erst in den Sinn gekommen. Alle, die sie kannten und liebten, waren bereits hier.

Der Mann schaute auf den Lieferschein. „Hier steht, dass sie von Dayne und Katy sind. Kein Nachname."

Ashley bemerkte, dass ihr älterer Bruder und seine Frau grinsend in der Ecke standen.

„Ich habe ihnen gesagt, dass es hier ein besonderes kleines Mädchen gibt und dass sie uns alle rosafarbenen Luftballons und Rosen schicken sollen, die sie im Laden haben." Daynes Augen schauten tief in Ashleys. „Denn eine solche Begrüßung sollte jedes Baby bekommen."

Ein Schluchzen stieg in Ashley auf, blieb jedoch in ihrer Kehle stecken, als sie ihre Augen fest schloss. Das war ein weiteres Wunder. Der Gedanke, dass Dayne – dessen erstes Kind durch eine Abtreibung gestorben war, eine Abtreibung, von der er nichts gewusst hatte – Heilung fand, indem er das kurze Leben von Sarah feierte.

Noch einmal reichte Landon Sarah an Ashley weiter. Sein Gesichtsausdruck verriet ihr, dass es ihr schlechter ging. Ashley bemerkte es sofort. Sarahs kleine Brust arbeitete heftiger als vorher und hob sich keuchend bei jedem Atemzug. Ihre Augen schlossen sich, doch dann schreckte sie auf. Ihre Hände fuchtelten an ihren Seite und ihre Augen öffneten sich noch einmal weit.

„Sie kämpft", flüsterte Ashley. Sie schmiegte ihre Wange an Sarahs Wange und küsste ihre Nase, ihre Hände. „Sie will uns nicht verlassen."

Während der ganzen Zeit hatte Landon Ashley versichert, dass sie die Tapfere von ihnen sei und dass er ihren Mut bewundere. Doch jetzt, als Sarah allmählich davonglitt, räusperte sich Landon und stellte sich aufrecht an ihre Seite. Mit einer Stimme, die zugleich ruhig und leidenschaftlich war, erklärte er, was passierte. „Sarah verlässt uns."

Ein Raunen ging durch den Raum und die leisen Unterhaltungen erstarben.

„Wartet!" Cole rannte aus dem Zimmer. Als er zurückkam, hielt er ein zusammengefaltetes Stück Papier in der Hand. Er war außer Atem und wirkte fast panisch bei dem Gedanken, dass er seine Gelegenheit verpasst haben könnte. „Das habe ich für Sarah gemalt!"

Er bahnte sich seinen Weg vorbei an Ashleys Vater und Kari und Ryan und ihren Kindern bis zu dem Platz zwischen Ashley und Landon. Dann erst bemerkte er, dass aller Augen auf ihn gerichtet waren. Für einen Moment sah er aus, als würde er sich am liebsten hinter Landon verstecken und selbst neugierig darauf warten, was es für ein Geschenk war.

Doch dann legte er die selbst gemalte Karte auf den Nachttisch und nickte Ashley zu. „Komm ein bisschen näher. Das ist privat."

Sie rutschte, so gut sie konnte, bis an die Bettkante. Sarah wimmerte in ihren Armen und sie wiegte sie. „Shhh, Sarah." Ashley küsste ihre Tochter. „Alles in Ordnung, Baby."

Cole legte seine Hände um seinen Mund und presste sie an Ashleys Ohr. „Ich habe letzte Nacht zu Jesus gebetet." Seine Worte kamen atemlos, doch deutlich genug, dass sie alles verstehen konnte. „Und Jesus hat mir ein Bild geschenkt. Ein wirklich glückliches Bild. Ich bin nicht so ein toller Maler, aber ich habe es so gut gemalt, wie ich konnte."

Ashley war tief berührt. Ihr ehrgeiziger Sohn hatte es gewagt, etwas für Sarah zu malen, obwohl Malen nicht seine größte Begabung war. Und ein Bild in seinem Kopf, das von Jesus kam? Ashley war neugierig. Sie lehnte sich zurück. „Willst du es mir zeigen?"

Cole nickte. Er nahm das Papier von dem Tisch und faltete es auseinander.

Über das Bild hatte er mit Buntstiften geschrieben: *Ich liebe dich, Sarah. Sag Oma viele Grüße von mir.* Darunter war eine ältere Frau zu sehen, die über das ganze Gesicht lächelte. Und in ihren Armen lag ein winziges kleines Baby, eingewickelt in eine rosaweiße Decke.

Ashley spürte, wie ihr Herz einen Schlag aussetzte, als sie das Bild anstarrte. „Cole?" Sie sah ihm in die Augen. „Jesus hat dir dieses Bild geschenkt?"

Er schaute durch den Raum, offensichtlich ziemlich verlegen. Wieder legte er seine Hände um seinen Mund und lehnte sich vor. „Weil er mir gesagt hat, dass Sarah bei Oma sein wird."

In diesem Moment fiel Ashley die biblische Geschichte wieder ein.

Sie hatte um ein Wunder gebetet, und davon hatte es heute sehr viele gegeben. Doch das hier kam direkt von Gott … in dem sanften Flüstern ihres ältesten Sohnes. Sein Bild würde für sie kostbarer sein als alles andere, was sie an Sarahs Leben erinnerte. Und später, wenn sie so weit war, würde sie dieses Bild auf die Leinwand bringen – wo alle Dinge, die ihr Herz berührten, irgendwann zu sehen waren.

Sarah hustete und Ashley spürte, dass die Zeit drängte. Sie gab das Bild an Cole zurück. „Ich danke dir, Coley. Sarah liebt dein Bild. Pass gut darauf auf, okay?"

„Okay." Er warf einen besorgten Blick auf Sarah.

Im gleichen Moment traten die anderen näher, schauten auf das Baby und hielten den Atem an.

Cole blinzelte. „Sie wird jetzt sterben, nicht wahr?"

„Ja, mein Junge." Landon seufzte und sagte das, was er vorhin schon hatte sagen wollen. „Ashley und ich möchten gerne, dass wir alle für Sarah beten."

Im ganzen Raum hielt sich die Baxter-Familie an den Händen. Ihre Stimmen füllten das Zimmer, baten Gott, dass Sarah eine schmerzlose Reise nach Hause haben würde und dass sie spüren möge, wie sehr sie geliebt wurde. Sogar die Kinder beteten, dankten Gott für Sarah und sagten ihm, dass sie sich wünschten, sie könnte hierbleiben. Hayley fügte hinzu: „Doch im Himmel ist es so viel schöner."

Als sie ihre Gebete beendet hatten, begann Landon zu singen. Es war ein Lied, das Ashley wieder und wieder gesungen hatte in den vergangenen Jahren, das Lied, das die Kinder des christlichen Kindertheaters gesungen hatten, als man ihnen die schlimmste aller Nachrichten überbracht hatte.

Die anderen fielen mit ein: „Bleibend ist deine Treu, o Gott, mein Vater, du kennst nicht Schatten, noch wechselt dein Licht …"

Jedes Wort klang wahr und richtig. Und als das Lied lauter wurde und den ganzen Raum erfüllte, lehnte sich Ashley dicht zu der kleinen Sarah. „Es ist in Ordnung, Baby. Du musst nicht länger kämpfen." Ihre Tränen fielen auf die Wange ihrer Tochter und sie wischte sie mit ihrer eigenen Wange fort. „Geh zu Jesus, Baby … Geh zu Jesus. Er wartet auf dich, Sarah." Sie erinnerte sich an Coles Bild, an das Bild, das Gott ihm geschenkt hatte. „Und Oma wartet auch auf dich, meine Süße. Sag Oma, dass wir sie liebhaben, okay?"

Sarah holte tief Luft. Zum letzten Mal begegneten sich ihre Augen. Es dauerte ein paar Herzschläge lang. In Sarahs Augen lag alle Liebe, die ein Leben lang bei Ashley bleiben würde. Sie sagten Ashley danke … danke, dass sie ihr das Leben geschenkt und Liebe gegeben hatte. Und schließlich sagten sie ihr auf Wiedersehen.

Landon beugte sich hinunter und küsste Sarahs Wange zum letzten Mal.

Die anderen sangen immer noch, die meisten von ihnen mit Tränen in den Augen. „Morgen für Morgen dein Sorgen ich seh. All meinen Mangel hast du mir gestillet ..."

Als sie die letzte Zeile erreichten und sie von Gottes großer Treue sangen, schloss Sarah schließlich ihre Augen. Sie atmete noch einmal auf und dann war sie still. Für immer still.

Einer nach dem anderen traten die Menschen, die sie geliebt hatten, heran und verabschiedeten sich von dem kleinen Mädchen, das sie nur für wenige Stunden hatten kennen dürfen.

Cole war der Letzte. Tränen strömten aus seinen Augen. Doch er schenkte Ashley ein schiefes Lächeln. „Sie ist jetzt bei Oma. Oma und Jesus."

„Ja, Coley." Ashley küsste ihren Sohn und umarmte ihn mit ihrem freien Arm.

Als Ashley und Landon allein mit Sarah waren, legte Landon seine Hände um Ashleys Gesicht. „Die Leute haben sich Sorgen gemacht, dass wir das nicht schaffen würden, dass es zu schlimm für uns wäre und uns für immer verändern würde." Seine Augen waren gleichermaßen mit Schmerz und Freude erfüllt. „Und das hat es auch. Es hat uns alle verändert. Das ist das Wunder von Sarahs Leben."

„Ja." Sie schaute auf ihre Tochter. „Der Herr war heute hier. Er war in dem sanften Säuseln, so wie er es versprochen hatte."

Landon warf ihr einen fragenden Blick zu, als ob er sie nicht ganz verstünde. Ihr wurde bewusst, dass er bisher noch nichts von Coles Bild wusste, davon, dass Jesus ihm das Bild geschenkt und ihm versichert hatte, dass Sarah bei ihrer Oma sein würde. Sie lächelte.

Ashleys Mutter hatte Kinder geliebt, hatte es geliebt, eine Großmutter zu sein. Doch jetzt würde sie ein Enkelkind bei sich haben, eines, das sie wiegen und lieben konnte und für das sie Lieder sang, bis sie alle wieder beisammen sein würden. Sarah Marie gehörte Jesus und sie gehörte Ashleys Mutter. Das war es, was Gott Ashley sagen wollte.

Lange nachdem Sarah weggebracht worden war, geschah ein weiteres Wunder. Dr. McDaniel sagte ihnen, dass entgegen allen Annahmen Sarahs Herzklappen hatten gerettet werden können. Sie waren nach New York gebracht worden, wo sie das Leben von zwei Babys hatten retten können. Dieses Wissen war für Ashley ebenso wie das Foto, das inzwischen in einem Silberrahmen auf ihrem Küchentresen stand, eine Erinnerung an die Botschaft, die Gott ihr geschenkt hatte. Nun wusste sie, dass der Herr ihre Gebete gehört hatte und dass tatsächlich etwas Gutes entstanden war aus ihrem unvergesslichen Sommer. Und dass er mit ihnen durch all das gegangen war. Der Beweis war keine dramatische Heilung oder eine Fehldiagnose gewesen. Darin hatten sie Gott nicht gesehen. Er war vielmehr in den Dutzenden kleinen Wundern gewesen, die Sarahs Leben in ihrer aller Leben gebracht hatte. Und vor allem war er in dem sanften Säuseln.

Katy & Dayne – wie alles begann

Schatten des Ruhms
Boulevard der Träume 1
ISBN 978-3-86827-135-5
320 Seiten, Paperback

Was hat es mit den Briefen auf sich, die Ashley Baxter im Nachlass ihrer Mutter findet? Warum nur hütet ihr Vater sie so eifersüchtig?
Ashley ahnt nicht, dass Dayne Matthews den Schlüssel zu dem Geheimnis kennt. Der attraktive Hollywoodstar sucht gerade nach der idealen Besetzung für die weibliche Hauptrolle in seinem neuen Film. Ausgerechnet im verschlafenen Bloomington, dem Heimatort der Baxters, wird er fündig: Katy Hart kann das Casting für sich entscheiden. Dabei hatte sie ihre vielversprechende Schauspielkarriere wegen eines Todesfalls an den Nagel gehängt und das christliche Kindertheater zu ihrer Sache gemacht.
Katy schmeichelt das verlockende Angebot. Und sie fühlt sich zu dem attraktiven Dayne hingezogen. Aber ist das wirklich Gottes Weg mit ihr? Soll sie den millionenschweren Vertrag unterschreiben?

Glanz der Vergebung
Boulevard der Träume 2
ISBN 978-3-86827-175-1
320 Seiten, Paperback

Die Proben für das neue Stück des christlichen Kindertheaters sind in vollem Gange, als ein tragischer Unfall jäh die Kleinstadtidylle von Bloomington, Indiana, erschüttert. Plötzlich müssen die Kinder und Jugendlichen mit Wut und Trauer kämpfen. Mittendrin steht Katy Hart, die junge Regisseurin. Sie wünscht sich nichts mehr, als die Herzen der Jugendlichen zu erreichen.
Dabei wird ihr eigenes Herz noch von ganz anderen Stürmen durcheinandergewirbelt: Hollywoodstar Dayne Matthews kommt für Dreharbeiten nach Bloomington – und tritt damit wieder in Katys Leben. Was hat es zu bedeuten, dass er ihre Nähe sucht?
Auch in Daynes Herzen streiten die verschiedensten Gefühle miteinander. Wird er in Bloomington den Frieden und die Vergebung finden, die er schon so lange sucht?

Funken der Gewissheit
Boulevard der Träume 3
ISBN 978-3-86827-214-7
320 Seiten, Paperback

Der aufsehenerregende Prozess um die Stalkerin, die Dayne Matthews und Katy Hart belästigt hat, wirft seine Schatten voraus. Doch noch andere, tiefere Schatten fallen auf Daynes Leben. Seine Ex-Freundin Kelly überrascht ihn mit einer Nachricht, die alles auf den Kopf stellt. Daynes Leben scheint auseinanderzubrechen – und das ausgerechnet in dem Moment, in dem er sich wieder dem Glauben zuwendet. Ratlos flieht er nach Mexiko zu einem alten Freund. Wird er dort die Antworten finden, die er für sein Leben braucht? Vor allem auf die eine, alles entscheidende Frage: Gibt es eine Zukunft für ihn und Katy Hart?
In der Zwischenzeit steht John Baxter vor einer wichtigen Entscheidung. Endlich hat ein Privatdetektiv seinen erstgeborenen Sohn gefunden – ist jetzt der richtige Zeitpunkt gekommen, um seinen Kindern die Wahrheit über ihren Bruder zu erzählen? Immerhin steht ein großes Baxter-Familientreffen bevor ...

Schein der Hoffnung
Boulevard der Träume 4
ISBN 978-3-86827-257-4
304 Seiten, Paperback

Der Prozess um die Stalkerin führt Katy Hart und Dayne Matthews erneut zusammen. Doch Katy ist fest entschlossen, dass dies ihre letzte Begegnung sein soll. Sie ist sich sicher: Ihre Liebe kann keine Zukunft haben. Dayne ist hin- und hergerissen zwischen seiner Liebe zu Katy und seinem Leben in Hollywood. Sein neu gefundener Glaube lässt ihn erkennen, wie leer und verlogen die Glitzerwelt ist. Wie soll es nun mit seiner Karriere weitergehen? Kann er wirklich ohne Katy weiterleben? Und was ist mit seiner Familie, den Baxters?
Schließlich gibt ihm sein Freund Bob einen klugen Ratschlag: In einer Zeit der Stille soll Dayne sein Leben vor Gott bringen. Dayne befolgt seinen Rat – und erkennt: Nur in Bloomington können die entscheidenden Fragen seines Lebens geklärt werden …

Strahlen der Ewigkeit
Boulevard der Träume 5
ISBN 978-3-86827-258-1
304 Seiten, Paperback

Endlich erfüllt sich alles, wovon Katy und Dayne so lange geträumt haben: Sie sind glücklich verlobt und planen ihr gemeinsames Leben in Bloomington. Endlich scheint sich ihre Liebe zum Guten zu wenden. Doch ein schrecklicher Autounfall verändert alles. Dass Dayne überlebt, ist schon ein Wunder. Aber wird er jemals aus dem Koma erwachen? Wird er wieder gesund werden?
John Baxter und seine Kinder bangen nicht nur um Daynes Leben, sondern sehen sich unvermutet auch im grellen Licht der Öffentlichkeit. Durch den Unfall ist ihre Verbindung zu Dayne bekannt geworden – und nicht allen gefällt es, dass ihr Privatleben plötzlich in den Klatschblättern ausgebreitet wird. Kann es unter diesen Voraussetzungen jemals eine Zukunft für Dayne und Katy in Bloomington geben?

Neuanfang
Momente der Liebe – Band 1
ISBN 978-3-86827-299-4
304 Seiten, Paperback

Katy und Dayne sind endlich am Ziel ihrer Sehnsucht angekommen, ihre Hochzeit steht unmittelbar bevor! Doch noch gilt es, einige Hürden zu überwinden, bevor sie in ihr neues Leben starten können.

Auch in John Baxters Beziehung zu Elaine kommt Bewegung hinein: Er beginnt, tiefere Gefühle für sie zu entwickeln, als er sich selbst eingestehen will.

Und bei Familie Flanigan zeichnen sich erstaunliche Entwicklungen am Horizont ab: Nach einem lebensbedrohlichen Zwischenfall, der Cody bis ins Mark erschüttert, beginnt er endlich, sich Gott und seiner Pflegefamilie zu öffnen.

Unterdessen macht Bailey, unbemerkt vom Rest der Familie, enttäuschende Erfahrungen mit ihrer ersten Liebe.
Wird der Glaube an Gott und das Vertrauen auf ihn den Baxters und Flanigans helfen, einen Neuanfang zu wagen und Schritte in eine gute Zukunft zu gehen?